© Ralf Eyertt

Christopher Ross gilt als Meister des romantischen Abenteuerromans. Durch Bestseller wie *Hinter dem weißen Horizont*, *Mein Beschützer, der Wolf*, *Geliebter Husky* und die Romane der *Clarissa*-Saga wurde er einem breiten Publikum bekannt. Während zahlreicher Reisen und längerer Aufenthalte in Kanada und Alaska entdeckte er seine Vorliebe für diese Länder, die bevorzugten Schauplätze seiner Romane.
Mehr über den Autor: www.christopherross.de
www.facebook.com/christopher.ross.autor

Wind River Ranch.
Meine Pferde, meine Träume

Christopher Ross

Wind River Ranch. Meine Pferde, meine Träume

Roman

Weltbild

MIX
Papier | Fördert gute Waldnutzung
FSC® C083411

Besuchen Sie uns im Internet:
www.weltbild.de

Ohmstraße 8a, 86199 Augsburg
Projektleitung: usb bücherbüro, Friedberg/Bay.
Redaktion: Ingola Lammers
Umschlaggestaltung: *zeichenpool, München
Umschlagmotiv: © *zeichenpool, München unter Verwendung von Motiven von gettyimages (© Steve Smith) und shutterstock (© Konstanttin, Kwadrat, Four Oaks)
Satz: Datagroup int. SRL, Timisoara
Druck und Bindung: CPI Moravia Books s.r.o., Pohorelice
Printed in the EU
ISBN 978-3-98507-359-7

1

Wie jeden Morgen brach Nicole noch vor dem Frühstück zu ihrem morgendlichen Ausritt auf. Einige ihrer honigblonden Haare, im Nacken zu einem lockeren Knoten gebunden, lösten sich im Wind, als sie das Haus verließ und über die kiesbedeckte Auffahrt zu den Ställen ging. Sie trug dunkle Jeans zu ihren Cowboystiefeln und eine türkisfarbene Bluse und bewegte sich mit der Anmut und dem Selbstbewusstsein einer jungen Frau, die schon Einiges in ihrem Leben erreicht hatte. Ob ihre Augen blau oder grün waren, hatten nicht einmal ihre Eltern herausgefunden, und ihr war es egal. Sie amüsierte sich jedes Mal, wenn einer ihrer zahlreichen Verehrer darüber grübelte.

Amber wartete bereits auf sie. Die vierjährige Rappstute scharrte unruhig mit den Hufen und begrüßte sie mit einem leisen Schnauben, das wohl ein freundliches »Guten Morgen« bedeuten sollte. Nicole legte eine Hand auf ihre Stirn, ihre Art, der Stute zu zeigen, dass sie sich freute, sie wiederzusehen. »Keine Angst, ich vergesse dich nicht«, sagte sie. »Nur ein Schneesturm oder ein Gewitter könnten mich von unserer Morgenrunde abhalten. Bist du bereit?«

Natürlich war Amber bereit. Sie schnaubte mehrmals erfreut, als Nicole ihr den Sattel auflegte und die Riemen festzurrte, und konnte gar nicht schnell genug aus ihrer Box kommen. Das schöne Wetter schien auch ihr zu gefallen. Ihre dunklen Augen glänzten erwartungsvoll, und die Sonne, die über den Berghängen der Catskill Mountains stand, ließ ihr Fell wie kostbare Seide glänzen.

Nicole schwang sich auf den Rücken der Stute. Sie ritt im Westernsattel, hatte Reiten schon als junges Mädchen im englischen Sattel gelernt, weil er sich besser zum Springen eignete und sie damals noch für eine Karriere im Turniersport trainierte. Auf der White Lake Horse Farm, wie sie ihr Anwesen nannten, boten sie Reitferien und Ausritte im englischen und im wesentlich bequemeren Westernsattel an. Ihr Ranch Manager John Pickford und zwei männliche und ein weiblicher Horse Wrangler kümmerten sich um die Gäste.

Sie winkte einem der Horse Wrangler zu, der mit einem Pferd aus dem zweiten Stall kam, und ritt im leichten Trab an der modernen Arena und der Trainingshalle entlang nach Westen. Über den Wildblumen summten Bienen, und ein lauer Wind fächerte das sattgrüne Gras, das sich von der Farm bis zum Waldrand zog. Sie nahm einen anderen Trail als die Urlauber, die im Guest House jenseits der Arena wohnten, denn sie war gern allein auf ihren Ausritten, die sie zum Nachdenken und für wichtige Entscheidungen nutzte. Ihr Bruder Roger und sie hatten die Horse Farm zu gleichen Teilen geerbt, doch er war zu sehr mit seinen Wetten, Pokerrunden und Affären mit zweifelhaften Damen beschäftigt, um am Leben auf der Farm teilzunehmen.

Die White Lake Horse Farm gehörte zu den größten und modernsten Pferdefarmen im Staat New York und lag zwischen Bethel, einem beschaulichen Städtchen, und dem White Lake, einem der schönsten Seen der Catskill Mountains. Den Mittelpunkt bildete die Main Lodge auf einem Hügel oberhalb der Ställe, ein modernes Gebäude aus Stein, Holz und Glas, das eher einer modernen Villa als einem Farmhaus glich. Nicole und Roger wohnten im ersten Stock; das große Schlafzimmer stand leer, seit ihre Eltern gestorben waren. In den Ställen befanden sich auch die Sattelkammern, außerdem gab es drei weitere Scheunen und Geräteschuppen. Die Gäste wohnten im Guest House, einem komfortablen Blockhaus, die Wrangler im Bunkhouse abseits der Arena. In der Recreation Hall warteten Billardtische, eine Tanzfläche und eine Bar.

Durch den lichten Mischwald, der sich im Nordwesten des Grundstücks erstreckte, ritt Nicole auf eine Anhöhe und blickte ins Tal hinab. Der Ausblick erfreute sie jeden Morgen. Die Horse Farm lag inmitten kuppelförmiger Hügel und lichter Wälder, ein Juwel, von dem die meisten Urlauber schwärmten, nur wenige Meilen von zahlreichen Seen entfernt. Ein Sehnsuchtsort für viele New Yorker, die ihre Wochenenden in den Catskills verbrachten, Heimat für Nicole, die hier geboren war und nach dem College zwei Jahre lang bei einem Anwalt in Manhattan gearbeitet hatte, dort aber niemals heimisch geworden war. Wenn es einen Ort gab, der sie von den Catskills weglocken könnte, dann der Westen des Landes, wo alles noch eindrucksvoller und spektakulärer sein sollte.

Hinter ihr erklang Hufschlag, ein Reiter hielt neben ihr. Ein junger Mann, ungefähr drei Jahre älter als sie und wie ein englischer Gentleman gekleidet, einschließlich der kniehohen Stiefel und der schwarzen Schirmmütze. Im

Gegensatz zu Nicole benutzte er einen englischen Sattel und hielt sich kerzengerade wie ein Dressurreiter. Seine Fröhlichkeit wirkte etwas aufgesetzt.

»Nicole! Schön, dich zu treffen!«, begrüßte er sie strahlend.

»Mike Grayson. Du hast mich abgepasst, gib's zu.«

»Wäre das so schlimm?«

»Ich heirate dich nicht, Mike. Und wenn du noch zehnmal fragst.«

Seine künstliche Fröhlichkeit blieb. Er war ein sportlicher Mann mit ebenmäßigen Gesichtszügen und einem Drei-Tage-Bart und hatte es bei den Frauen immer leicht gehabt. »Das kann nicht dein Ernst sein. Wir kommen beide aus Reiterfamilien, erfreuen uns beide an der Natur und könnten uns einen noch größeren und erfolgreicheren Betrieb aufbauen, als wir ihn jetzt schon haben.«

»Mag sein, aber wenn ich heirate, dann nur einen Mann, den ich wirklich liebe. Nur weil wir beide von einer Horse Farm kommen und zusammen viel Geld verdienen könnten … das reicht nicht, Mike. Nichts gegen dich, aber du vergeudest nur deine Zeit, wenn du mir weiter nachstellst.«

Er gehörte zu den hartnäckigen Verehrern, die normalerweise bekamen, was sie sich in den Kopf gesetzt hatten. »Ich gebe nicht auf, Nicole. Du kannst doch nicht ewig mit deinem Bruder unter demselben Dach wohnen. Ich will dir nicht zu nahetreten, aber Roger treibt dich in den Ruin, wenn du ihn weiter gewähren lässt. Er hat doch nur seine Pokerrunden und die leichten Mädchen im Kopf. Auf der Farm habe ich ihn noch nie arbeiten sehen. Er ist ein totaler Versager!«

Bei einem Fremden hätte sie beleidigt reagiert. Von einem guten Bekannten wie Mike ließ sie sich die Wahrheit gefallen. »Vielleicht hast du recht«, sagte sie. »Mein Vater war kurz davor, ihn zu enterben, so sehr ging ihm seine Spielsucht auf die Nerven. Durch den Unfall kam er nicht dazu, sein Testament zu ändern. Der Tod meiner Eltern kam zu plötzlich … auch für mich. Für alle.«

»Sie waren gute Leute«, erwiderte Mike ernst.

Nicoles Eltern waren vor drei Monaten gestorben. Sie waren mit ihrem Chevy nach New York City unterwegs gewesen, zu einer Musicalaufführung, die sie sich zur Silbernen Hochzeit geschenkt hatten, und hatten in einem Platzregen die Kontrolle über ihren Wagen verloren. Sie waren frontal mit einem Truck zusammengestoßen und schon tot gewesen, als die Polizei gekommen war.

Nicole erinnerte sich noch gut an diesen Abend. Als die beiden Polizisten geklingelt hatten, war sie nicht zusammengebrochen; sie hatte sich lediglich in einen Sessel fallen lassen und minutenlang ins Leere geblickt. Jeder Versuch, ihren Bruder zu benachrichtigen, war missglückt. Wenn er mit einer seiner Gespielinnen zusammen war, schaltete er sein Handy aus. Er war erst am nächsten Morgen wieder aufgetaucht, hatte gerade mal bis zur Beerdigung durchgehalten und war anschließend gleich wieder versumpft, vor allem aus Ärger darüber, dass seine Eltern kaum Bargeld hinterlassen hatten und ihr gesamtes Erbe aus der Horse Farm und den Pferden bestand. Ein beachtliches Vermögen, das aber immensen Arbeitseinsatz verlangte, wenn es gewinnbringend bleiben sollte.

»Sag mir Bescheid, wenn du's dir anders überlegst«, sagte Mike.

»Wie?« Sie blickte ihn an. »Sicher … ich muss weiter, Mike.«

Nicole ritt von der Anhöhe ins Tal zurück und ließ sich von der Morgensonne verwöhnen, die weiter über die Berge geklettert war und die Wiesen mit goldgelben Schleiern überzog. Sie ließ Amber in einen flotten Galopp fallen und registrierte ihr zufriedenes Schnauben. Im Galopp zeigte die Stute eine besondere Eleganz, jede ihrer Bewegungen wirkte leicht und flüssig, und ihr Muskelspiel ließ erkennen, wie durchtrainiert sie war, und welche Kraft sich unter ihrem schwarzen Fell verbarg. Ein Pferd aus eigener Zucht, dessen Geburt Nicole miterlebt hatte. Schon damals hatte sie gewusst, dass sie dieses Pferd einmal reiten würde.

Roger hatte die Lust an der Horse Farm schon vor einigen Jahren verloren. Eine unglückliche Liebe hatte ihn aus der Bahn geworfen und in die Arme eines skrupellosen Barmädchens getrieben, das ihn verführt und ausgenommen und nach getaner Arbeit in die Gosse gestoßen hatte. Er hatte sich mit Alkohol getröstet und an Pokerrunden teilgenommen, die ihn längst ruiniert hätten, wäre er nicht der Sohn wohlhabender Eltern gewesen. Als sein Vater ihm kein Geld mehr gab und ihn an seine Pflichten erinnerte, war er zur Mutter gegangen.

Der Tod der Eltern hatte seine Sucht nur noch verschlimmert. Er überließ Nicole die Arbeit, war kaum zu Hause und warf mit dem geerbten Geld um sich. Sogar das Barmädchen, das ihn in den Ruin getrieben hatte, war aus der Versenkung aufgetaucht und machte da weiter, wo es aufgehört hatte. Die Tage, an denen er nüchtern am Frühstückstisch erschienen war, konnte sie an einer Hand abzählen. Er kam nur auf die Horse Farm, wenn er Geld brauchte.

Auch an diesem Morgen saß Nicole allein an dem langen Frühstückstisch, der eigentlich für ihre Eltern, ihren Bruder und sie und mögliche Ehepartner und Kinder gedacht war. Zumindest in der Vorstellung ihrer Eltern, die ihre Horse Farm in guten Händen und im Besitz einer intakten Familie wissen wollten. Der tragische Unfall und die Eskapaden ihres Bruders hatten alles zunichte gemacht. Selbst Nicole dachte manchmal schon daran, die Horse Farm zu verkaufen und irgendwo in der Fremde ihre Zukunft zu suchen. Auch wenn sie Freude an ihrer Arbeit hatte, war es doch deprimierend, allein am Frühstückstisch zu sitzen und mit ansehen zu müssen, wie Roger sich aus allem heraushielt.

Maria, die Haushälterin, brachte ihr ein reichhaltiges Frühstück mit Waldbeeren und starkem Kaffee. Kaffee war ihr Lebenselixier, er hielt sie am Leben, wenn ihr Akku leer zu werden drohte. Dazu gab es eine kleine Zimtschnecke, ihre tägliche Sünde. Da sie ja täglich ausritt und mit den Pferden arbeitete, konnte sie sich den Zuckerschub leisten. Sie mochte Zimtschnecken für ihr Leben gern, vor allem die Minischnecken, die Maria buk.

»Hat Roger sich gemeldet?«, fragte Nicole wie jeden Morgen.

»Leider nein«, antwortete Maria. Die Haushälterin arbeitete seit vielen Jahren für die Familie, hatte geholfen,

Roger und Nicole großzuziehen. Inzwischen war sie Anfang sechzig und immer noch so munter und beweglich wie damals.

Maria litt genauso unter dem Verlust der Eltern wie Nicole und brachte seitdem kaum noch ein Lächeln zustande. Vielleicht spürte sie, dass der unerwartete Tod der Sheldons nicht die einzige Veränderung auf der Horse Farm bleiben würde. Mit dem Tod des alten Sheldon, der wie ein Gutsherr über die White Lake Horse Farm geherrscht hatte, aber immer fair zu seinen Angestellten gewesen war, hatte das Unternehmen viel von seinem Charakter eingebüßt. Das spürte auch Nicole, die wusste, dass man einen eigenwilligen Oldtimer wie ihren Vater niemals ganz ersetzen konnte. So sturköpfig und halsstarrig er manchmal gewesen war, nur ihm war der Aufstieg der Horse Farm zu einem Vorzeigeunternehmen zu verdanken, ihm und seiner Frau, die allerdings stets im Hintergrund geblieben war, sich um die Gäste gekümmert und lächelnd repräsentiert hatte.

Nach dem Frühstück machte sich Nicole an die Arbeit, die sie am wenigsten mochte: Sie kümmerte sich um den Papierkram. So hatte ihr Vater die Schreibtischarbeit genannt, und sie war bei dem Ausdruck geblieben, obwohl sie fast alles am Computer erledigte. Buchungen und den Schriftverkehr mit zukünftigen Gästen delegierte sie an eine Mitarbeiterin. Sie selbst kümmerte sich vor allem um den Zahlungsverkehr, immerhin hatte sie zwei Jahre in der Buchhaltung gearbeitet.

Nein, Nicole konnte nicht klagen. Sie verdienten genug Geld mit den Urlaubern und der Zucht von Rassepferden, hatten allerdings auch hohe Ausgaben, die durch den aufwändigen Lebensstil ihres Bruders nicht gerade gemindert wurden. Ein Blick auf sein Konto verschlechterte ihre Laune jedes Mal. Roger lebte auf großem Fuß und gab ein Vermögen für seine Laster aus. Hinzu kam, dass er sich reichlich naiv benahm, was das Finanzielle anging, mit dem Geld um sich warf, als gäbe es kein Morgen, und jede Frau, der er den Laufpass gab, mit einer fürstlichen Abfindung in die Wüste schickte. Und die Frauen umschwirrten ihn wie Motten das Licht und hofften auf einen Geldregen.

Als sie an diesem Morgen die E-Mails checkte und eine Nachricht der Bank an Roger las, erschrak sie und wurde aschfahl. Sie stieß einen Fluch aus, trank einen Schluck von dem Kaffee, den sie in ihr Arbeitszimmer mitgenommen hatte, und rief die Bank an. Den zuständigen Mitarbeiter kannte sie seit Jahren.

»Stimmt das, Bill? Roger hat seinen Anteil an der Farm beliehen?«

»Ja, das stimmt. Ich dachte, du wüsstest davon.«

»Ich hab es gerade erst gesehen. Eine Million?«

Bill hustete verlegen. »Ich habe mich auch gewundert, aber was soll ich machen? Er hat genug Sicherheiten. Ich konnte ihm den Kredit nicht verweigern.«

»Du hättest mich anrufen können.«

»Das wäre gegen die Bestimmungen gewesen.«

»Bankgeheimnis?« Sie lachte. »Ich erledige unseren gesamten Schriftverkehr und erfahre es doch sowieso. Außerdem betrifft es mich genauso. Ein so hoher Kredit gefährdet die Existenz der Farm, hast du ihm das nicht gesagt?«

»Natürlich!«, wehrte sich der Angestellte. »Wir sind sogar verpflichtet, unsere Kunden über das Risiko eines Kredits aufzuklären. Er war im Vollbesitz seiner geistigen Kräfte, als er den Vertrag unterschrieb, Nicole. Er würde das Geld für eine ganz besondere Anschaffung benutzen, die auch dir zugutekäme, hat er behauptet. Vielleicht wollte er dich überraschen.«

Nicole lachte erneut. »Und das ist ihm ja auch vortrefflich gelungen.«

»Kein Grund, sich aufzuregen, Nicole. Er braucht die Summe nur kurzfristig und will sie uns spätestens in drei Jahren zurückzahlen. Er wäre in ein Geschäft eingestiegen, das ihm mehrere Millionen einbringen würde, sagt er. Okay, ich weiß auch, dass er einen eher …« Er suchte nach dem geeigneten Wort, »… eher ausschweifenden Lebensstil pflegt und gerne übertreibt, aber er klang sehr seriös.«

»Kann er den Deal noch rückgängig machen?«

»Er hat unterschrieben, Nicole. So einfach geht das nicht.«

»Ich werde mit ihm reden.«

Sie legte auf und stützte den Kopf in beide Hände. Minutenlang saß sie nur da, starrte auf den Bildschirm, ohne etwas zu sehen, und kämpfte gegen die Tränen an. Wie konnte Roger so etwas tun? Ahnte er denn nicht, dass sein süßes Leben vorbei wäre, wenn die Farm bankrottging? War sein Hirn denn schon so stark vernebelt, dass er ihre gemeinsame Zukunft aufs Spiel setzte?

»Eine Million!«, flüsterte sie. Sie konnte es noch immer nicht glauben. »Eine Million! Was, zum Teufel, hat er mit einer solchen Riesensumme vor? Einen Luxusschlitten kaufen? Ein Apartment in Manhattan anzahlen?

Sie stand auf und lief unruhig im Zimmer umher. Ihre Horse Farm war deutlich mehr als eine Million wert, würde aber mit ziemlicher Sicherheit in Schwierigkeiten geraten, wenn Roger den Kredit nicht zurückzahlte und die Bank dafür einen Teil des Besitzes kassierte. Oder wenn sie die Schulden bezahlen musste.

Sie rief Roger auf seinem Handy an, erreichte aber lediglich seine Voice Mail. »Ruf mich bitte sofort an, wenn du wieder klar denken kannst. Du weißt, worum es geht. Bist du da, Roger? Warum gehst du nicht an dein Telefon?«

Sie trat vor die Tür, denn sie brauchte frische Luft, um sich einigermaßen von dem Schock zu erholen. Selbst am strahlend blauen Himmel schienen plötzlich drohende Gewitterwolken aufzuziehen. Auch ein gesundes Unternehmen wie die White Lake Horse Farm vertrug es eben nicht, wenn einer der Besitzer nur in seine eigene Tasche wirtschaftete und das Geld mit vollen Händen ausgab. Es wäre nicht das erste Mal, dass eine Firma auf diese Weise unterging.

Als sie John Pickford, den Ranch Manager, mit einem der neuen Pferde in der Arena arbeiten sah, ging sie zu ihm und stieg auf die unterste Sprosse des Corralzauns. Das Pferd hieß Lucky, war eine dreijährige Stute aus der Zucht eines Bekannten, der sich zur Ruhe gesetzt hatte, und gewöhnte sich schnell an seine neue Umgebung. Pickford ließ es an der Longe im Kreis laufen und zeigte sich sehr zufrieden über die Fortschritte, die es bei der täglichen Arbeit machte.

»An der Longe geht sie schon gut«, berichtete er. »Ich denke, in den nächsten Tagen kann ich sie zum ersten Mal satteln und ihr die Trense anlegen.«

Nicole stimmte ihm zu. »Ein guter Kauf, aus ihr wird mal was.«

Sie beobachtete den Manager eine Weile, wie er das Pferd mit seiner Körpersprache dirigierte und am Laufen hielt. Je besser die Pferde auf Sattel und Trense vorbereitet wurden, desto williger benahmen sie sich später beim Reiten.

Nach einer Weile gab er die Longe an einen seiner Wrangler weiter und trat aus dem Corral. »Beinahe hätte ich's vergessen«, sagte er. »Gestern Nachmittag war ein Ehepaar hier. Die beiden wollten wissen, ob wir die Horse Farm verkaufen würden. Sie meinten es anscheinend ernst, müssen reiche Leute sein.«

»Und? Was haben Sie gesagt?«

»Dass sie an der falschen Adresse wären, was sonst?«

»Was würden Sie denn tun, wenn ich tatsächlich verkaufen würde?«

Pickford erschrak einen Moment, lachte dann aber. »Ich würde Ihnen sagen, dass Sie einen großen Fehler begangen haben, und mir was Neues suchen.«

»Einen Mann wie Sie würde man überall nehmen.«

»Noch lieber würde ich die Horse Farm kaufen, doch dafür fehlen mir leider ein paar Millionen. Aber darüber brauche ich ohnehin nicht nachzudenken. Sie sind viel zu sehr mit der Horse Farm verwurzelt, um sie zu verkaufen, oder?«

»Sicher«, erwiderte sie. Aber es klang nicht überzeugt.

»Oder könnten Sie auf Amber verzichten?«

»Die würde ich mitnehmen«, sagte sie. »Ich wollte Ihnen übrigens sagen, dass ich zu einem überraschenden Termin nach New York City muss. Es wird wohl später Abend werden, bis ich wieder zurück bin. Sie kommen zurecht?«

»Klar doch.«

Nicole bedankte sich und ging ins Haus, um sich umzuziehen. Sie würde Roger nicht so einfach davonkommen lassen. Nicht, wenn es um solche Summen ging. Sie würde ihm sagen, was es hieß, sie auf diese Weise zu hintergehen.

2

Nicole wusste, in welchem Hotel sich ihr Bruder mit seinen Freundinnen vergnügte. Er machte kein Geheimnis daraus und schwärmte sogar von den exotischen Cocktails in der Bar. Es lag in der 43rd Street, nur wenige Häuserblocks vom Times Square entfernt, und wirkte von außen so unscheinbar und langweilig wie die meisten Gebäude in Midtown Manhattan.

Sie übergab ihren Wagen dem Valet Parking und betrat die riesige Eingangshalle, die noch aus den 1990er Jahren stammte und wenig Charme versprühte. Zwei große Gummibäume schufen noch keine einladende Atmosphäre. Die Rezeption nahm eine Stirnseite der Halle ein, gegenüber gab es orangefarbene Sitzgruppen und die Pulte des Hoteldieners und des Concierge.

Nicole war zum ersten Mal in dem Hotel, sie hatte ihrem Bruder niemals nachspioniert. Ein Fehler, wie sich jetzt herausstellte. Aber was hätte sie damit erreichen können? Ihn mit Gewalt von seinen leichten Mädchen wegzerren? Ihn mit Gewalt dazu zwingen, nach Hause zurückzukehren und ihr bei der Arbeit zu helfen? Er hätte sie ausgelacht und ihr gesagt, dass er erwachsen sei und nicht daran denke, nach ihrer Pfeife zu tanzen. Er wolle sein Leben genießen.

Sie trat an die Rezeption und wandte sich an einen jungen Angestellten im roten Jackett der Hotelkette. Er lächelte professionell. »Guten Morgen«, grüßte sie, »würden

Sie mir bitte die Zimmernummer von Roger Sheldon geben?«

Er blickte auf seinen Monitor, drückte ein paar Tasten und griff nach einem Hörer. »Ich will mal sehen, ob er auf dem Zimmer ist. Und Ihr Name ist?«

»Nicole Sheldon. Ich bin seine Schwester.« Sie zeigte ihm ihren Führerschein und half mit einem Lächeln nach. »Ich würde ihn gern überraschen.«

Er errötete leicht. »Das ist was anderes, Ma'am. Zimmer sieben zwei sechs.«

Sie bedankte sich und ging zu den Aufzügen. Auf der Fahrt in den siebten Stock betrachtete sie ihr Spiegelbild. Ihr Lächeln wirkte auf Männer, das wusste sie, nicht nur auf Mike Grayson, der sie allerdings eher als attraktive Repräsentantin eines gemeinsamen Unternehmens betrachtete. Besonders, wenn sie sich wie eine Businessfrau kleidete. Schwarzer Hosenanzug wie jetzt oder schwarzes Kostüm mit einem Rock, der eine Handbreit über den Knien endete, weiße Bluse, High Heels, dezentes Make-up und gerade so viel Mascara und Eyeliner, dass ihre Augen noch größer und ausdrucksstärker wirkten, die Haare hochgesteckt, sehr konservativ, aber gerade richtig für Manhattan.

Sie blieb vor Zimmer 726 stehen und hörte leises Schnarchen. Am Türknopf hing das »Bitte nicht stören!«-Schild. Sie klopfte mehrmals. »Roger? Roger, mach auf! Ich muss mit dir reden.« Sie klopfte heftiger. »Roger! Mach auf!«

Es dauerte eine ganze Weile, und sie musste noch ein paarmal klopfen, bis das Schnarchen aufhörte. »Roger! Ich bin's … Nicole! Mach endlich auf!«

Sie hörte, wie der Riegel zurückschnappte. Die Tür

wurde einen Spalt weit aufgezogen, und sie erkannte die verschlafene Miene ihres Bruders. »Roger … verdammt, jetzt lass mich endlich rein! Ich muss dringend mit dir reden.«

»Nicole?« Seine Stimme klang heiser. »Was willst du denn hier?«

Sie stieß die Tür nach innen und ging an ihm vorbei ins Zimmer. In dem Doppelbett lag eine junge Frau, die mit ihren verquollenen Augen sicher weniger attraktiv aussah als am vergangenen Abend, und zog ihre Decke bis zum Hals.

»Hey! Von einem Dreier war nicht die Rede!«, sagte sie.

Nicole legte ihre Umhängetasche ab. »Schick sie nach Hause!«

»Wie bitte?«

»Hörst du schlecht? Du sollst sie wegschicken!«

Roger hatte einen Kater und war viel zu benommen, um sich Nicole zu widersetzen. Er ging zu dem Stuhl, über dem seine Hose hing, fischte einige Hunderter aus seiner Geldbörse und reichte sie der Frau. »Lass uns allein, Polly! Es war schön mit dir, aber jetzt hab ich was mit meiner Schwester zu bereden.«

Polly schien zufrieden mit ihrer Ausbeute, zog sich in Windeseile an und beeilte sich, in den Flur zu kommen. Ihr Parfüm stieg Nicole in die Nase, irgendetwas Süßliches, das ihr gar nicht gefiel. »Ich dachte, du hättest einen besseren Geschmack«, sagte Nicole. »Und dafür gibst du mehrere Hunderter aus?«

»Sie war es wert, glaub mir.« Er grinste dümmlich und schien gar nicht zu wissen, wie albern er in seinem knappen roten Slip und dem Basketball-Shirt mit dem Logo der New York Knicks aussah. Er ließ sich in einen Sessel fallen.

»Du weißt, warum ich hier bin?«, fragte sie.

Er grinste immer noch. »Weil du willst, dass ich dir bei der Arbeit helfe? Pferde striegeln, Heu schaufeln, mit Urlaubern über die Wiesen reiten … Ich dachte, dafür haben wir unsere Leute. Wir sind die Besitzer der Horse Farm, schon vergessen? Wir haben genug Geld, um uns Angestellte leisten zu können, die für uns die Arbeit erledigen. Das hab ich damals schon zu Dad gesagt.«

»Er hätte dich enterbt, wenn ich dich nicht gedeckt hätte.«

Er schien wieder einigermaßen nüchtern zu sein. »Ich hab mit den blöden Gäulen wenig im Sinn. Ich hab schon Dad gesagt, dass ich mir aus der Horse Farm wenig mache. Ich gebe mein Geld lieber für die angenehmen Dinge des Lebens aus. Willst du mir das verbieten? Spionierst du mir deshalb nach?«

»Ich spioniere dir nicht nach«, erwiderte sie, »und wenn wir Bargeld geerbt hätten, wäre es mir auch egal, was du damit anstellst. Leichte Mädchen, Drogen, Alkohol … Mach doch, was du willst. Aber wir haben ein Unternehmen geerbt, und unsere Eltern würden sich im Grabe umdrehen, wenn sie wüssten, dass du ihr Erbe leichtfertig aufs Spiel setzt. Ich hab keine Lust, die ganze Arbeit allein zu machen, während du deinen zweifelhaften Hobbys nachgehst.«

»Und um mir das zu sagen, fährst du bis nach Manhattan?«

»Ich bin hier, weil ich keine Lust habe, mir länger von

dir auf der Nase herumtanzen zu lassen. Und weil ich von unserer Bank erfahren habe, dass du einen Kredit über eine Million Dollar aufgenommen und deine Hälfte unserer Farm als Sicherheit angegeben hast. Du hast mich hintergangen, Roger!«

»Ich kann mit meiner Hälfte machen, was ich will.«

»Nicht, wenn du dadurch die Existenz der Farm gefährdest. Wenn du bei der Rückzahlung schluderst, was so gut wie sicher ist, dann ist die ganze Farm betroffen. Deine Hälfte, meine Hälfte. Wozu brauchst du eine Million Dollar?«

»Das geht dich nichts an.«

»Das geht mich sehr wohl etwas an«, sagte sie. »Oder meinst du, mir gefällt es, wenn du die Farm in den Bankrott treibst und wir ganz ohne Geld dastehen? Wozu in aller Welt brauchst du eine Million?«, fragte sie noch einmal.

»Ich investiere in einen neuen Geschäftszweig.«

»Ach ja?«, wunderte sie sich. »Ohne mit mir darüber zu sprechen?«

Er überging ihren Einwand. »Ich habe eine Jacht bestellt. Das Boot ist mindestens zwei Millionen wert, aber ich habe es für die Hälfte bekommen. Ich habe geschickt verhandelt. Am Montag fahre ich nach Long Island und mache den Deal perfekt. Ein Schnäppchen, Nicole, die Jacht ist ein Schnäppchen!«

»Besonders, wenn man einen Kredit dafür aufnehmen muss. Hast du an die monatlichen Kosten gedacht? Liegegebühr? Wartung? Versicherung? Sprit? Ganz zu schweigen von der Crew, oder kannst du so ein großes Boot allein steuern?«

»Wir verdienen genug Geld mit der Farm.«

»Und wenn ich verkaufe? Dann wärst du in drei Monaten pleite.«

Er wurde blass. »So dumm wirst du doch nicht sein.«

»Und was soll das für ein neuer Geschäftszweig sein?«, fragte sie.

»Wir veranstalten Ausflugsfahrten. Eine Woche auf dem Pferderücken und danach aufs Meer – an Bord einer exklusiven Luxusjacht. Na, wie klingt das?«

»Naiv«, erwiderte sie. »Ich glaube, du brauchst die Jacht, um irgendwelche Luxusfrauen zu beeindrucken. Du willst bei den Reichen und Schönen mitspielen. Und das Geld, das du sonst noch brauchst, willst du vom Profit der Horse Farm abziehen, ohne irgendetwas dafür zu tun. Eine nette Idee, aber so läuft das nicht, weil wir auch dann auf eine Pleite zusteuern. Willst du das?«

»So viel brauche ich nicht.«

Sie musste lachen. »Und deine Spielsucht? Und die Drogen?«

»Ich nehme keine Drogen mehr.«

»Nur ein wenig Kokain. Wach endlich auf, Roger!«

Roger erkannte wohl, dass ihm die Argumente ausgingen. »Okay, Schwesterherz«, sagte er, »das reicht. Kümmere dich um deine eigenen Angelegenheiten und lass mich allein. Geh nach Hause und führ deine Pferde spazieren.«

»Du bist unmöglich, Roger!«

Nicole sah ein, dass es sinnlos war, noch länger zu bleiben. Verärgert verließ sie das Hotel. In einer nahen Coffee Bar bestellte sie einen Cappuccino und blickte durch das

Schaufenster auf die Straße hinaus. Wie beinahe zu jeder Tageszeit war in Manhattan Einiges los, ein gelbes Taxi nach dem anderen bahnte sich einen Weg durch den dichten Verkehr, und auf dem Gehsteig überboten sich die Menschen in dem Bestreben, möglichst schnell an ihr Ziel zu kommen. In New York schlug das Herz schneller als in den beschaulichen Catskills, und die Sirenen von Polizei, Feuerwehr und Krankenwagen heulten ohne Unterlass. Immerhin zwei Jahre hatte sie in der Rechtsanwaltskanzlei gearbeitet, eigentlich nur, um ihrem Vater zu beweisen, dass sie sich auch in einer anderen Umgebung zu behaupten verstand, war aber froh gewesen, wieder nach Hause zurückzukehren und sich um ihre geliebten Pferde zu kümmern.

Sie wusste nicht, wie sie noch auf das Finanzgebaren ihres Bruders reagieren sollte. Sie hatte nicht übertrieben. Der Kredit und die täglichen Abbuchungen von ihrem gemeinschaftlichen Konto würden die Horse Farm innerhalb weniger Monate in den Bankrott führen. Als ihre Eltern noch gelebt hatten, war Roger mit einer gelegentlichen Affäre und etwas Kokain und Alkohol zufrieden gewesen, und wenn der Vater ihm das Konto gesperrt hatte, war die Mutter eingesprungen und hatte dem »guten Jungen« aus der Patsche geholfen. Seitdem ihm selbst eine Hälfte der Farm gehörte, glaubte er, sich wie ein stinkreicher Playboy aufführen und das Geld nach Herzenslust ausgeben zu können.

Mit Roger an ihrer Seite würde sie nie den Frieden finden, den sie sich nach dem Tod ihrer Eltern gewünscht hatte. Erst recht nicht, wenn ein Mann in ihr Leben trat und sie sich auf eine Ehe einließ. Ihr Bruder würde einen Ehemann als bedrohliche Konkurrenz ansehen, und es würde zu Konflikten und Auseinandersetzungen kommen. Er konnte ihre ganze Welt zum Einsturz bringen.

Ein kühner Plan reifte in ihr und nahm mit jedem Schluck aus dem Cappuccino-Becher mehr Gestalt an. Sie ließ sich ein Sandwich einpacken, holte ihren Wagen und fuhr nach Norden zurück. Das Sandwich aß sie während der Fahrt. Bis vor einer knappen Stunde hätte sie noch keinen Bissen heruntergebracht, aber jetzt schmeckte ihr das labbrige Brot mit Käse und Schinken plötzlich, und in ihren Gedanken formten sich Bilder, die sie lediglich aus den Westernfilmen kannte, die ihr Vater so gern gesehen hatte. Die weite, scheinbar endlose Prärie, hoch aufragende Berge, eine idyllisch gelegene Ranch inmitten scheinbar unberührter Natur. Cowboys, die Rinder und wilde Pferde über die Weide trieben.

Über den Catskills waren einige Wolken aufgezogen, als sie White Lake erreichte. Sie machte sich nicht die Mühe, auf ihrer Horse Farm nach dem Rechten zu sehen, vertraute Pickford, der alles bestens im Griff hatte, und fuhr zur Horse Farm der Graysons. Die war noch größer als ihre eigene und bekannt für ihre preisgekrönten Quarter Horses, eigentlich Cowboypferde, die intelligenter und schneller reagierten als gewöhnliche Pferde, besonders im Umgang mit Rindern. Im Gegensatz zu ihr lebte Mike Grayson nur von der Zucht.

Sie fuhr über die kiesbedeckte Zubringerstraße an den Weiden und Corrals vorbei und hielt vor dem zweistöckigen Ranchhaus aus Natursteinen, das unweit eines natürlichen Wasserfalls im Schatten einiger Felsen stand. Zwei weißgetünchte Säulen stützten das Vorbaudach wie bei einem Herrenhaus.

Sie stieg aus und hatte plötzlich Angst, übereilt zu handeln, einer plötzlichen Eingebung zu folgen, die sich hinterher vielleicht als Irrtum herausstellte. Doch sie zögerte nicht, stieg mutig die Treppen hinauf und sah Mike auch schon mit lächelndem Gesicht aus der Tür treten. Er war leger gekleidet, trug Jeans, Sweatshirt und weiße Sneaker und lächelte erfreut. »Sag bloß, du hast es dir anders überlegt.«

»Nein, Mike, aber ich möchte etwas mit dir besprechen.«

»Sicher … komm rein!« Er führte sie ins Wohnzimmer und bot ihr ein Glas Limonade an. »Hat meine Mutter gemacht. Zitronen, Äpfel und Melonen.«

Sie nahm dankend an und kam gleich zur Sache. »Ich habe über deine Worte heute Morgen nachgedacht und komme gerade aus New York, wo ich mit meinem Bruder gesprochen haben. Eigentlich dürfte ich es dir gar nicht sagen, aber Roger hat sich eine Million von der Bank geliehen und seine Hälfte der Horse Farm als Sicherheit angegeben. Du kannst dir sicher vorstellen, wie sehr mich diese Nachricht getroffen hat. So wie er sich zurzeit benimmt, denkt er gar nicht daran, mir bei der Arbeit zu helfen, und hat wahrscheinlich auch nicht vor, den Kredit zurückzuzahlen. Ganz im Gegenteil, er wird jeden Monat noch mehr Geld von unserem Profit abheben, um seinen aufwändigen Lebensstil zu finanzieren. Er hat mit der Horse Farm wenig im Sinn, mag nicht mal Pferde.«

»Eine Million … aber wofür denn?«

»Du wirst es nicht glauben … eine Jacht.«

»Eine Jacht?«, wiederholte Mike überrascht.

»Angeblich, um Touristen übers Meer zu schippern und ein Vermögen damit zu verdienen. Eine vollkommen irrwitzige Idee. Ich denke eher, er braucht die Jacht, um seine Gespielinnen zu beeindrucken und wilde Partys zu feiern.«

»Und was willst du jetzt von mir?«

»Sind deine Eltern zu Hause?«

»Sie sind bei Freunden in der Stadt. Wieso?«

»Es geht um eine Investition. Vielleicht sollten sie mitreden.«

Mike schüttelte den Kopf. »Meine Eltern haben sich längst aus dem aktiven Geschäft zurückgezogen. Sie überlassen mir die Führung der Ranch und vertrauen mir. Ich besitze alle Vollmachten, um eigenständig zu verhandeln.«

»Umso besser. Ich möchte dir unsere Horse Farm verkaufen.«

»Wie bitte?« Es dauerte eine Weile, bis sich die Bedeutung ihrer Worte in ihm festgesetzt hatte. »Wie soll ich das verstehen? Du willst die Horse Farm, auf der du aufgewachsen bist, an mich verkaufen und … Geht das überhaupt?«

»Du meinst, weil meinem Bruder die Hälfte gehört?« Sie trank von der Limonade. »Was bleibt ihm anderes übrig, als ebenfalls an dich zu verkaufen? Entweder er behält seine Hälfte, arbeitet mit und bezahlt seine Schulden, oder er kassiert genug Geld, um seine Schulden abzubezahlen und neu zu beginnen.«

»Er wird das Geld zum Fenster rauswerfen!«

»Seine Sache«, erwiderte Nicole. »Ich lasse mir von ihm nicht mein Leben zerstören. Er ist alt genug, um für sich selbst zu sorgen … sollte man jedenfalls meinen. Ich werde verkaufen und mir im Westen was Neues aufbauen.«

»Im Westen? Montana, Wyoming, Colorado? In *dem* Westen?«

»Wenn schon Neubeginn, dann richtig.«

»Und mein Vorschlag gefällt dir nicht?«, hakte er nach. »Das würde vieles einfacher machen. Wir beide wären ein unschlagbares Team. Oder nicht?«

»Tut mir leid, wenn ich das noch mal sagen muss, Mike, aber ich kann nur jemanden heiraten, den ich wirklich liebe. Willst du die Horse Farm kaufen?«

»Sicher, und ich würde dir einen fairen Preis bezahlen, aber …«

»Nichts aber«, sagte sie. »Ich werde so bald wie möglich mit Roger reden und rufe inzwischen unseren Anwalt an, damit er den Verkauf vorbereiten kann. Über die Details werden wir uns sicher einig. Nur eine Bedingung …«

»Und die wäre?«

»Ich behalte Amber, ihr Zaumzeug und ihren Sattel und den Chevy Silverado mit dem Pferdeanhänger. Und John Pickford muss Ranch Manager bleiben.«

»Dagegen ist nichts einzuwenden. Bist du dir denn wirklich sicher?«

»Es geht nicht anders, Mike. Ich brauche einen Tapetenwechsel, um wieder frei atmen und etwas Neues machen zu können. Bei dir ist unsere Horse Farm in guten Händen, das weiß ich. Einem Unbekannten würde ich sie ungern verkaufen. Ich weiß, das kommt alles ein wenig überraschend …«

»Das kann man wohl sagen.«

»Ich bin eben manchmal sehr spontan.«

»Ich weiß.«

»Haben wir einen Deal?«

»Natürlich.« Sie besiegelten die Abmachung mit einem Händedruck und stießen mit der Limonade an. »Und du willst wirklich in den Wilden Westen?«

»So wild ist er nicht mehr.«

Er lächelte amüsiert. »Eine Lady aus den Catskills als Cowgirl in fernen Westen … alles Mögliche hätte ich mir vorstellen können, nur nicht das.«

»Ich auch nicht, Mike«, erwiderte sie. »Ich auch nicht.«

Sie verabschiedete sich und kehrte zu ihrem Wagen zurück. Sie spürte, dass Mike sie beobachtete, wie sie in ihren Chevy stieg und zur Hauptstraße hinabfuhr. »Tut mir leid, Mom und Dad«, sagte sie in Richtung Himmel, »aber es geht leider nicht anders. Roger muss sich von nun an selbst helfen. Okay?«

Aus dem Himmel kam keine Antwort.

3

Sich von ihrem bisherigen Leben zu lösen und ein neues zu beginnen, dauerte länger, als sie angenommen hatte. Über den Verkaufspreis wurden Mike und sie sich schnell einig. Seine Eltern hatten ihm bereits das nicht unerhebliche Erbe überschrieben, zu dem auch Aktien und Bargeld gehörten, sodass nicht mal über eine Ratenzahlung verhandelt werden musste. Etwas schwieriger gestaltete sich die Ausarbeitung des Kaufvertrags, der mehrmals mit allen Beteiligten und den Anwälten verhandelt werden musste. Roger war daran gelegen, möglichst schnell an Bargeld zu kommen, und er konnte von Glück sagen, dass Mike ihm einen Vorschuss gewährte. Die Million, die sich Roger von der Bank geliehen hatte, lag bereits auf dem Konto des Jachtverkäufers auf Long Island.

Nicole nutzte die Zeit, um Mike in die Geschäfte der Horse Farm einzuarbeiten und ihn und John Pickford noch besser miteinander bekannt zu machen. Beide kannten sich bisher nur von gelegentlichen Begegnungen auf Barbecues und flüchtigen Unterhaltungen. Falls Mike gehofft hatte, während dieser Zeit doch noch ihr Herz zu gewinnen, sah er sich schon bald getäuscht. Nicole war inzwischen voll auf ihre neue Zukunft fixiert und suchte im Internet bereits nach erschwinglichen Pferderanches im Westen, ohne sie jedoch zu kontaktieren oder sich festzulegen. Sie wollte die Unternehmen mit eigenen Augen sehen.

Sie hatte kaum Freundinnen und Freunde, aber zahlreiche Geschäftspartner, Nachbarn und Bekannte in den Catskills, von denen sie sich verabschiedete und denen sie erklären musste, warum sie ihre langjährige Heimat verlassen und irgendwo in der Fremde eine neue Zukunft aufbauen wollte. Eine Freundin vermutete, sie würde einem Mann in den Westen folgen; ein Nachbar fragte sie, warum sie sich den Stress antat; ihr Ranch Manager bedauerte, nicht länger mit ihr zusammenarbeiten zu dürfen. Sie verspürte zwar Wehmut, vergoss aber keine Tränen.

Am Tag vor ihrer Abreise unternahm sie ihren letzten Morgenritt über die White Lake Horse Farm. Auf den Wiesen glitzerte Tau, die frische Luft brachte den würzigen Duft der Fichten vom Waldrand mit. Die Sonne stieg in ihrer ganzen orangefarbenen Pracht über den Bergen empor, als unternähme sie einen letzten Versuch, sie zum Bleiben zu überreden. Den Tag verbrachte sie damit, ihr Hab und Gut in den Silverado zu packen und den Wagen samt Pferdeanhänger für die lange Fahrt zu überprüfen. Den Teil der Möbel, den sie behalten wollte, hatte sie bei einer Spedition eingelagert und würde ihn nachkommen lassen.

Früh am nächsten Morgen streute sie Sägemehl auf den Boden des Trailers und füllte das Heunetz. Amber fütterte sie mit reichhaltigem Kraftfutter, wie immer vor einer längeren Fahrt. »So, meine Liebe«, sagte sie, als sie die Box betrat und die Stute tätschelte. »Es kann losgehen. Wir gehen auf große Tour.«

Amber spürte seit Tagen, dass ihr etwas Aufregendes bevorstand, und erwiderte die Begrüßung mit einem Schnauben. Nicole legte ihr Transportgamaschen an, die ihre Beine schützen sollten, streifte ein Halfter über ihren Kopf und führte sie an einem Strick zum Trailer. Über die heruntergeklappte Rampe führte sie das Pferd in den Anhänger, band es an und schloss die beiden Boxenstangen, die es zusätzlich sichern würden: Tätigkeiten, die ihr längst in Fleisch und Blut übergegangen und zur Routine geworden waren. »Bis wir auf der Interstate sind, kann es ein wenig unruhig werden«, warnte sie, »aber keine Angst, in dem Trailer bist du sicher. Bist du bereit, Amber? *Westward Ho*!«

Mike und ihre Angestellten standen Spalier, als sie mit dem Trailer auf die Zufahrtstraße fuhr. Sie blickte ein letztes Mal in den Rückspiegel und sah sie winken. Roger war gar nicht erst erschienen. Sie verabschiedete sich über die Mailbox seines Handys von ihm und wünschte ihm viel Glück. »Bau keinen Mist!«, warnte sie ihn noch. »Mit dem Geld kommst du wieder auf die Beine und kannst etwas Neues anfangen.«

Erst in diesem Augenblick wurde ihr bewusst, welches große Wagnis sie einging. Der Verkauf der Horse Farm hatte ihr genug Geld eingebracht, um die nächsten Monate sorglos zu leben und in aller Ruhe nach einer Immobilie zu suchen, die sie mit wenigen Angestellten bewirtschaften konnte. Entweder eine Horse Farm, wie es sie vor allem im Osten gab, oder eine kleine Ranch, eine Horse Ranch, wie man sie aus Westernfilmen kannte. Sie besaß genug Pferdeverstand, um einen erfolgreichen Zuchtbetrieb zu führen, das hatten ihr Fachleute mehrfach bescheinigt. Oder sie ließ sich auf eine Guest Ranch ein, auf der Urlauber ihre Reiterferien verbringen konnten. Sie war voller Gedanken, wollte aber nichts erzwingen, sondern alles ruhig auf sich zukommen lassen.

Nach knapp dreißig Meilen erreichte sie Pennsylvania und folgte der Interstate nach Westen. Die Landschaft war wenig aufregend und hauptsächlich von sanften Hügeln und vereinzelten Farmen geprägt. Eine Gegend, wie geschaffen für die vor allem deutschstämmigen Siedler, deren Vorfahren zu Beginn des 18. Jahrhunderts in Pennsylvania eingewandert waren und dort hauptsächlich von Ackerbau und Viehzucht gelebt hatten. Abseits der Interstate beobachtete Nicole die Pferdewagen einiger Amish, der Glaubensgemeinschaft, die auf alle Segnungen der Zivilisation verzichtete, auch auf Handys und Computer, und im strengen Leben nach der Bibel und in der Hoffnung auf ein glückliches Leben nach dem Tod ihr Heil sah.

Unterwegs aß sie eines der Sandwiches, die sie in die Kühlbox gepackt hatte, und trank Kaffee aus der Thermoskanne. Im Radio wechselte sie von einer Country- oder Folk-Station zur nächsten und freute sich, als Peter, Paul und Mary von »Puff the Magic Dragon« sangen. Das war einer der Songs, die ihre Eltern ganz besonders geliebt hatten. Sie hatten das Trio noch live gesehen. Bis zu ihrem Tod hatten sie sich darüber geärgert, 1969 noch im Kinderwagen gelegen zu haben und nicht beim legendären Woodstock-Festival dabei gewesen zu sein, das auf einigen Wiesen abseits von White Lake stattgefunden hatte, wenige Meilen von der Horse Farm entfernt. Nicole mochte die Musik der 1970er Jahre, vor allem Rock und Folk, und begeisterte sich inzwischen für Country Music. Genau die richtige Musik, wenn man nach Westen unterwegs war.

Am Nachmittag fuhr sie nach Youngstown, einer Kleinstadt in Pennsylvania. Einige Meilen weiter südlich erreichte sie eine Siedlung, die diesen Namen eigentlich nicht verdiente, und hielt vor einem einsam gelegenen Motel. Außer dem Motel, einem Gemischtwarenladen, einer Autowerkstatt und einem »Family Restaurant« gab es dort nichts zu sehen. *Homemade Cheeseburgers* stand wahrscheinlich schon seit einigen Jahren auf einem Pappschild neben der Tür.

Sie stieg aus und ging ins Büro. Die Federn eines Sessels ächzten, als sich ein übergewichtiger Mann erhob und aus dem Nebenraum an den Tresen kam. Bei seinem Anblick wunderte sie sich, dass er einen Computer bedienen konnte und Kreditkarten akzeptierte. Er trug Jogginghosen und ein graues Sweatshirt.

»Hi«, grüßte sie, »haben Sie ein Zimmer frei?«

»Soll das ein Witz sein? Ich hab alle zwölf Zimmer frei.«

»Das Geld im Voraus, nehme ich an.«

»Wär besser.«

Sie zahlte, bekam eine Quittung und den Schlüssel für Zimmer 1. »Ich hab ein Pferd dabei. Meinen Sie, ich kann das über Nacht dort weiden lassen?«

»Ein Fünfer, und der Gaul geht okay.«

Sie legte einen Schein auf den Tresen, bedankte sich und parkte ihren Wagen vor Zimmer 1. Es sah wie die meisten Motelzimmer auf dem Lande aus, war aber sauber, und sogar die Dusche und der Wasserhahn funktionierten. Die Matratze war weich und eingedellt, aber etwas anderes hatte sie auch nicht erwartet.

Nachdem sie ihre Sneakers gegen die Westernstiefel getauscht hatte, ging sie zum Trailer und klappte die Rampe herunter. »Alles okay, Amber?«, rief sie. »Für heute hast du's überstanden.« Sie löste die Boxenstangen, band die Stute los und führte sie rückwärts aus dem Trailer. »Siehst du, so schlimm war's doch gar nicht.« Sie befreite Amber von ihren Transportgamaschen und verwöhnte sie mit einem freundschaftlichen Klaps. »Lust auf einen Ausritt?«

Ein freudiges Schnauben sagte ihr, dass es höchste Zeit wurde. Sie holte Sattel und Zaumzeug aus der Transportbox, saß nur wenige Minuten später im Sattel und ritt am Motel vorbei auf die Wiese, die sich dahinter erstreckte. Ein rascher Blick zum Fenster zeigte ihr, dass der Besitzer sie genau beobachtete. Wahrscheinlich ärgerte er sich bereits, nicht mehr Geld verlangt zu haben.

Während sie über die Wiese und am Waldrand entlangritt, spürte sie, wie erleichtert Amber war, sich wieder ungehindert bewegen zu dürfen. Bewegung lag ihr im Blut, und mehr als ein paar Stunden in einem Horse Trailer würde sie ihr niemals zumuten. Sie ließ die Stute im Galopp gehen, erfreute sich an ihrem Gang, der auch nach der langen Fahrt anmutig und flüssig wirkte. Über eine Stunde trieb sie sie über die Wiesen und ließ sie anschließend von dem saftigen Gras fressen, das verführerisch in der Sonne glänzte.

Am frühen Abend überquerte sie die Straße und betrat das Family Restaurant. Am Tresen saßen zwei Farmer und tranken Kaffee. Sie unterbrachen ihre Unterhaltung, als sie Nicole hereinkommen sahen. Sie wechselte einen Blick mit der Bedienung, die alle vier Tische mit einer Handbewegung einschloss und sagte: »Wo Sie wollen.« Noch während sich Nicole setzte, erschien sie mit der Kaffeekanne, füllte ihren Becher und fragte: »Cheeseburger und Pommes?«

Der Cheeseburger schmeckte besser, als sie befürchtet hatte, nur die Pommes frites waren zu kross, aber sie hatte schon schlechter gegessen. Der Kaffee war so schwach wie wahrscheinlich in den 1960ern. Eine Cola zum Nachtisch löste auch dieses Problem. Coke schmeckte auf der ganzen Welt gleich.

»Auf der Durchreise?« Die Bedienung war an ihrem Tisch stehen geblieben und anscheinend zu einem Schwätzchen aufgelegt. Sie trug eine rot-weiße Uniform, wie sie in den Diners der Rock ´n´ Roll-Ära üblich gewesen war, aber bei ihrem Gewicht nicht sehr vorteilhaft wirkte. Entweder merkte sie es nicht, oder es war ihr egal.

»Nach Westen … mit meinem Pferd.«

»Sie haben ein Pferd?«

»Amber … steht hinter dem Motel auf der Weide.«

»Sind Sie ein Cowgirl oder so was?«

»So was Ähnliches«, antwortete Nicole. »Ich hab auf einer Farm in New York State gearbeitet und will mir im Westen was Neues aufbauen.« Nicole wusste selbst nicht, warum sie plötzlich so gesprächig war. Wahrscheinlich hatte sie unterwegs zu lange gegrübelt und sehnte sich nach einer Unterhaltung.

»Im Westen? Wyoming und so?«

»Könnte sein. Montana und Idaho kämen auch in Frage.«

»Ganz schön mutig.«

»Nicht, wenn man einen nervenden Bruder wie ich hat.«

Die Bedienung musste lachen. »Ich hatte mal einen Lover, einen hässlichen Vogel, der mir gehörig auf den Wecker ging. Ist runde dreißig Jahre her. Damals wollte ich weg, aber mein Geld hätte nicht mal für das Busticket nach Cleveland gereicht, und wer weiß, ob ich dort einen Märchenprinzen gefunden hätte, der schöner war. Außerdem hab ich 'ne kranke Mutter im Rollstuhl, die schon durchdreht, wenn ich mal später von der Arbeit komme. Nee, ich werde wohl hier versauern. Die Welt seh ich mir im Fernsehen an, ist auch schön.«

Nicole schlief mehr schlecht als recht und fühlte sich erst nach einer heißen Dusche wieder einigermaßen wohl. Sie begrüßte Amber, der das saftige Gras anscheinend geschmeckt und neue Energie geschenkt hatte. »Es geht weiter, Amber«, sagte Nicole. »Ich weiß, es gibt bequemere Arten zu reisen als in einem Pferdetrailer, aber anders geht es leider nicht. Noch ein paar Tage, dann haben wir es geschafft, dann kannst du dich wieder austoben. Bist du so weit?«

Amber wäre wohl lieber auf der Weide geblieben, wehrte sich aber nicht, als Nicole sie in den Trailer führte und die Rampe hochklappte. Der Motelbesitzer stand vor seinem Büro und rauchte, als sie zum Highway zurückfuhr. Sie sparte sich den schwachen Kaffee im Family Restaurant, hielt stattdessen am Coffee Shop an der Interstate-Auffahrt und ließ sich ihre Thermoskanne füllen. Ein Donut, den sie beim Fahren aß, musste als Frühstück reichen.

Die Interstate sah genauso aus wie am Vortag, führte

durch dichte Laubwälder und Felder und verlor sich irgendwo am Horizont. Die Sonne war ihr treu geblieben und begleitete sie bis in den Nachmittag hinein. Sie war das Fahren mit Pferdetrailer gewohnt, war aber dennoch froh, dass es nicht regnete und sich auch der Wind zurückhielt. Der Verkehr war ebenso dicht wie am Vortag, und sie wurde vor allem von Trucks überholt, deren Fahrer es wie immer besonders eilig hatten. Mit dem Trailer hielt sich Nicole ganz bewusst zurück.

Sie wollte an diesem Tag bis nach Indiana kommen und hatte ihre Fahrzeit auf ungefähr sieben Stunden berechnet. Mehr wollte sie Amber nicht zumuten. Ihr Lunch bestand aus einem weiteren Sandwich und einem Apfel aus ihrer Kühlbox, dazu gab es den Kaffee, den sie im Coffee Shop gekauft hatte. Er schmeckte wesentlich besser als im Family Restaurant, wozu allerdings nicht viel gehörte. Der Oldie-Sender, den sie eingeschaltet hatte, spielte die Stones.

Einige Meilen westlich von Columbus verließ sie die Interstate und fuhr zu einer nahen Tankstelle. Sie füllte ihren Tank, zahlte mit ihrer Kreditkarte an der Tanksäule und ging in den Laden, der groß genug war, um ihren Lieblingsschokoriegel vorrätig zu haben. Als sie nach draußen zurückkehrte, sah sie ein Mädchen an ihrem Wagen lehnen. Sie konnte höchstens achtzehn sein.

»Hey«, sagte das Mädchen.

»Hey«, grüßte Nicole zurück.

»Ich bin Lucy.«

»Freut mich, Lucy. Ich bin Nicole. Was gibt's?«

Lucy bot einen seltsamen Anblick. Ihre strohblonden

Haare, von roten Strähnen durchzogen, waren auf einer Seite lang und der anderen kurz, ihre Augen waren extrem groß und schienen ständig zu lächeln, und an ihrem rechten Ohrring baumelte ein silbernes F. Ihr Rucksack hing an einem Riemen über der linken Schulter. Sie trug drei Viertel lange Khakihosen, ein ärmelloses T-Shirt mit dem Logo einer Band, die Nicole nicht kannte, und feste Wanderschuhe. Auf ihren linken Oberarm war ein Pferdekopf tätowiert.

»Fährst du nach Westen?«

»Wieso? Willst du mitfahren?«

»Wäre cool.«

Der tätowierte Pferdekopf gab den Ausschlag. Wer Pferde mochte, konnte nicht ganz verkehrt sein. »Okay, dann steig ein. Wo soll's denn hingehen?«

»Egal«, antwortete Lucy. »Hauptsache weg.«

Sie stiegen ein und fuhren auf die Interstate zurück. Während der Fahrt öffnete Nicole den Dreierpack mit den Schokoriegeln und reichte Lucy einen. Mit einer Hand griff sie nach hinten und zog eine Flasche Wasser aus dem Cooler.

»Bist du zu Verwandten oder Freunden unterwegs?«

»Nee.«

»Sondern?«

»Du bist ganz schön neugierig.«

Nicole ließ sich nicht aus der Ruhe bringen. »Ich weiß gern, wen ich in meinem Auto sitzen habe.« Sie zögerte. »Du bist von zu Hause weggelaufen, was?«

»Wie kommst du denn darauf?«

»Keine Ahnung. Ist wohl das berühmte Bauchgefühl.«

Lucy biss in ihren Schokoriegel und kaute eine Weile, bevor sie antwortete. »Meinetwegen … ich bin abgehauen. Lieferst du mich jetzt den Bullen aus?«

»Hast du was ausgefressen?«

»Nicht direkt.«

»Hast du?«

»Ich hab die Schnauze voll, das ist alles. Ich hab die verdammte Highschool hinter mich gebracht und denke gar nicht daran, in irgendeinem Büro oder einer Fabrik zu versauern. Ist nicht mein Ding. Ich hab keine Lust, unter der Fuchtel irgendeines Aufpasser zu stehen und mich von ihm begrapschen zu lassen.«

»Wie kommst du denn darauf?«

»Hat man dich noch nie angemacht?«, erwiderte Lucy. Ihre Augen blitzten. »Mir sind schon die Highschool Kids im Schulbus nachgestiegen. Dachten wohl, ich wär leicht zu haben, weil ich in ihren Augen wie eine Bitch aussehe. Sogar wenn ich keinen Minirock anhatte, versuchten sie, mir an die Wäsche zu gehen. Und als ich einem der Typen eine langte, musste ich zum Direktor.«

»Ich kann mir denken, was der gesagt hat.«

»Ich sollte nicht wie eine Schlampe rumlaufen und mich wie ein anständiges Mädchen anziehen. Mit meinem provozierenden Verhalten würde ich den Hormonhaushalt der Jungen durcheinanderbringen. Und Miniröcke sähe man an seiner Schule nicht gern. Er war kurz davor, mich von der Schule zu werfen.«

»Was sagen denn deine Eltern dazu?«

»Pflegeeltern«, verbesserte Lucy sie. »Meine dritten, um genau zu sein. Sie denken genauso wie der Schuldirektor.

Ich hab ihnen eine Nachricht dagelassen. Dass ich die Nase voll hätte und nicht mehr wiederkommen würde.«

»Und du bist sicher, dass sie nicht nach dir suchen?«

»Weil ich ihnen einen Fünfziger geklaut hab?«

»Du hast sie bestohlen?«

»Den hab ich mir redlich verdient. Ich musste doch die ganze Drecksarbeit machen. Ich hab ihn aus dem Geheimversteck meiner Pflegemutter genommen, von dem wusste nicht mal ihr Mann was. Ich hab sie heimlich dabei beobachtet, wie sie ein paar Scheine von ihrem Haushaltsgeld abgezweigt und zwischen ihren Klamotten versteckt hat. Da lag noch mehr. Die merkt das gar nicht, und wenn, muss sie die Klappe halten, sonst verprügelt ihr Alter sie wieder.«

Nicole blickte sie zweifelnd an. »Klingt wie ein Krimi.«

»Du glaubst mir nicht?«

»Das klingt alles sehr dramatisch.« Nicole dachte eine Weile über ihre Antwort nach. »Was hast du jetzt vor? Mit fünfzig Dollar kommst du nicht weit.«

»Erst mal weit weg, dann sehen wir weiter.«

»Ganz schön mutig.«

»Es kann nur besser werden«, sagte Lucy.

4

Am frühen Nachmittag erreichten sie die Grenze von Indiana. Zu beiden Seiten erstreckten sich weite Felder, auf denen Mais, Weizen und Sojabohnen angebaut wurden. Alle paar Minuten tauchte eine Farm auf, rote Scheunen stachen aus dem ewigen Grün hervor. Der Himmel hatte sich grau verfärbt, gelegentlich regnete es. Traurige Songs aus dem Autoradio lieferten den Soundtrack.

»Hast du keine anständige Musik?«, fragte Lucy. Sie drehte am Radio und war erst zufrieden, als heftige Rap-Rhythmen aus dem Lautsprecher drangen.

Nicole drückte das Radio aus. »Finger weg!«

»Stehst du etwa auf Country?«

»Warum nicht? Die Geschmäcker sind verschieden. Country, Folk oder Oldies aus den Seventies. Mit dem Top-Forty-Kram kann ich wenig anfangen. Außerdem bin ich nicht in Stimmung für so was. Rap macht mich viel zu nervös.«

Sie fuhren eine Weile schweigend dahin. Die Straße zog sich scheinbar ewig dahin, führte an einer Weide mit Pferden vorbei, die sich unter einige Bäume zurückgezogen hatten. Normalerweise das Zeichen, dass heftige Unwetter oder Wind bevorstand. Indiana war für seine Tornados bekannt. Doch der Wetterbericht auf ihrem Handy hatte nur leichten Wind und Regen vorausgesagt.

»Magst du Pferde?«, fragte Nicole mit einem Blick auf Lucys Tattoo.

»Auf der Highschool musste ich mich um welche kümmern. Ein Projekt, das sich einer unserer Lehrer ausgedacht hatte. Seine Eltern waren Pferdezüchter. Ich komme gut mit Pferden aus. Sie mögen mich und sind nicht so arrogant wie die Leute, die mich wegen meines Outfits als Schlampe beschimpfen.«

Nicole überholte einen Lieferwagen. »Hast du mich deshalb gefragt, ob ich dich mitnehme? Weil ich einen Horse Trailer an meinem Auto hängen habe?«

»Nee … weil du eine Frau bist.«

»Magst du keine Männer?«

»Erste Regel beim Hitchhiken: Vermeide es, zu allein reisenden Männern in den Wagen zu steigen. Die Chance, von ihnen angemacht oder betatscht zu werden, ist groß. Oder sie starren auf deine Beine, bis sie einen Unfall bauen.«

»Du könntest tatsächlich dein Outfit ändern. Wäre einfacher.«

»Nie im Leben. Du bist eine von den Konservativen, was?«

So etwas hörte Nicole zum ersten Mal. »Keine Ahnung. Eher nicht, würde ich sagen, sonst hätte ich wohl kaum meinen Anteil an einer Horse Farm verkauft und wäre auch nicht nach Westen unterwegs, ohne zu wissen, was mich dort erwartet. Ich komme aus New York State. Der Westen ist eine vollkommen andere Welt für uns. Als würde jemand aus Mexiko nach Kanada versetzt.« Sie trank aus ihrer Wasserflasche. »Und du? Wo kommst du her?«

»Pittsburgh, Pennsylvania.«

»Noch krasser. Das Gegenteil von Wyoming und Montana.«

»Ich bin nicht wegen der schlechten Luft weg.«

Hinter ihnen ertönte eine Polizeisirene. Nicole blickte in den Seitenspiegel und sah einen Streifenwagen der State Police auftauchen. Sie fuhr auf den Seitenstreifen, ließ das Seitenfenster herunter und legte beide Hände aufs Lenkrad. Im Spiegel beobachtete sie, wie der Trooper aus seinem Wagen stieg, den Gürtel mit der Waffe und dem Schlagstock hochzog und langsam näher kam.

Er beugte sich zu Nicole herab. »Ihren Führerschein bitte, Ma'am.«

Nicole gehorchte. »Sind wir zu schnell gefahren?«

»Warten Sie hier«, erwiderte er ohne sichtbare Gefühlsregung. Er kehrte zu seinem Wagen zurück und checkte den Führerschein über den Bordcomputer. Während er zurückkam, eilte ein zweiter Streifenwagen mit heulenden Sirenen herbei und parkte vor ihnen. Der Trooper, eine Frau, blieb abwartend stehen.

»Hast du mir irgendwas verschwiegen?«, fragte Nicole flüsternd.

Lucy antwortete nicht.

Der Trooper des ersten Wagens kehrte mit dem Führerschein zurück und reichte ihn Nicole. Er blickte Lucy an. »Lucy Flores? Miss Lucille Flores?«

Lucy war auf einmal sehr kleinlaut. »Ja?«

»Aussteigen und beide Hände aufs Autodach.« Er wandte sich an Nicole, eine Hand an seiner Waffe. »Das gilt auch für Sie, Ma'am. Steigen Sie aus!«

»Was hat das zu bedeuten, Trooper?«, fragte Nicole verwundert.

Der Trooper ignorierte sie und hatte nur noch Lucy im Blick. »Kennen Sie einen Randy McDermott aus Akron, Ohio?« Als Lucy angestrengt zu überlegen schien, fuhr er fort: »Er beschuldigt Sie, ihm Drogen zum Verkauf angeboten zu haben. Ein weißes Pulver, sagt er. Er kennt sich mit Drogen nicht aus.«

»Bullshit!«, schimpfte Lucy.

»Keine Kraftausdrücke«, warnte er, »oder ich muss Sie festnehmen.«

»Es war genau andersrum! Er wollte mich auf eine Party mitnehmen, und dann stellte sich heraus, dass wir beide die einzigen Gäste waren. Von wegen, er kennt sich nicht mit Drogen aus. Er wollte mir Kokain andrehen. Er ist nicht der brave Junge, als den er sich ausgibt. Er handelt mit dem Zeug. Hat er mir selbst gesagt. Ich hab ihm gesagt, ich nehm so was nicht, und bin gegangen.«

Der Trooper gab sich nicht zufrieden. »Ein Nachbar hat Sie gesehen, als Sie aus seiner Wohnung kamen. McDermott hätte Ihnen nachgerufen, er würde so was nicht mitmachen. Und Sie wären wütend nach draußen gestürmt.«

»Das war einer seiner Freunde.« Lucy wirkte nervös; weil sie schuldig war oder sich nur in die Enge getrieben fühlte, war ihr nicht anzumerken. »Er will mir nur eins auswischen, Trooper. Weil ich seine Schweinereien nicht mitmachen wollte. Kokain schnupfen, mit ihm schlafen … so eine bin ich nicht. Das meinen die Leute nur, weil ich wie ein Punk rumlaufe. Ich bin unschuldig!«

Der Trooper gab seiner Kollegin ein Zeichen, und die tastete zuerst Lucy und dann Nicole ab. Anschließend durchsuchten sie den Wagen. Sie gingen nicht besonders systematisch vor, nahmen Lucy ihre Geschichte anscheinend ab. »Sorry«, entschuldigte er sich bei Nicole, »aber wir tun nur unsere Pflicht. Ich hab diesem McDermott von Anfang an nicht geglaubt. Er ist uns schon ein paar Mal unangenehm aufgefallen. Anscheinend hatte er tatsächlich was gegen Ihre Begleiterin.« Er lächelte. »Sind Sie mit der jungen Dame verwandt?«

»Sie ist per Anhalter unterwegs. Ich hab sie mitgenommen.«

»Seltsames Outfit, nicht wahr?«

»In L.A. würde sie wahrscheinlich nicht auffallen.«

»Hier draußen schon.« Er lächelte wieder. »Und Sie fahren wohin?«

»Nach Westen«, wich sie ihm aus, »Ich will mir einige Pferderanches ansehen. Die Stute im Trailer ist Amber. Die kann mit Quarter Horses mithalten.«

»Passen Sie gut auf sich auf, Ma'am.«

Sie warteten, bis die Trooper verschwunden waren, und fuhren weiter. Minutenlang waren nur der Motor des Silverado und der vorbeirauschende Verkehr zu hören. Nicole wurde von Gedanken geplagt. Sie traute den Aussagen ihrer Begleiterin nicht und war sich plötzlich nicht mehr sicher, richtig gehandelt zu haben, als sie Lucy mitgenommen hatte. Sie hatte keine Beweise für ihr Misstrauen, fragte deshalb nur: »Hast du ihm wirklich die Wahrheit gesagt?«

»Fast«, antwortete Lucy. Sie griff in ihre Hose und zog ein Beutelchen mit weißem Pulver heraus. »Ist nicht mal ein Gramm und sollte mich wohl nur beeindrucken oder anfixen, was weiß ich. Er wollte mich damit rumkriegen.«

Nicole fuhr rechts ran und blickte Lucy entsetzt an. »Du hast den Beutel eingesteckt? Warum hast du das dem Trooper nicht gesagt? Warum, Lucy?«

»Ich hab nicht gelogen, Nicole«, erwiderte sie. »Ich hab ihm kein Kokain verkauft. Ich habe ihm auch nichts abgekauft. Er hat mir das Zeug geschenkt.«

»Du nimmst Drogen?«

»Ich nehme keine Drogen, Nicole. Okay, auf der Highschool haben wir mal Pot geraucht, aber das war auch schon alles. Aber ich hab noch nie Kokain geschnupft. Den Beutel hab ich nur eingesteckt, weil mich der Typ reingelegt hatte. Warum soll ich das den Troopern auf die Nase binden? Die hätten mir doch kein Wort geglaubt. Sie hätten mich mitgenommen und eingesperrt.«

»Und das zu Recht!« Nicole war außer sich. »Raus mit dir!«

»Du willst mich rausschmeißen? Auf der Interstate?«

»Ich hab schon genug am Hals. Also, geh bitte!«

»Aber ich hab dir doch gesagt … ich bin unschuldig…«

»Nimm deinen Rucksack und geh!«, sagte Nicole.

Lucy gehorchte, wuchtete ihren Rucksack von der Rückbank und trat auf die Böschung am Straßenrand. Nicole fuhr mit hochrotem Gesicht weiter. Wie dumm musste man sein, sich freiwillig ein solches Problem aufzuladen?, hielt sie sich vor. Welcher Teufel hat mich nur geritten, sie mitzunehmen? Ihr ging durch den Kopf, dass sie ihren Bruder schon einmal auf ähnliche Weise abgekanzelt hatte, als sie ihn in seinem Zimmer beim Schnupfen von Kokain erwischt hatte. »Du lässt auch nichts aus!«, hatte sie ihn angebrüllt. »Wenn du so weitermachst, landest du irgendwann in der Gosse, kapierst du das nicht?«

Sie schüttelte die hässlichen Bilder ab und hielt erneut am Straßenrand. Noch hatte sie sich keine Viertelmeile von Lucy entfernt. Ohne zu ahnen, warum sie es tat, stieg sie aus und winkte Lucy heran. »Komm schon!«, rief sie.

Lucy wartete einige Sekunden, war anscheinend nicht sicher, ob sie es wirklich ernst meinte, und kam zögernd auf sie zu. Vor dem Silverado blieb sie noch einmal stehen, warf dann ihren Rucksack auf die Rückbank und stieg ein.

Nicole kletterte auf den Fahrersitz. »Wirf das Zeug weg!«, sagte sie.

»Schon erledigt. Hab den Beutel aufgerissen und es im Bach verteilt. Da gibt es nicht mal Fische, die high werden könnten. Nur ein paar Einzeller.«

»Du hast das Zeug nicht geschnupft?«

»Ehrlich nicht.«

»Mein Bruder schnupft Kokain«, sagte Nicole. »Und er säuft und ist spielsüchtig. Ich bin gefahren, um Probleme loszuwerden, nicht neue zu bekommen.«

»Tut mir leid.«

Nicole war keine Moralapostelin, und es lag ihr fern, Lucy zu bevormunden. Warum auch? Sie würde ein paar Tage mit ihr fahren und dann wieder ihre eigenen Wege gehen. Kein Grund, sich stärker auf sie einzulassen. Sie war alt genug, um selbst auf sich aufzupassen. Vielleicht war es ein Fehler gewesen, eine Anhalterin mitzunehmen, schließlich passierte viel, und man wurde oft genug davor gewarnt. Aber der Impuls, dem Mädchen zu helfen, war größer gewesen, und etwas sagte ihr, dass ihr forsches Gehabe nur vorgetäuscht war, um sich gegen die Bedrohungen der neu gewonnenen Freiheit zu schützen.

»Du könntest dir die Haare wachsen lassen, lange Hosen tragen und dich etwas zurücknehmen«, sagte Nicole. »In der Masse unterzugehen, schützt einen manchmal besser. Wäre auch eine Verkleidung, würde dir aber vieles leichter machen.« Sie blickte auf den Ohrring. »Was bedeutet eigentlich dieses F?«

»Dass mir alle gestohlen bleiben können.«

»Hätte ich mir eigentlich denken können. Andere aber auch.«

»Gut so.«

»Du provozierst gern, was?«

»Ich bin wütend. Hältst du mir ′ne Predigt oder wie?«

»Ich will wissen, wen ich mitgenommen habe.«

Lucys Augen blitzten wieder. »Lucy Flores, schon lange keine Jungfrau mehr und trotzdem nie verliebt. Highschool-Abschluss, weil ich auf drei verschiedenen Schulen war und mich immer durchgemogelt hab, zurzeit ohne festes Ziel nach Westen unterwegs, und der Teufel weiß, was mich dort erwartet.«

Nicole ersparte sich eine Antwort, und auch Lucy blieb eine Weile mit ihren Gedanken allein. Es regnete nicht mehr, an einigen Stellen kam sogar die Sonne durch. Die Reifen der vorbeifahrenden Trucks summten auf dem nassen Asphalt. Je näher sie Indianapolis kamen, desto dichter wurde der Verkehr.

»Hunger?«, fragte Nicole. Sie reichte Lucy eines der Sandwiches aus der Kühlbox und nahm sich selbst eines, ihr letztes. »Heute Abend suchen wir uns ein Lokal und essen was Anständiges. Ich nehme nicht an, dass du vegan lebst.«

»Nicht mal vegetarisch. Kannst du dir nicht leisten, wenn du von deinen Pflegeeltern an der kurzen Leine gehalten wirst. Da stopfst du alles in dich rein, was du kriegen kannst.« Lucy kaute genüsslich. »Ich dachte eher, du bist eine von diesen Ökos. Du hast Kohle. Gesundes Essen können sich nur Reiche leisten.«

»Du warst bei drei Pflegeeltern?«

»Und da hatte ich noch Glück«, sagte Lucy mit vollem Mund. »Einige der Kinder aus dem Heim in Pittsburgh, in dem ich war, haben es auf über zehn Eltern gebracht. Immer noch besser, als die ganze Zeit in einem Heim zu versauern.«

»Was war mit deinen leiblichen Eltern?«

»Die hab ich nie kennengelernt, aber ich hab rausgefunden, dass meine Mutter so ziemlich alle Laster hatte, die man haben kann, und mich gleich nach meiner Geburt weggegeben hat. Sie starb im gleichen Jahr an einer Überdosis. Wer mein Vater war, wusste sie auch nicht. War mir auch egal, ehrlich gesagt.«

»Und wer hat dich aus dem Heim geholt?«

»Die ersten waren die Montgomerys. Ein Versicherungsvertreter und seine sexsüchtige Alte. Kaum war er aus dem Haus, vögelte sie mit allen möglichen Typen rum. Ich war damals fünf oder sechs und bekam alles mit. Als ich ihn nach den vielen Onkels gefragt hab, die nackt auf seiner Frau rummachen, haben sie mich beide verprügelt und ins Heim zurückgebracht. Dort bekam ich noch mal Prügel, weil ich mich bei den Pflegeeltern schlecht benommen hatte.«

»Du erzählst mir doch keine Märchen?«

»Warum sollte ich?«

»Und die zweiten?«

»Die Wrights … ganz schlimme Finger. Ich war zwölf, als sie mich geholt haben. Zwei biedere Leute, die ein paar Monate zuvor ihre Tochter bei einem Unfall verloren hatten und mich als Ersatz wollten. Sie schnitten mir die Zöpfe ab, zogen mir die Klamotten ihrer verstorbenen Tochter an und riefen mich mit ihrem Namen. Jeannie … wenn ich den Namen schon höre, wird mir schlecht. Zum Glück kam ihnen meine Lehrerin auf die Schliche. Wenn sie nicht gewesen wäre, hätten mich die beiden zu einem Chirurgen gebracht und meine Nase verkleinern lassen.«

»Ist das wirklich wahr?«

»Die waren nicht ganz richtig im Kopf. Ich musste bei ihnen im Ehebett schlafen, und sie erzählten mir ständig, wie lieb sie mich hätten. Dabei machte er ständig an mir rum, und wenn sie aus dem Zimmer ging, machte er sich über mich her. Sie tat so, als wäre nichts geschehen. Ich hab den Bullen nie was gesagt, den Schwestern im Heim sowieso nicht, die hätten mir ja sowieso nicht geglaubt.«

»Er hat dich vergewaltigt! Du hättest ihn anzeigen können!«

»Und was wäre passiert? Gar nichts.«

Nicole kaute nachdenklich und spülte den Bissen mit einem Schluck Kaffee hinunter. Sie glaubte Lucy, dazu war das, was das Mädchen erzählte, viel zu ernst, und sie hatte nicht hinter dem Mond gelebt und wusste, dass es mehr solcher Fälle gab, als man ahnte. Manche Kinder zerbrachen endgültig daran, nur wenige schafften es, sich so wie Lucy eine harte Schale zuzulegen und einigermaßen unbeschadet weiterzuleben.

»Und dann hat man dich noch ein drittes Mal geholt?«, fragte Nicole. »Ich dachte, nur kleine Kinder würden adoptiert. Hast du dich nicht gewundert?«

»Nicht nur ich, auch die Schwestern waren misstrauisch.«

»Weil sie …«

»Weil sie Schiss hatten, dass der Typ ein junges Mädchen fürs Bett brauchte und die Schande irgendwann auf das Heim zurückfallen würde. Von wegen, ihr Image.«

»Aber sie haben nichts unternommen.«

»Das Jugendamt hat die beiden durchleuchtet und gab sein Okay.«

»Und?«

»Nichts und«, erwiderte Lucy. »Taylor wollte nicht mit mir schlafen. Er und seine Frau meinten es wirklich gut mit mir und wollten eine Vorzeigetochter aus mir machen. Immer anständig, immer gesittet, im hübschen Kleidchen in die Kirche. Christlicher als der Papst. Sie wollten ihrem Pastor imponieren und gut in ihrer Gemeinde dastehen. Leider haben sie ein paar Sätze in der Bibel gefunden, die behaupten, dass man seine Kinder wie Sklaven halten und züchtigen muss, damit sie funktionieren. Alle wussten, wie hart sie mich rannahmen, aber niemand tat was dagegen. Die Kirchenleute fanden das okay.«

»Klingt eher nach einer Sekte.«

»Das Irre war, dass sie gegen ihre eigenen Gesetze verstießen, wenn niemand hinsah. Er ging fremd und verprügelte seine Frau, wenn sie nicht vor ihm kuschte, und sie zweigte heimlich Geld ab, um irgendwann zu verschwinden.«

»Hat sie aber nie getan.«

»Wird sie auch nie tun, dazu ist sie viel zu feige.«

»Im Gegensatz zu dir.«

»Ich bin alt genug, die können mir gar nichts mehr.«

Nicole fuhr eine Weile schweigend dahin und ließ sich das Gesagte durch den Kopf gehen. »Tut mir alles sehr leid, Lucy. Das hattest du nicht verdient.«

»Scheiß drauf!«, erwiderte Lucy. »Wie weit willst du heute fahren?«

»Bis wir Indianapolis hinter uns haben. Ein Motel abseits der großen Städte, damit ich Amber bewegen kann. Die Arme steht stundenlang in ihrem Trailer und hat es ungemütlicher als wir. Wenn ich sie nicht reite, rostet sie ein.«

»Ein Motel? Dafür reicht meine Kohle nicht.«

»Du kannst in meinem Zimmer schlafen.«

»Echt jetzt?«

»Du meinst, wegen des Zwischenfalls mit den Troopern? Hättest du's lieber, wenn ich dich im Wagen oder mit Amber auf der Wiese schlafen ließe?«

Lucy musste grinsen. »Du bist gar nicht so übel.«

5

Südwestlich von Indianapolis bogen sie von der Interstate ab. Lucy hatte gegoogelt und einen abgelegenen Campingplatz am Cagles Mill Lake gefunden, der auch gemütliche Hütten vermietete und von Laubwäldern und Feldern umgeben war. Wie geschaffen für einen abendlichen Reitausflug mit Amber.

Über eine schmale Straße fuhren sie nach Süden. Zwischen den Wolken blitzte die Sonne und flimmerte in den Baumkronen am Straßenrand. Ein Japaner in buntem Trikot kam ihnen auf einem Mountainbike entgegen und war so mit sich selbst beschäftigt, dass er sie nicht zu bemerken schien. Über den Acker, an dem sie wenig später vorbeifuhren, steuerte ein Farmer seinen Traktor. Jenseits des Ackers rauschte der Verkehr auf der Interstate 70 vorbei.

Nicole blickte in den Rückspiegel. Schon seit einigen Minuten hatte sie das Gefühl, verfolgt zu werden. Ein rostbrauner Pick-up, der vor der Einfahrt zu einer Farm geparkt hatte und hinter ihr fuhr, seitdem sie ihn passiert hatte. Vielleicht nur ein Zufall oder ihrer Einbildung geschuldet, aber sie fuhr mit extrem vorsichtig, und er hätte längst an ihr vorbeifahren können. Als sie erneut in den Rückspiegel blickte, war er verschwunden. Höchste Zeit für eine Pause.

Sie vergaß den Pick-up und war schon fast am Ziel, als der Pferdeanhänger zu schlingern begann. Leise fluchend trat sie auf die Bremse. Sie hielt am Straßenrand und blickte Lucy an. »Fühlte sich an, als hätten wir einen Platten.«

Sie stiegen aus und brauchten nicht lange nach der Ursache für den schlingernden Trailer zu suchen. Der linke Hinterreifen des Silverado hatte Luft verloren, fuhr schon beinahe auf den Felgen. »Das hat uns gerade noch gefehlt«, schimpfte sie. »Wir müssen den Reifen wohl selbst wechseln.«

»Wir könnten den Pannendienst rufen. Ist einfacher«, schlug Lucy vor.

»Um uns von irgendeinem Macho anhören zu müssen, dass so ein Reifenwechsel reine Männersache ist und es klug von uns war, einen ganzen Mann zu rufen? Weil wir uns dabei nur die roten Fingernägel abgebrochen hätten?«

»Ich hab keine roten Fingernägel.«

»Ich auch nicht«, erwiderte Nicole. »Ich weiß, wie man ein Loch in die Wand bohrt und mit einem Schraubenschlüssel umgeht. Gleichberechtigung für alle. Wir leben im einundzwanzigsten Jahrhundert. Niemand sollte es mehr komisch finden, wenn Männer einen Kinderwagen schieben oder Frauen einen Reifen wechseln.«

»Da, wo ich herkomme, schon.«

»Dann wird's höchste Zeit, dass sich das ändert.«

Nicole öffnete die Heckklappe des Anhängers und beruhigte die Stute. Sie hatte das Schlingern wohl bemerkt und war unruhig geworden. »Keine Bange, Amber!«, sagte sie. »Ein Reifen ist platt, das ist alles. Ich hol dich raus, dann kannst du dir die Beine vertreten, und ich kann in Ruhe den Reifen wechseln, okay?«

Lucy verfolgte neugierig, wie Nicole die Stute aus dem

Anhänger führte, ihr etwas ins Ohr flüsterte und sie mit einem Apfelschnitz fütterte. »Wow!«, staunte sie. »Die sieht aber gut aus. Schwarz wie die Nacht … wie ein Rennpferd.«

»Fürs Kentucky Derby würde es nicht reichen, aber schnell ist sie.«

Nicole band die Stute an den Anhänger und holte das Werkzeug. »Schon mal einen Reifen gewechselt? Mit so einem Hydraulik-Wagenheber geht das relativ problemlos. Es sei denn, du kriegst die Schrauben nicht gelockert.«

Sie musste selbst lachen. Ihre Erfahrung mit solchen Reparaturen war nicht so groß, wie sie vorgab. Beim ersten Mal hatte ihr Roger geholfen, er war damals noch normal gewesen, und beim zweiten Mal hatte sie sich beinahe die Arme verstaucht, so fest waren die Schrauben gewesen. Aber einen Pannendienst wegen eines platten Reifens zu rufen, wäre ihr niemals in den Sinn gekommen.

Sie war gerade dabei, den Trailer abzukoppeln und zu sichern, als ein rostbrauner Pick-up hinter ihnen hielt. Derselbe Pick-up, der sie verfolgt hatte? Oder ein anderer? Es gab sicher viele Pick-ups in dieser ländlichen Gegend.

Ein Mann stieg aus und näherte sich ihnen lächelnd. Er trug Jeans und ein kariertes Hemd und musste um die Vierzig sein. Sein Gesicht war stark gebräunt wie bei einem Menschen, der die meiste Zeit im Freien verbringt. Sie hätte ihn für attraktiv gehalten, wäre da nicht sein berechnender Blick gewesen.

»Aber, aber«, begrüßte er sie lächelnd, »das ist doch keine Arbeit für zwei so hübsche Ladys.« Er sah nur Nicole an. »Sie brauchen doch sicher Hilfe.«

»Wir kommen ganz gut allein zurecht«, erwiderte Lucy.

Er beachtete sie nicht. »Ich helfe gern. Ich hab schon so oft einen Reifen gewechselt, dass ich es im Schlaf kann. Ist überhaupt kein Problem für mich.«

»Aber es ist wirklich nicht nötig.«

Der Fremde ließ sich nicht beirren und machte sich an die Arbeit. »Gehört das Pferd Ihnen? Ein wunderschönes Tier. Ich hab einen Blick für so was.« Er griff nach dem Radkreuz und machte sich daran, die Radmuttern zu lockern. »Übrigens, mein Name ist Ray … Ray Lorenzo. Ich wohne hier in der Nähe.«

»Nicole … das ist meine Freundin Lucy.« Sie war immer noch misstrauisch und bedeutete Lucy allein durch ihre Körpersprache, dass sie Ray nicht traute. Er übertrieb maßlos, war viel zu freundlich und schien sie mit seinen Blicken ausziehen zu wollen. »Sind Sie vor einer Weile schon mal hinter uns hergefahren?«

»Ich?« Er blickte von seiner Arbeit auf. »Nicht, dass ich wüsste. Aber in diesem County hat fast jeder einen Pick-up. Ich war in Indy bei einem Kumpel.« Indy war die Abkürzung für Indianapolis. »Sein neues Bike aufmotzen.«

»Sind Sie Mechaniker?«

»Erraten, Lady. Hauptsächlich für Motorräder, aber von Pick-ups verstehe ich auch eine Menge. Ein toller Wagen, den Sie da haben, Lady, und genau das Richtige, wenn er einen Horse Trailer ziehen soll. Sind Sie beim Rodeo?«

Sie hätte beinahe gelacht. »Nein … ich züchte Pferde.«

»Also, ich hätte Sie glatt für eine Rodeo Queen gehalten. Eine wahre Königin, stolz und wunderschön. Ihnen laufen die Männer sicher scharenweise hinterher. Sie verdrehen den Kerlen den Kopf, auch ohne sie anzumachen.«

»Ich hab was Besseres zu tun.«

»Kann ich Ihnen nicht verdenken bei den einfältigen Trotteln, die heutzutage versuchen, Frauen rumzukriegen. Sie sollten es mal mit mir versuchen, Nicole. Eine Klassefrau wie Sie verdient einen Klassemann, und das bin ich.«

»Bescheidenheit gehört wohl nicht zu Ihren Eigenschaften.«

Er hatte die Muttern gelöst und setzte den Wagenheber an. Erst nachdem er den Wagen hochgekurbelt hatte, blickte er grinsend zu ihr auf. »Ich sage es nur, wie es ist. Ich kann mit Frauen. Manche sagen sogar, ich könnte in ihre Seelen blicken. Von meinen anderen Qualitäten ganz zu schweigen. Sie sollten es mit mir versuchen, Lady. Ihre kleine Freundin wird es hoffentlich verschmerzen.«

»Angeber!«, lästerte Lucy, die wie immer kein Blatt vor den Mund nahm. »Eingebildete Typen wie Sie begegnen mir alle paar Tage. Wissen Sie, was ich denen erzähle? Dass sie sich zum Teufel scheren sollen. Ist ja nicht zum Aushalten, diese Selbstbeweihräucherung! Kommen Sie mit der Arbeit zurecht?«

Ray überhörte ihren Spott und kümmerte sich nur um Nicole. »Wie sieht's aus, Lady?«, fragte er, während er den Ersatzreifen auf die Achse schob und die Radmuttern festzog. »Wollen wir zwei uns heute Abend vergnügen?«

Sie zog die Augenbrauen hoch. »Fragen Sie mich nach einem Date?«

»Was denn sonst? Ein paar Meilen weiter gibt's ein Lokal, da könnten wir einen Happen essen und ein bisschen schwofen. Und danach …« Er grinste. »Nun ja, die Nacht ist lang, und wer weiß, was dann noch alles geschieht.«

»Danke, Ray, aber ich hab leider keine Zeit.«

»Das ist doch nicht Ihr Ernst? So eine schöne Frau und …«

»Jetzt reicht's mir aber!«, schnitt Lucy ihm das Wort ab. »Sind Sie ausgestiegen, um uns zu helfen oder um diesen Unsinn zu verbreiten? Sie hören doch, sie hat keine Zeit und wahrscheinlich auch keine Lust, mit Ihnen auszugehen.«

Ray ließ sich nicht beirren. »Denken Sie wie Ihre kleine Freundin?«

»Ich kann nicht. Und sie hat recht, ich habe wirklich keine Lust.«

»Sie geben mir einen Korb?«, fragte er gereizt.

»Vielen Dank für Ihre Hilfe, Ray.« Nicole bereute längst, seine Hilfe angenommen zu haben, wusste aber auch, dass ihn nichts davon abgehalten hätte. »Ich hab heute Abend wirklich keine Zeit. Sie sind doch hoffentlich nicht auf eine Frau angewiesen, die Sie erst ein paar Minuten kennen? Sie sagen doch selbst, dass Ihnen die Frauen zu Füßen liegen. Suchen Sie sich eine andere.«

»Das werden Sie noch bereuen, Lady.«

»Das glaube ich kaum.«

Ray stapfte sichtbar beleidigt zu seinem Pick-up und fuhr davon. Nicole und Lucy blickten ihm verblüfft nach. »So ein Loser!«, schimpfte Lucy. »Noch ein Wort mehr, und ich hätte ihm eine mit dem Schraubenschlüssel übergezogen!«

Sie koppelten den Trailer gemeinsam an, und Nicole

kümmerte sich um Amber, die Ray keines Blickes gewürdigt hatte und sich vollkommen unbeeindruckt von der Begegnung zeigte. Sie ließ sich willig in den Anhänger führen und knabberte bereits am Heu, als Nicole die Boxenstange hinter ihr schloss.

Nach wenigen Minuten waren sie wieder unterwegs. Sie erreichten den Campingplatz kurz darauf, zahlten für eine Nacht im Voraus im Büro und ließen sich auf einen Smalltalk mit der weißhaarigen Verwalterin ein.

»Sie haben ein Pferd dabei?«, wunderte sie sich. »Oh, wie schön! Dann sollten Sie eigentlich länger bleiben. Um den See herum gibt es wunderschöne Trails.« Sie blickte Lucy an, ein wenig irritiert durch ihre zumindest in dieser Gegend ungewöhnliche Frisur. »Sie sehen nicht wie eine Reiterin aus.«

»Und wie sieht eine Reiterin aus?«, fragte Lucy gereizt.

Die Pächterin errötete, fing sich aber schnell. Ihr Lächeln wirkte ein wenig aufgesetzt. »Wenn ich Sie wäre, würde ich mir ein Boot mieten und auf den See hinausfahren. Ich geb Ihnen Rabatt, falls Sie heute noch rudern wollen.«

Ihr Blockhaus lag abseits des Platzes, auf dem die Wohnmobile und Zelte standen, und war von Bäumen umgeben. Es gab zwei Schlafzimmer, eine Küchenecke und ein Bad. Nicole hätte sich am liebsten sofort unter die Dusche gestellt, aber ihr Pferd kam zuerst, bekam sein Kraftfutter und freute sich über Sattel und Zaumzeug, weil das bedeutete, dass es sich endlich bewegen konnte.

»Eine Stunde?«, fragte Nicole. »Amber braucht Bewegung nach der langen Fahrt und ich Abstand von der Nervensäge. Ein furchtbarer Mensch!« Sie stieg in den Sattel und nahm die Zügel auf. »Willst du mit dem Boot rausfahren?«

»Ich setz mich lieber auf den Bootssteg und döse vor mich hin.«

»Du kannst ja schon mal googeln und ein Lokal raussuchen. Am besten in Cloverdale, in den Dörfern der Umgebung gibt's sicher nichts. Du hast freie Auswahl. Nur keine Hamburger-Bude. Burger hatte ich in letzter Zeit genug.«

»Geht klar«, antwortete Lucy.

Nicole trieb ihre Stute an und lenkte sie auf den Trail, der rund um den See führte. Auf dem See war Einiges los, vor allem Bootsfahrer und Angler tummelten sich auf dem Wasser, und nahe dem Ufer badeten vor allem Jugendliche. Der Trail führte durch den Laubwald und teilweise am Ufer entlang, sodass sie einen ungehinderten Blick auf den See hatte. Er war größer, als sie angenommen hatte, und mit dem roten Schein der rasch sinkenden Sonne überzogen.

Amber genoss den Ausflug und schnaubte freudig, als Nicole auf einem ruhigen Abschnitt des Trails das Tempo erhöhte und die Stute in den Galopp fallen ließ. Für Nicole waren vor allem die Cataract Falls ein Highlight, ein schäumender Wasserfall, der nahe einer überdachten Brücke über die Felsen sprudelte. Der Anblick erinnerte sie an ihre Heimat in den Catskill Mountains, eine ländliche Idylle, wie geschaffen für gestresste Großstädter.

Ob sie den Abschied doch noch bereuen würde? Sie hatte gern in den Catskills gelebt und sich nicht vorstellen können, jemals auf Dauer in einer hektischen Metropole wie New York zu wohnen. Wenn es nach einigen ihrer Freunde und Bekannten ging, die sie vor ihrer Abreise gesprochen hatte, konnte ein Umzug in den fernen Westen einen ebenso großen Schock auslösen. Der Unterschied zwischen der dicht bevölkerten Ostküste und den weiten Ebenen des Westens wäre so groß, als würde man die USA verlassen und in die weiten Steppen des australischen Kontinents umziehen, hatte ihr mal jemand gesagt. Das war sicher maßlos übertrieben, aber wenn sie sich die Fotos und Filme ins Gedächtnis rief, die sie über die weiten Ebenen in Kansas, Nebraska und Wyoming gesehen hatte, verspürte sie doch ein wenig Angst. Der Westen war anders, auch die Menschen dort, und sie würde sich gründlich umstellen müssen.

Nach einer halben Stunde kehrte Nicole um und ritt auf demselben Trail zurück zu ihrer Hütte. Sie versorgte Amber und ließ sie grasen. Die Stute war viel zu klug, um wegzulaufen, und brauchte weder einen Strick noch eine Fußfessel. Lucy war schon unter der Dusche, als sie die Hütte betrat, anschließend duschte sie und zog ihre schwarzen Jeans, ein weißes T-Shirt und einen dunkelroten Blazer an. Ihre Haare fönte sie und band sie zu einem Knoten.

»Mexikanisch okay?«, fragte Lucy. Auch sie trug ein sauberes T-Shirt und ließ ihre nassen Haare an der Luft trocknen. Bei ihrer Frisur war das kein Problem.

»Jederzeit«, antwortete Nicole. »Wollen wir?«

Vor der Hütte erlebten sie eine unliebsame Überraschung. Ray Lorenzo stand lässig gegen seinen Pick-up gelehnt und grinste so frech, dass Lucy beinahe auf ihn losgegangen wäre und auch Nicole sich zurückhalten musste.

»Was tun Sie denn hier?«, fragte Nicole.

Er nahm seine Baseballmütze ab und verbeugte sich wie ein Musketier. »Einen wunderschönen guten Abend, die Damen. Freut mich, dass meine Überraschung gelungen ist. Ich bin gekommen, um Sie zum Dinner abzuholen.«

»Ich dachte, ich hätte mich deutlich genug ausgedrückt«, reagierte Nicole gereizt. »Ich bin weder an einem Date noch irgendetwas anderem interessiert.«

»Das nehme ich Ihnen nicht ab, Nicole.« Schon dass er sie mit ihrem Vornamen anredete, ging ihr gegen den Strich. »Ich hab Ihnen doch erzählt, wie gut ich bei Frauen ankomme.« Er schien es tatsächlich ernst zu meinen. »Auch heute Abend hätte ich die freie Auswahl gehabt, und wen habe ich gewählt?«

»Die falsche Frau.«

Er schien gar nicht hinzuhören. »Die schönste Frau, die mir jemals über den Weg gelaufen ist. Eine wahre Prinzessin, der ich meine ganze Zuneigung schenken werde.« Lucy beachtete er immer noch nicht. »Steigen Sie ein!«

»Den Teufel werde ich tun«, erwiderte Nicole. Sie ließ ihn ihre Abneigung deutlich spüren. »Ich habe Ihnen einmal gesagt, dass ich keine Lust habe, mit Ihnen auszugehen, und möchte mich nicht ständig wiederholen. Gehen Sie endlich!«

»Ich kann Sie nicht allein lassen.«

»Und wie Sie das können, Mister!« Sie wurde ungehalten und sehr laut. »Steigen Sie in Ihren Wagen, und verschwinden Sie, oder ich rufe die Polizei!«

»Nicole! Beschämen Sie mich nicht!« Anscheinend hatte er seine Antwort aus einem kitschigen Liebesfilm, der in vergangenen Zeiten spielte. »Sie würden es bereuen, wenn Sie mir ein zweites Mal einen Korb geben würden.«

»Mir reicht's!«, schimpfte sie wütend.

Sie wollte zu ihrem Wagen gehen, aber Ray war schneller und packte sie am Oberarm. Plötzlich war er gar nicht mehr freundlich. Er ließ seine Maske fallen, wollte sie zwingen, in seinen Pick-up zu steigen, und fluchte: »Stellen Sie sich doch nicht so an. Ich hab ehrliche Absichten, glauben Sie mir.«

Lucy kam ihr zu Hilfe. Sie eilte wütend herbei, holte aus und trat Ray mit voller Wucht gegen ein Schienbein. »Sind Sie taub? Sie sollen verschwinden!«

Ray ließ Nicole los und griff sich mit beiden Händen an sein schmerzendes Schienbein. Auf einem Bein hüpfte er zu seinem Pick-up und ließ sich jammernd auf den Fahrersitz fallen. Lucy hatte ihn voll erwischt. »Das werdet ihr bereuen!«, schimpfte er. »Habt ihr gehört? Das werdet ihr mir beide büßen!«

»Halt deine vorlaute Klappe, Ray!«, ertönte eine Stimme; ein Polizist in Uniform erschien auf der Bildfläche. »Du wirst in nächster Zeit gar nichts mehr tun! Das war Androhung von körperlicher Gewalt, vielleicht sogar versuchte Entführung, und du wirst wohl eine Weile hinter Gittern verbringen müssen.«

Der Polizist ließ die Handschellen um die Gelenke des Störenfrieds schnappen und übergab ihn einem Kollegen, der ihn mit zum Streifenwagen nahm.

»Sorry«, entschuldigte sich der Polizist, der Ray festgenommen hatte. »Ich wünschte, ich hätte Ihnen den Ärger ersparen können. Ray Lorenzo bereitet uns ständig Kummer. Irgendwas stimmt nicht in seinem Kopf.« Er nahm seine Mütze und fuhr sich durch die Haare. »Die Pächterin hat gesehen, wie er in Ihre Richtung fuhr, und hat uns sofort angerufen. Sie wusste, was passieren könnte.«

»Er muss uns regelrecht beschattet haben«, sagte Nicole. »Ein widerlicher Kerl! Wenn Lucy ihm nicht gegen das Schienbein getreten hätte, wäre die ganze Sache vielleicht böse ausgegangen.« Sie erholte sich langsam. »Muss ich ihn anzeigen?«

»An Ihrer Stelle würde ich es tun. Aber es reicht, wenn Sie morgen früh auf unserem Revier in Cloverdale vorbeikommen und Ihre Aussage machen. Ich hab genug mitbekommen, um seinen Angriff ebenfalls zu bezeugen.« Er blickte Lucy grinsend an. »Sie haben gut reagiert, Miss. Suchen Sie einen Job?«

»Im Augenblick nicht.«

»Wenn doch, melden Sie sich bei uns.«

Als der Polizist gegangen war, bedankte sich Nicole bei ihrer neuen Freundin. »Vielen Dank, Lucy. Dafür hast du dir ein richtiges Festmahl verdient.«

Lucy grinste ebenfalls. »Worauf warten wir dann noch?«

6

Nachdem sie ihre Aussagen bei der Polizei in Cloverdale gemacht hatten, hielten sie vor einem Supermarkt und kauften ein paar Sandwiches und etwas Obst für unterwegs ein. Im Coffee Shop gegenüber gönnten sie sich ein Frühstück mit Rührei, Speck und Toast, bevor sie auf die Interstate zurückkehrten und weiterfuhren. Ray Lorenzo würde sich vor Gericht verantworten müssen, hatten sie von der Polizei erfahren, und musste mit einer Gefängnisstrafe rechnen.

Bis zur Grenze von Illinois brauchten sie keine Stunde. Ein Highway führte zur Interstate 72 bei Decatur und weiter nach Westen. Unterwegs immer das gleiche Bild: Scheinbar endlose Mais- und Soja-Felder, dazwischen einsam gelegene Farmen, Scheunen und Getreidesilos, die wie gewaltige Türme in den Himmel ragten und lange Schatten warfen. Die »Kornkammer Amerikas«, hatte Nicole schon in der Schule gelernt, das »Heartland« im Mittelwesten.

»Scheißkerl!«, schimpfte Lucy. Sie hatte immer noch den aufdringlichen Ray im Kopf. »Ich hätte ihm noch ganz woanders hin treten sollen! Obwohl … das hätte auch nichts genützt. Der hat keine Eier, nie im Leben hat der Eier.«

»Die Polizei kümmert sich um ihn.«

Lucy verzog das Gesicht. »Ein paar Tage Knast oder Sozialdienst, und dann lassen sie ihn wieder auf die Menschheit los. Solche Typen sind gefährlich. Viele lachen über

Kerle wie ihn, aber wenn der in Rage gerät, kann er sonst was anrichten. Ich bin so einem mal begegnet. Zum Glück konnte ich abhauen.«

»Wir hatten alle schon mit aufdringlichen Männern zu tun«, erwiderte Nicole. »Wenn das Testosteron in Wallung gerät, sind sie manchmal nicht zu bremsen. Ich hätte den Karate-Kurs damals nicht abbrechen sollen, dann wäre mir wohler zumute. War während meiner Zeit in New York, aber wer hat schon Lust, nach einem anstrengenden Arbeitstag in einer Turnhalle rumzutoben.«

»Du hast Karate gemacht?« Lucy fand die Vorstellung anscheinend lustig. »Ich brauch kein Karate. Ein Baseballschläger würde besser zu mir passen.«

»Im Westen sollen die Männer freundlicher sein«, sagte Nicole. »So wie im neunzehnten Jahrhundert, als die Cowboys rot anliefen, wenn sie eine Frau sahen, sich den Hut vom Kopf rissen, und jedes dritte Wort ›Ma'am‹ oder ›Lady‹ war.«

»Damals gab's einen Männerüberschuss, das war was anderes.«

Nicole verzichtete darauf, einen Truck zu überholen, sie wollte Amber im Trailer nicht gefährden. »Die Frauen hatten damals weniger Rechte und wurden schon schief angesehen, wenn sie sich um einen Job bemühten. Frauen gehörten in die Küche und sollten möglichst viele Kinder großziehen. Aber die Männer verehrten sie. Damals hätten sie einen Mann wie diesen Ray aufgeknüpft.«

»Dafür mussten die Frauen die Drecksarbeit verrichten. Ich hab Fotos von Pionierfrauen gesehen. Die Armen sahen mit vierzig schon wie achtzig aus.«

Nicole bemühte sich um ein aufmunterndes Lächeln. »Du darfst die Welt nicht nur rabenschwarz sehen. Du fährst nach Westen, Lucy. In eine neue Zukunft. Vergiss alles, was du erlebt hast, und freu dich auf das, was kommt.«

»Die große Freiheit?«

»Ein Neubeginn. Dir steht die Welt offen.«

»Das wird schwierig mit fünfzig Dollar.«

»Geschenkt bekommst du nirgendwo etwas. Für eine bessere Zukunft muss man kämpfen, und die Freiheit, so zu leben, wie es uns gefällt, gibt es nicht umsonst. Weder für jemanden, der nur fünfzig Dollar besitzt, noch für eine wie mich, die eine halbe Pferderanch geerbt hat und genug Geld auf dem Konto hat, um eine neue zumindest anzuzahlen.« Sie hielt erschrocken inne. »Jetzt fange ich schon an zu predigen. Mach einfach dein Ding, wollte ich sagen.«

Der Truck war außer Sichtweite, aber ein neuer überholte sie. Der Wind, den er aufwirbelte, brachte ihren Trailer leicht ins Schlingern. Sie verlangsamte ihr Tempo und war erleichtert, als zu beiden Seiten Bäume auftauchten.

»Und warum haust du ab?«, fragte Lucy. »Dir ging's doch gut.«

»Ich brauch Tapetenwechsel«, antwortete Nicole. »Eine neue Umgebung, neue Menschen um mich, einen Job, in dem ich mich verwirklichen kann. Zu Hause ging alles den Bach runter. Mein Bruder verplemperte immer mehr Geld mit seiner Spielsucht und mit Alkohol und Drogen, und es hätte nicht mehr lange gedauert, dann hätte er die Hälfte der Farm verspielt. Ich hab's versucht mit ihm, auf ihn eingeredet wie auf ein krankes Pferd, ihm eine Therapie besorgt, die er nicht mal angetreten hat … Ich war mit meinem Latein am Ende.«

»Krass.«

»Klar, ich hätte meinen Nachbarn heiraten können. Mike war seit Monaten hinter mir her und wollte mich unbedingt heiraten. Er besitzt auch eine Horse Farm, noch besser in Schuss als meine ehemalige. Wir hätten die Farmen zusammengelegt, und damit wäre auch das Problem mit Roger aus der Welt gewesen. Ich hätte ihn ausgezahlt, und er hätte sehen können, wo er bleibt.«

»Das hast du doch getan.«

»Er hat das Geld bekommen, das von seiner Hälfte der Farm noch übrig war. Genug, um jahrelang davon leben zu können. Aber ich hab meine Zweifel.«

»Und warum hast du Mike nicht geheiratet?«

»Weil ich ihn nicht liebe. Einen Mann sympathisch zu finden und lose befreundet mit ihm zu sein, heißt noch lange nicht, dass man sein ganzes Leben mit ihm verbringen möchte.« Sie blickte zu Lucy hinüber. »Einige Bekannte in New York haben es getan, und drei Mal darfst du raten, was passiert ist.«

»Sie haben sich scheiden lassen.«

»Nein, das wäre zu teuer für sie geworden. Sie waren auf die Kreditkarten ihrer Männer angewiesen. Friseur, Kosmetikerin, Maniküre, neue Klamotten, teure Restaurants … das Leben kann kostspielig sein, wenn man auf so was steht.«

»Und du? Hattest du nie einen Lover?«

»Ich bin keine Heilige. Ein, zwei Mal bin ich schwach geworden.«

»Aber verliebt warst du nie?«

Nicole überlegte einige Zeit. »Nun ja, da war Charly, meine große Liebe in der Junior High. Ich war damals noch keine vierzehn. Von dem Typ, der mich zum Abschlussball eingeladen hat, kenne ich nur noch seinen Kosenamen. Den riefen alle Freckles, weil er so viele Sommersprossen hatte. Und auf dem College … okay, da zog ich eine Weile mit Tommy rum. Keiner für die Ewigkeit.«

»Und sonst? Du willst mir doch nicht sagen …«

»Okay, da war Kevin, der Feuerwehrmann«, räumte Nicole ein. »Mit dem war ich zwei Monate zusammen. Der war zwar bei nine-eleven gerade erst geboren, hielt sich aber dennoch für einen Helden. Ein Sexprotz war er, und ich kam ihm leider viel zu spät auf die Schliche. Ich war nicht die Einzige, die er beglückte.«

»Und jetzt bist du auf einen Cowboy aus?«

»Ich bin auf gar niemanden aus«, erwiderte Nicole. »Ich werde genug damit zu tun haben, eine Ranch zu finden und eine Pferdeherde aufzubauen. Da kann ich keine Ablenkung brauchen.« Sie schwieg eine Weile. »Und was ist mit dir?«

Lucy lachte. »Ich hatte genug mit meinen Pflegevätern zu tun, besonders mit diesem Wright. Taylor stand auf reife Frauen, der vögelte sogar seine Schwägerin. Keine Ahnung, warum er ständig in der Bibel las. Vielleicht hatte er eine Spezialausgabe, in der steht, dass man in den Himmel kommt, wenn man besonders viele Frauen vögelt.« Sie lachte. »Wie sie mir in der Highschool nachgestiegen sind, hab ich dir ja schon erzählt. Nee, Liebe gab's bei mir nicht.«

»Immerhin hast du jetzt eine Freundin«, sagte Nicole. »Das ist manchmal mehr wert als ein Lover, vor allem, wenn sich der nach ein paar Wochen als Irrtum herausstellt. Und du bist nach Westen unterwegs, das ist doch schon was.«

»Wie die Pioniere in ihren Planwagen damals?«

»Die suchten ihr Glück auch in der Ferne. Am Ende des Regenbogens.«

»Wo ein Topf mit Gold stehen soll. Den Spruch kenne ich.«

Um die Mittagszeit erreichten sie den Mississippi River, den viel besungenen »Ol' Man River«, der Amerika in den Westen und Osten teilt. Über die Mark Twain Memorial Bridge fuhren sie nach Hannibal, einer gemütlichen Kleinstadt, in der Mark Twain seine Kindheit und Jugend verbracht hatte. Dort, am Ufer des mächtigen Stromes, spielten auch Romane wie *Tom Sawyer* und *Huckleberry Finn*. Beinahe ehrfürchtig blickten Nicole und Lucy auf den schlammgelben Fluss hinab, der träge, aber unaufhaltsam nach Süden floss.

In Missouri veränderte sich die Landschaft. Lichte Laubwälder wechselten sich mit grünen Hängen und vereinzelten Seen ab, es wurde schwüler, selbst dann, wenn sich die Sonne hinter Wolken verbarg. Sie mieden die Interstate, fuhren über den Highway 36 und hörten erst später, dass ausgerechnet dieser Highway als »tödlichste Straße der USA« galt, weil dort ungewöhnlich viele Unfälle passierten. Sie wunderten sich über den dichten Verkehr und gingen keinerlei Risiken ein. Mit einer kostbaren Stute im

Trailer wäre es mehr als leichtsinnig gewesen, zu schnell zu fahren oder ein riskantes Überholmanöver zu starten.

Die Straße bot wenig Abwechslung. Nicole konzentrierte sich auf den Verkehr und blieb mit beiden Augen auf der Fahrbahn. Sie ließ das Radio ausgeschaltet, um sich nicht ablenken zu lassen. Lucy hatte Stöpsel in den Ohren und hörte Songs, die sie auf ihrem Smartphone gespeichert hatte. Nicole fragte sich, ob ihre Pflegeeltern das Handy gekauft hatten oder ob es von selbst in ihre Tasche gesprungen war. Menschen mit Lucys Biografie wandten alle Tricks an.

Nicole vertraute ihr, sie hatte ja auch keinen Grund, an ihren Erzählungen zu zweifeln. Warum sollte sich Lucy eine so qualvolle Jugend ausdenken? Sie würde es schaffen. Sie würde sich irgendwo im Westen eine Arbeit suchen und wieder auf den richtigen Weg finden. Vielleicht wünschte sich Nicole nur, dass es so passieren würde, aber alles andere wäre unfair gewesen. Ein bisschen Glück hatte jeder verdient, auch wenn es manchmal nur für Sekunden blieb.

Lucy zog die Stöpsel aus ihren Ohren. Ihre Laune hatte sich verschlechtert, nicht einmal die Sonne über den Hügeln konnte sie versöhnen. »Ich denke, hinter dem Mississippi fängt der Westen an?«, fragte sie vorwurfsvoll. »Aber wenn ich rausschaue, hat sich nichts geändert, außer dass es etwas grüner ist.«

»Du musst Geduld haben, Lucy.«

»Geduld? Ich hab keine Geduld mehr.«

Nicole nahm den Blick nicht von der Straße. »Ich hab mir unsere Route im Internet angesehen. Sobald wir

Missouri hinter uns haben, fahren wir durch Kansas. Da ist das Land staubig und flach wie ein Pfannkuchen. Ideal für die texanischen Cowboys, die ihre Rinderherden früher zu den Verladebahnhöfen der Eisenbahn trieben. Wichita, Abilene, Dodge City, das waren mal wilde Städte.«

»Und jetzt sind es langweilige Kleinstädte«, erwiderte Lucy. »Ich hab auch gegoogelt. Und wir sind keine Cowgirls, auch wenn du einen Gaul dabeihast.«

Nicole bremste hinter einem Lieferwagen, der glücklicherweise die nächste Ausfahrt nahm. »So richtig abenteuerlich wird es erst in Colorado, wenn wir die Rocky Mountains erreicht haben. Und in Wyoming. Die Teton Mountains sollen spektakulärer als der Grand Canyon sein. Da gibt es Städte, in denen man nicht nach deiner Vergangenheit fragt. Da zählt nur, was eine Frau leistet.«

»Sagt wer?«

»Hab ich von Leuten gehört, die dort gelebt haben oder schon öfter dort waren. Wenn du ordentlich ranklotzt, kannst du es zu etwas bringen. Du bist noch jung. Und du bist stark genug, um eine neue Herausforderung anzunehmen.«

»Du predigst schon wieder.«

»Ich weiß … manchmal kann ich nicht anders.«

»Weil du glaubst, aus mir einen anständigen Menschen machen zu können. Gib's zu, am liebsten würdest du mir doch die Farbe aus den Haaren waschen und mir eine ordentliche Frisur verpassen. Oder mich in langweilige Hosen stecken. Ich will aber nicht so sein wie die anderen. Du bist keine Pflegemutter wie die alte Wright, die mich als ihre verstorbene Tochter verkleiden wollte.«

»Unsinn! Meinetwegen kannst du wie ein Clown rumlaufen.«

»Ich will endlich frei sein, Nicole!«

»Du bist frei!«

»Bin ich nicht!«

Sie fuhren schweigend bis nach Brookfield, einer unscheinbaren Kleinstadt im Westen von Missouri, und checkten in einem Motel am Highway ein. Die Pächter hatten nichts dagegen, dass sie Amber auf der Wiese hinter dem Gebäude weiden ließ, verlangten aber zwanzig Dollar extra. Schräg gegenüber vom Motel lagen eine Münzwäscherei, ein Drugstore und ein Coffee Shop.

Sie holte Amber aus dem Wagen und begrüßte sie mit einem Apfelschnitz. »Du bist sehr tapfer«, lobte sie die Stute. »Das war heute keine angenehme Fahrt. Aber wir haben es bald geschafft. Demnächst kannst du nach Herzenslust herumtollen.«

Lucy klappte die Rampe des Trailers hoch und lehnte sich dagegen. Sie wirkte nicht besonders glücklich, war wohl immer noch verstimmt, weil Nicole auf sie eingeredet hatte. Nicole hatte ihren Fehler zu spät erkannt und hätte sonst was dafür gegeben, den Mund gehalten zu haben. Was nützte es schon, wenn sie es nur gut gemeint hatte? Ein Mädchen oder eine junge Frau wie Lucy, die ihr ganzes Leben nur herumgeschubst worden war und ständig der Besserwisserei von Pflegeeltern ausgesetzt gewesen war, ließ sich nicht so gern etwas sagen. Sie wollte tatsächlich frei sein und das tun, was sie wirklich wollte.

»Warum holst du uns nicht zwei Cheeseburger mit Pommes aus dem Coffee Shop gegenüber, und wir machen es uns vor dem Fernseher gemütlich? Du darfst das Programm aussuchen, solange es keine dieser Reality Shows ist.« Nicole gab ihr einen Zwanzig-Dollar-Schein. »Das dürfte reichen. Ich bin in ungefähr einer Stunde zurück.« Sie sattelte Amber, schwang sich in den Sattel und ritt davon. Als sie sich umdrehte, sah sie Lucy in ihr Zimmer gehen.

Sie hatte ein ungutes Gefühl. Lucy war nicht nur sauer, sie schien ihren eigenen Zukunftsplänen nicht mehr zu trauen. In ihren Augen hatte sich Ärger, aber auch Frust gespiegelt, als würde sie nach jemandem suchen, den sie für ihre Misere verantwortlich machen konnte. Bereute sie etwa, zu ihr in den Wagen gestiegen zu sein? Hatte sie denn nicht alles richtig gemacht? Was wäre passiert, wenn sie bei einem Mann wie Ray Lorenzo eingestiegen wäre? Oder von einem Ort zum nächsten getrampt wäre, um irgendwann zu erkennen, dass sie nur noch tiefer im Schlamassel landen würde. Hatte sie mit ihr nicht das große Los gezogen? Sie bezahlte ihr Essen, ihre Übernachtungen, und sie würde ihr auch helfen, einen neuen Job im Westen zu bekommen.

Nicole ritt an einem schmalen Fluss entlang und beobachtete ein paar Enten, die sich um etwas Fressbares stritten. Von fern war der Verkehr auf dem Highway zu hören. Sie wusste auch, dass sich nicht alles automatisch zum Besseren wendete, wenn man nach Westen fuhr und dort von vorn begann. Auch im Westen konnte man scheitern. Aber oft funktionierte man in einer neuen Umgebung besser. Ein Angestellter konnte die Firma wechseln, ihr war nichts anderes übriggeblieben, als alles hinter sich lassen, um dem

Ärger mit ihrem Bruder zu entgehen und einen Neuanfang wagen zu können.

Lucy würde noch mehr von einer Luftveränderung profitieren. In der neuen Umgebung würden ihre Erinnerungen verblassen, und sie konnte sich in aller Ruhe eine neue Zukunft aufbauen.

Nicole beugte sich nach vorn und tätschelte Amber den Hals. »Du wirst es im Westen besonders gut haben, Amber. Da ist viel Platz, da können wir tagelang reiten, ohne jemanden zu Gesicht bekommen. Und wenn wir eine Ranch gefunden haben, bekommst du viele Spielkameraden.« Und einen Hengst, dachte sie, denn auf einen Zuchthengst kam es auf einer Ranch besonders an.

Als sie eine Stunde später zum Motel zurückkehrte, sattelte sie Amber ab und ließ sie auf der Wiese laufen. Sie verstaute Sattel und Zaumzeug im Pferdetrailer, fand dann aber die Tür zu ihrem Zimmer unverschlossen vor. Keine Spur von Lucy, auch ihr Rucksack war verschwunden. Auf dem Tisch lagen eine Tüte mit Nicoles Cheeseburger und eine Nachricht. »Tut mir leid, Nicole«, hatte Lucy auf einen Zettel geschrieben. »Ich muss allein weiter.«

Nicole las die Nachricht ein paar Mal, bevor sie die volle Bedeutung der Worte erkannte. Lucy hatte sich klammheimlich aus dem Staub gemacht. Ob nach Westen oder Osten, wusste sie nicht. Und über den Grund konnte sie nur spekulieren. Fühlte sie sich von ihr in ihrer Freiheit bedrängt oder bevormundet? Wollte sie allein für ihr Schicksal verantwortlich sein? Oder hatte sie sich aus einer Laune heraus entschieden, vor ihr zu fliehen?

Nicole ließ alles stehen und liegen und fragte in der Anmeldung nach. »Haben Sie meine Freundin gesehen?«, fragte sie. »Die mit den blonden Haaren und den roten Strähnen?«

Die Angestellte, zu schwer und schwach auf den Beinen, verbrachte den ganzen Tag in ihrem Sessel hinter dem Tresen und gehörte zu der Sorte, der nichts entging. »Die ist bei einem Trucker eingestiegen. Vor einer halben Stunde. Ich hab mich noch gewundert, Sie hatten doch gerade erst eingecheckt.«

»Ist sie nach Westen oder Osten gefahren?«

»Westen.«

»Und der Truck? Wie sah der aus?«

»Ist sie Ihnen weggerannt? Sind Sie ein Paar oder was?«

»Sie ist meine Freundin. Also?«

»Der Truck … ja, der war rot. Rot-weiß, um genau zu sein. Ein Sattelzug von Walmart … Nein, die sind ja blau. Aber der Schriftzug sah so ähnlich aus, irgendwas mit ›Laughing‹. Und ein lachendes Schwein war daneben zu sehen.«

»Ein lachendes Schwein? Ein Fleischtransport?«

»Kann schon sein. Fragen Sie den Trucker im Coffee Shop.«

Nicole blickte aus dem Fenster und sah einen Truck vor dem Coffee Shop stehen. »Vielen Dank«, sagte sie zu der Frau. »Sie haben mir sehr geholfen.«

»Wollen Sie das Zimmer noch immer?«

»Sicher, mein Pferd braucht Ruhe, und ich auch.«

Sie verließ das Büro und überquerte die Straße zum Coffee Shop. Der Fahrer des Trucks, der vor dem Lokal parkte, saß am Tresen und aß Chili con Carne. Als sie ihn nach dem roten Truck fragte, sagte er: »Knallrot mit einem lachenden Schwein? Das war einer von Laughing Pig, die transportieren Fleisch.«

»Wissen Sie, wohin der fahren könnte?«

Der Fahrer schüttelte den Kopf. »Die sind in ganz Missouri und Kansas unterwegs. Fragen Sie auf den Truckstops nach, was anderes fällt mir auch nicht ein. Eine kleine Blonde, sagen Sie? Na, an die erinnert man sich bestimmt.«

Sie bedankte sich und verließ das Lokal.

7

Im Zimmer zog Nicole die Brieftasche aus ihrem Rucksack, in der sie ihr Bargeld aufbewahrte, meist um die dreihundert Dollar. Es fehlte nichts. Ihre Kreditkarten und die Debit Card, mit der sie Bargeld am Automaten holen konnte, trug sie bei sich. Auch sonst hatte Lucy nichts mitgenommen. Sie schien spontan gehandelt zu haben, hatte einfach ihren Rucksack geschultert und war gegangen.

Nicole setzte sich auf den Bettrand und starrte auf die Tüte mit dem Cheeseburger. Sie hatte keinen Hunger mehr und fühlte sich seltsam leer, als hätte sie eine langjährige Freundin verlassen. Was war nur in Lucy gefahren? Warum tauschte sie die Sicherheit, die Nicole ihr bieten konnte, gegen ein ungewisses Leben auf der Straße ein? Hatte sie sich durch Nicole bedrängt gefühlt? Wollte sie nach den langen Jahren im Heim und bei Pflegefamilien nicht mehr auf andere hören, sondern ihre eigenen Entscheidungen treffen?

Nach ihrer Diskussion am Nachmittag war Nicole beinahe sicher, dass es so war. Sonst wäre Lucy nicht bei einem Trucker eingestiegen, ohne zu wissen, was sie am nächsten Morgen erwartete. Ein Leben auf der Straße war gefährlich, besonders, wenn man so jung war wie sie und weil sie mit ihrer lockeren Art vielleicht den Eindruck erweckte, sie sei für ein Abenteuer zu haben. Nicht jeden aufdringlichen Mann würde sie mit einem Schienbeintritt vertreiben.

Nicole wäre ihr am liebsten sofort nachgefahren, musste aber Rücksicht auf Amber nehmen. Nach einer so langen und anstrengenden Fahrt wollte sie die Stute nicht noch einmal in den Trailer verfrachten. Sie ging zu ihr und tätschelte ihre Stirn. »Bald haben wir es geschafft«, tröstete sie die Stute. »Nur noch ein paar Tage, dann sind wir in Wyoming.« Amber hatte den Transport gut überstanden, immer genug Heu und Wasser bekommen und zeigte keine Schmerzen. Abends fütterte Nicole sie zusätzlich mit speziellem Futter und angefeuchtetem Würfeln aus Alfalfa-Gras, die ihr zusätzliche Kraft verleihen sollten.

Nachdem sie ihre Stute gefüttert hatte, bekam Nicole selbst Hunger und knabberte an ihrem Cheeseburger. Lauwarm schmeckte er nicht besonders, die Pommes musste sie wegwerfen. Sie vertrieb den schalen Geschmack mit heißem Kaffee und schaltete den Fernseher ein. Auf allen Kanälen langweilige Sitcoms und Reality Shows, unterbrochen von nervender Werbung. Streaming-Kanäle wie Netflix konnte sie nicht empfangen, nur HBO, das mit langweiligen Filmen aus vergangenen Zeiten und der Wiederholung eine Miniserie aufwartete.

Sie schaltete den Fernseher aus und las in einem Buch, das sie sich kurz vor ihrer Abfahrt gekauft hatte. Ein blutrünstiger Krimi von Karin Slaughter, den sie nach wenigen Seiten weglegte. Lucys Verschwinden war ihr auf den Magen geschlagen. Sie machte sich Sorgen um ihre junge Freundin, die zwar nicht auf den Mund gefallen, aber auch nicht gegen alle Gefahren immun war. Sie hatte es nicht verdient, nach ihrer verkorksten Jugend erneut die Balance zu verlieren. Leider hatte sie es versäumt, sich Lucys Handynummer zu notieren.

Nicole war gerade auf dem Weg ins Bett, als ihr Handy klingelte. Vielleicht hat sie meine Handynummer, hoffte sie, aber auf dem Display erschien der Name ihres Bruders. Sie hätte ihn am liebsten weggedrückt, ging dann aber doch dran. »Roger?«

»Nicole! Wie konntest du mir das antun, Nicole!«

»Wovon redest du?«

»Das weißt du doch ganz genau. Du hast mich reingelegt, Nicole!«

»Wie bitte?«

»Du hast drei Mal so viel wie ich für deinen Anteil bekommen und machst dich klammheimlich aus dem Staub, während ich nicht mal eine Bleibe habe und sogar von meinen besten Freunden gemieden werde, weil ich angeblich ein Versager bin. Das ist nicht fair, Nicole! Das hättest du nicht tun dürfen!«

»Wie wär's mit Arbeiten, Roger? Schon mal versucht?«

»Du hast mich reingelegt!«

Nicole setzte sich in einen der beiden Sessel. »Wenn dich einer reingelegt hat, dann du selbst. Du hast deine Hälfte wegen einer blöden Jacht beliehen. Um den großen Maxe vor deinen Freundinnen spielen zu können. Hast du gedacht, die Bank verlangt das Geld nicht zurück? Wach endlich auf, Roger!«

»Du hättest die Farm nicht verkaufen dürfen!«

»Du warst doch einverstanden.«

»Weil du mir die Pistole auf die Brust gesetzt hast! Da wusste ich noch nicht, dass ich den Kredit allein zurückzahlen sollte. Ich dachte, du übernimmst die Hälfte, und wir teilen uns den Rest der Verkaufssumme. Das wäre fairer gewesen, als die Farm zu verscherbeln und mich mit einem Trinkgeld abzuspeisen.«

»Trinkgeld? Eine sechsstellige Summe, Roger!«

»Und du hast das Doppelte bekommen!«

»Erstens stimmt das nicht, und zweitens habe ich mich nie bereit erklärt, für deinen Kredit einzustehen. Schon gar nicht für eine Jacht. Warum verkaufst du sie nicht?«

»Das wäre ein Minusgeschäft.«

»Du hast genug Geld«, sagte Nicole. »Such dir einen anständigen Job, gib deine vielen Laster auf, und benimm dich endlich wie ein erwachsener Mensch. Merkst du denn nicht, dass die ganze Welt über dich lacht? Auch deine hübschen Gespielinnen, oder meinst du, die schwirren nur wegen deines guten Aussehens um dich rum? Die sind auf dein Geld scharf, weiter nichts.«

Sie hörte ihn leise schluchzen. »Ich hab noch andere Schulden«, gestand er schließlich. »Bei Geldverleihern und Buchmachern und … und bei einem Drogendealer. Ich bin da an Leute geraten, die fackeln nicht lange, wenn man sie zu lange hinhält. Warum kommst du nicht zurück und hilfst mir, aus dem Schlamassel rauszukommen? Wir sind doch eine Familie!«

»Nein, das geht nicht.« Sie wusste, dass er sich niemals ändern würde. »Bezahl deine Schulden, Roger! Verkauf deine Jacht, auch wenn du nicht mehr den vollen Preis zurückbekommst. Ich bin sicher, dir bleibt dann immer noch genug Geld, um irgendwo neu anzufangen. Es muss ja nicht Manhattan oder Miami sein.«

»Selbst wenn ich meine Schulden zurückzahle ... die verdammten Kerle lassen mich nicht aus ihren Klauen. Die ködern mich mit Drogen und überreden mich zu irgendwelchen Wetten und Pokerturnieren, und ich hänge wieder drin.«

»Dann geh zur Polizei. Und mach endlich die Therapie, die ich schon bezahlt habe. Du musst dich selbst aus dem Sumpf ziehen. Dabei kann dir niemand helfen. Du hast genug Geld, um danach wieder was Neues zu starten.«

»Und warum kommst du nicht zurück?«

»Weil ich lange genug dein Kindermädchen war.«

Nicole verabschiedete sich und war erleichtert, endlich auflegen zu können. Andere mochten ihre Reaktion herzlos finden, aber sie hatte jahrelang versucht, Roger von seinem verschwenderischen Lebensstil und seinen Lastern abzuhalten, und nicht den geringsten Erfolg damit gehabt. Die Anmeldung im Therapiezentrum war ihr letzter Versuch gewesen. »Der Süchtige muss eine Therapie *wollen*«, hatte die Ärztin ihr erklärt. »Wir sind kein Gefängnis und können einen Süchtigen nicht zwingen, bei uns zu bleiben.« Roger hatte es versucht, war aber nach wenigen Tagen wieder gegangen und in seinem alten Lebensstil zurückgefallen. »Er kann jederzeit wiederkommen«, hatte die Ärztin ihr gesagt.

Früh am nächsten Morgen brach Nicole auf. In zwei Tagen würde sie die Grenze nach Colorado überqueren, hatte sie ausgerechnet. Nach Nordwesten bis Denver und weiter nach Wyoming. Dort würde sie nach einer Ranch suchen. Wyoming oder Montana, hatte sie entschieden, nachdem sie etliche Berichte über die Pferdezucht im Westen studiert hatte. Dort war die Natur am spektakulärsten, und es gab noch Rancher und Cowboys wie vor mehr als hundert Jahren. Ein anderes Leben als an der Ostküste, ehrlicher und elementarer.

Sie hatte Lucy noch nicht aufgegeben. Das Mädchen musste irgendwo übernachtet haben und etwas essen, wahrscheinlich auf einem der Truckstops, die auch von den Truckern von »Laughing Pig Transport« angefahren wurden. Etliche Schreckensszenarios bildeten sich in Nicoles Kopf. Lucy, wie sie von dem Trucker auf einer einsamen Landstraße bedrängt wurde. Lucy auf einem Truckstop, wie sie der Prostitution verdächtigt und von der Polizei mitgenommen wurde. Auf den Truckstops war Prostitution streng verboten, und ein gerade mal volljähriges Mädchen in diesem Aufzug ließ kaum einen anderen Verdacht zu. Sie trug immer noch ihre dreiviertellangen Khakihosen und ein T-Shirt, das nur sehr wenig verbarg.

Nicole fuhr beim ersten Truckstop raus und suchte vergeblich nach dem roten Sattelschlepper. Auch beim nächsten war keiner der Laughing-Pig-Trucks zu sehen. Fündig wurde sie erst in einem Vorort von Kansas City. Schon aus der Ferne erkannte sie den Truck an seiner leuchtend roten Farbe. Er stand zwischen einigen anderen Fahrzeugen auf dem Parkplatz eines kleinen Truckstops, allerdings hatte Laughing Pig mehrere Trucks laufen, und sie hatte keine Ahnung, in welchen Lucy gestiegen war. Sie hielt neben den parkenden Trucks.

Der Fahrer saß nicht hinter dem Steuer. Sie ging ins Lokal und erkannte ihn an dem lachenden Schwein auf seiner Baseballkappe. Er saß mit einigen anderen Fahrern an einem Tisch und trank Kaffee.

»Sie fahren den roten Truck?«, sprach sie ihn an.

»Was ist damit?«, erwiderte er.

»Haben Sie meine Freundin mitgenommen? Achtzehn, blond, seltsame Frisur. Ich weiß nur, dass sie in Brookfield in einen roten Truck gestiegen ist.«

»Kann schon sein«, erwiderte er. »Sind Sie Ihre Schwester?«

»Wir sind befreundet. Sie ist mir weggelaufen, und ich mach mir Sorgen.«

»Brauchen Sie nicht, die weiß, was sie will. Sie wollte nach Westen.«

»Und?«

»Sie ist bei einem anderen eingestiegen. Ich muss Pause machen, und sie wollte so schnell wie möglich weiter. Hatten Sie Krach? Sie war irgendwie daneben. Hätte die Nase voll, von anderen ständig bevormundet zu werden, hat sie gemeint.«

»Sie ist ein wenig empfindlich. Wo hat sie denn geschlafen?«

»Glauben Sie, ich hätte ihr was getan?« Er klang beleidigt. »Hab ich nicht. Ich hab sie behandelt wie ein rohes Ei und ihr sogar ein halbes Sandwich abgegeben. Geschlafen hat sie auf dem Beifahrersitz. Als ich aufgewacht bin, war sie schon weiter. Ein Kumpel hat sie in einen Walmart-Truck steigen sehen.«

»Wissen Sie, welche Route der Truck genommen hat?«

»Weiß ich. Ich hab mit dem Fahrer einen Kaffee getrunken, bevor ich schlafen gegangen bin. Er wollte nach Dodge City, was in der Filiale dort abladen.«

»Wie lange ist sie schon weg?«

»Zwölf Stunden … mindestens.«

»Sie haben mir sehr geholfen«, sagte Nicole. »Wie wär's mit einem Apple Pie auf meine Kosten? Mit Sahne?« Sie legte einen Zehn-Dollar-Schein auf den Tisch und ging. »Und danke, dass Sie meiner Freundin geholfen haben.«

Sie kaufte sich etwas Obst im Laden des Truckstops und fuhr auf den Highway zurück. »Welcome to Kansas!«, stand auf einem Schild am Straßenrand. Schon nach wenigen Meilen merkte sie, wie sehr sich Kansas von den Staaten unterschied, durch die sie bis jetzt gefahren war. Die Landschaft war so flach wie ein Pfannkuchen. Weizenfelder und Grasland bis zum fernen Horizont, unterbrochen durch wenige Städte und Siedlungen, die Great Plains des amerikanischen Westens. Das Land, in dem der Wind scheinbar ohne Unterbrechung über die Ebenen heulte, der so manchen Siedler im alten Westen sogar in den Wahnsinn getrieben hatte. Die Brutstätte heftiger Tornados, die mit unvorstellbarer Wucht über das Land rauschten und nicht nur Trailer Parks zerstörten.

Auch während sie jetzt durch Kansas fuhr, war es windig. Sie musste das Tempo drosseln, um den Trailer stabil zu halten und Amber nicht zu gefährden. Staunend fuhr sie durch ein Feld mit Sonnenblumen. Ein Meer von leuchtend gelben Blüten, das sie blinzeln ließ, dann endloses Grasland, eine einsame Farm, eine Scheune und ein Windrad. In weiten Abständen verschlafene Siedlungen, gelegentlich eine Stadt, die in dieser Weite ebenfalls verloren schien. Vor über hundert Jahren noch das Weideland von gewaltigen Büffelherden, die mit den Jahreszeiten über die Ebenen zogen und die Indianer mit Nahrung versorgten.

Sie erreichte Dodge City am Nachmittag, die legendäre Rinderstadt, die vor hundertdreißig Jahren zum Endpunkt des tausend Meilen langen Trails geworden war, über den tollkühne Cowboys riesige Rinderherden von Texas nach Kansas trieben. In Texas gab es damals noch keine Eisenbahn. In Dodge wurden die Rinder in Güterwaggons verladen, und in der Stadt feierten die Cowboys in Kneipen wie dem Long Branch Saloon. Dodge City wurde zum Sündenpfuhl. Gesetzeshüter wie der legendäre Wyatt Earp und zweifelhafte Gestalten wie Doc Holliday gaben sich ein Stelldichein. Von diesen Zeiten lebte Dodge noch immer.

Nicole suchte sich ein Motel abseits des Wyatt Earp Boulevard und bekam ein gemütliches Zimmer. Als sie ihr Pferd erwähnte, winkte die freundliche Pächterin ab. »Wir haben öfter Gäste mit Pferden hier«, sagte sie, »nicht nur während des Rodeos. Hinter dem Haus können Sie es weiden lassen, und für einen Ausritt gibt es keine bessere Stadt. Jenseits der Feedlots gibt es so viel Grasland wie zu Matt Dillons Zeiten.« Matt Dillon war der fiktive Marshal der Fernsehserie *Gunsmoke – Rauchende Colts* gewesen, der erfolgreichsten TV-Action-Serie aller Zeiten.

Nicole war fasziniert von Dodge City. Auf den ersten Blick eine gewöhnliche Kleinstadt, die aber immer noch vom Geist des alten Westens umweht wurde und im 21. Jahrhundert wieder von Rindern lebte. Als »Queen of the Cowtowns« war die Stadt berühmt geworden, weil die texanischen Rinder von dort in die Schlachthöfe nach

Chicago geschickt worden waren. Inzwischen war man schlauer. Dodge City war die Heimat von großen Schlachthöfen, und die Rinder wurden in unmittelbarer Nachbarschaft der Feeding Lots geschlachtet. »Feeding Lots« waren eingezäunte Koppeln von ungeahnten Ausmaßen, in denen die Rinder vor dem Schlachten noch einmal gemästet wurden. Kein schöner Anblick für Vegetarier, aber die waren in Dodge auch äußerst selten.

Nicole sah sich die Feeding Lots während ihres Ausritts an. Im langsamen Trab ritt sie an den langen Holzzäunen entlang, zügelte Amber immer wieder und blickte auf die vielen Rinder hinab. An den Gestank musste man sich erst gewöhnen, aber wer eine Ranch gründen wollte, durfte nicht zimperlich sein.

»Howdy, Ma'am«, meldete sich eine heisere Stimme. »Sie sehen wie eine Städterin aus, aber Sie sitzen gut im Sattel. Und Ihre Stute ist auch nicht übel.«

Die Stimme gehörte zu einem Cowboy, der einige Rinder in den Corral getrieben hatte, eines der nervösen Tiere von den anderen trennte und auf seinem Falben zu ihr geritten kam. Er war um die Sechzig, hatte ein von Falten durchzogenes Gesicht und trug einen Schnurrbart wie viele Cowboys im Wilden Westen. Er saß so lässig im Sattel, wie es nur ein Mann konnte, der fast sein ganzes Leben auf dem Pferderücken verbracht hatte. Unter seinem breitkrempigen Hut ragten weiße Haare hervor. »Wally Denton«, stellte er sich vor.

»Nicole Sheldon«, erwiderte sie. »Sie reiten ein Quarter Horse.«

»Sie kennen sich aus, Ma'am. Was führt Sie nach Dodge?«

Nicole erzählte es ihm. »Eine Pferderanch … in Wyoming oder Montana, wenn's geht. Ich hab immer ein Faible für die beiden Staaten gehabt. Nichts gegen New York State, ich hab gerne dort gelebt, und die Arbeit auf der Horse Farm hat Spaß gemacht, aber eine Ranch im Westen, das wäre was anderes.«

»Viel Arbeit vor allem«, sagte er. »Ich weiß, wovon ich rede.«

»Sie haben auf einer Ranch gearbeitet?«

Er stützte sich mit beiden Händen auf sein Sattelhorn. »Bis vor einigen Jahren. Auf der Rafter B in der Nähe von Laramie, Wyoming. Ich komme aus Laramie. Als mir ein wütender Stier den Oberschenkel aufriss und ich ein paar Wochen ins Krankenhaus musste, hat man mich entlassen. Das Rindergeschäft ist nicht mehr so lukrativ wie früher, damit kann man nur noch reich werden, wenn man eine riesige Ranch hat, so wie der Mann, dem diese Rinder gehören.« Er machte eine ausholende Geste mit dem Arm.

»Ich will Pferde züchten. Von Rindern verstehe ich zu wenig.«

»Sie wären ein gutes Cowgirl. Dafür hab ich einen Blick.«

»Sie waren immer Cowboy?«

»Immer.« Wally grinste. »Ich wurde im Sattel geboren, hab ich mir von meiner Mutter sagen lassen. Kurz vor Weihnachten, als sie in die Stadt unterwegs waren. Und bevor ich einen Fuß vor den anderen setzen konnte, war ich schon auf einem Pony unterwegs. Wissen Sie, nach wem sie mich benannt haben?«

»Lassen Sie mich raten … einem bekannten Rodeoreiter?«

»Ich sag ja, Sie kennen sich aus.«

»Und jetzt arbeiten Sie für die Schlachthöfe?«

»So sieht's aus, Ma'am.« Es klang wehmütig. »Hat nicht mehr viel mit echter Cowboyarbeit zu tun. Ich treibe die Rinder in die Corrals und passe auf, dass sie genug fressen. Aber irgendwas muss man tun, wenn man nicht verhungern will. Mit meiner Rente und meinen Ersparnissen komme ich nicht weit.«

»Aber Sie stehen doch noch voll im Saft!«

»Darauf können Sie wetten, Ma'am.«

»Wie wär's mit einem Job auf meiner Pferderanch? Sie kennen sich mit der Arbeit aus, und mit der Gegend da oben sind Sie auch vertraut. Interessiert?«

»Sicher, Ma'am. Aber woher wissen Sie, dass ich der Richtige bin?«

»Ich hab gesehen, wie Sie reiten und wie Sie mit Ihrem Pferd umgehen. Dafür habe ich einen Blick. Außerdem kann ich einen Oldtimer brauchen.«

»Einen alten Sack wie mich?«

»Einen erfahrenen Cowboy, Wally.«

Sie tauschten ihre Telefonnummern aus und unterhielten sich noch eine Weile, bevor Nicole zu ihrem Motel zurückritt. Auf dem Rückweg beschlichen sie Zweifel, aber als sie daran dachte, wie er das störrische Kalb mit seinem Quarter Horse ausgebremst und wie locker er im Sattel gesessen hatte, war sie sicher. Wally Denton würde eine wichtige Rolle auf ihrer Ranch einnehmen.

8

Ihre Suche nach Lucy blieb erfolglos. Zwei Stunden lang fuhr Nicole am nächsten Morgen durch die Stadt, checkte den Campingplatz, den Truckstop und billige Motels, bevor sie aufgab. Sie füllte ihre Thermoskanne im Coffee Shop mit Kaffee, kaufte eine Zimtschnecke für unterwegs und fuhr weiter nach Westen.

Lucy war nicht zu helfen, genauso wenig wie Nicoles Bruder. Sie hatte zu lange unter der scheinbaren Fürsorge anderer Menschen gelitten, um auf eine Fremde wie sie zu hören. Alles Vertrauen, das Nicole in sie gesetzt hatte, war umsonst gewesen. Sie hatte sich entschieden, ihren eigenen Weg zu gehen, und würde auf schmerzhafte Weise erkennen, dass man ohne Freunde auf verlorenem Posten stand. Man konnte nur hoffen, dass sie nicht unter die Räder geriet.

Westlich von Dodge City erstreckte sich flaches Grasland. Die Siedlungen lagen weit auseinander, vereinzelt waren Farmen zu sehen. Am Ufer kleiner Flüsse und Bäche wuchsen Bäume. Die Luft war erfüllt vom Schwirren der Insekten und dem Rauschen des Windes. Beides ging im Motorengeräusch ihres Silverado unter. Ihr Radio blieb stumm. Nach dem Verschwinden ihrer neuen Freundin und dem Anruf ihres Bruders war sie viel zu niedergeschlagen, um Musik zu hören. Sie trug keine Schuld am Versagen ihres Bruders. Wer Schulden bei irgendwelchen Kredithaien machte, sich eine Million von der Bank für eine sündhaft teure Jacht lieh und dafür seinen Anteil an einem Unternehmen aufs Spiel setzte, war nicht zu retten. Dennoch machte sie sich Vorwürfe, vor allem wegen Lucys Verschwinden. Sie hätte zurückhaltender sein, sich mehr in sie hineindenken müssen und sie nicht bevormunden dürfen.

Als sie durch Cimarron fuhr, eine kleine Stadt, die lediglich aus einer Main Street und wenigen Nebenstraßen bestand, sah sie eine Gestalt mit gerecktem Daumen vor einer Tankstelle stehen. Nur eine rote Ampel hinderte Nicole daran, sie nicht zu beachten und weiterzufahren. Sie ließ das Beifahrerfenster herunter. »Steig ein, Lucy! Nun mach schon! Ich kann hier nicht ewig stehen.« Hinter ihr hupten bereits einige ungeduldige Autofahrer, denen sie im Weg stand.

Im Seitenspiegel beobachtete sie, wie sich Lucy zuerst nur zögernd näherte, dann rasch die hintere Tür öffnete, ihren Rucksack verstaute und auf den Beifahrersitz kletterte. Während sie den Sicherheitsgurt anlegte, fuhren sie über die Kreuzung. Sie redeten nicht, bevor sie Cimarron hinter sich gelassen hatten.

»Hey«, sagte Lucy.

»Hey«, erwiderte Nicole.

»Kaffee?« Nicole reichte ihr die Thermoskanne.

Lucy schenkte sich einen Becher ein.

»Tut mir leid …«, begannen sie beide.

»Du zuerst«, sagte Nicole.

»Tut mir leid«, wiederholte Lucy. »Ich hab Scheiße gebaut. War dumm von mir, einfach abzuhauen. Ich dachte … na ja, ich dachte, wir kommen nicht mehr klar miteinander. Im Heim und bei meinen Pflegeeltern hab ich so viele angeblich gute Ratschläge mitbekommen, dass ich kaum noch hingehört hab. Du bist anders, du hast es wirklich gut gemeint. Du bist eine verwöhnte Tussi von der Ostküste und kannst eine ziemlich nervige Klugscheißerin sein, das stimmt schon, aber du bist ganz okay und hast sogar die Nummer mit dem Kokain ausgehalten.«

»Eine verwöhnte Tussi? Eine nervige Klugscheißerin?« Nicole musste grinsen. »Mag sein, vielleicht bin ich das. Hab du mal einen Bruder wie ich, dann kehrst du auch ständig die große Schwester raus und gibst gute Ratschläge. Bei meinem Bruder haben sie nicht gewirkt. Wenn ich bei dir übertrieben habe, dann nur, weil ich Angst hatte, dass du mit der Welt nicht zurechtkommst. Tut mir leid, dass ich dich damit genervt habe.«

»Mach dir keine Sorgen. Ich bin hart im Nehmen.«

Nicole entspannte sich ein wenig. Über dem Highway wölbte sich ein bewölkter Himmel, so unendlich und weit, als wäre der Horizont unerreichbar. Der Wind trieb entwurzeltes Gestrüpp über den Asphalt. Die Sonne flimmerte in den Bäumen, die wie fast überall in Kansas eine Farm vor Tornados und anderen Unwettern schützen sollten: ein natürlicher Schutzwall gegen die Natur.

»Wo hast du in Dodge geschlafen?«, fragte Nicole.

»Willst du nicht wissen.«

»Geht mich nichts an, stimmt schon.«

»Im Freien«, erklärte Lucy. »Wie ein Cowboy. War scheißkalt.«

»Wieder mit einem Truck gekommen?«

Lucy verdrehte die Augen. »Du kannst es nicht lassen,

was? Aber wenn's dich interessiert: Ich bin bei Truckern eingestiegen. Die haben mich zwar angeglotzt, aber zu nahe gekommen sind sie mir nicht. Die waren ganz okay.«

»Was hast du ihnen erzählt?«

»Dass ich meine Freundin in Wyoming besuchen würde. Die hätte dort eine Ranch und würde Pferde züchten. Dass ich dringend frische Luft bräuchte.«

»Und das haben sie dir geglaubt?«

»Der eine hat gesagt, die Luft im Westen wäre zwar besser, aber ansonsten ginge es dort ähnlich beschissen zu wie im Osten. Er kam aus Denver. Seine Frau wäre mit einem Cowboy durchgebrannt, meinte er. Er müsse Tag und Nacht fahren, um ihr den Unterhalt zahlen zu können. Weißt du, was Trucker verdienen?«

»Zu wenig. Nicht gerade beziehungsfreundlich, der Job.«

»Hat er auch gesagt, nur nicht so vornehm.«

»Und in Cimarron bist du ausgestiegen?«

Lucy blickte sie nicht an. »Ich hatte plötzlich keine Lust mehr. Trieb mich ein paar Stunden in der Stadt rum und hatte keine Ahnung, wie es weitergehen sollte. Mehr aus Gewohnheit hab ich mich an den Straßenrand gestellt und den Daumen gereckt. Als ob ich gewusst hätte, dass du mich aufgabeln würdest.«

In Eads, einem winzigen Ort, der bereits in Colorado lag, legten sie eine Rast ein. Nicole blickte durch das schmale Seitenfenster zu Amber in den Trailer und fütterte sie mit einem Apfelschnitz. »Nicht böse sein, Amber«, sagte sie zu der Stute, »aber Lucy hat nicht gefrühstückt und braucht dringend was Warmes im Bauch. Wir bleiben nur ein paar Minuten, dann fahren wir weiter.«

Amber hatte anscheinend nichts dagegen. Sie hatte sich inzwischen an den Trailer gewöhnt und wusste, dass sie Nicole vertrauen konnte. Sie zeigte auch keine sichtbare Reaktion, als Nicole und Lucy in dem Coffee Shop verschwanden.

Wahrscheinlich hatte sich das Lokal in den letzten fünfzig Jahren kaum verändert. Einige Tische mit blassgrüner Resopal-Auflage, ein gläserner Tresen mit üppig belegten Pies und anderen Backwaren, an den Wänden historische Fotos aus der Pionierzeit, mehr hatte der Coffee Shop nicht zu bieten. Die Bedienung, eine junge Indianerin, empfahl ihnen die Tuna Salad Sandwiches.

»Wo soll's denn hingehen?«, fragte sie, als sie Kaffee nachschenkte.

»Wyoming«, antwortete Nicole.

»Dort waren die Jagdgründe meiner Vorfahren. In Wyoming, Montana und hier in Colorado. Wir waren ein stolzes Volk. Wollen Sie zum Sand Creek?«

»Sand Creek?«

»Ein paar Meilen nördlich von hier, ist kein großer Umweg. Am Sand Creek ging unser Volk endgültig unter. Ein Massaker, bei dem fast nur Frauen und Kinder umkamen. Im Besucherzentrum erfahren Sie alles über unser Volk.«

»Esther!«, tönte die Stimme des Besitzers durch das Lokal.

»Sorry«, entschuldigte sich Esther.

Als sie an der Kasse zahlten, entschuldigte sich auch der Besitzer, ein Mann mit Halbglatze und freundlichem Lächeln. »Nehmen Sie es Esther nicht übel«, sagte er. »Sie ist eine Cheyenne und glaubt, dass einige ihrer direkten Vorfahren bei dem Massaker ums Leben kamen. Ein Gast hat sich mal über sie beschwert. Ich hab ihm gesagt, dass Sand Creek schlimmer für die Cheyenne war als nine-eleven.« Er reichte Nicole die Kreditkarte zurück. »Esther ist die beste Bedienung, die ich habe. Sie ernährt ihre ganze Familie mit ihrem Verdienst.«

»Sand Creek«, sagte Nicole im Wagen. »Jetzt bin ich neugierig geworden. Ich dachte immer, ich wüsste genug über unsere Geschichte, aber ich kann mich nicht daran erinnern, jemals etwas über Sand Creek gehört zu haben.«

Sie gab die »Sand Creek National Historic Site« ins Navi ein und lenkte ihr Gespann auf die Sandstraße zum Schlachtfeld und der Gedenkstätte. »Sorry, Amber!«, rief sie, obwohl die Stute sie nicht hören konnte. »Die Straße ist ziemlich übel. Wenn wir da draußen reiten können, drehen wir eine Runde, okay?«

Sie erreichten ihr Ziel in gut einer halben Stunde. Die Sonne hatte sich hinter den Wolken versteckt, und düsteres Zwielicht hing über dem Grasland, das sich zu beiden Seiten des ausgetrockneten Sand Creek erstreckte. Leicht hügeliges Grasland, einige Bäume und das Skelett eines Tipis, das an das Camp der Cheyenne erinnern sollte, die im November 1864 am Ufer des Flusses gelagert hatten: Mehr gab es nicht zu sehen. An den Tipistangen hingen meist rote Bänder, von indigenen Besuchern als Zeichen ihrer Trauer und Betroffenheit geknüpft. Eine seltsame Stimmung lag über dem Land, war beinahe körperlich zu spüren. Die Geister der Verstorbenen waren noch immer am Sand Creek.

»Irgendwie unheimlich hier«, sagte Lucy.

Sie blieben am Ufer des Bachbettes stehen und erschraken, als ein Indianer neben ihnen auftauchte und sie mit ernstem Gesicht begrüßte. Er war einen Kopf größer als Nicole, trug Jeans, Hemd und Cowboystiefel und hatte eine Adlerfeder in seine langen Haare gebunden. Um seinen Hals wand sich ein Band aus bunten Perlen. Ein Outfit, das Tradition und Moderne vereinte.

»Ich hoffe, ich habe Sie nicht erschreckt«, sagte er. »Ich bin John Running Horse und arbeite als Freiwilliger für den National Park Service. Mein Vater war ein Cheyenne, meine Mutter eine Arapaho. Sie haben mir schon von Sand Creek erzählt, als ich noch ein Kind war. Unsere Leute sind hier gestorben.«

»Das tut mir sehr leid«, erwiderte Nicole.

Der Cheyenne nickte dankbar. »Haben Sie den Text auf den Tafeln gelesen? Ich habe den Rangern gesagt, ein solches Massaker könne man nicht beschreiben. Man muss es sich vorstellen. Den eiskalten Morgen des neunundzwanzigsten November achtzehn vierundsechzig. Wie Crow Woman am frühen Morgen zum Fluss geht, um Wasser zu holen, und die Soldaten über die Hügel kommen sieht. Eigentlich müsste sie sich sicher fühlen, weil die Weißen ihrem Anführer Black Kettle versichert hatten, dass ihm nichts geschehen würde, solange er am Sand Creek lagert.«

»Die Armee hatte ihnen das zugesichert?«

»Das ist verbrieft«, sagte der Cheyenne. Sie waren allein am Flussufer, keine anderen Besucher waren in der Nähe. Warum John Running Horse ausgerechnet ihnen von dem Massaker berichtete, wusste weder Lucy noch Nicole. »Leider hielt sich die Armee nicht an die Abmachung. ›*Veho! Veho!* Soldaten! Soldaten!‹, rief Crow Woman. Black Kettle stürzte aus seinem Tipi und schwenkte die amerikanische Flagge, die er bei den Verhandlungen bekommen hatte. Doch gleich darauf fielen die ersten Schüsse. Colonel Chivington und seine angetrunkenen Soldaten und Freiwilligen fielen über das Lager her und gerieten in einen Blutrausch. Über hundert Frauen und Kinder starben auf grausame Weise.«

»Und die Männer? Wo waren die Männer?«

»Im Lager waren nur alte Männer. Die Hundekrieger, so was wie die Eliteeinheit der Cheyenne, waren auf der Jagd und kehrten erst ins Lager zurück, als die meisten ihrer Frauen und Kinder nicht mehr am Leben waren. Einige Krieger sollen in Wyoming gewesen und dort ebenfalls ermordet worden sein, aber darüber wissen wir noch zu wenig. Ein paar Archäologen arbeiten daran.«

Bevor sie sich von John Running Horse verabschieden konnten, war er schon gegangen, und sie waren allein mit dem Wind, der über die Hügel strich. In seinem Rauschen hörten sie das Lachen der betrunkenen Angreifer und die Schreie der sterbenden Cheyenne. Die Geister der Verstorbenen, die die Besucher ermahnten, ihre Lehren aus der Begegnung mit der Vergangenheit zu ziehen.

»Ich hoffe, du hast nichts dagegen, wenn ich eine Runde mit Amber reite. Nach der holprigen Fahrt hat sie ein bisschen Bewegung verdient. In spätestens einer halben Stunde bin ich zurück.« Nicole blickte Lucy an. »Alles okay mit dir?«

»War ziemlich heftig, was der Cheyenne erzählt hat.«

»Und wahr dazu.«

Wenige Minuten später saß Nicole im Sattel und ritt davon. Über einen Feldweg, der in respektvoller Entfernung an dem Schauplatz des Massakers vorbeiführte, trieb sie Amber nach Westen. Die Stute freute sich sichtlich, über offenes Land traben zu dürfen, und ließ ihre Muskeln spielen. Nicole war so stark mit ihr verbunden, dass sie ihre Freude beinahe körperlich spürte. Ihre Herzen schlugen im gleichen Takt, wenn sie zusammen über das Grasland ritten.

In einer Senke ließ sie Amber im Schritt gehen und blieb überrascht stehen, als ein Reiter über die Hügel kam und ärgerlich zu reagieren schien, als er sie sah. Ein stattlicher Mann mit grauen Augen, die sie vorwurfsvoll musterten.

»Sie reiten über privates Land, Ma'am«, sagte er. Er zügelte sein Pferd, aus erstklassiger Zucht, wie sie sofort erkannte, und stützte sich aufs Sattelhorn.

»Meine Stute braucht Bewegung. Sie haben doch nichts dagegen?«

»Und ob ich was dagegen habe«, erwiderte er barsch. Seine Stimme klang wie ein Reibeisen. »Nichts gegen Sie persönlich, aber ich bin's langsam leid, Fremde von meiner Weide verjagen zu müssen. Gestern waren zwei Jungen mit einem Four-Wheeler hier, und wie oft ich schon Leute im Geländewagen von meinem Land vertreiben musste, kann ich gar nicht mehr zählen. Haben Sie nicht die Schilder gesehen? Meine Weiden sind *off limits* für Besucher.«

Nicole blickte ihn verständnislos an. »Ich bin weder mit einem Four-Wheeler noch mit einem Geländewagen hier. Meine Stute macht Ihre Weiden bestimmt nicht kaputt. Aber wenn Sie darauf bestehen, kehre ich wieder um.«

»Die Regel gilt für alle. Versuchen Sie erst gar nicht, mich anzulächeln oder Ihre blonde Mähne zu schütteln. Auf den Trick falle ich schon lange nicht mehr rein. Ich will meine Ruhe, das ist alles, oder ist das zu viel verlangt, Ma'am?«

»Ihr gutes Recht, Mister ...«

»J.P. Ballard«, ergänzte er. »Mir gehört die Ranch hier, und ich verfluche den Tag, an dem sie diese sogenannte Historic Site eröffnet haben. Wenn's nach mir ginge, hätte es auch eine schlichte Gedenktafel am Highway getan.«

»Warum so wenig Respekt gegenüber den Toten?«

»Ich hab sie nicht umgebracht und finde, man sollte endlich Gras über die Sache wachsen lassen. Was bringt es denn, wenn wir die hundert Cheyenne bejammern, das macht sie auch nicht mehr lebendig. Waren Sie dort?«

Nicole hätte gern schärfer reagiert, ahnte aber, dass sie damit nichts erreichen würde. »Wenn Sie die Historic Site meinen ... Ja, ich war dort. Und ich empfinde keine Wut wie Sie, sondern eher Scham, dass weiße Soldaten und Freiwillige den Frauen und Kindern der Cheyenne so etwas antun konnten. Natürlich muss man daran erinnern, damit so etwas nie mehr passiert. Das hoffe ich jedenfalls.«

»Die Indianer waren auch keine Heiligen«, konterte er. »Die Cheyenne haben reihenweise Unschuldige massakriert. Für die gibt es aber keine Gedenkstätte, weil die verdammten Liberalen päpstlicher als der Papst sein wollen.«

»Es war ihr Land. Unsere Vorfahren haben es ihnen gestohlen.«

Der Rancher ließ sich nicht aus der Ruhe bringen. »Der Lauf der Welt, Ma'am. So war es schon vor zweitausend

Jahren, als die Römer ihr Weltreich eroberten. Der Schwächere muss dem Stärkeren weichen. Wir brauchten das Land. Weil es zu viele Menschen in Europa gab, weil viele unserer Vorfahren aus politischen oder religiösen Gründen verfolgt wurden. Gott selbst schickte uns in dieses Land, um es zu erobern und urbar zu machen. Und jetzt verschwinden Sie endlich, bevor ich die Geduld verliere. Ich habe schon genug diskutiert.«

»Sie sind ein hartherziger Mann, Mister Ballard.«

»Jeder Amerikaner hat das Recht, seinen Besitz gegen Eindringlinge zu verteidigen«, sagte er. »Man würde mich nicht mal verurteilen, wenn ich Sie erschießen würde. Stattdessen bitte ich Sie höflich, von meiner Weide zu reiten.«

»Das klingt schon besser«, amüsierte sie sich über seinen Starrsinn. »Und ich entschuldige mich auch im Namen meiner Stute dafür, Spuren auf Ihrem wertvollen Grasland hinterlassen zu haben. Leben Sie wohl, Mister Ballard.«

Der Rancher brummte nur, als sie Amber wendete und auf dem Weg zurückritt, über den sie gekommen war. Sie blickte nicht zurück. Sie kannte Männer wie ihn, die gab es auch an der Ostküste, nur dass sie dort keine Cowboyhüte trugen. Selbstgefällige Männer ohne Gefühl, nur darauf aus, so viel Besitz und Reichtum wie möglich anzuhäufen und ihre Macht auszuüben.

Lucy wartete schon vor dem Wagen. »Hey, wie war dein Ritt?«

»Bis auf die Begegnung mit einem ekelhaften Macho, der mich von seinem Land gejagt hat, sehr okay. Gut, dass du nicht mit dabei warst. Ich bin ziemlich sicher, du hättest ihn vom Pferd gezerrt und ihm gegen das Schienbein getreten.«

»Du solltest dir eine Schrotflinte kaufen, für alle Fälle.«

»Mit so einem werde ich auch ohne Waffe fertig.«

Nicole befreite ihre Stute von Sattel und Zaumzeug und führte sie in den Trailer zurück. »Das hat gutgetan, was?«, sagte sie, während sie die Boxenstangen schloss. Sie gab Amber einen Apfelschnitz zu fressen. »Keine Angst, wir fahren nicht mehr weit. Es wird höchste Zeit, dass ich was in den Magen kriege.«

Im Wagen empfing sie Lucy mit dem Handy in der Hand. »Ungefähr fünfzig Meilen von hier soll's ein gemütliches Motel geben, die haben Hütten. Wir könnten uns was zum Grillen kaufen und wie Cowgirls im Freien essen.«

»Dann nichts wie hin«, sagte Nicole.

9

Das Motel lag abseits des Highways, ein lang gestrecktes Gebäude, nur wenige Meilen südlich der Grenze nach Wyoming. Sie hatten eine von mehreren Blockhütten gemietet, die zum Motel gehörten, und unterwegs in einem Supermarkt eingekauft: für jede ein Steak, eine gebackene Kartoffel, einen Maiskolben und eine halbe Wassermelone, die sie sich zum Nachtisch teilen wollten.

Da Nicole erst am Sand Creek geritten war, verschob sie den Ausritt auf den frühen Abend und begnügte sich damit, Amber abzureiben und zu massieren, und natürlich verwöhnte sie die Stute mit einem der neuen Pferdeleckerlis, die sie im Laden neben dem Supermarkt gekauft hatte. Amber ließ es sich schmecken und knabberte ausgiebig an dem Gras, das hinter der Hütte auf der Lichtung wuchs.

»Bei uns zu Hause haben immer die Männer gegrillt«, sagte Nicole, während sie das Feuer anfachte. »Mein Vater, mein Bruder, unser Manager. Als ob Frauen nicht grillen könnten.« Sie legte die geölten und gewürzten Steaks und die Beilagen auf den Rost. »Geht wohl auf die Steinzeit zurück, als alle noch Jäger waren. Nur das Aufräumen und Abspülen überließen sie uns Frauen.«

»Bei meinen Pflegeeltern gab's selten Steaks«, erwiderte Lucy. »Bei den Montgomerys und Wrights überhaupt nicht, jedenfalls nicht für mich, und bei den Taylors nur an besonderen Feiertagen. Ich bekam immer das kleinste.«

»Wir feiern heute, weil es nichts zu feiern gibt. Das sind

die schönsten Feiern.« Nicole kaute zufrieden. »Oder hast du noch einen anderen Grund?«

Lucy grinste. »Ich hab heute Geburtstag.«

»Du hast … was? Und das sagst du erst jetzt?«

»Ich wollte nicht, dass du ein Geschenk für mich kaufst. Du hast schon genug für mich getan. Fütterst mich jeden Tag durch und bezahlst die Motels.«

»Weil ich's gern mache.«

»Obwohl ich abgehauen bin?«

»Egal.« Nicole hielt mit Kauen inne. »Wie alt bist du denn geworden?«

Lucy zögerte ein wenig zu lange.

»Achtzehn, stimmt's? Du warst noch gar nicht volljährig, als du von den Taylors weggelaufen bist. Das hätte auch in die Hose gehen können. Wenn die Trooper das Datum gecheckt hätten, wäre es gefährlich für dich geworden.«

»Wegen der paar Tage?« Lucy trank einen Schluck aus ihrer Colaflasche. »Eigentlich wollte ich bis zu meinem Geburtstag warten, aber ich hab's nicht mehr ausgehalten. Scheiß drauf, sie haben sich bestimmt schon beruhigt.«

»Du könntest sie anrufen.«

»Vielleicht später mal. Wenn ich einen Job habe.«

Nachdem sie aufgegessen und aufgeräumt hatten, blieben sie eine Weile vor der Hütte sitzen. Allerdings war die Hütte nicht das, was man sich unter einem friedlichen Plätzchen vorstellte. Der Verkehr auf dem nahen Highway nervte, obwohl es abends sicher ruhiger wurde, und in einer der anderen Hütten stritt sich anscheinend ein Ehepaar. Von der anderen Straßenseite drang Country Music aus einem Außenlautsprecher, denn dort lag das »Golden Saddle«, ein Country Music-Club.

»Ob ich den Cowboys da drüben mal zeige, wo es langgeht?«, fragte Lucy. »Ich hab mit Country Music wenig im Sinn, das Gewimmer kann einem ganz schön auf die Nerven gehen, aber ein bisschen Abwechslung vom ständigen Sitzen im Auto könnte nicht schaden. Warum kommst du nicht mit?«

»Ich muss mich um Amber kümmern.«

»Den ganzen Abend? So findest du nie deinen Traummann.«

Nicole lächelte milde. »Ich bin nicht auf der Welt, um nach meinem Traummann zu suchen. Wenn es ihn gibt, werden wir uns schon irgendwann über den Weg laufen. Und wenn nicht, bleibe ich lieber allein, als den Falschen zu heiraten. Wenn du krampfhaft nach etwas suchst, klappt es sowieso nur selten.«

Ein Teil der Wahrheit war auch, dass sie nach dem, was sie am Sand Creek über das Massaker an den Cheyenne erfahren hatte, nicht in der Stimmung war. Was dort passiert war, überstieg ihre Vorstellungskraft. Vielleicht auch deshalb, weil auf den Infotafeln am Schlachtfeld auch Einzelschicksale geschildert wurden. So wie einem auch Berichte über 9/11 besonders an die Nieren gingen, wenn man erfuhr, welche Tragödien sich dort abgespielt hatten. Aus einem unerfindlichen Grund hatte sie das Gefühl, dass ihr Besuch des historischen Schauplatzes am Sand Creek eine besondere Bedeutung für sie hatte.

Nachdem Lucy gegangen und sie schon dabei war, ihren Sattel und das Zaumzeug aus dem Pferdetrailer zu holen, klingelte ihr Handy. Als sie Mikes Namen auf dem Display sah, legte sie den Sattel ab und ging dran. »Mike?«

»Hey«, begrüßte er sie, »wo steckst du?«

»Südlich von Cheyenne, wieso?«

»Ich wollte dir sagen, dass auf der Horse Farm alles okay ist. Ich habe deine Angestellten behalten und lasse auch sonst alles beim Alten. Nur das Büro habe ich auf meine Farm verlegt. Du hattest deinen Laden immer gut im Griff.«

»Ich weiß, Mike.«

»Und du bereust den Verkauf nicht?«

»Ich habe mir alles gut überlegt«, sagte sie. »Es war Zeit für einen Neuanfang, eine neue Herausforderung. Und es gab andere Gründe, wie du weißt.«

»Und die sind der eigentliche Grund für meinen Anruf. Roger kann sich offensichtlich nicht mit den neuen Gegebenheiten abfinden.« Er zögerte einige Sekunden, bevor er weitersprach. »Er hat versucht, die Farm abzufackeln.«

»Wie bitte?«

»Er hat einen der beiden Ställe angezündet.«

»Woher willst du das wissen?«

»Er hat es mir gesagt. Reiner Zufall, dass Pickford und zwei der Horse Wrangler in diesem Augenblick von einem späten Ritt zurückkamen und ihn auf frischer Tat ertappten. Sie konnten alle Pferde retten, aber die Scheune ist hin. Wir konnten nur noch verhindern, dass er die andere Scheune auch anzündete.«

»Dieser Schwachkopf! War er betrunken?«

»Eigentlich nicht. Nur wütend.«

»Habt ihr ihn der Polizei übergeben?«

»Ich habe noch mal Gnade vor Recht ergehen lassen«, sagte Mike, »dir zuliebe. Er war einigermaßen einsichtig, als er sich beruhigt hatte, und einverstanden, den Schaden von seinem Geld zu bezahlen. Einer meiner Mitarbeiter fährt mit ihm zur Bank in Manhattan, damit er nicht auf dumme Ideen kommt.«

»Hat er denn noch genug?«

»Er hat seine Jacht verkauft.«

»Mit Verlust, nehme ich an.«

»Keine Ahnung, das hat er mir nicht verraten.«

Nicole brauchte eine Weile, um die Nachricht zu verdauen. »Wie kann man so beschränkt sein?«, sagte sie dann. »Was wollte er denn mit der Zündelei erreichen? Er hat seinen Anteil an der Farm bekommen, also, was sollte das?«

»Frust? Rache? Was weiß ich?«

»Du hättest ihn anzeigen sollen, Mike. Roger ändert sich nicht mehr. Der hängt so tief drin, dass er irgendwann sowieso ins Gefängnis wandert.« Sie konnte es noch immer nicht fassen. »Zum Glück ist niemandem was passiert.«

Mike klang erleichtert. »Ich dachte, ich sage dir das lieber. Ich glaube nicht, dass Roger bei dir anruft. Und wenn, dann höchstens, wenn er Geld braucht. Ich hab die Security auf der Farm verdoppelt, falls er noch mal ausflippt.«

»Tut mir leid, Mike. Ich wünsch dir was.«

»Du bist hier jederzeit willkommen, Nicole. Ich hoffe, du weißt das.«

»Sicher, Mike. Danke für deinen Anruf.«

Nicole musste ein paar Mal durchatmen, bevor sie sich

wieder an die Arbeit machte. »Hast du das gehört, Amber?«, sagte sie zu ihrer Stute. »Mein Bruder hat den Verstand verloren. Er hat einen unserer ehemaligen Ställe angezündet, stell dir das mal vor. Ist der noch ganz richtig im Kopf? Er kann froh sein, dass Mike mich so gut leiden kann, sonst säße er jetzt schon im Knast.« Sie zog den letzten Riemen fest und tätschelte den Rücken der Stute. »Aber wir beide sollten uns nicht die Laune verderben lassen. Bist du bereit für einen Ausflug?«

Mit ihrem Schnauben meinte Amber wahrscheinlich: Was denkst du denn?

Hinter dem Motel führte ein Trail durch einige Felder und dann auf die offene Weide hinaus. Die Sonne stand bereits tief über dem Horizont und überzog das Grasland mit einem goldenen Schleier. In der Ferne waren violette Flecken am Himmel zu erkennen. Die Luft roch nach würzigem Gras. Aus den Bäumen stiegen Wachteln auf und flogen hastig davon, wahrscheinlich hatte ein Kojote oder Fuchs sie aufgescheucht. Außer dem Hufschlag ihrer Stute, die Nicole in einen leichten Galopp getrieben hatte, herrschte Stille.

Während sie über die weiten Ebenen ritt, wurde ihr bewusst, dass sich das Land hier draußen kaum verändert hatte. Verblasst war nur die Erinnerung an die gewaltigen Büffelherden, die bis zur Ankunft der weißen Einwanderer über die Hügel gezogen waren, und die Krieger der Cheyenne und Sioux, die auf ihren wendigen Pferden den Tieren nachgestellt hatten. Die Büffel hatten den Indianern gegeben, was sie zum Leben brauchten: Kleidung, Nahrung und Werkzeuge. Weiße Jäger hatten sie beinahe ausgerottet.

Die Ebenen boten wenig Abwechslung. Das Land war wellig wie ein erstarrter Ozean, und Bäume wuchsen nur am Ufer der wenigen Flüsse und Bäche. Vereinzelt ragten Felsen aus dem Land. Eine trostlose Gegend, wenn man sie nüchtern betrachtete, und doch beeindruckend mit ihrer endlosen Weite, die fast die Erdkrümmung erkennen ließ, und mit einem weiten Himmel, der nirgendwo begann und nirgendwo zu enden schien. Ein Anblick, der einen ehrfürchtig werden ließ, weil man sich in dieser überwältigenden Weite plötzlich klein und unbedeutend vorkam, beinahe so wie ein Präriehund, der aus seinem unterirdischen Bau auftaucht und nichts als Gras und Erde sieht.

Amber hatte ihre Freude an dem Ausritt; sie war von der alten Heimat nur üppige Natur mit zahlreichen Wäldern, Flüssen und Seen gewohnt und wusste das scheinbar endlose Grasland wegen seiner Weite zu schätzen. Über offenes Land zu galoppieren, schien ihr besondere Freude zu bereiten. Sie wirkte extrem entspannt und wieherte übermütig, als sie über einen Hügelkamm ritten.

Den Büffel, der ungestört in einer Senke graste, sah Nicole beinahe zu spät. Sie zügelte ihre Stute auf dem Hügelkamm oberhalb der Senke und blickte ehrfürchtig auf das zottige Tier hinab. Ein Büffel, wie man ihn sonst nur in Nationalparks und Naturfilmen sah! Das mächtige Tier, dessen Vorfahren einst in großen Herden über die Prärie gewandert waren und das von den Indianern noch immer als heilig angesehen wurde, ließ sich durch ihre Anwesenheit nicht stören.

Hinter ihr erklang Hufschlag. Ein Mann, ungefähr zwei

Jahre älter als sie und wie ein Cowboy gekleidet, zügelte seinen Braunen neben ihr und sagte: »Ein toller Anblick, nicht wahr? Der muss von der Ranch weggelaufen sein.«

»Eine Ranch mit Büffeln?«

»Mit Bisons, um genau zu sein. Terry Gibson's Buffalo Ranch liegt ein paar Meilen nördlich von hier. Sie lassen Büffel auf der freien Weide grasen und veranstalten Touren für Touristen. Der muss ihnen weggelaufen sein.« Er griff an die Hutkrempe. »Cody Fletcher, Ma'am. Wir hatten wohl die gleiche Idee.«

»Nicole … ohne ›Ma'am‹.«

»Ihr Akzent … New York?«

»New York State.«

»Ein schönes Pferd haben Sie. Ihres?«

»Amber. Meine Lieblingsstute.« Er sah unwahrscheinlich gut aus, war breit in den Schultern und wirkte männlicher und selbstsicherer als die Männer, die sie bisher gekannt hatte. Sein Gesicht war etwas kantig und von Wind und Wetter gebräunt, seine braunen Augen strahlten eine Wärme und Tiefe aus, wie man sie selten fand. »Sie wohnen hier?«

»Ich bin auf der Durchreise, Ma'am … Nicole. Ich war bei Freunden auf ihrer Ranch. Barbecues, Reiten, Fischen, über Rinder und Pferde reden … was Cowboys so anstellen, wenn man sie von der Leine lässt.«

»Und Frauen.«

»Wie bitte?«

»Ich dachte, Cowboys reden viel über Frauen, wenn sie unter sich sind.«

»Das auch.« Er grinste. »Sie wollen nach Westen?«

»Wyoming. Ich weiß auch nicht, warum.«

»Weil es dort am schönsten ist. Ich lebe schon mein ganzes Leben dort. Meine Eltern hatten eine kleine Ranch, aber dann starb mein Vater, und meine Mutter war zu schwach, um die Ranch zu führen. Ich war damals erst siebzehn. Sie musste verkaufen und starb vor sechs Monaten in einem Heim in Denver. Unsere Ranch warf kaum etwas ab, und mir blieben nur ein paar Dollar.«

»Tut mir leid«, sagte sie. »Meine Eltern kamen bei einem Unfall ums Leben. Ich habe auch verkauft und hoffe, das Geld reicht für eine kleine Ranch. Irgendwo in Wyoming, hab ich mir in den Kopf gesetzt. Sie sind Cowboy?«

»Das sieht man, was?« Sein Lächeln war verführerisch und ließ sie erröten. Im Licht der sinkenden Sonne fiel es nicht auf. »Nachdem meine Mutter verkauft hatte, zog ich von einer Ranch zur nächsten. Eine Weile hab ich sogar beim Rodeo gearbeitet. Calf Roping. Hab wilde Kälber mit dem Lariat eingefangen. Seit einigen Jahren bin ich Vormann auf der Double D westlich von Lander.«

»Ihr Traumjob?«

»Nicht immer. Der alte Thornton ist ein Sturkopf.«

»Der Besitzer der Double D?«

»Douglas Dwight Thornton … daher das Double D. Thornton lebt noch im neunzehnten Jahrhundert. Von Veränderung und anderem Teufelszeug hält er nicht viel. Als ich zu ihm kam, hatte er noch nicht mal einen Computer, und sein Heu würde er am liebsten noch mit der Sense schneiden. Old Man Thornton nennen sie ihn in Wind River. So heißt die kleine Stadt, in der wir einkaufen und wo wir auch mal die Sau rauslassen,wenn wir freihaben. Sorry.«

»Wind River? Ich dachte, so heißen nur die Berge und ein Fluss.«

»Und eine Stadt. Kommen Sie doch mal vorbei! Übermorgen ist Unabhängigkeitstag, da ist dort Einiges los dort. Das ganze Wochenende. Rodeo, Wettreiten, Barbecue, Tanz und die Parade. So fröhlich geht es nicht mal in Lander zu.«

»Klingt verlockend«, sagte sie.

Cody blickte zum Himmel. Die Sonne war blutrot und schickte sich an, hinter den Horizont zu sinken. »Ich muss leider weiter. Wenn ich heute Abend nicht auf der Ranch erscheine, droht mir Thornton mit dem Brandeisen.«

Sie lächelte. »Dann will ich Sie nicht länger aufhalten, Cody.«

Er blieb noch eine Weile, als hätte er vergessen, ihr etwas Wichtiges zu sagen, doch dann griff er wieder an die Hutkrempe und trieb seinen Braunen an. Ein starkes und intelligentes Tier, das auch ohne Zügeldruck zu gehorchen schien.

Sie merkte gar nicht, dass der Büffel inzwischen verschwunden war, hatte immer noch Codys Lächeln vor Augen und wunderte sich über die Gefühle, die es in ihr ausgelöst hatte. Sie mochte diesen Cowboy, seine zurückhaltende und humorvolle Art, seine bedächtigen Bewegungen. Sein warmherziges Lächeln, das er nur für sie aufgehoben zu haben schien. Ein Mann, wie ihn nur der Westen hervorbringen konnte. Lässiger als die meisten Männer an der Ostküste, weniger getrieben von der Jagd nach Geld und Erfolg, das bildete sie sich zumindest ein. Vielleicht raubeiniger, aber lockerer und ehrlicher. Und auf sympathische Weise schüchtern in der Gegenwart einer Frau.

Mit einem Lächeln im Gesicht ritt sie zur Hütte zurück. Sie befreite ihre Stute von Sattel und Zaumzeug und ließ sie auf der Lichtung weiden, wo es reichlich Gras für die Nacht gab. Sie blickte zur Country Bar hinüber, wo es inzwischen für einen Donnerstagabend sehr lebhaft zuging. Ob Lucy sich amüsierte? Mit ihren jetzt achtzehn Jahren war sie zwar volljährig, durfte aber keinen Alkohol trinken, ein seltsames Gesetz, dachte sie, wenn man sich vorstellte, dass man mit achtzehn strafmündig war und eine Waffe kaufen konnte.

Sie betrat ihre Hütte, setzte sich mit einem Becher Kaffee in einen Sessel und las in ihrem Krimi, der so spannend war, dass sie vollkommen die Zeit vergaß. Erst als einer der Mörder gefunden war, legte sie das Buch weg und ging ins Bett. Es war kurz vor Mitternacht. Obwohl sie todmüde war, konnte sie nicht einschlafen. Ihre Gedanken waren bei Cody Fletcher, dessen Lächeln sie verzaubert zu haben schien. Seltsam eigentlich, dachte sie, wo es doch lange keinen Mann mehr gegeben hatte, der wirklich Eindruck auf sie gemacht hatte. Sie würde nach Wind River fahren, ganz sicher sogar würde sie nach Wind River fahren und dort den 4. Juli feiern. Sie musste ihn wiedersehen.

Mit den Gedanken an Cody schlief sie ein und wachte mitten in einem Traum wieder auf. 3 Uhr 41 stand auf dem Display des Radioweckers. Sie setzte sich auf und lauschte. Es war still in der Hütte. Lucy, die normalerweise leicht schnarchte, auch wenn sie es nicht zugeben wollte, war nicht zu hören.

Nicole stand auf und sah im Nebenzimmer nach, rief Lucys Namen, bekam aber keine Antwort. Sie schaltete das Licht ein. Lucys Bett war leer, sie war noch nicht nach Hause gekommen. Nicole lief zum vorderen Fenster und blickte zur Country Bar hinüber. Die Neonlichter waren ausgeschaltet, die Musik verstummt. Ob Lucy einen Mann kennengelernt und mit ihm nach Hause gegangen war? Gut möglich, so was passierte. Und es ging sie überhaupt nichts an.

Widerwillig kehrte sie in ihr Bett zurück. Sie hatte Lucy unter ihre Fittiche genommen, durfte sie aber nicht wie eine übervorsichtige Mutter behandeln. Nach den entbehrungsreichen Jahren in Heimen und bei Pflegeeltern hatte Lucy das Recht, sich mehr Freiheiten zu nehmen und auch mal über die Stränge zu schlagen. Sie hatte ihre ganze Jugend versäumt und Einiges nachzuholen.

Dennoch bekam Nicole lange kein Auge zu. Warum hatte sie sich auf Lucy eingelassen? Hatte sie nicht genug eigene Probleme? Wie sollte sie es schaffen, die Herausforderungen ihres neuen Lebens zu bewältigen und sich gleichzeitig um die Probleme ihrer jungen Freundin zu kümmern?

Wenig später schloss sie die Augen und schlief wieder ein.

10

Als sie am nächsten Morgen erwachte, stand Lucy in ihrem Zimmer. Sie trug noch die Kleidung vom vergangenen Abend und schien gerade erst gekommen zu sein. »Dieser verfluchte Dreckskerl!«, fluchte sie mit hochrotem Gesicht. »Stiehlt sich heimlich aus dem Zimmer, ohne sich von mir zu verabschieden oder eine Nachricht zu hinterlassen! Wie ein mieser Freier bei einem leichten Mädchen! Wenn ich den noch mal in die Finger kriege, kann er was erleben!«

Nicole fühlte sich wie gerädert. Sie setzte sich stöhnend auf und starrte ihre junge Freundin verwundert an. »Lucy … wo kommst du denn plötzlich her?« Sie rieb sich den Schlaf aus den Augen. »Wo warst du denn die ganze Nacht?«

»Der Mistkerl hat mich ausgenutzt! Spielt den netten Cowboy und verspricht, mir die Sterne vom Himmel zu holen, und kaum hat er bekommen, was er wollte, macht er sich aus dem Staub. Ich hätte es wissen müssen, verdammt!«

»Von wem sprichst du?«, fragte Nicole. Sie sah langsam klarer.

»Von P.J. natürlich. Keine Ahnung, wofür die Buchstaben stehen. Paul, Pete, Justin … was weiß ich. Jeder würde ihn P.J. nennen, sagt er. Seinen Nachnamen hat er mir nicht verraten.« Sie begann zu weinen, wahrscheinlich nur aus Wut. »Er sah gut aus, er sah wirklich gut aus, und wir hatten eine Menge Spaß zusammen. Woher sollte ich denn wissen, dass er eine miese Ratte ist?«

Nicole stand auf und nahm sie in die Arme. Sie wartete geduldig, bis Lucys Tränen versiegt waren, und tröstete sie: »Vergiss ihn, Lucy! So ein Reinfall passiert jeder Frau mal. Die Männer sind nicht so wie in den Filmen und Büchern. Schon gar nicht abends, wenn sie ein paar Bierchen getrunken haben.«

»Hältst du mir jetzt wieder eine Predigt?«, fragte Lucy schniefend.

»Ich bin ein paar Jahre älter als du und hatte auch nicht immer Glück mit den Männern. Ich sage dir nur, was ich selbst erlebt habe. Tommy, den Typ auf dem College, hab ich für eine bessere und jüngere Version von Brad Pitt gehalten. Ein Prinz, dachte ich! Ohne weißes Pferd, aber immerhin. Und nachdem er mich endlich rumgekriegt hatte, war er plötzlich nur noch ein nerviger Nerd.«

Lucy konnte schon wieder lächeln. »Echt? Ein Nerd?«

»Okay, nicht ganz so nervig, aber ein Prinz war er nicht. Frühstück?«

»Immer.«

»Schräg gegenüber ist ein Coffee Shop, der sieht ganz manierlich aus. Ich kümmere mich um Amber, und du duschst inzwischen und ziehst dir was anderes an, okay? Ich bin gestern Abend lange mit Amber geritten, die kommt heute ohne Morgenritt aus. Aber ein bisschen Kraftnahrung könnte sie vertragen.«

Nicole begrüßte ihre Stute wie immer, näherte sich ihr von vorn und legte die flache Hand auf ihre Stirn, eine Zeremonie, ohne die beide nicht mehr auskamen. »Guten

Morgen, Amber«, begrüßte Nicole sie. »Ich hab dir leckeres Futter mitgebracht. Das gibt dir Kraft für die letzten Meilen.« Sie reichte ihr das Kraftfutter, das sie in einem Sack im Stauraum des Trailers liegen hatte. »Du wirst es nicht glauben, aber in fünf, sechs Stunden sind wir am Ziel.«

Nachdem Amber gefressen hatte und Lucy geduscht und angezogen war, führten sie die Stute in den Trailer und luden ihr Gepäck in den Wagen. Ihr Frühstück fiel mager aus: Rührei und Toast mit Marmelade, dazu Kaffee und Orangensaft. Frisch gestärkt machten sie sich auf den Weg nach Norden. Vor ihnen tauchten die ersten Häuser von Cheyenne auf, der Hauptstadt von Wyoming, nach dem gleichnamigen Stamm benannt und einst eine wichtige Station der Union Pacific Railroad. Sobald sie eine Ranch gefunden und sie in Gang gebracht hatte, würde sie sich die Stadt näher ansehen. Es sollte dort ein erstklassiges Westernmuseum geben, hatte sie gelesen, und jeden Sommer fanden die »Cheyenne Frontier Days« statt, ein Western-Highlight mit einem der bekanntesten Rodeos des Landes, Country Music-Konzerten und anderen Events.

»Warum grinst du eigentlich die ganze Zeit?«, fragte Lucy. Sie waren an Cheyenne vorbei und fuhren über die Interstate nach Westen. »Machst du dich lustig über mich? Denk an deine Pleite mit deinem College-Nerd!«

»Ich mach mich nicht lustig.«

»Dann bist du verliebt.«

»Unsinn! Wann soll ich mich denn verliebt haben?«

»Gestern Abend. Als ich im Golden Saddle war.«

»Da war ich mit Amber unterwegs.«

»Und?« Lucy ließ nicht locker.

»Okay, ich hab einen Cowboy kennengelernt. Wir haben nur kurz miteinander gesprochen, weiter nichts. So schnell kann man sich nicht verlieben.«

»Aber du fandest ihn toll.«

Nicole spürte, wie sie errötete. »Er sah gut aus, er war nett, und er gehörte nicht zur aufdringlichen Sorte. Wir haben uns unterhalten, das ist alles.«

»Und du fandest ihn toll.«

Nicole gab auf. »Und ich fand ihn toll«, räumte sie ein. »Aber deswegen muss ich mich doch nicht in ihn verliebt haben. Ich bin eher von der langsamen Truppe, Lucy. Bis ich mich in einen Mann verliebe, muss sonst was passieren.«

»Sonst was? Schau mal in den Rückspiegel.«

»Und?«

»Siehst du, wie deine Augen glänzen? Du hast dich in den Kerl verliebt, Nicole. Liebe auf den ersten Blick, so was gibt's, hab ich mir sagen lassen. Versuch gar nicht erst, mir was vorzumachen. Wie heißt denn der Glückliche?«

»Cody … Cody Fletcher.«

»Weißt du, wo er wohnt? Hast du ein Date mit ihm ausgemacht?«

Nicole blickte ihre Freundin an. »Seit wann bist du so neugierig?« Sie fuhr eine Weile, ohne etwas zu sagen. »Okay«, fuhr sie dann fort. »Er arbeitet als Vormann auf der Double D Ranch. Über das Fourth of July Weekend sind er und seine Leute in Wind River, einer Kleinstadt in der Wind River Range. Dort feiern sie den Unabhängigkeitstag mit einem Rodeo und allen möglichen Festivitäten.«

»Und da fahren wir jetzt hin?«

»Warum nicht? Da sind Rancher und Cowboys aus der ganzen Gegend. Vielleicht höre ich dort was über eine kleine Ranch, die zum Verkauf steht.«

»Also doch ein Date.«

»Nicht wirklich.«

»Dann sollte ich mich wohl auch allmählich nach einem Job umsehen«, sagte Lucy.

»Den hast du schon … wenn du willst. Bei mir auf der Ranch.«

Lucy blickte sie verwundert an. »Echt jetzt? Aber ich kann gar nicht reiten.«

»Auf einer Ranch gibt's auch noch andere Jobs. Und das Reiten bringe ich dir bei. In spätestens einem halben Jahr bist du fit genug, um als Cowgirl für mich zu arbeiten. Aber das klären wir alles, wenn ich eine Ranch gefunden habe. Was meinst du? Würde dir das Leben auf einer Pferderanch gefallen?«

»Besser als alles andere, was ich bisher gemacht habe.«

»Dann haben wir einen Deal?«

»Deal«, willigte Lucy ein.

Sie fuhren weiter nach Westen. Die Interstate führte schnurgerade durch das weite Land, den Bergen der Rocky Mountains entgegen, die am Horizont aufragten und ihnen das Gefühl gaben, man könnte sie berühren. Über ihnen wölbte sich der an diesem Morgen beinahe wolkenlose Himmel und ließ das Land noch weiter erscheinen. Ein Anblick, der die Pioniere mit ihren Planwagen erschreckt haben musste. Auf dem weiter nördlich gelegenen Oregon Trail konnte man die Spuren der Wagen, die dort gerollt waren, immer noch sehen.

Ein seltsames Gefühl, wenn man daran dachte, dass die Pioniere mehrere Wochen gebraucht hatten, um das spätere Wyoming zu durchqueren. Selbst mit dem Horse Trailer brauchten sie nur ein paar Stunden. Manche Leute mochten die Fahrt langweilig nennen, für Nicole war sie ein Abenteuer. Eine Reise in ein Land, das sich in vielerlei Hinsicht kaum verändert hatte. Abseits der Siedlungen wartete immer noch Wildnis, erstreckten sich Rinderranches von ungeheuren Ausmaßen, obwohl es schon lange keine freie Weide mehr gab, keine »Open Range«, und überall die bei Cowboys verhassten Zäune im Weg waren. In einem solchen Land fühlte man sich freier und ungebundener. Hier war es das höchste Glück, seine Träume ausleben zu können.

Sie bogen in Rawlins nach Nordwesten ab und erreichten zwei Stunden später den Wind River. Die gleichnamige Stadt lag an einem Nebenfluss, bestand aus einer Main Street und einigen Nebenstraßen und erinnerte an den verborgenen Charme der 1950er Jahre und in einigen Häuserblocks sogar noch an die hastig errichteten Städte der ersten Siedler. Etwas außerhalb der Stadt am Flussufer erkannten sie die Rodeo Arena mit den Corrals für die Pferde und Rinder, während der Feierlichkeiten umgeben von den Wohnwagen der Teilnehmer.

Über der Main Street hing ein Banner mit der Aufschrift »4th of July Celebration, Wind River, Wyoming«, eingerahmt von zwei amerikanischen Flaggen. Sternenbanner, Bänder und Girlanden in den amerikanischen Farben Rot, Weiß und Blau zierten auch die meisten Häuser und das am Ortseingang gelegene Wind River Motel, in dem

Nicole ihr Zimmer gebucht hatte. In einem Corral hinter dem Büro standen einige Pferde, beachteten sie aber kaum.

Der Besitzer, ein ehemaliger Rodeo Champion, wie die zahlreichen Fotos an den Wänden bezeugten, begrüßte sie mit einem kräftigen »Howdy!«. Der weißhaarige und immer noch drahtige Mann grüßte nicht nur wie ein Cowboy, er war auch wie einer gekleidet. Beim Anblick von Nicole und Lucy mit ihrer besonderen Frisur schaffte er es nicht, seine Neugier zu bezwingen. »Willkommen in Wind River, Ladys! Sie haben sich den besten Tag für Ihren Besuch ausgesucht. Unsere Independence-Day-Feiern sind was Besonderes.«

»Deshalb sind wir hier, Mister …«

»Sagen Sie Coop zu mir. Das tun hier alle.«

»Weil Sie wie Gary Cooper aussehen?«

Der Besitzer strahlte. »Sie kennen Gary Cooper?«

»Ich hab *High Noon* gesehen, das war der Lieblingsfilm meines Vaters.«

»Sie klingen nach Ostküste.«

»New York State. Kann ich mein Pferd in den Corral treiben?«

»Sie haben ein Pferd?«, fragte Coop verwundert. »Eine Lady aus New York? Nimmt man da nicht eher den eigenen Wagen, ein Taxi oder die U-Bahn?«

»New York State«, verbesserte sie ihn. »Da ist genug Platz.« Und weil er sie immer noch neugierig anblickte, erbarmte sie sich und sagte: »Ich bin auf einer Horse Farm großgeworden. So nennen sie die Pferderanches an der Ostküste.«

Er merkte, dass er es mit seiner Neugier übertrieben

hatte. »Sorry, Ma'am. Natürlich … ich meine, natürlich können Sie Ihr Pferd in den Corral treiben. Eigentlich kostet das ein paar Dollar extra, aber Sie haben was gut bei mir.«

Nicole bedankte sich und ließ sich zwei Schlüssel geben. Im Wind River Motel gab es noch echte Schlüssel, keine Magnetkarten. Ihr Zimmer lag im Erdgeschoss des zweistöckigen Gebäudes und war gemütlicher als befürchtet.

Nachdem sie ihr Gepäck verstaut und Nicole ihre Stute in den Corral gebracht hatte, traten sie auf die Main Street. »Vorschuss«, sagte Nicole und reichte ihrer Freundin einen Hundert-Dollar-Schein. »Ganz schön was los hier.«

Auf der Main Street, die nur teilweise asphaltiert und von staubigem Nebel eingehüllt war, wenn der Wind blies, tummelten sich Einheimische und Besucher. Dort gab es eine Imbissbude, die Steak Sandwiches, Cheeseburger und Hot Dogs servierte, eine dreiköpfige Band, die sich an aktuellen Country-Hits versuchte, zahlreiche Verkaufsstände wie auf einem Flohmarkt und einen Clown, der skurrile Figuren aus Luftballons zauberte und vor allem bei Kindern gut ankam. Ein Uncle Sam auf Stelzen verteilte Werbezettel für das Rodeo.

»Wollen wir was essen?«, fragte Nicole.

Viel Auswahl gab es in Wind River nicht. Außer der Imbissbude, vor der sie Schlange standen, war das Wild Rose Cafe am populärsten. Es lag nur einen Block vom Motel entfernt, wirkte von außen, als wäre es aus dem viktorianischen Zeitalter übriggeblieben, und warb mit den besten Sandwiches westlich des Mississippi. Das »Sandwich of the Day« war mit Roastbeef, Käse, Tomaten und einer schmackhaften Soße belegt, dazu gab es Pommes frites und Cola.

Lucy hatte gerade herzhaft in ihr Sandwich gebissen, als sie mitten in der Bewegung innehielt, es mühsam schaffte, den Bissen zu schlucken, und wütend auf den jungen Mann zeigte, der gerade das Restaurant betrat. »Das … das ist P.J.!«

»P.J.?«, wunderte sich Nicole. »Der Kerl, mit dem du …«

»Genau der!«, schnitt Lucy ihr das Wort ab. Ihre Augen glühten, als sie aufstand, mit raschen Schritten auf den jungen Mann zuging und ihm eine schallende Ohrfeige verabreichte. Der Schlag war so fest, dass er gegen den Tresen fiel und sich mit beiden Händen daran festhalten musste. »Da bist du ja, du jämmerliche Ratte!«, fauchte sie ihn an. »Wie konntest du es wagen, mich so zu demütigen? Ex und hopp funktioniert bei mir nicht! Nicht mit mir, kapiert?«

Ohne seine Antwort abzuwarten, kehrte sie zu Nicole an den Tisch zurück. Immer noch wutschnaubend setzte sie sich und biss erneut in ihr Sandwich.

P.J. hatte sich aufgerappelt und näherte sich ihr vorsichtig. Sämtliche Unterhaltungen waren verstummt, und alle blickten teils neugierig, teils amüsiert auf ihn, als er sagte: »Es tut mir leid, Lucy! Es tut mir wirklich leid! Ich hab Mist gebaut, das weiß ich. Ich hatte gehofft, dass ich dich irgendwo wiedertreffe. Lass uns gestern Abend vergessen! Ich will dich nicht verlieren, Lucy!«

Sie drehte sich zu ihm um. »Echt jetzt?« Eine ihrer liebsten Floskeln.

»Ich mein es ehrlich, ich meine es wirklich ehrlich!«

»Und warum küsst du mich dann nicht?«

»Du meinst das ernst, oder?«

»Warum nicht?« Sie grinste.

»Weil … ich dachte … du warst so …«

»Nun komm schon her!«

Er trat tatsächlich auf sie zu, und sie küssten sich leidenschaftlich, begleitet vom begeisterten Applaus der anderen Gäste, die wahrscheinlich schon lange keine so gute Performance gesehen hatten. Mit dem Unterschied, dass es beide ehrlich zu meinen schienen. Vergessen seine übereilte Flucht aus dem Motelzimmer, vergessen die schallende Ohrfeige – Arm in Arm verließen Sie das Lokal.

»Wow!«, staunte Miss Lizzy, die Besitzerin des Wild Rose Cafe. Ihr Name stand auf ihrem Namensschild, das außerdem mit einer wilden Rose verziert war. »So einen wilden Feger hatte ich lange nicht mehr in meinem Lokal.«

»Sorry«, entschuldigte sich Nicole. »Lucy kann sehr stürmisch sein, das stimmt.« Sie wies auf den freien Platz. »Setzen Sie sich doch. Ich bin Nicole … Nicole Sheldon aus New York State. Die Sandwiches waren ausgezeichnet.«

»Vielen Dank. Sind Sie auf Besuch hier?«

»Eigentlich, um zu bleiben«, erwiderte Nicole. »Ich hab meinen Anteil an einer Horse Farm verkauft und möchte eine kleine Pferderanch erwerben. Wyoming gefällt mir. Würden Sie mir Bescheid geben, wenn Sie von einer Ranch hören, die zum Verkauf steht?« Sie legte ihre Visitenkarte auf den Tisch. »Als Besitzerin eines Lokals bekommt man doch sicher mehr mit als eine Immobilienmaklerin. Ich wohne im Wind River Motel.« Sie lächelte. »Sie leben wohl schon lange in Wind River?«

»Siebenundzwanzig Jahre«, antwortete Lizzy. »Ich bin nach dem Tod meiner Mutter mit meinem Vater hergekommen. Meine Eltern hatten ein Restaurant in Cheyenne. Er ist gerade siebzig geworden und sitzt seit einem Jahr im Rollstuhl. Er schämt sich immer noch, in seinem Zustand vor die Leute zu treten. Ich hab versucht, ihm das auszureden, aber er bleibt lieber in seinem Zimmer.«

»Tut mir leid, Lizzy.«

»Muss es nicht. Es kommt, wie es kommt.«

»Ich sehe schon, Sie haut so schnell nichts um.«

Lizzy lachte. »Und Sie sind sehr okay … für eine New Yorkerin.«

»New York State«, verbesserte Nicole.

Lizzy deutete auf ein Plakat über dem Tresen. »Schon von unserem Wettreiten gehört? Das dürfen Sie auf keinen Fall verpassen. Das Rennen geht über drei Meilen, und alle dürfen mitmachen. Wer die Teilnehmergebühr bezahlen kann, meine ich. Letztes Jahr hat Cody Fletcher gewonnen, der Vormann der Double D. Einer der besten Reiter, die ich kenne. Er war mal Rodeo-Reiter.«

Nicoles Herz begann schneller zu schlagen. »Ist er diesmal auch dabei?«

»Darauf können Sie wetten, Nicole. Heute Abend um sechs.«

»Ich werde da sein.«

Nicole bezahlte am Tresen und verließ das Lokal. Cody … Er war tatsächlich hier. Sie hörte eine Weile der Band zu, ohne wirklich etwas wahrzunehmen, ging an den

Ständen vorbei und blieb eine Weile vor dem Clown mit den Luftballons stehen. Er überreichte ihr grinsend einen Hund und verbeugte sich lächelnd.

Sie nahm an, dass sich Cody bei den anderen Cowboys an der Rodeo Arena aufhielt und kehrte zum Motel zurück. In ihrem Zimmer betrachtete sie ihr Gesicht im Spiegel, besserte ihr Make-up nach, richtete ihre Haare und holte Sattel und Zaumzeug aus dem Trailer. »Wie wär's mit einem Besuch beim Rodeo?«, fragte sie die Stute. »Mit etwas Glück treffen wir einen Bekannten.«

11

Von einem Corral tönten Anfeuerungsrufe herüber, als sie aus dem Sattel stieg. Sie band Amber an einen Pfosten und ging zu den Cowboys, die am Zaun lehnten oder darauf saßen und einen jungen Mann anfeuerten, der auf einem bockenden Pferd saß und sich verzweifelt bemühte, oben zu bleiben. Das Pferd krümmte sich und sprang mit allen Vieren in die Höhe, angetrieben durch einen Flankengurt, den es unbedingt loswerden wollte. Es berührte den Boden, nur um im nächsten Augenblick wieder hochzuspringen. Der Reiter verlor den Halt und stürzte in den Sand. Zwei andere Cowboys ritten dem bockenden Wildpferd auf ihren Pferden nach und befreiten es von dem Gurt.

Die Männer am Zaun klatschten lachend, ob aus Begeisterung oder Schadenfreude, konnte man nicht erkennen. »Fünf Sekunden«, rief einer. »Nicht übel für den Anfang. Aber morgen wärst du draußen. Acht Sekunden, Sammy! Vergiss das nicht! Acht Sekunden musst du im Sattel bleiben, und so lahm, wie du auf dem Pferd rumschaukelst, kannst du auch die Haltungsnoten vergessen.«

Nicole trat an den Zaun und sah, wie Sammy sich vom Boden hochstemmte und mit dem Hut den Staub aus seinen Kleidern schlug. Breit grinsend kehrte er zu seinen Freunden zurück. »Die drei Sekunden schaffe ich auch noch«, sagte er. »Und dann bin ich nicht mehr aufzuhalten. Ihr werdet euch noch wundern, Leute. Spätestens in zwei Jahren gewinne ich die Meisterschaft in Las Vegas.«

»Na klar. Und unser Football-Team gewinnt den Superbowl.«

Erst jetzt merkten die Männer, dass sie am Zaun stand, und einer rief: »Howdy, Ma'am. Wenn Sie uns in Aktion sehen wollen, müssen Sie morgen Abend zum Rodeo kommen. Jimmy …« Er deutete auf einen kräftigen Burschen mit kurz geschorenen blonden Haaren. »Jimmy macht beim Wildpferdreiten mit, und wir anderen sind beim Calf Roping dabei.«

»Werde ich mir wohl nicht entgehen lassen …«

»Bill Spencer aus Amarillo.«

»Dort soll die Welt am flachsten sein, hab ich mir sagen lassen«, erwiderte sie. Einer der Reiturlauber in White Lake hatte ihr stolz erzählt, dass man in Amarillo bis Europa sehen konnte, wenn man einigermaßen scharfe Augen hatte.

»Flach wie ein Pfannkuchen. Und Sie? Ihr Akzent …«

»Ostküste … New York State.«

Das Grinsen des Mannes wurde breiter. »Hab ich mir doch gedacht. Sie reden wie die hübsche Lady, die im Frühstücksfernsehen das Wetter ansagt. Die kommt auch aus New York, hat sie mal erzählt. In Manhattan geboren und aufgewachsen. Was bringt Sie nach Wind River? Echte Kerle bewundern?«

»Ganz schön eingebildet. Ich halte mich lieber an die Pferde.«

»Sie können reiten? Im englischen Sattel und so? Im Damensattel?«

Nicole gefiel es, den jungen Mann auf den Arm zu nehmen. »Weder noch, ich reite lieber im Westernsattel.« Sie bemerkte seine ungläubige Miene. »Glauben Sie mir nicht? Soll ich's Ihnen beweisen? Satteln Sie den Braunen, der gerade Sammy abgeworfen hat, dann drehe ich ein paar Runden mit ihm.«

»Rebel? Der ist auch ohne Flankengurt nervös.« Er tauschte einen verschwörerischen Blick mit seinen Kollegen. Anscheinend freuten sie sich darauf, sie im Staub liegen zu sehen. »Aber wenn Sie unbedingt wollen ...«

»Worauf warten Sie noch?«

Ein ziemlich kühnes Unterfangen, erkannte Nicole, als sie den Corral betrat und einer der Cowboys das Pferd für sie einfing und sattelte. Ein fremder und noch dazu nervöser Hengst stellte immer ein Risiko da. Doch sie besaß genug Erfahrung im Umgang mit Pferden, hatte auf ihrer Horse Farm mit unruhigen Tieren zu tun gehabt und glaubte zu wissen, wie man sich verhalten musste.

Die Cowboys schienen kalte Füße zu bekommen. »Vielleicht sollten wir es doch lieber lassen, Ma'am«, rief Bill. »Rebel ist heute extrem nervös, und wir möchten nicht, dass Sie sich verletzen. Wir holen einen zahmeren Gaul, okay?«

»Ist schon gut«, erwiderte sie. »Mir passiert schon nichts.«

Sie näherte sich dem Hengst von vorn und vermied es, ihm in die Augen zu blicken. »Hi, Rebel«, begrüßte sie ihn mit der sanften Stimme, die sie für solche Gelegenheiten reserviert hatte. »Wollen wir eine Runde zusammen drehen?«

Rebel schnaubte unruhig.

»Ich weiß, du kennst mich nicht, aber du witterst bestimmt, dass ich ständig mit Pferden zu tun habe. Ich mag Pferde, und dich mag ich auch. Du bist ein wilder Bursche, nicht wahr? Und wenn sie dir den Flankengurt anlegen, kitzelt es, und du bockst so lange, bis du den Reiter in den Staub geworfen hast. Aber ich leg dir keinen Gurt an. Ich möchte diesen Cowboys nur zeigen, dass ich mit Pferden zurechtkomme.« Als sie ihre Hand hob und dem Hengst auf die Stirn legte, spürte sie deutlich, wie seine Nervosität nachließ und er ruhiger wurde.

Die Cowboys verstanden nicht, was sie sagte, dazu sprach sie viel zu leise. Alles, was sie sahen, war eine New Yorkerin, von der sie annahmen, dass sie vielleicht ein paar Mal in der Reithalle und auf einem Wanderpfad geritten hatte und keine Ahnung vom wirklichen Reiten besaß. Sie dachte nicht daran, sie eines Besseren zu belehren. Sollten sie ruhig noch ein wenig schwitzen und Angst um sie bekommen.

»Also, benimm dich bitte, Rebel«, forderte sie den Hengst auf. Sie überprüfte die Gurte und die Länge der Steigbügel, sehr zum Erstaunen der Cowboys, die so etwas bei Laien nur ganz selten beobachteten, und stieg in den Sattel. Dann beugte sie sich nach vorn und tätschelte den Hals des Tieres. »Mach mir keinen Kummer! Austoben kannst du dich morgen beim Rodeo wieder. Hast du mich verstanden?«

»Seien Sie vorsichtig, Ma'am!«, rief ihr Bill zu.

Nicole trieb den Hengst an. Er ging unruhig, deutete zwei, drei Mal ein Bocken an, fing sich aber sofort wieder, als sie ihm mehr Zügel ließ. Statt der Oberschenkel wie sonst presste sie die Unterschenkel gegen den Pferdekörper, ein probates Mittel bei unruhigen Pferden, um sie nicht durch zu starken Druck noch nervöser zu machen. Sie saß locker und entspannt im Sattel wie ein Cowgirl.

»Öffnet das Gatter!«, rief sie. »Ich brauche Platz!«

Einer der verdutzten Cowboys tat ihr den Gefallen und sprang zur Seite, als sie im vollen Tempo aus dem Corral galoppierte und am Zaun entlang zum Flussufer ritt. Rebel war ein gutes Pferd, freute sich anscheinend über den unerwarteten Ausritt und zeigte, was er konnte. Am Ufer wendete sie und galoppierte in den Corral zurück. Sie stieg ab und reichte einem Cowboy die Zügel.

»Wow!«, staunte Bill. »Da haben wir uns ganz schön blamiert.«

Nicole freute sich über ihre erfolgreiche Vorstellung. »Ich bin auf einer Horse Farm aufgewachsen und kenne mich mit Pferden aus.« Sie deutete auf Amber, die in einiger Entfernung an einem anderen Corralzaun stand. »Die Stute da hinten gehört mir. Ich hab sie aus New York mitgebracht und will mir irgendwo in der Nähe eine kleine Pferderanch aufbauen. Fall Sie eine Idee haben … Ich bin Nicole Sheldon.« Sie lächelte zufrieden. »Ist Cody Fletcher hier?«

»Sie kennen Cody?«

»Ich hab ihn unterwegs kennengelernt.«

»Dann müssen Sie aber mächtig Eindruck auf ihn gemacht haben«, sagte Bill. »Er ist ein wenig schüchtern bei den Damen. Wenn ihn eines der Buckle Bunnies anhimmelt, wird er rot wie eine Tomate. Ist doch so, Leute, oder?«

Die anderen Cowboys grinsten breit.

»Buckle Bunnies?«, fragte Nicole.

»So nennen wir die Rodeo-Groupies. Heiße Hasen, die sich aufreizend kleiden, einen Haufen Make-up benutzen und den Rodeo-Stars auf die Pelle rücken. Sie sind kein Buckle Bunny. Sie haben Klasse. Sie haben wahrscheinlich mehr Bewunderer, als Buckle Bunnies um einen Champion herumwieseln.«

Sie nahm das als Kompliment. »So wild ist es nicht.«

Bill blickte sich suchend um. »Cody ist gerade nicht hier. Ich schätze, er meldet sich für das Wettreiten heute Abend an. An dem Stand vorm Saloon.«

»Da wollte ich sowieso hin.«

»Sie wollen beim Wettreiten mitmachen?«

»Warum nicht? Es gibt tausend Dollar zu gewinnen.«

»Aber die Konkurrenz ist riesig. Da machen die schnellsten Reiter von Wyoming mit. Und unsere schnellste Barrel Racerin … Judy White. Die ist erst sechzehn, reitet aber geschwinder um die Fässer als mancher andere geradeaus.«

»Ich hab nichts zu verlieren außer meinem Einsatz.«

»Ich bin gespannt, Ma'am.«

Nicole band ihre Stute los und schwang sich in den Sattel. Sie winkte den Cowboys zum Abschied zu, während sie Amber antrieb und im leichten Trab in die Stadt zurückritt. Sie beugte sich nach vorn. »Hast du den Hengst gesehen, den ich geritten habe?«, fragte sie. »Ein wilder Bursche, nicht wahr? Sei bloß froh, dass du nicht beim Rodeo mitmachen musst. Das ist ein ganz schön anstrengender Job.«

Um keine Zeit zu verlieren, ritt sie direkt zum Saloon, eigentlich ein Country Music Club, ein Lokal, das den Saloons im Wilden Westen nachempfunden war und als Attraktion in Wind River galt. »Glory Days Saloon« stand in großen Lettern über dem Eingang. Die erste Adresse für Cowboys und Cowgirls, die sich am Wochenende von ihrer anstrengenden Arbeit erholen wollten.

An einem der Stände vor dem Saloon nahm ein als Uncle Sam verkleideter Mann die Anmeldungen für das abendliche Wettreiten entgegen. Aus den Außenlautsprechern des Saloons tönten patriotische Countrysongs wie »God Bless the USA«. Uncle Sam schwenkte ein kleines Sternenbanner und rief: »Hereinspaziert, Cowgirls und Cowboys! Machen Sie bei einem der spannendsten Events des amerikanischen Westens mit! Tausend Dollar warten auf den glücklichen Sieger unseres Drei-Meilen-Rennens! Der Zweite bekommt immerhin noch fünfhundert und der Dritte zweihundert Dollar! Mit fünfzig Dollar sind Sief dabei! Sie haben noch genau eine Stunde für Ihre Anmeldung.«

Nicole hörte gar nicht mehr hin. Cody war aus dem Saloon getreten und scherzte mit einigen jungen Frauen und Mädchen, die ihn wie einen Champion umringten und darum zu wetteifern schienen, ein Date mit ihm zu ergattern. Buckle Bunnies, nach ihrer aufreizenden Aufmachung zu urteilen. Kurze Röcke oder hautenge Jeans, Blusen mit tiefem Ausschnitt, meist lange wallende Haare. Und viel zu jung, um es mit einem Mann wie Cody aufzunehmen.

Nicole wäre am liebsten weitergeritten, aber Cody hatte sie bereits entdeckt und löste sich freudestrahlend von seinen Fans. »Nicole! Sie sind tatsächlich gekommen!« Die jungen Frauen blickten eifersüchtig zu ihnen herüber, als sie vom Pferd stieg und zeigte, wie vertraut sie mit Cody war. »Ganz schön was los in unserer kleinen Stadt, was? Am vierten Juli lassen wir uns nicht lumpen.«

Nicole begrüßte ihn herzlich. »Haben Sie sich schon angemeldet?«

»Für das Wettreiten? Sicher ... wollen Sie etwa auch mitmachen?«

»Was haben Sie denn gedacht?« Sie kramte einen Fünfzig-Dollar-Schein aus ihrer Jackentasche und reichte ihn Uncle Sam. »Nicole Sheldon«, sagte sie.

»Und Sie kommen aus?«

»White Lake, New York.«

»New York?« Uncle Sam konnte es nicht fassen.

»New York State«, verbesserte sie wie immer.

Sie bekam einen Anstecker mit einer Nummer, den sie während des Rennens tragen sollte, und blickte Cody an. Er hatte wohl ein Bierchen im Saloon getrunken und wirkte etwas lockerer als bei ihrer ersten Begegnung, aber ein Draufgänger war er deshalb noch lange nicht. »Wollen wir die Strecke abreiten?«, fragte sie. »Nicht dass ich heute Abend die falsche Richtung einschlage.«

»Gute Idee«, antwortete er, wohl erfreut darüber, mit ihr dem Trubel in der Stadt entfliehen zu können, und wenn es nur für eine halbe Stunde war. »Mein Pferd steht bei den anderen hinter dem Saloon. Ich bin gleich wieder zurück.«

Sie stieg in den Sattel und wurde auf eine junge Frau aufmerksam, die auf der anderen Seite stand und ungeniert zu ihr herüberblickte. Kein Buckle Bunny, aber ausgesprochen hübsch und wahrscheinlich so, wie sich viele

Männer in dieser Gegend ihre Märchenprinzessin vorstellten. Lange blonde Locken, blaue Augen, dezent geschminktes Gesicht. Perfekt sitzende Jeans, die Westernbluse in den amerikanischen Farben, Cowboystiefel, über einer Schulter eine festliche Schärpe mit der Aufschrift »Wind River Rodeo Queen«.

»Hey, da ist Dana«, hörte sie einen Cowboy auf dem Gehweg sagen. »Ob sie dieses Jahr wieder zur Rodeo Queen gewählt wird? Verdient hätte sie's.«

»Wer denn sonst«, erwiderte ein anderer. »So hübsch wie die ist keine. Die würden sie sogar zur Miss Wyoming oder Miss USA wählen.« Er lachte frech. »Aber mach dir keine Hoffnungen, sie hat es auf Cody Fletcher abgesehen.«

»Cody? Ich dachte, der will keine feste Freundin.«

»Bei Dana wird er schwach, jede Wette!«

Cody kehrte auf seinem Braunen zurück und ritt voran. Nicole spürte die Blicke der Rodeo Queen hinter sich, als sie aus der Stadt ritten und der sandigen Straße folgten. Die Rennstrecke war mit roten, blauen und weißen Fähnchen markiert und führte durch ein schmales Tal in ein Wäldchen, erreichte eine Felsformation, auf die man ein rotes Kreuz gepinselt hatte, weiter an einem Bach entlang auf die Straße und nach Wind River zurück. Eine Strecke ohne große Steigungen, eher etwas für sprintstarke Pferde.

Bei den Felsen stiegen sie von den Pferden. Von dort hatte man einen spektakulären Ausblick auf die Wind River Range mit ihren schroffen Bergen und sattgrünen Wiesenhängen in den Ausläufern. Die Nachmittagssonne vergoldete das Land mit ihrem Glanz und ließ den Trubel in der Stadt beinahe vergessen, wäre da nicht die Musik gewesen, die man selbst hier draußen hören konnte. Die Stadt schien unendlich weit entfernt, auch wenn es nur anderthalb Meilen waren und man die Wohnmobile bei der Arena und die Pick-ups auf dem Parkplatz vor der Stadt sah. Ein Adler, der hoch am Himmel seine Kreise zog, blickte neugierig auf die Stadt hinab, krächzte unzufrieden, als hätte er etwas gegen die Ruhestörung einzuwenden, und schwebte beleidigt davon.

»Sie reiten gut«, lobte Cody Nicole. »Und Ihre Stute hat Klasse.«

»Sonst hätte ich sie nicht mitgenommen.«

»Von New York nach Wyoming?«

»Wyoming und Montana waren für mich immer der Inbegriff des Westens. Yellowstone, die Tetons, die Wind River Range, Cowboys … alles irgendwie abenteuerlicher als New York State.« Sie lächelte. »Und ein netter Cowboy, den ich in Colorado getroffen habe, hat mir verraten, dass der vierte Juli in Wind River ganz besonders gefeiert wird.«

Er schien keine Erfahrung mit Komplimenten zu haben und benahm sich ungewöhnlich zurückhaltend in ihrer Gegenwart, als ginge ihm alles viel zu schnell. »Und ich hätte nie gedacht, ausgerechnet eine Frau aus New York …« Er wusste nicht, wie er sich ausdrücken sollte. »Ich bin sehr froh, dass Sie gekommen sind.«

Sie hatten offenbar beide keine große Erfahrung in Liebesdingen. Cody, weil er bisher nur Cowgirls, Buckle Bunnies und Frauen aus dem ländlichen Wyoming kennengelernt hatte. Nicole, weil sie nie den Richtigen getroffen hatte und ständig damit beschäftigt gewesen war, sich unliebsame Verehrer vom Leib zu halten.

Und doch wusste Nicole, dass sie sich gleich küssen würden. Ihr klopfendes Herz und dieses seltsame Kribbeln im Bauch konnten nichts anderes bedeuten. Sie blickten einander in die Augen. Sein Blick war voller Zuneigung und Gefühl, seine Unsicherheit und seine fehlende Routine, was die Begegnung mit einer begehrenswerten Frau anging, eher liebenswert. »Cody«, sagte sie leise.

Trommelnder Hufschlag störte ihre feierliche Stimmung. Die Rodeo Queen war ihnen auf ihrem Schecken nachgeritten »Hey!«, rief sie schon aus einiger Entfernung. »Warum macht ihr euch denn heimlich, still und leise davon?«

»Dana McKenna!«, erschrak Cody. Ihr Auftauchen schien ihm unangenehmer zu sein, als er wohl zugeben wollte. Das schlechte Gewissen, weil er eigentlich mit ihr zusammen war? Das Gefühl, die Rodeo Queen und Nicole beschwindelt zu haben? Er wartete, bis sie herangeritten und aus dem Sattel gestiegen war. »Ich zeige Nicole gerade die Rennstrecke. Sie ist auch dabei.«

»Eine Lady aus New York will uns Konkurrenz machen?«

»Woher wissen Sie, woher ich komme?«, wunderte sich Nicole.

»Das hat sich längst herumgesprochen. Die Cowboys bei der Arena reden von nichts anderem. Anscheinend haben Sie ihnen schöne Augen gemacht und mit Ihren Reitkünsten angegeben.« Sie lächelte spöttisch. »Und Sie wollen tatsächlich bei dem Rennen mitmachen?«

»Haben Sie was dagegen?«

»Ziemlich mutig für eine New Yorkerin.«

»Wieso? Sind Sie auch dabei?«

»Was denken Sie denn? Letztes Jahr war ich Dritte.«

»Dann ist ja noch Platz vor Ihnen.«

Nicole hatte eigentlich vorgehabt, nicht auf irgendwelche Sticheleien einzugehen, aber sie konnte nicht anders. Insgeheim musste sie zugeben, dass sie genauso eifersüchtig war wie die Rodeo Queen. Sie hatte sich in Cody verliebt, nach zwei kurzen Begegnungen schon, und wunderte sich, was dieses Gefühl mit ihr anstellte. Sie reagierte plötzlich wie ein Teenager.

»Reiten wir um die Wette?«, fragte Dana. »Bis zur Stadt?«

»Warum nicht?«, erwiderte Nicole.

Sie ritten los und preschten im gestreckten Galopp durch das Wäldchen und das Tal. Der Wind ließ Nicoles Haare flattern. Auf der Straße waren sie noch immer gleichauf, doch dann setzte sich Cody etwas ab, und auch Dana zog mit einem triumphierenden Grinsen an ihr vorbei. Sie war eine erstklassige Reiterin, das musste ihr der Neid lassen, und Cody war sowieso nicht zu schlagen.

Vor der Stadt angekommen, zügelten sie ihre Pferde. Cody hatte ihnen gezeigt, dass er zu Recht als Favorit für das Rennen gehandelt wurde, Dana freute sich, vor ihrer neuen Rivalin die Stadt erreicht zu haben, und Nicole war vor allem stolz auf Amber. Sie beugte sich über ihren Hals und sagte: »Du bist gut drauf, Amber, aber heute Abend müssen wir noch eine Schippe drauflegen. Was meinst du?«

Amber schnaubte, was wohl heißen sollte: Heute Abend packen wir sie!

12

Nicole hatte ihrer Stute etwas Ruhe gegönnt und war gerade im Begriff, sie aus dem Corral zu holen, als ihr Lucy entgegenkam. Sie trug ihren Rucksack über einer Schulter und grinste, als hätte man sie bei etwas ertappt. »Willst du ausziehen?«, fragte Nicole. »Mit P.J. durchbrennen?«

»Ich schlafe die nächsten beiden Nächte bei ihm im Camper«, antwortete Lucy. »Wir senden auf der gleichen Wellenlänge, Nicole. Und jetzt sag mir nicht, dass ich mich vorsehen und nichts überstürzen soll. Von wegen, du bist noch zu jung, um mit einem Jungen, den du kaum kennst, ins Bett zu steigen.«

»Genau das hatte ich gerade vor.«

»Du bist nicht meine Mutter.«

»Aber deine Chefin, vergiss das nicht.«

Lucy gab klein bei, schien aber etwas genervt. »Also gut, ich sehe mich vor, aber ob ich noch zu jung für eine heiße Sexnacht bin, kann P.J. wohl besser beurteilen. Ich hab Einiges nachzuholen, Nicole, und heiße Sexnächte gehören dazu. P.J. ist ein guter Junge. Ein bisschen schräg, aber okay. Und mit meiner Ohrfeige hab ich ihm gezeigt, dass er sich nicht alles bei mir erlauben darf.«

»Okay, inzwischen hast du ja meine Nummer. Ruf an, wenn was ist!«

»Versprochen.« Lucy wollte schon weitergehen, blieb aber noch mal stehen. Der schwere Rucksack schien ihr nichts auszumachen. »Hab ich richtig gehört, du machst beim Rennen mit? Du willst gegen diese Cowboy-Cracks antreten?«

»Nicht nur das«, erwiderte Nicole. »Ich will gewinnen.«

»Ganz schön mutig.«

»Ich kann nur gewinnen. Die denken doch alle, die Lady von der Ostküste weiß kaum, wo bei einem Pferd vorn und hinten ist, und kann froh sein, wenn sie es überhaupt ins Ziel schafft. Aber Amber ist schnell … sehr schnell!«

»Keine Angst, P.J. und ich feuern dich an!«

»Das will ich hoffen.«

Lucy blinzelte in die tiefstehende Sonne und zog die Baseballkappe, die sie neuerdings trug, weiter in die Stirn. »Hast du schon eine Ranch gefunden?«

»Ich arbeite daran. Hab wenig Zeit.«

»Ich weiß … die Liebe. Sieht ganz so aus, als hättest du deinen Märchenprinzen gefunden.« Sie grinste frech. »Egal. Hat sich sowieso schon herumgesprochen, dass du eine Pferderanch suchst. Da kommt bestimmt bald jemand auf dich zu.«

»Das wär schön.«

Lucy verabschiedete sich, und Nicole blickte ihr nach, als sie zu den parkenden Wohnmobilen und Trailern bei der Rodeo Arena hinunterging. P.J. hielt bereits Ausschau nach ihr und schwenkte seine schwarze Baseballkappe.

»Bau bloß keinen Mist!«, sagte Nicole leise.

Amber schien sich zu freuen, als Nicole sie sattelte und ihr das Zaumzeug anlegte. Nachdem sie alle Gurte überprüft hatte, was vor einem solchen Rennen besonders wichtig war, legte sie einen Arm um ihren Hals und redete auf ihr gut zu. »Pass auf, Amber. Beim Rennen gleich kommt es auf uns beide an. Wir haben die besten Cowgirls und Cowboys gegen uns, und keiner im Publikum würde auch nur einen Penny auf uns setzen. Aber wir sind besser, als die Leute hier denken. Die Cracks bilden sich was darauf ein, dass sie täglich im Sattel sitzen und hart arbeiten, und die meisten glauben sicher, du würdest nur ein paar Runden in der Halle drehen und ich wäre eine verwöhnte Lady, die am Wochenende etwas reitet und anschließend mit den Damen im Club bei Prosecco feiert. Wir beide wissen, dass es nicht so ist. Also, streng dich an! Hol alles aus dir heraus, was du hast! Wir zeigen ihnen, was eine Harke ist, okay?«

Nicole gab Amber einen Apfelschnitz und stieg dann in den Sattel. Voller Selbstbewusstsein ritt sie zur Start- und Ziellinie vor dem Saloon. Ihre Rivalen trudelten ebenfalls ein. Bill Spencer, der Rebel gesattelt hatte und sie herausfordernd angrinste. Dana McKenna mit ihrem arroganten Lächeln, das wohl bedeuten sollte: Cody gehört mir, und ich hänge dich um ein paar Längen ab. Judy White, die sechzehnjährige Barrel Racerin, die zu den schnellsten in der Arena gehörte und mit gesundem Selbstvertrauen ins Rennen ging. Ungefähr dreißig weitere Teilnehmer mit erstklassigen Pferden, die sich ebenfalls etwas ausrechneten. Und Cody, der schon auf sie gewartet zu haben schien und sie mit einem Lächeln begrüßte. »Ich dachte schon, Sie würden einen Rückzieher machen.«

»Nie im Leben«, antwortete sie, obwohl sie in diesem Augenblick am liebsten davongaloppiert wäre und sich irgendwo in einem Canyon versteckt hätte. Sie tätschelte ihrer Stute den Hals. »Amber ist gut drauf und kann es gar nicht leiden, wenn ein anderes Pferd an ihr vorbeizieht. Sie will heute gewinnen.«

Dana hatte zugehört und verzog geringschätzig den Mund. »Sie haben eine ziemlich große Klappe für jemanden von der Ostküste. So ein Rennen ist kein Ponyreiten, da geht's zur Sache, das werden Sie sehr bald rausfinden.«

»Und Sie? Ich dachte, so eine Rodeo Queen eröffnet nur Supermärkte.«

»Ihnen werden die Scherze schon noch vergehen, Lady!«

Cody wusste nicht recht, was er von dem Geplänkel der beiden Ladys halten sollte. Auch Bill Spencer zeigte sich verwundert, grinste dann aber und schien sich zu amüsieren. Die anderen kümmerten sich nicht darum, sie hatten teilweise mit ihren Pferden zu tun, die vor der lauten Fanfare aus den Lautsprechern scheuten. Bevor sich jemand darüber aufregen konnte, war die Fanfare verklungen, und Uncle Sam trat vor dem Saloon in Aktion.

»Ladies and Gentlemen!«, rief er in sein Mikrofon. »Herzlich willkommen zu unserem Fourth-of-July-Wettreiten! Zweiunddreißig mutige Cowgirls und Cowboys, die sich mit ihren Pferden über drei Meilen messen. Teilnehmer vor allem aus Wyoming, aber auch Montana, Idaho und ob Sie's glauben oder nicht, sogar eine Lady aus New York ist dabei. Richtig gehört, Ladies and Gentlemen, aus New York! Die Rennstrecke ist mit Fähnchen in den amerikanischen Farben markiert und führt bis zu den Felsen jenseits des Wäldchens.«

Die Zuschauer erwiderten seine Begrüßung mit lautem Beifall.

»Herzlichen Dank, meine Lieben, vielen Dank!« Uncle Sam lüftete seinen Zylinder und setzte ihn wieder auf. »Auf die Gewinner warten lukrative Geldpreise: Der Dritte bekommt zweihundert, der Zweite fünfhundert und der Gewinner sage und schreibe tausend Dollar.« Er klatschte mit den Zuschauern. »Bevor ich den Startschuss gebe, lassen Sie mich unseren Sponsoren danken.« Er zählte eine Futtermittelfirma und mehrere Betriebe in der Stadt auf, darunter auch das Wild Rose Cafe von Miss Lizzy, dann hob er seine kleine Pistole und rief: »An den Start, liebe Teilnehmer. Auf die Plätze … fertig …« Dann krachte der Schuss, und das Rennen war auf der Main Street in vollem Gange.

Nicole erwischte einen guten Start. Amber setzte sich auf Anhieb in der Spitzengruppe fest und schien den Beifall und das Johlen der Zuschauer in vollen Zügen zu genießen. Erst außerhalb der Stadt musste Nicole einige Teilnehmer, darunter Cody, Dana und Bill Spencer, an sich vorbeiziehen lassen.

Dana warf ihr einen schadenfrohen Blick zu und rief etwas, was sie nicht verstand, als sie an ihr vorbeiritt. Nicole reagierte nicht, sie brauchte ihre ganze Konzentration, um dranzubleiben. Nach vorn gebeugt wie ein Jockey, sprengte sie über die Sandstraße außerhalb der Stadt und lag ungefähr an siebter Stelle, als sie nach Norden abbogen und das schmale Tal erreichten. Vor sich erkannte sie Cody und Bill Spencer, auch Judy White und Dana. Ihre Rivalin war eine erstklassige Reiterin, mehr als nur eine Rodeo Queen, die nichts außer ihrem guten Aussehen zu bieten hatte.

»Vorwärts, Amber! Bloß nicht nachlassen!«, trieb Nicole

ihre Stute an. Sie saß locker im Sattel, schließlich hatte sie so viele Stunden mit Amber verbracht, dass sie genau wusste, was die Stute in diesem Augenblick am meisten brauchte. Sich auf ihr Vertrauen verlassen zu können, ihre Zuneigung zu spüren, den unbändigen Willen, etwas zu erreichen, was bisher unmöglich schien. Mit dieser Einstellung hatten Nicole und sie einen Geländeritt in New York gewonnen. Schon damals hatte die Stute bewiesen, dass sie sich durch unwegsames Gelände nicht abschrecken ließ. »Noch durch das Wäldchen, dann kommen die Felsen.«

In dem Wäldchen machte Nicole zwei Positionen gut und war Fünfte, als sie die Felsen mit dem roten Kreuz erreichten. Zur Sicherheit standen dort zwei vertrauenswürdige Männer, die genau aufpassten, ob jeder Reiter den Felsen erreichte und abklatschte und sich erst dann auf den Rückweg machte. Cowboys und Cowgirls reagierten schneller, wendeten ihre Pferde geschickter als andere Teilnehmer, die noch nie nervösen Rindern den Weg versperrt hatten. Auch Nicole verlor wieder an Boden, fiel zurück und drohte aus der Spitzengruppe zu fallen. Die anderen waren dicht hinter ihr, nur ein paar Sekunden vielleicht.

Im Halbdunkel des Wäldchens schob sie sich nach vorn, überholte zwei Cowboys und war an der vorderen Fünfergruppe dran. »Lass dich nicht abhängen!«, rief sie der Stute zu. »Gleich haben wir sie. Im Wald kennst du dich aus, da hängt man uns so leicht nicht ab.« Sie zog an Judy White vorbei, die beim Ritt um die Fässer sicher schneller war, aber im Gelände noch zu viel Angst hatte.

Hinter Cody, Bill Spencer und Dana ritt Nicole als

Vierte aus dem Wäldchen. Im gestreckten Galopp setzten sie und die drei Führenden sich von den anderen ab. Nicole erkannte, dass sie mindestens als Vierte über die Ziellinie reiten würde, und holte noch einmal alles aus Amber heraus. Noch eine halbe Meile, nur noch kurze Zeit, um weiter nach vorn zu kommen. »Schneller, Amber!«, rief sie. »Zeig, was du kannst! Schneller, schneller, dann packen wir Dana!«

Amber schien sie zu verstehen und schraubte ihr Tempo hoch. In der Gewissheit, dass sie die Stadt in wenigen Sekunden erreichen würde, gab sie noch einmal alles. Schon war Nicole dicht an Dana dran, schaffte es auf gleiche Höhe und schickte sich an, sie zu überholen. Cody und Bill Spencer waren weit vor ihnen. Nicole und Dana lagen gleichauf und versuchten alles, um wenigstens einen kleinen Vorsprung herauszuholen. Nicole schob sich weiter nach vorn.

Den ausgestreckten Arm der Rodeo Queen hätte Nicole um ein Haar zu spät gesehen. Gerade noch rechtzeitig duckte sie sich weg und entging dem gemeinen Stoß. Beide verloren etwas an Tempo, blieben aber im Sattel und kämpften verzweifelt um einen kleinen Vorsprung. »Gleich haben wir es geschafft, Amber!«, rief Nicole. »Wir packen sie! Hast du gehört, Amber? Wir packen sie … jetzt!«

Nicole schob sich an Dana vorbei. Die Rodeo Queen schüttelte drohend eine Faust und verfolgte sie mit derben Flüchen, die selbst einen Maultiertreiber zum Erblassen gebracht hätten. Aber Amber hatte mehr Reserven als Danas Pferd. Nicole zog noch weiter davon und überquerte als sichere Dritte die Ziellinie vor dem Saloon.

Uncle Sam tönte: »Und als Dritte kommt Nicole Sheldon aus New York!«

Viele Zuschauer, die zu der heimischen Rodeo Queen hielten, waren enttäuscht und vielleicht auch sauer, aber die meisten besannen sich und spendeten höflichen Beifall, um der Lady aus New York den nötigen Respekt zu zollen.

Nicole bedankte sich bei ihrer Stute mit einem Apfelschnitz und flüsterte ihr ins Ohr: »Das hast du gut gemacht, Amber! Ich bin stolz auf dich. Wir sind Dritte! Dafür bekommst du heute Abend eine Extra-Portion Kraftfutter.«

Nicole, Bill Spencer und Cody gratulierten sich gegenseitig. »Das haben Sie toll gemacht, Nicole!«, lobte Cody. »Sie haben noch mehr drauf, als ich ohnehin schon dachte«, sagte Bill Spencer. Nur Dana war plötzlich verschwunden. Anscheinend hatte sie Angst, wegen ihres unfairen Versuchs, Nicole aus dem Sattel zu stoßen, zur Verantwortung gezogen zu werden, aber Nicole dachte nicht daran, sie anzuschwärzen, und auch die anderen, die es gesehen hatte, hielten sich zurück.

Alle Teilnehmer außer Dana bildeten einen großen Halbkreis, als Uncle Sam die Gewinner auszeichnete. »Auf dem dritten Platz, Ladies and Gentlemen: Miss Nicole Sheldon aus New York!« Er heftete eine Siegerplakette an den Stirnriemen des Pferdes und überreichte Nicole eine Medaille und einen Umschlag mit dem Siegergeld. Zweiter war Bill Spencer geworden. »Und erster Sieger unseres Fourth-of-July-Rennens wurde auch dieses Jahr … Cody Fletcher!«

Er bekam natürlich den größten Applaus, war der Held der Einheimischen, die ihn schon seit Jahren kannten. Nicole gratulierte ihm mit Handschlag. »Sehen wir uns nachher, Cody?«, fragte sie. »In einer Stunde im Wild Rose Cafe?«

»Sicher«, erwiderte er. »Und der Champagner geht auf mich!«

Auf der Rückkehr zum Motel passten Lucy und P.J. sie ab. Beide freuten sich mit ihr, und Lucy sagte: »Denen hast du es aber gezeigt! Wow, warst du schnell! Zum Glück hast du noch diese kleine Angeberin abgehängt, die war mir schon vorher unsympathisch. Wie ′ne Cheerleaderin, die Nase weit oben.«

»Aber hübsch«, warf P.J. ein.

»Sieh dich vor!«, warnte ihn Lucy, aber sie grinste dabei.

»Und jetzt?«, fragte Nicole.

»Wir gehen zum Tanzen in den Saloon. Da trifft sich heute Abend die ganze Stadt. P.J. will mir den Two-Step beibringen. Ich halte diese Cowboy-Tänze ja für albernes Gehopse, aber wer weiß, mit P.J. ist das vielleicht anders.«

Nicole brachte ihre Stute in den Corral und nahm ihr Sattel und Zaumzeug ab. Sie rieb Amber mit Stroh trocken, eine hilfreiche Methode, weil das Stroh die Feuchtigkeit aufsaugte und gleichzeitig die Durchblutung förderte, dann brachte sie ihr die versprochene Portion Extra-Futter. »Ruh dich ein bisschen aus, Amber, du hast es dir ehrlich verdient! Das war eine Meisterleistung!«

Sie ging auf ihr Zimmer und duschte ausgiebig, machte sich zurecht und kehrte in die Stadt zurück. Auf der Main Street brannten Fackeln und bunte Lichter, und die Musik im Saloon tönte über Außenlautsprecher auf die Straße hinaus. An jeder Ecke wartete eine andere Attraktion. Der Clown mit den Luftballons schnitt Grimassen, Uncle Sam war auf seine Stelzen geklettert und verteilte fleißig Werbezettel, ein Cowboy zeigte, wie kunstvoll und präzise er seine Peitsche schwingen konnte, und zwischen zwei Häusern war sogar ein Hochseil gespannt, auf dem ein Akrobat im Glitzeranzug seine Künste zeigte.

Im Wild Rose Cafe führte Lizzy sie an einen freien Tisch. »Herzlichen Glückwunsch!«, sagte sie. »Sie haben sich großartig gehalten. Ich hätte auf Sie wetten sollen, dann hätte ich ein Vermögen verdient. Sue-Ellen, Champagner!«

Sue-Ellen war Lizzys Nichte und arbeitete in den College-Ferien als Bedienung für sie. Sie brachte eine Flasche und zwei Gläser gewöhnlichen amerikanischen Sekt statt Champagner, den echten gab es in ganz Wind River nicht.

Lizzy erhob ihr ihr halb volles Glas. »Leute!«, rief sie ihren Gästen zu. »Wir haben eine Gewinnerin zu Gast. Die Dritte im Wettreiten: Nicole Sheldon!«

Alle klatschten Beifall, als Lizzy und Nicole anstießen. Eine Fremde, die zahlreiche Cowboys und sogar die Rodeo Queen geschlagen hatte, verdiente höchsten Respekt. »Und was bekommen wir zu trinken?«, rief einer der Gäste.

Lizzy reagierte schnell. »Freibier für alle!«, rief sie.

In den johlenden Beifall, der ihren Worten folgte, setzten sie sich. »Was zu essen, Nicole? Ich hab Tuna Melt Sandwiches, die sind allererste Sahne.«

»Klingt verlockend«, erwiderte Nicole, »aber ich warte lieber noch. Ich bin mit Cody verabredet, der müsste eigentlich jeden Augenblick hier auftauchen.«

»Cody und Sie … Sie passen gut zusammen.«

»Eigentlich kennen wir uns kaum.«

»Ich hab einen Blick für so was. Aus Cody und Ihnen wird was.«

»Dann müssen Sie Hellseherin sein.«

Lizzy lachte. »Einige Male war ich das schon. Zumindest bei anderen Leuten, für mich selbst lag ich meist daneben. Bei meinem Vater zum Beispiel. Ich dachte, er würde noch ein wenig länger durchhalten, aber sein Arzt war schlauer. Der hat mir schon vor einigen Jahren gesagt, dass er in den Rollstuhl kommen und intensive Pflege brauchen würde. Verfluchte Multiple Sklerose!«

»Es geht ihm nicht besser?«

»Im Gegenteil, bei so einem Trubel leidet er besonders.«

»Ich drücke Ihnen die Daumen, Lizzy.«

Lizzy nickte. »Einen Kaffee, bis Cody kommt?«

»Gute Idee. Mit etwas Milch, wenn's geht.«

Lizzy lachte. »Unser Cowboy-Kaffee ist Ihnen wohl zu stark?«

»Ich werde mich daran gewöhnen, Lizzy.«

»Das will ich hoffen. Wenn Sie mit den Cowboys mithalten wollen, bleibt Ihnen auch nichts anderes übrig. Wissen Sie, was sie im Wilden Westen über Cowboy-Kaffee gesagt haben? Er muss einen toten Indianer vom Skalp bis zu den Zehen erzittern lassen. Nur dann schmeckt er richtig. Nicht so kastriert wie dieses Starbucks-Zeug, das man in den Städten bekommt. Sorry …«

»Keine Sorge, bei uns in der Provinz gab es auch keinen Starbucks.«

Nicole blickte auf die Uhr. Seit sie sich mit Cody verabredet hatte, war über eine Stunde vergangen. Anderthalb, wenn sie richtig gerechnet hatte. »Wo bleibt er nur? Eigentlich hätte er vor einer halben Stunde kommen müssen.«

»Der kommt schon«, meinte Lizzy unbesorgt. »Aber er ist ein gefragter Mann nach seinem Sieg. Er schreibt wahrscheinlich Autogramme und stellt sich für Selfies neben seine Fans. Oder er gibt dem *Lander Journal* ein Interview. Das kann manchmal dauern. Machen Sie sich keine Gedanken.«

Eine Dame um die Fünfzig betrat das Lokal. Sie trug Jeans und T-Shirt, so etwas wie eine Uniform während der Sommermonate, und steuerte zielsicher auf ihren Tisch zu.

»Melly Harris, unsere Schulbusfahrerin«, sagte Lizzy. »Als sie noch zur Highschool ging, war sie drei Mal hintereinander Rodeo Queen.«

»Lizzy! Hast du Eddy gesehen?«

»Deinen Enkel? Kann der nicht allein auf sich aufpassen?«

»Hast du eine Ahnung!«

»Hier war er nicht«, sagte Lizzy. »Wir warten auf Cody.«

»Cody? Den hab ich gerade mit Dana gesehen.«

So schnell Melly gekommen war, war sie auch wieder verschwunden. Nicole blickte ihr noch und kapierte nur allmählich, was ihre Worte bedeuteten.

»Mit Dana? Dana McKenna?«

»Kein Grund, sich Sorgen zu machen«, beruhigte Lizzy sie.

13

Nicole lief aus dem Lokal und blieb mit Tränen in den Augen im feierlichen Trubel stehen. Einige Leute erkannten sie, klopften ihr auf die Schultern und gratulierten ihr zum dritten Platz. Einer der Cowboys, die sie bei den Corrals getroffen hatte, blickte sie verwundert an. Sie duckte sich unter den neugierigen Blicken, lief aus der Stadt und blieb erst stehen, als sie einen der Hügel erreicht hatte, die Wind River im Norden gegen den kühlen Wind aus den Bergen schützten.

Sie erkannte sich selbst nicht wieder. Das Gefühl, die Kontrolle über irgendetwas zu verlieren, war ihr fremd, in geschäftlichen Dingen, aber auch bei privaten Problemen. Einen großen Betrieb wie ihre Horse Farm zu führen, hatte sie von ihrem Vater gelernt, der niemals bedauert hatte, keinen männlichen Nachfolger zu haben. »Wenn einer mit Problemen fertig wird, dann du«, hatte er gesagt. »Du brauchst dein hübsches Gesicht nicht, um dich durchzusetzen. Du kannst hart und manchmal auch knallhart verhandeln, besser als mancher Mann, und du hast ein Gefühl für Pferde, das vielen Männern sowieso abgeht.«

Diese Mischung war auch im Umgang mit ihren Verehrern hilfreich. Schon auf der Highschool hatte sie einigen Jungen, die zudringlich geworden waren, die Meinung gesagt. Und Mike hatte sie unmissverständlich klargemacht, dass er sich vergeblich um sie bemühte. Um ein deutliches Wort war sie nie verlegen. Umso erstaunter war sie, plötzlich von Gefühlen übermannt zu werden, die sie nicht mehr kontrollieren konnte. War das Liebe? Die Kontrolle über sich selbst zu verlieren und so seltsam zu reagieren, dass man sich selbst nicht mehr kannte?

Sie blickte in die Sonne, die in einem blutroten Nebel hinter den Bergen verschwand und rötlich schimmernde Berggipfel zurückließ. Der Wind, an diesem Abend sanft und mild, umwehte sie wie ein heilendes Elixier und trocknete ihre Tränen. Allmählich beruhigte sie sich. Sie sagte sich, dass sie erwachsen war und sich zum Gespött der Leute machte, wenn sie wie ein Schulmädchen reagierte. Cody war mit Dana gesehen worden, na und? Er kannte die Rodeo Queen seit Jahren und schien zumindest beeindruckt von ihren Annäherungsversuchen zu sein. Warum sollte er sie vor den Kopf stoßen und sich in eine Beziehung mit einer Frau aus New York stürzen, die er noch gar nicht richtig kannte? Sie waren weder verheiratet noch verlobt, sie hatten sich noch nicht einmal geküsst, und sie hatte kein Anrecht auf Cody. Oder war sie deswegen nach Wyoming gekommen? Um einem Cowboy den Kopf zu verdrehen, der fest in seiner Heimat verwurzelt war und sich vielleicht nur mit ihr beschäftigte, weil sie für ihn ein exotisches Wesen aus einer vollkommen anderen Welt war?

Sie ging ein paar Schritte und beobachtete, wie sich der rote Nebel auflöste und sich stattdessen dunkle Schatten über das Land legten. Der Wind frischte auf und wurde kühler. Sei keine Närrin, ermahnte sie sich, sieh erst mal zu, dass du eine Ranch findest und dich in dieser Gegend etablierst. Eine Ranch zu übernehmen, bedeutete viel Arbeit, da konnte sie keinen Liebeskummer brauchen. Liebeskummer – bis vor ein paar Tagen hatte sie nicht einmal daran gedacht, sich nach ihrer Ankunft in Wyoming auf Anhieb zu verlieren. Du bist mir die Richtige, dachte sie, Lucy belächeln und selbst viel größere Dummheiten begehen. Sie war nie der Typ für »Liebe auf den ersten Blick« gewesen.

Eine Gestalt näherte sich. In einem Reflex griff sie sich an die Haare, die der Wind ordentlich zerzaust hatte. »Nicole! Da sind Sie ja!«, erklang Codys Stimme. »Ich hab überall nach Ihnen gesucht. Was machen Sie hier draußen?«

Sie versuchte zu lächeln. »Ich hab mir den Sonnenuntergang angesehen.«

»Wir haben den schönsten in Wyoming«, erwiderte er. »Weil wir die Rocky Mountains direkt vor der Haustür haben und er mit den Bergen im Hintergrund besonders spektakulär aussieht. Aber Sie werden sehen, es geht noch besser, besonders nach einem Regen und wenn einige Wolken am Himmel hängen.«

»Ein wundervolles Land.«

Er lächelte. »Außer im Winter, da kann es manchmal sehr unangenehm werden. Dann bläst der Wind eiskalt von den Bergen, und besonders für die Rancher wird es kritisch. Rinder und Pferde mögen keinen Schnee und keine Kälte.«

»Den Winter bin ich aus New York gewöhnt.«

Er nickte, schien aber längst an etwas anderes zu denken. »Tut mir leid, dass ich zu spät bin und Sie nicht im Cafe abholen konnte. Die Leute kamen plötzlich von allen

Seiten, alle wollten mir zu meinem Sieg gratulieren. Und als ich gerade zu Ihnen unterwegs war, ließen mich die Cowboys unserer Ranch hochleben. Ich musste sie zu einer Runde einladen, und Sie ahnen sicher, wie so was ist.«

»Mir hat man gesagt, Sie wären mit Dana McKenna unterwegs gewesen.«

»Dana?« Er lächelte verlegen. »An den Mädels kommt man nicht vorbei, wenn man das Rennen gewonnen hat, das war schon letztes Jahr so. Man muss sich bei Ihnen sehen lassen, sonst hat man keine ruhige Minute mehr.« Er hob die Schultern. »Ist hier draußen so, aber nichts Ernstes. Man stößt mit ihnen an, hört sich die dummen Witze der Buckle Bunnies an und verschwindet wieder.«

»Dana ist ein Buckle Bunnie?«

»Nein, sie ist die amtierende Rodeo Queen und wird wahrscheinlich morgen wieder gewählt. Als Gewinner des Rennens musste ich mich mit ihr zeigen. Für Fotos, vor allem Selfies, und sogar für einige Reporter.« Er wirkte verunsichert. »Sind Sie mir böse, weil ich zu spät gekommen bin? Ich wollte nicht …«

»Nicht der Rede wert«, sagte sie schnell. »Warum sollte ich Ihnen böse sein? Im Gegenteil, ich freue mich, dass wir uns kennengelernt haben.«

»Ich freue mich auch.« Sie verharrten eine Weile schweigend. Er schien das Bedürfnis zu verspüren, sie zu berühren oder zu umarmen. Sie hatte den Gedanken an Dana längst verdrängt und erwiderte sein Gefühl, hielt sich aber zurück.

»Soll ich Ihnen den Two-Step beibringen?«, fragte er.

»Wollen Sie, dass ich Sie blamiere?«

»Der geht ganz einfach. Kurz, kurz, lang, lang.«

»Kurz, kurz, lang, lang? Das schaffe ich.«

Als sie mit Cody in die Stadt zurückkehrte, war sie wieder voll auf der Höhe. Es war ein gutes Gefühl, an seiner Seite zu gehen, und sie hatte nichts dagegen, dass er ihre Hand ergriff. Ihre Laune besserte sich zusehends, während sie den Hügel hinabstiegen und die immer noch bevölkerte Main Street erreichten.

Im Glory Days Saloon herrschte reger Betrieb. Es dauerte einige Zeit, bis sich ihre Augen an die Dunkelheit und den blitzenden Crystal Ball über der Tanzfläche gewöhnt hatten, sodass sie den langen Tresen und die Tische erkannte, die kreisförmig um die Tanzfläche gruppiert waren. Die Bühne lag im Halbdunkel, während die Band pausierte, und die Musik kam vom Band. Moderne, aber auch ältere Country-Songs, wie man sie in einem Club in Wyoming erwartete. Die dunklen Wände waren mit Samt verhüllt und blitzten im Licht zahlreicher Lichterketten; über dem Tresen hing ein großes Sternenbanner.

Sie fanden einen Tisch an der Wand und nahmen die Glückwünsche mehrerer anderer Gäste entgegen, bevor sie bestellen konnten. Ein Bier für Cody, eine Cola für Nicole. Beide Getränke kamen in Flaschen ohne Glas. Sie prosteten einander zu und ließen die Musik und die Atmosphäre auf sich wirken.

Nicole kannte einige Clubs in Manhattan, in denen hämmernde Dance Music gespielt wurde, hatte sich dort aber nie wohlgefühlt. Wenn sie ausgegangen war, dann in Clubs, in denen Oldies oder Folk gespielt wurde. Auf der heimatlichen Horse Farm hatte sie ein beschauliches Leben geführt, und wenn sie in New York City zu tun gehabt hatte, war sie lieber in eines der unzähligen interessanten Restaurants gegangen. Zu viel Arbeit, um sich gehen zu lassen.

Sie beobachtete die Paare auf der Tanzfläche. Sie bewegten sich nicht wie auf einer normalen Tanzfläche, sondern schoben ein Paar hinter dem anderen über einen kreisförmigen Kurs, den man allein schon an dem abgetretenen Parkett erkannte. Anders als beim Walzer und anderen Tänzen lag die rechte Hand des Mannes etwas höher auf dem Rücken, und die Frau hatte ihre linke Hand locker auf dem Oberarm des Mannes liegen. Quick, quick, slow, slow, zwei schnelle Schritte und zwei lange, so ging es über den Rundkurs, alle paar Schritte drehte sich die Frau im Kreis, ohne die Richtung aus den Augen zu verlieren. Den Paaren auf der Tanzfläche waren die Bewegungen in Fleisch und Blut übergangen, ihre Bewegungen waren fließend und passten zu der melodiösen Musik.

»Wollen wir?«, forderte Cody sie auf.

»Oh, ich weiß nicht …«

»Ist ganz einfach. Kommen Sie!«

Sie folgte ihm auf die Tanzfläche und es ging los. Bei den ersten Schritten schloss sie die Augen und trat ihm auf die Füße. Er verkniff sich ein Grinsen. »Quick, quick, slow, slow«, zählte sie mit. Zwei schnelle Schritte, dann zwei langsame. Zu einem Song von George Strait ging es im Kreis herum, mit dem Tross, und es klappte immer besser.

Nach zwei Runden öffnete sie die Augen und lächelte bei jedem Schritt, zuerst noch verkrampft, dann offener und lockerer, und es ging plötzlich wie von selbst. Sie brauchte sich nicht mehr anzustrengen, um im Takt zu bleiben, gab sich seiner Führung hin und hatte sogar Freude daran.

»Sehen Sie, ganz einfach«, sagte er nach ihrer ersten Drehung. »Haben Sie wirklich mal in New York gewohnt? Das sieht schon verdächtig nach Wyoming aus. Als wären Sie schon mal heimlich hier gewesen und hätten fleißig geübt.«

»Bestimmt nicht«, erwiderte sie lachend. »Das ist meine Premiere.«

»Dann sind Sie ein Naturtalent.«

Sie tanzten um ein Paar herum, das ihnen im Weg war, und Nicole erkannte ihre junge Freundin Lucy mit P.J. »Hey, Lucy! Aus dir wird noch ein richtiges Cowgirl.« Sie tanzten eine Runde nebeneinander. »Lucy, meine Freundin, und P.J.«, sagte sie zu Cody. Und zu Lucy: »Cody Fletcher, der Cowboy, von dem ich dir erzählt hab. Alles klar bei euch? Vergiss nicht, dich übermorgen bei mir zu melden. Ich hoffe, dass ich dann schon einige Angebote für eine Ranch habe.«

»Geht klar, Nicole. Du kannst es aber auch gut.«

»Two-Step ist mein Lieblingstanz«, erwiderte sie lachend.

Nicole und Cody tanzten eine weitere Runde, dann setzten sie sich wieder. Cody wirkte abwesend, schien über irgendetwas nachzudenken. Er spülte die Gedanken mit einem Schluck aus der Bierflasche weg und lächelte Nicole an.

»Ist was? Hab ich was falsch gemacht?«, fragte Nicole.

»Nein … natürlich nicht! Ich frage mich nur, wo ich diesen P.J. schon mal gesehen habe. Der Bursche kommt mir irgendwie bekannt vor. Erinnert mich an einen der Viehdiebe, die mal auf unserer Ranch gestohlen haben. Ist ungefähr ein Jahr her.« Er schüttelte den Kopf. »Aber das kann nicht sein, oder?«

»Keine Ahnung. Ich weiß nichts über P.J. Nur dass er sich nach einer gemeinsamen Nacht aus dem Zimmer meiner Freundin gestohlen und sie ihm dafür eine heftige Ohrfeige verpasst hat. Lucy kann ziemlich sauer werden, wenn ihr jemand dumm kommt. Die Arme hat schwere Zeiten hinter sich.«

»Vielleicht irre ich mich ja«, sagte Cody. »Lassen Sie uns von was anderem sprechen. Wie soll Ihre Ranch aussehen? Wollen Sie sie allein führen oder einen Manager einsetzen? Wollen Sie nur Pferde züchten? Oder wollen Sie auch Rinder haben?«

Nicole trank einen Schluck. »Das sind viele Fragen auf einmal. Meine Ranch soll gerade so groß sein, dass ich Platz für ungefähr hundert Pferde habe. Einen Manager hab ich auf unserer Horse Farm gehabt, aber der Betrieb war riesengroß, und wir hatten auch Urlauber zu Gast, die machen eine Menge Arbeit. Ob ich aus meiner Ranch, die ich kaufen werde, eine Guest Ranch mache, wird sich zeigen. Sicher erst, wenn ich mich etabliert habe. Und natürlich will ich Pferde züchten, das haben wir schon in New York getan, das ist mein Job, das kann ich am besten. Ich verstehe was von Pferden. Rinder? Vorerst nicht. Vom Rindergeschäft verstehe ich zu wenig, das würde sicher nichts bringen.«

»Reich werden Sie mit Rindern nicht, das stimmt. Es sei denn, Sie besitzen so viel Land wie D.D. Thornton, dem gehört der halbe Staat, und er hat auch die meisten Politiker auf seiner Seite. Wie gesagt, ein mächtiger Mann, der aus der alten Zeit übriggeblieben ist, als es im Westen noch riesige Rinderreiche und keine Siedler gab, die den Boden beackerten und Zäune aufstellten.«

»Ein Rinderbaron? So nennt man diese mächtigen Rancher doch.«

»Sie haben Ihre Hausaufgaben gemacht.«

Im Saloon machte sich Unruhe breit. An einigen Tischen wurde getuschelt und zum Eingang gezeigt. Ein Mann, der mit seiner Erscheinung den ganzen Raum auszufüllen schien, betrat das Lokal, begleitet von zwei Leibwächtern, die selbst in der dunklen Bar ihre Sonnenbrillen aufbehielten. Ihr Chef war von imposanter Statur, um die Hüften herum etwas zu füllig, aber breit in den Schultern und mit einem kantigen Schädel, der beinahe zur Hälfte von einem weißen Bart bedeckt wurde. Er trug dunkle Hosen und eine mit bunten Perlen bestickte Lederjacke, die Arbeit eines mexikanischen Künstlers, wie Nicole später erfahren sollte. Er benahm sich so, als würde ihm der ganze Saloon gehören, und steuerte zielsicher auf einen Tisch zu, der durchgehend reserviert gewesen war.

»Der Gouverneur?«, fragte Nicole neugierig.

»D.D. Thornton«, antwortete Cody.

Der Rancher sprach mit einem Angestellten und blickte in ihre Richtung. Anschließend schickte er einen seiner beiden Leibwächter zu ihr, der sich höflich verneigte und sagte: »Mister Thornton würde gern mit Ihnen sprechen.«

»Mit mir?« Nicole tauschte einen raschen Blick mit Cody und folgte dem Leibwächter zum Tisch des Ranchers. Alle Blicke im Raum folgten ihr, als erwartete man, dass etwas Besonderes passieren würde. Sie versuchte, cool zu wirken, als sie Thornton gegenüberstand. »Sie wollten mich sprechen, Sir?«

»Miss Sheldon? Miss Nicole Sheldon?«

»In voller Größe«, antwortete sie.

»Setzen Sie sich!«

Sie mochte es nicht, von anderen Menschen herumkommandiert zu werden, folgte seiner Aufforderung aber trotzdem. Im Licht der Lampe, die über dem Tisch hing, sah sie, dass er einen dichten Schnurrbart und ein Haarteil über der vorderen Hälfte seines Kopfes trug. Seinen Hut hatte er neben sich auf der Bank liegen.

»Wie kann ich Ihnen helfen, Sir?«

»Sie wollen eine Pferderanch kaufen?«

»Bieten Sie mir einen Teil Ihrer Ranch an?«

»Lassen Sie die blöden Witze!«, ermahnte er sie. »Hier werden Sie leider kein passendes Angebot finden. Ich dulde nicht, dass sich kleine Rancher und Farmer das Land außerhalb meines Besitzes aneignen und mir in die Quere kommen. Sie würden mich nur daran hindern, zu den Quellen außerhalb meines Landes zu kommen. Ich brauche das Wasser für meine Rinder. Also ziehen Sie weiter und suchen sich woanders ein Stück Land. Hier ist Double D Country.«

»Haben Sie etwa Angst vor mir, Sir?«

»Wie kommen Sie denn darauf?« Er klang aufgebracht.

»Würden Sie sonst Ihre Ranch verlassen und mich im

Saloon in Wind River abpassen? Sie werden doch nicht vor einer New Yorkerin in die Knie gehen.« Sie hätte ihn beinahe ausgelacht. »Ich komme Ihnen nicht in die Quere, Mister Thornton. Ich will ein Plätzchen für mich und meine Pferde, weiter nichts.«

Thornton bewahrte nur mühsam die Fassung. »Ich sage nur so viel, Miss: Kommen Sie mir nicht in die Quere! In diesem Land hat die Double D das Sagen.« Er entließ sie mit einer Handbewegung. »Schicken Sie Colby zu mir!«

»Er hat nichts mit meiner Pferderanch zu tun.«

»Aber er ist mein Vormann!«, fuhr er sie an.

Nicole war viel zu überrascht, um ihm Contra zu geben, und kehrte rasch zu ihrem Tisch zurück. »Er will Sie sehen, Cody.«

»Hab ich mir schon gedacht. Ich bin gleich zurück, okay?«

»Das glaube ich kaum.«

Thornton sprach so laut mit Cody, dass sie jedes Wort verstand. »Cody«, sagte er, »was soll das? Warum lässt du dich mit dieser Nervensäge ein?«

»Nicole und ich sind befreundet.«

»Meinetwegen«, brummte der Rancher. »Dann bring sie gefälligst dazu, ihre Ranch irgendwo anders zu kaufen. Ich hab hier schon genug Ärger am Hals.«

»Ich werde sehen, was ich tun kann.«

»Du stehst auf meiner Lohnliste, vergiss das nicht! Setz dich!«

Cody warf Nicole einen raschen Blick zu und setzte sich dem Rancher gegenüber. Sie sprachen jetzt so leise, dass Nicole sie nicht mehr verstand. Sie stand unter ständiger

Beobachtung, von Thornton, der immer wieder zu ihr herüberblickte, und von den anderen Gästen, die sie ungeniert anstarrten und tuschelten.

Nach einer Zeit, die ihr wie eine halbe Stunde vorkam, stand sie auf und verließ das Lokal. Sie griff sich mit beiden Händen an den Kopf und war den Tränen nahe. »Oh, verdammt!«, fluchte sie leise. »Wo bin ich nur hingeraten?«

»Alles okay?«, fragte Uncle Sam, der immer noch Werbezettel verteilte.

»Gar nichts ist okay!«, erwiderte sie und lief davon.

14

Nicole war von Träumen verschont geblieben und hatte besser geschlafen, als sie befürchtet hatte. Im Wild Rose Cafe standen Eggs Benedict auf der Speisekarte, nicht gerade Diätkost, aber so lecker, dass sie nicht Nein sagen konnte. Der Kaffee war ihr immer noch zu stark, aber mit reichlich Milch durchaus genießbar.

»Etwas heißes Wasser in den Kaffee?«, fragte Lizzy.

»Geht schon«, antwortete sie. »Die Eier schmecken köstlich.«

»Das will ich meinen. Die Sauce Hollandaise mache ich selbst. Ist zwar viel Aufwand, schmeckt aber besser. Hat sich schon jemand gemeldet wegen einer Ranch? Ich hab's jedem gesagt, der was über ein Angebot wissen könnte. Wenn das nicht hilft, bleiben Ihnen nur das *Lander Journal* und das Internet.«

»Ich spreche lieber mit den Einheimischen.«

Lizzy brachte frischen Kaffee. Sie wirkte etwas abgespannt, wie viele Leute an diesem Morgen, nur lag es bei ihr daran, dass sie in der vergangenen Nacht stundenlang am Bett ihres kranken Vaters gewacht hatte. »Er wird mit seiner neuen Rolle nur schwer fertig«, sagte sie. »Er war ein ziemlicher Treibauf.«

»Ich wollte, ich hätte noch einen Vater«, erwiderte Nicole. »Er war ein Pferdenarr. Alles, was ich über Pferde weiß, hab ich von ihm gelernt. Von ihm und unseren Horse Wranglers. Hier in Wyoming wäre sicher ein erfolgreicher

Rancher aus ihm geworden. Nicht so ein Tyrann wie Thornton, der jeden nach seiner Pfeife tanzen lässt und dem es vor allem um Macht zu gehen scheint. Auch mein Vater konnte mal ausrasten, wenn etwas nicht so lief, wie er sich das vorgestellt hatte, aber er war immer fair und vor allem nicht so ungerecht wie manche Männer, die Frauen keinen verantwortungsvollen Job zutrauen. Er hat immer an mich geglaubt. Ob er einverstanden gewesen wäre, dass ich in den Westen gehe, weiß ich nicht. Er hätte die Horse Farm sicher gern behalten.«

»Und Sie suchen das Abenteuer?«

»Der Westen hat mich immer gelockt. Die Landschaften, vor allem diese Weite, und auch die Menschen. Die sind hier freundlicher und offener, bilde ich mir jedenfalls ein. Von Sturköpfen wie diesem Thornton mal abgesehen.«

»Sie mögen ihn nicht, was?«

»Ich hab ihn gestern Abend getroffen und kam mir wie in einem Western vor. Der reiche Rancher, der allein über sein Rinderreich herrschen und keinen anderen in seiner Nähe haben will, schon gar nicht eine Frau aus dem Osten.«

Lizzy sprach etwas leiser, damit niemand sie hörte. »So ist er nun mal. Im neunzehnten Jahrhundert zu Hause und wenig offen für Veränderungen, es sei denn, sie vergrößern sein Bankkonto. So richtig leiden kann ihn hier niemand, aber das will nichts heißen. Er hat das Geld und die Macht, um allein zu bestimmen.«

»Er kann tun und lassen, was er will?«

»So kann man's auch sagen.«

Nicole spießte einen Bissen auf. »Er wollte mir verbieten, eine Ranch in seiner Nähe zu kaufen. Er bräuchte alles Wasser für seine Rinder. Hat er denn noch nicht genug? Will er ganz Wyoming und Montana für sich allein haben?«

»Ein Mann wie er hat nie genug.«

»Und ich hab noch keine Ranch«, sagte Nicole, »und gar nicht vor, etwas in seiner Nähe zu kaufen. Wie kommt er auf die Idee, dass ich ihm Schwierigkeiten bereiten könnte? Wenn ich das gewusst hätte, hätte ich Cody …«

»Sie hätten sich trotzdem in ihn verliebt«, ergänzte Lizzy. »Cody ist bei Thornton angestellt, aber er würde doch niemals zulassen, dass er Sie von seinem Land vertreibt oder irgendeine andere Schweinerei anstellt. Er liebt Sie doch!«

Nicole verschluckte sich beinahe. »Und woher wollen Sie das wissen?«

»Eine Wirtin hat ein Auge für so was.« Lizzy setzte sich zu ihr, die Kaffeekanne noch immer in der Hand. »Dennoch wäre ich vorsichtig. Es ist noch keinem gut bekommen, sich mit Old Man Thornton anzulegen. Er ist ein jähzorniger alter Mann. Wenn ihm der Gaul durchgeht, ist nicht mit ihm zu spaßen.«

»Sie haben keine Schwierigkeiten mit ihm?«

»Ihn interessiert nur seine Ranch«, stellte Lizzy klar, »aber viele andere in Wind River sind von ihm abhängig oder haben ihm Einiges zu verdanken.«

Eine Frau betrat das Cafe und steuerte zielsicher auf ihren Tisch zu. »Morgen allerseits.« Sie blickte Nicole an. »Wir haben uns gestern kurz gesehen. Melly Harris, ich fahr den Schulbus in Wind River. Der einzige Schulbus, der von einer dreimaligen Rodeo Queen gesteuert wird.« Sie lächelte stolz.

»Und Sie sehen immer noch blendend aus«, sagte Nicole.

Melly kicherte. »Schmeichlerin! Nein, als Rodeo Queen sind längst Jüngere dran. Dana McKenna, Judy White, die stehen noch voll im Saft. Ich schätze, dass es Dana noch mal wird. Ich darf heute Mittag die Schärpe überreichen.«

»Eine große Ehre, nicht wahr?« Melly war ihr sympathisch.

»Erinnert mich an den Tag, als ich zum ersten Mal zur Rodeo Queen gewählt wurde. Ist eine halbe Ewigkeit her. Damals gab's noch keine Handys, und das Foto der Rodeo Queen ging nicht durchs Internet, sonst hätte ich's vielleicht nach Hollywood geschafft.« Sie kicherte wieder. »Ich wär die Idealbesetzung für *Pretty Woman* gewesen, und Richard Gere hätte ich auch gern geküsst.«

»Stattdessen warst du eine gute Ehefrau. Hat auch was für sich«, bemerkte Lizzy.

»Wenn mein Tony nur nicht so früh gegangen wäre! Ich sag ja immer, sein Krebs hatte mit den Atombombenversuchen in New Mexico zu tun. Tony hat seine Jugend in Las Cruces verbracht. Ein gefährliches Pflaster da unten.«

Lizzy goss Kaffee in einen Becher und schob ihn Melly hin. »Wir haben gerade über Thornton gesprochen. Nicole hat ihn gestern kennengelernt und war ziemlich schockiert. Wie ein Rinderbaron im Wilden Westen, sagt sie.«

»Und da hat sie recht, nicht wahr?« Melly nippte an ihrem heißen Kaffee. »Aber das würde hier niemand laut sagen. Wir sind fast alle irgendwie von ihm abhängig. Ich hätte meinen Schulbus-Job ohne ihn gar nicht bekommen.

Sein Wort zählt was. Er ist ein großes Tier bei der Cattlemen's Association, dem Rinderzüchter-Verband, und ist mit den hohen Tieren in Cheyenne auf du und du.«

»Unantastbar?«

»Wer sich gegen ihn stellt, holt sich eine blutige Nase.«

»Von wegen, der Westen ist nicht mehr wild.«

Nach dem Frühstück suchte Nicole vergeblich nach Cody. Sie versuchte es übers Handy und erwischte ihn nach dem dritten Klingeln. »Nicole«, ging er sofort in die Defensive, »ich hätte dich auch noch angerufen. Tut mir leid wegen gestern Abend, aber Thornton ist mein Boss, und ich muss ihm gehorchen.«

Immerhin war er zum Du übergegangen, bemerkte sie erfreut. Trotzdem ... »Dann würdest du mich vertreiben, wenn ich eine Nachbarranch kaufen würde und seinen großspurigen Plänen im Weg stünde? Mich ausräuchern, meine Pferde davonjagen, wie es die Rancher im alten Westen getan haben?«

»Thornton ist kein Unmensch«, erwiderte er. »Ein Choleriker vielleicht und manchmal grob, aber er würde niemals gegen eine Frau vorgehen. Das würde ich auch nicht zulassen, vor allem, wenn es gegen dich ginge. Sicher hättest du's einfacher, wenn Berge und Täler zwischen der Double D und deiner Ranch liegen würden, aber warum sollen wir über ungelegte Eier reden, wenn du noch nicht mal eine Ranch in Aussicht hast. Machen dir keine Sorgen, Nicole!«

»Ich versuch's. Wo steckst du, Cody?«

»Auf der Ranch. Ich soll hier die Stellung halten.«

Sie glaubte, sich verhört zu haben. »Thornton hat dich auf die Ranch zurückbeordert? Am Independence Day? Das hat er doch nur getan, um mich zu ärgern. Er will nicht, dass wir uns treffen. Für alle Fälle, nehme ich an. Falls ich was in seiner Nähe kaufe, sollst du dich nicht auf meine Seite schlagen.«

»Das bildest du dir ein. So weit denkt er bestimmt nicht.«

»Ich vermisse dich, Cody.«

»Ich … ich vermisse dich auch. Ich rufe dich an, okay?«

Er legte auf, und sie blieb eine Weile ratlos stehen, das Handy in der Hand, wie ein Schulmädchen, das gerade von ihrem Freund abserviert worden war. Erst nachdem sie ein paar Mal durchgeatmet hatte, ging sie zum Motel und holte Amber aus dem Corral.

»Hey Amber«, begrüßte sie die Stute. »Vielleicht sollten wir beide nach Montana weiterreiten. Dieser Thornton gefällt mir nicht. Ich kann Männer, die sich wie Könige aufführen, nicht leiden. Was meinst du?«

Amber war mehr an dem Apfelschnitz interessiert, den Nicole ihr hinhielt, und reagierte nicht auf ihre Frage. Warum auch? Nicole hatte sich bereits an Wind River gewöhnt, den rauen Charme der kleinen Stadt, an Bewohner wie Miss Lizzy vom Wild Rose Cafe und Melly Harris, an Judy White und die Cowboys, die sie bei den Corrals getroffen hatte. Einem D.D. Thornton konnte man aus dem Weg gehen, und Dana McKenna würde irgendwann einsehen müssen, dass sie kein Alleinrecht auf Cody hatte, und sich wieder beruhigen.

Nicole stieg in den Sattel und lenkte Amber über die

Hügel. Die Sonne stand bereits über den Bergen und blendete sie. »Ich werde mir wohl auch einen dieser breitkrempigen Hüte kaufen müssen«, sagte sie. »Sonst hole ich mir noch einen Sonnenbrand.« Das Wetter passte zum Feiertag. Die Wälder leuchteten tiefgrün, die Wiesen erstrahlten im goldenen Glanz. Lauer Wind strich über das Land. Es fiel Nicole schwer zu glauben, dass sie sich keine Meile von der Stadt entfernt hatte. Wie gerne hätte sie jetzt Cody an ihrer Seite gehabt, doch in ihr keimten bereits Zweifel, ob sie ihre gemeinsame Geschichte überhaupt weiterschreiben konnten. Gut möglich, dass Thornton für ein abruptes Ende gesorgt hatte.

Sie trieb Amber an und ließ sie in einen leichten Galopp fallen. Ein Ausritt hatte ihr immer geholfen, wenn sie Probleme gehabt hatte, diese zumindest gelindert. Es tat gut, den Wind im Gesicht zu spüren und das Schnauben ihrer Stute zu hören. Beinahe zwei Stunden ritt sie über Hänge und Täler und erfreute sich am Anblick der bunten Wildblumen. In den Ausläufern der Berge ritt sie durch eine Senke mit violetten Astern, gelben Arnika und stellenweise noch leuchtend rotem Indian Paintbrush, der offiziellen Staatsblume von Wyoming.

Als sie eine Schotterstraße außerhalb von Wind River erreichte und einige Minuten am Straßenrand stand, entdeckte sie einen Pick-up-Truck, der auf sie zu fuhr. Sie blieb stehen, um ihn vorbeizulassen, und sah eine ältere Frau am Steuer sitzen. Anstatt ihr zuzuwinken und weiterzufahren, trat die Fahrerin auf die Bremse, kurbelte das Fenster herunter und rief: »Schöner Tag für einen Ausritt!«

»Kann man wohl sagen.«

»Eine erstklassige Stute haben Sie da, das kann ich selbst aus der Ferne sehen. Ich versteh was von Pferden, wissen Sie? Ich bin mit ihnen aufgewachsen.«

»Ich auch, Ma'am. Ich bin auf einer Horse Farm großgeworden.«

Im Sonnenlicht erkannte man die vielen Falten im Gesicht der Frau. Sie musste Einiges erlebt haben. Ihre Augenbrauen hoben sich. »Ihr Akzent … Sie reden wie jemand von der Ostküste. Sind Sie Nicole Sheldon … aus New York?«

»Woher kennen Sie meinen Namen?«

»Miss Lizzy, die Wirtin des Wild Rose Cafes, hat ihn mir verraten. Auch wir Hinterwäldler haben Handys.« Sie lachte. »Emily Thompson, Ma'am, ich wollte zu Ihnen. Ich hab eine kleine Pferderanch ein paar Meilen nördlich von hier, und suche schon seit Langem einen Käufer. Sie ist wirklich nicht besonders groß, knapp hundertzwanzig Acres, und ich würde sie zu einem angemessenen Preis abgeben. Interessiert?«

»Sicher, Ma'am.«

»Lassen Sie das alberne Ma'am. Ich bin Emily.«

»Und ich Nicole. Ich bin sogar sehr interessiert.«

»Dann sehen Sie sich meine Ranch und meine Pferde an. Heute ist Feiertag, aber wie wär's, wenn Sie morgen früh zu mir rauskommen? Ich zeige Ihnen alles, und wenn Sie wollen, erledigen wir gleich den Papierkram. Wenn nicht, trinken wir Kaffee zusammen, und Sie suchen sich anderswo eine Ranch.«

»Klingt gut. Wie weit muss ich fahren?«

»Ungefähr sieben Meilen die Straße hoch, dann nach

rechts in die Senke. Lassen Sie sich nicht abschrecken. Auf der Ranch muss Einiges getan werden, und Sie werden die ersten Wochen ordentlich ran müssen. Ich hab keine Leute mehr, ich musste ihnen kündigen, und ich werde langsam zu alt für den Job.«

»Schon klar. Kommen Sie mit in die Stadt?«

»Nein, ich will meine Ruhe haben. Bis morgen, Nicole.«

»Bis morgen.«

Nicole wartete, bis die Frau gewendet hatte und nach Norden zurückfuhr, und ritt im Schritt weiter. Noch gab es keinen Grund zu jubeln. Wenn Emily keine Angestellten mehr hatte, war die Ranch sicher in einem jämmerlichen Zustand, und es würde vielleicht Monate dauern, bis sie wieder in Schuss war. Andererseits bekam sie einen guten Preis und vielleicht Pferde, mit denen sich arbeiten ließ. Erst wenn sie sich den Bestand der Ranch genau angesehen hatte, würde sie entscheiden können, ob sie noch Pferde auf einer Versteigerung erwerben musste.

In Wind River brachte sie ihre Stute in den Corral zurück und buchte eine weitere Nacht beim Besitzer des Motels. »Ihnen gefällt es wohl hier?«, fragte Coop, und sie antwortete: »Wer weiß, vielleicht bleibe ich für immer hier.«

Auf der Main Street war lange nicht mehr so viel Betrieb wie am Abend zuvor. Die meisten Leute waren bereits in der Arena, wo das Rodeo mit den Wettbewerben für Jugendliche begonnen hatte. Nicole war nach ihrem langen Ritt hungrig und besuchte das Wild Rose Cafe für einen Imbiss, der aus einem Steak Sandwich und einer Cola bestand. »Alles klar bei Ihnen, Nicole?«, fragte Lizzy. »Ich hab gehört, Thornton hat Cody auf die Ranch zurückbeordert.«

»Ziemlich billig von ihm, nicht wahr?«

Lizzy wischte sich die Hände an ihrer Schürze ab und setzte sich zu ihr. »Ich hab so was schon erwartet. Thornton kann es nicht ertragen, wenn ihm jemand in die Quere kommt. Er hat Angst, dass Sie Cody den Kopf verdrehen und ihm Flausen in den Kopf setzen.« Sie deutete ein Lächeln an. »Ich glaube, er hat generell Angst vor starken Frauen. Zu mir kommt er nur im äußersten Notfall zum Essen. Weil ich nicht auf dem Boden vor ihm krieche. Und als ihm zu Ohren kam, dass sein Vormann mit einer Lady aus New York flirtet, wollte er wohl auf Nummer Sicher gehen. Und was haben Sie heute Morgen getrieben?«

»Ich hab mir die Gegend auf einem Ausritt angesehen«, sagte Nicole. »Kein Wunder, dass Sie hier gern leben. Hier kann man noch frei atmen, wenn man erst mal aus der Stadt raus ist.« Sie biss in ihr Sandwich und kaute eine Weile. »Unterwegs hab ich übrigens ein Angebot für eine Pferderanch bekommen. Von einer Frau, die Sie angerufen haben. Ich reite morgen früh zu ihr raus.«

»Emily?«

Nicole nickte. »Eine sympathische Frau.«

»Und eine Ranch, die Ihnen gefallen dürfte. Ich wollte nichts sagen, bevor ich mit Emily gesprochen hatte. Sie hängt an ihrer Ranch und hatte eigentlich gehofft, sie mit einem Kredit durchzubringen. Aber daraus ist anscheinend nichts geworden. Jetzt muss sie verkaufen, sie hat keine andere Wahl.«

»Lassen Sie mich raten … Thornton?«

»Woher wissen Sie das?«

»Nur eine Vermutung.«

»Und Sie haben recht. Thornton soll dafür gesorgt haben, dass sie keinen Kredit mehr bekommt. Warum, weiß ich auch nicht. Ihr Land grenzt nicht an seine Ranch, dazwischen liegt noch ein Streifen Regierungsland, aber es kann durchaus sein, dass ihm das zu nah ist. Oder er hat es auf ihr Land abgesehen. Die nötigen Verbindungen, um an das Regierungsland zu kommen, hat er ja.«

»Dann gehe ich ein Risiko mit dem Kauf ein?«

»Wenn Sie eine Frau sind, die vor Männern kuscht, wenn sie laut werden, dann schon. Als selbstbewusste Frau, die weiß, was sie will, eher nicht.«

Nicole lachte. »Nicht, dass ich einen Weidekrieg heraufbeschwöre.«

In Gedanken verließ sie das Cafe und machte sich auf den Weg zur Rodeo Arena. Es sah beinahe so aus, als würden Thorntons Befürchtungen wahr werden, wenn sie Emilys Ranch kaufte. Allein ihr Interesse würde den Rancher auf die Palme bringen, und wenn es nur deshalb war, weil es eine junge Frau aus New York wagte, in die Nähe seines Reiches zu kommen. Lächerlich, dachte sie, wahrscheinlich war er schon sauer, wenn sich überhaupt jemand in Wyoming niederließ. Warum machte er es nicht wie dieser selbstherrliche Rancher in der Fernsehserie, der sich zum Gouverneur wählen ließ, um die Politik für seine Interessen einzuspannen?

»Kommt doch gar nicht infrage!«, sagte sie leise.

Zu ihrem Schrecken erkannte sie, dass P.J.'s Camper nicht mehr bei den Corrals stand. Sie suchte den ganzen Platz ab, konnte ihn aber nirgendwo entdecken. Sie ging zu den Cowboys, die ihre Trailer hinter der Arena stehen hatten, und sah Bill Spencer bei einigen anderen Cowboys stehen. »Hey, Bill«, sprach sie ihn an. »Haben Sie Lucy gesehen, die mit der seltsamen Frisur?«

»Hab ich, die ist mit diesem P.J. zusammen.«

»Aber sein Camper ist nicht mehr hier.«

»Ich weiß«, sagte Bill. »Ich hab sie heute Morgen wegfahren sehen. Komischer Typ, dieser P.J., wenn Sie mich fragen. Kein Cowboy, der kleidet sich nur so. Für so was hab ich ein Auge. Keine Ahnung, auf was der Typ aus ist.«

»Wohin sind sie gefahren?«

»Nach Westen … ich schätze mal, zur Interstate.«

»Das verstehe ich nicht«, sagte Nicole.

»Also, wenn Sie mich fragen, haben die beiden nichts Gutes im Sinn«, sagte einer der anderen Cowboys. »Ich glaube, ich habe diesen P.J. auch schon mal gesehen, bei einem der letzten Rodeos wurde er beim Klauen erwischt. Na ja, ich kann es nicht mit Sicherheit sagen. Aber wenn es ein anderer war, sah er diesem P.J. verdammt ähnlich. Wenn Ihre Freundin nur ein bisschen schlau ist, lässt sie den Typ stehen, lässt sich die Haare wachsen und sucht sich einen anderen.«

»Ihr Wort in Gottes Ohr«, sagte Nicole.

15

Bill Spencer gehörte zu den Cowboys, die an diesem Abend beim Rodeo erfolgreich waren. Zusammen mit seinem Partner wurde er Zweiter beim Calf Roping. Er war der Reiter, der das Kalb mit seinem Pferd verfolgte und es mit dem Lariat einfing. Sein Partner packte das Kalb dann bei den Hörnern, warf es auf die Seite und fesselte es mit einem Strick. Dem Kalb geschah nichts, außer dass es manchmal etwas unsanft auf dem Boden landete. »Die Tierschützer sollten sich lieber die Massentierhaltung und die Tiertransporte vornehmen, da gibt es die wirklichen schwarzen Schafe«, sagte Bill, als sie sich in der Pause trafen.

Jimmy, der am Vortag noch an Rebel verzweifelt war, gewann das Wildpferdreiten und sonnte sich den ganzen Abend in seinem neuen Ruhm. Mit seinem ersten Siegerpokal lockte er zahlreiche Buckle Bunnies an und verschwand schon am frühen Abend mit einer jungen Frau in seinem Trailer.

Am beeindruckendsten, aber auch am gefährlichsten war das Bullenreiten. Ein Cowboy aus Bozeman meisterte den Acht-Sekunden-Ritt auf einem schnaubenden Bullen am besten.

Vor dem Bullenreiten stellte Uncle Sam die neue Rodeo Queen vor: »Die alte und neue Wind River Rodeo Queen, unsere Dana McKenna!« Unter dem begeisterten Applaus der Zuschauer ritt Dana in die Arena und ließ sich von

Melly die Schärpe umhängen. »Kein Wunder, wenn man die Nichte von Thornton ist«, hörte Nicole einen Zuschauer in der Nähe flüstern. Aber hübsch war sie, das musste ihr der Neid lassen. Hübsch genug, um sich Cody zu angeln?

Den ganzen Abend suchte Nicole vergeblich nach ihm, doch er war weder unter den Zuschauern noch bei den Cowboys zu finden. Thornton hatte ihn kaltgestellt. Hatte der Rancher tatsächlich Angst, sie und Cody könnten sich gegen ihn verbünden? Hatte er erfahren, dass Emily ihr die Ranch angeboten hatte, und wollte er in seiner Machtgier verhindern, dass eine Frau aus New York ihm zu nahekam und ihn vielleicht daran hinderte, sich noch weiter auszubreiten? Auch in ihrer alten Heimat hatte es alte weiße Männer gegeben, die es nicht ertrugen, eine junge attraktive Frau als Managerin eines großen Betriebes zu sehen. Es verletzte sie in ihrer Eitelkeit und in ihrem Rollenverständnis.

Aber warum ließ sich Cody diese Schikane gefallen? Hatte er Angst, seinen Job als Vormann zu verlieren und von Thornton vertrieben zu werden? Er würde doch bei jeder anderen Ranch einen verantwortungsvollen Posten bekommen! Oder besaß Thornton ein Druckmittel gegen ihn? Gab es eine dunkle Stelle in seiner Vergangenheit, die Thornton offenlegen würde, falls er sich gegen ihn wandte? In was für ein Wespennest hatte sie gestochen? War der Westen noch immer so wild wie vor hundertfünfzig Jahren?

Sie verließ das Rodeo mit gemischten Gefühlen. Lucy und P.J. waren verschwunden und hatten nicht mal eine

Nachricht hinterlassen. Bei ihren ersten Anrufen hatte Nicole stets nur die Mailbox erreicht. Ihre Bitte, sie zurückzurufen, war unbeantwortet geblieben. Obwohl es schon spät war, versuchte sie es in ihrem Zimmer ein weiteres Mal und erreichte wieder nur die Mailbox. »Lucy!«, sprach sie ihr auf Band. »Was ist los mit dir? Hast du vergessen, was du mir versprochen hast? Ich habe wahrscheinlich eine Ranch gefunden, und es wäre schön gewesen, wenn du bei der Besichtigung bei mir gewesen wärst. Aber okay … wenn dir P.J. wichtiger ist … Ruf mich zumindest mal an, Lucy!«

Nach ihrem morgendlichen Ritt begnügte sich Nicole mit einem kleinen Frühstück, Zimtschnecke und Kaffee, und fuhr mit ihrem Silverado zur Ranch von Emily Thompson hinaus. Das Wetter hatte gehalten und blieb weiter sommerlich; lediglich ein paar Wolken hatten sich über den Hügeln versammelt. Ihr Wagen zog eine lange Staubfahne hinter sich her. Gleich nach dem Aufstehen hatte sie Cody angerufen, ihm aber nicht auf Band gesprochen, als sich nur seine Mailbox gemeldet hatte. Ging ihr nach Lucy auch Cody aus dem Weg?

Die Fahrt zur Ranch führte durch steppenähnliches Land, auf dem vornehmlich Sagebrush und Greasewood wuchsen; erst in den Ausläufern der Berge und am Ufer eines Baches wurde die Vegetation üppiger und vielfältiger. Ein Königreich für Pferde und Rinder, die sich an nahrhaftem Gras sattfressen konnten, und ein idealer Platz für eine Ranch. Die Rinder, die westlich der Schotterstraße weideten, gehörten zur Double D Ranch, das erkannte sie, als sie kurz anhielt und sich die Brandzeichen der Tiere ansah.

Ein solider Zaun begrenzte das Land, und ein Schild wies Neugierige darauf hin, dass es sich um Privatbesitz handelte. Die Rinder waren Herefords und wohlgenährt. Sie hatte sich eingehend über Ranches in Wyoming informiert und erfahren, dass die gutmütigen Herefords die vorherrschende Rinderrasse in dem Staat waren.

Jenseits einiger Hügel, die den Blick auf die nahen Wind River Mountains nur kurzzeitig versperrten, lag die Abzweigung zur Wind River Ranch. So stand es auf dem verwitterten Holzbogen, der sich bei der Einfahrt über die Straße spannte. Das Tor stand offen. Sie lenkte ihren Wagen über die leicht abschüssige Zufahrtstraße und erreichte nach ungefähr einer Viertelmeile eine Senke, die sich malerisch zwischen grünen Hügeln ausbreitete. Sie hielt an und stieg aus, genoss den Ausblick und betrachtete die Ranch. Sie lag unweit eines Baches, der in einen See zwischen einigen Felsen mündete.

Sie erkannte zwei Blockhäuser: ein lang gestrecktes Giebelhaus mit einem grünen Dach und einem Schornstein aus Felsquadern an der Stirnseite und ein weiteres Blockhaus, etwas kleiner und noch besser durch Bäume geschützt. Gegenüber befanden sich eine Scheune mit rotem Dach, zwei Ställe und zwei große und ein kleiner Corral, in dem einige Pferde standen. Die restlichen Pferde weideten auf dem Grasland westlich der Ranch. Es gab elektrischen Strom über eine Überlandleitung, ein Netz für ihr Handy, das Wasser kam aus einem Brunnen vorm Haus. Ein Hund bellte sie bereits aus weiter Ferne an.

Beim Näherkommen stellte sie fest, dass auf der Ranch Etliches im Argen lag. Einige Abschnitte des Holzzauns waren marode, und die Scheune brauchte dringend einen neuen Anstrich, aber diese Mängel ließen sich rasch beheben. Der Hund, ein zottiger Mischling, war gar nicht erfreut, sie zu sehen, und sprang bellend neben ihrem Wagen her, während sie auf das Haus zufuhr und parkte.

»Diego!«, wies ihn Emily zurecht. Sie war aus dem Haus getreten und begrüßte sie mit einem dankbaren Lächeln. »Ich hatte schon Sorge, Sie würden nicht kommen. Man hat Ihnen sicher einige Schauergeschichten über Thornton und mich erzählt. Kommen Sie rein, ich hab frischen Kaffee aufgesetzt.«

»Diego?«, fragte Nicole mit Blick auf den Hund.

»Diego ist Mexikaner«, klärte Emily sie auf. »Mein Mann, der liebe Gott habe ihn selig, hat ihn in Juarez von der Straße geholt. Er kam aus Arizona und hatte an der Grenze zu tun. Aber keine Angst, Diego versteht auch Englisch.«

»Sie wollen ihn hier lassen?«

»Was soll ich mit ihm in der Stadt? Ich ziehe zu meiner Schwester nach Billings, Montana, in ein kleines Apartment, das reicht gerade für uns zwei. Nein, er gehört zum Deal, und ich bin sicher, er hätte es gut bei Ihnen, Nicole.«

»Er scheint mich aber nicht besonders zu mögen.«

»Er ist misstrauisch, das ist alles. Aber mit der Zeit wird er sich an Sie gewöhnen. Er ist nicht besonders anspruchsvoll und will vor allem seine Ruhe haben. Als Wachhund ist er okay, er bellt schon, wenn sich ein Fremder bis auf hundert Schritte an das Haus heranwagt, aber trotzdem würde ich mich nicht auf ihn verlassen. Wie sagt man so schön? Hunde, die bellen, beißen nicht.«

»Ich käme sicher mit ihm klar.«

Der Wohnraum, in den sie traten, war geräumig und vermittelte vor allem dank des offenen Kamins ein heimeliges Gefühl. Es gab eine Sitzgruppe mit einer Couch und zwei Sesseln, wahrscheinlich aus den 1980ern, einen langen Tisch mit sechs Stühlen, ein leeres Wandregal und einen Fernseher, der allerdings nur über Internet funktionierte – ein Sendemast in der Nähe sorgte für die nötige Verbindung. Auf dem Boden lag ein abgenutzter Teppich.

»Lassen Sie mich Ihnen zuerst das Haus zeigen.« Emily hatte ihre grauen Haare zu einem Zopf geflochten und trug zur Feier des Tages ein geblümtes Kleid, das sie einige Jahre jünger aussehen ließ. »Entschuldigen Sie die Unordnung«, sagte sie, als einige Kisten im Weg standen. »Ich hab schon für den Umzug gepackt. Wegziehen von hier werde ich auf jeden Fall. Mit dem Geld werden meine Schwester und ich einigermaßen über die Runden kommen.«

Das Schlafzimmer lag nebenan und sah verlassen aus. Der Schrank stand offen, die Schubladen der Kommode waren herausgezogen und leer, und dort, wo ein Bild an der Wand gehangen hatte, war ein heller Fleck. »Dort hing das Foto meines Mannes«, sagte Emily. »Er ist an Krebs gestorben, der Arme.« Das Bett war noch bezogen. Der Teppich war genauso abgenutzt wie der im Wohnzimmer.

In einem winzigen Raum standen lediglich ein kleiner Schreibtisch und ein Stuhl, an der Wand hingen eine Landkarte der näheren Umgebung, eine Übersicht wichtiger Telefonnummern und der Kalender einer Futtermittelfirma. »Mein Büro«, sagte Emily. »Klein, aber fein. Den Laptop hab ich weggeräumt.«

In der Wohnküche war Platz für einen elektrischen Herd und eine Mikrowelle, eine Spüle mit Ablage, einen Küchenschrank, einen schmalen Tisch, der als Arbeitsplatte diente, und einen Tisch mit vier Stühlen. »Das Wasser kommt aus dem Tank hinter dem Haus. Er ist erst ein paar Jahre alt und hat sogar einen Filter. Er sammelt das Regenwasser und pumpt Wasser aus dem Brunnen.« Neben der Küche gab es eine leere Vorratskammer und einen Abstellraum.

Sie blieben in der Küche und setzten sich an den Tisch. Emily servierte den Kaffee in blauen Emaillebechern, die aussahen, als würden sie noch aus dem Wilden Westen stammen. »Schwarz … die Milch ist mir leider ausgegangen.«

Nicole trank einen Schluck und nickte zufrieden. »Das sieht alles sehr gut aus, Emily. Wie Sie schon sagten, es müsste Einiges getan werden, aber mit etwas Hilfe schaffe ich das sicher. Sie wollen zu Ihrer Schwester ziehen?«

»Sie war Lehrerin in Billings und unterrichtet schon seit einigen Jahren nicht mehr. ›Warum tust du dir das an?‹, fragt sie schon seit Jahren. ›Das hast du doch gar nicht nötig, und jünger wirst du auch nicht.‹ Ich bin auch schon Mitte sechzig. ›Komm nach Billings und lass uns noch ein wenig auf die Pauke hauen.‹«

»Auf die Pauke hauen?«

»So haben wir das früher genannt. ›Einen draufmachen‹ würden Sie wohl heute sagen. Nun ja, besonders gut in Form sind wir beide nicht mehr, aber in Billings gibt's ein gutes Krankenhaus, und ich hätte es nicht weit zum Arzt. Ich hab's in den Beinen, wissen Sie, Arthrose oder irgendwas in der Art.« Sie verzog geringschätzig den Mund. »Aber Sie wollen sicher erst mal wissen, was es mit Thornton auf sich hat. Man hat Sie doch bestimmt vor dem Rancher gewarnt.«

»Schlimmer«, erwiderte Nicole. »Ich bin ihm gestern persönlich im Saloon begegnet. Es gefiel ihm wohl nicht, dass ich mit Cody … Cody Fletcher zusammen war, und er hat mich gewarnt, eine Ranch in seiner Nachbarschaft zu kaufen.«

»Dieser Mistkerl! Das sieht ihm ähnlich.«

»Als hätte er Angst, ich könnte seinem Besitz gefährlich werden.«

»So ist er«, sagte Emily. »Ein machthungriger alter Mann, der keine Verwandten kennt, wenn es um seine verdammte Ranch geht. Am liebsten würde er die Nationalgarde an den Zäunen positionieren. Er will Geld, Macht und Einfluss.«

»Ich dachte, solche Männer gibt es nur in Westernfilmen.«

»Genau, und Thornton lebt in einem Westernfilm. Er spielt die Hauptrolle, und alle anderen sind Komparsen. Alles, was er noch braucht, ist der Gouverneursposten.«

»Der Gouverneur wird aber vom Volk gewählt.«

»Und wie das Volk wählt, bestimmt er. Denkt er jedenfalls.«

»Was wird er tun, wenn ich Ihre Ranch kaufe?«

Emily trank etwas Kaffee und überlegte eine Weile. »Ich will ehrlich sein«, sagte sie dann. »Er wird versuchen, Ihnen die Ranch abzukaufen, Ihnen wahrscheinlich ein Heidengeld anbieten, wenn Sie sich auf den Deal einlassen.

Sie würden mit einem kräftigen Gewinn von hier weggehen. Wenn Sie sich weigern, wird er Sie beschimpfen und sich etwas anderes ausdenken, um Sie zu vertreiben. Hat er mit mir auch so gemacht. Ich hab mich immer gefragt, was ihm an diesem kleinen Flecken Land liegen könnte. Hier gibt es weder Gold noch Öl oder sonstige Reichtümer. Ich denke, er will einfach nicht wahrhaben, dass es auch Dinge gibt, die er nicht mit seinem vielen Geld kaufen kann.«

»Obwohl noch Regierungsland zwischen den Ranches liegt?«

»Das betrachtet er sowieso als seinen Besitz.«

»Und Cody? Versucht er nicht, ihn zur Vernunft zu bringen?«

»Er greift ein, wenn Thornton den Bogen überspannt, gibt ihm manchmal auch heftig Contra, aber irgendwie hab ich das Gefühl, dass Thornton ihn in der Hand hat. Dass er irgendetwas weiß, was Cody an ihn und die Double D bindet.«

»Sie meinen, Cody hat etwas auf dem Kerbholz?«

»Keine Ahnung, aber die beiden verbindet irgendein Geheimnis. Ich hab Cody danach gefragt, aber er kam mit einer blöden Ausrede.« Sie trank ihren Becher leer und wischte sich den Mund ab. »Sie mögen Cody, was?«

»Sehr.«

»Kann ich verstehen. Er ist ein guter Junge.«

»Und Sie? Haben nie mehr geheiratet?«

»Nein«, räumte Emily ein. »Mein Mann starb vor über dreißig Jahren, viel zu früh, aber nach ihm hatte ich keine Lust mehr auf einen anderen. Außer … außer dieses eine Mal in Lander … Na, ich will nicht darüber reden, Nicole.«

»Schon gut, Emily. Wir begehen alle mal eine Dummheit.«

»Vergessen Sie's ganz schnell wieder«, empfahl Emily und stellte die Becher in die Spüle. »Kommen Sie, wir satteln zwei Pferde und sehen uns die Herde an. Ich hab hervorragende Stuten, mir fehlt nur ein Hengst.«

»Ich werde mich auf den Versteigerungen umsehen«, sagte Nicole.

Sie gingen in den Corral, begleitet von dem bellenden Diego, und sie suchte sich eine Stute aus, eines der besten Pferde im Corral. Die Proportionen stimmten, ihr Hals war stark und muskulös, ihr Gang locker und elastisch. Mit ihren großen Augen verfolgte sie aufmerksam, was Nicole tat. Die Nüstern waren groß, besonders wichtig, weil dann die Atmung besser funktionierte und das Pferd eine größere Ausdauer zeigte.

Auch die Stute, die Emily einfing, konnte sich sehen lassen. Lange Vorderbeine, ausgeprägte Gelenke, fühlbare Sehnen, wichtige Charakteristika bei einem Pferd, wenn man mit einer Zucht begann.

Emily nickte anerkennend. »Sie kennen sich aus, Nicole, das weiß ich zu schätzen. Sehen Sie sich die anderen Pferde in Ruhe an. Es sind auch zwei, drei Nieten darunter, aber in einem Blatt kann es nicht nur Asse geben, stimmt's?«

Nicole war sehr zufrieden. »Wollen wir?«, fragte sie.

Im leichten Trab lenkten sie die Pferde über die Weide. Emily war eine erstklassige Reiterin, auch mit ihren über sechzig Jahren saß sie noch sicher im Sattel und schien mit ihrem Pferd förmlich verwachsen. Frischer Wind wehte über die Hügel und zerzauste ihre Haare, blies auch Nicole ins Gesicht und gab ihr ein gutes Gefühl. Auf dem Rücken eines Pferdes befand sie sich in einer anderen Welt, weit entfernt von den Sorgen und Nöten des Alltags und beschwingt vom rhythmischen Hufschlag der Stute. Die Sonne hatte sich zurückgekämpft und verlieh der Weide magischen Glanz, nur gelegentlich stahl sich eine Wolke davor und warf einen düsteren Schatten auf das hügelige Grasland.

Mit den Pferden auf der Weide war Nicole ebenso zufrieden. Außer einem Braunen, der leicht lahmte, machten alle Tiere einen guten Eindruck. »Was ist mit dem Braunen?«, fragte Nicole. »Der Schecke ist auch nicht ganz okay.«

»Der Braune war in einen Unfall verwickelt«, erwiderte Emily. »Lief einem Wagen vor den Kühler und verletzte sich, als er ausweichen wollte. Der Schecke war lange krank, eine nervige Infektion, wird aber langsam wieder gesund, sagt der Tierarzt. Doc Ryan in der Stadt … er war erst vor ein paar Tagen hier.«

Sie ritten bis zum Ende der Weide und am Zaun entlang zurück. Über den Zaun hinweg konnten sie das Regierungsland und den nächsten Zaun sehen, der Thorntons Ranch begrenzte. In der Ferne ragten die Gipfel der Wind River Mountains empor. Nicht so hoch wie die Tetons, aber ähnlich spektakulär. Die ehemalige Heimat von Indianern und Fallenstellern und nur mit Pferden oder zu Fuß erreichbar. Selbst mit Four-Wheelern tat man sich in dieser Wildnis schwer.

»Großartig! Ich fühle mich schon wie zu Hause.«

»Das freut mich, Nicole. Soll das heißen, Sie nehmen die Ranch?«

»Genau das soll es heißen, Emily. Und ich sage Ihnen noch was: Auch wenn Sie zukünftig in Billings wohnen, haben Sie immer einen Platz hier. Und natürlich behalte ich auch den Namen bei. Wind River Ranch … Das hat einen guten Klang.«

»Das will ich meinen. Können wir den Vertrag gleich unterschreiben?«

»Natürlich, dann fahre ich morgen nach Cheyenne und erledige den ganzen amtlichen Kram. Das wird sicher zwei Tage dauern, aber ich könnte am Donnerstag oder Freitag wieder hier sein, um die Ranch endgültig zu übernehmen.«

Sie unterschrieben den Vertrag, und Nicole versprach Emily, die gesamte Kaufsumme noch am selben Tag per Online Banking zu überweisen. Mit einem Handschlag besiegelten sie den Deal. »Es war mir ein Vergnügen, Emily!«

»Viel Glück, Nicole! Machen Sie was aus der Wind River Ranch!«

16

Am nächsten Morgen stand Nicole früh auf. Sie sattelte Amber, die sichtlich erfreut über den bevorstehenden Ausflug war und ihren Atem befreit durch die Nüstern blies, als sie aus der Stadt ritten. Auch sie schien die klare Luft der weiten Ebenen zu schätzen. Wind River gehörte zu den letzten Außenposten der Great Plains, bevor sie in die Ausläufer der Rocky Mountains übergingen.

Noch am vergangenen Abend hatte Nicole das Geld an Emily überwiesen und Wally Denton angerufen, den Oldtimer, den sie in Dodge City getroffen hatte. Er hatte einige Zeit gebraucht, bis er ihre Stimme erkannt hatte. »Ma'am?«

»Nicole«, verbesserte sie ihn. »Wo stecken Sie gerade?«

»In Dodge, wo sonst?«

»Dann laden Sie Ihr Pferd in den Trailer und machen Sie sich auf den Weg. Ich hab die Ranch. Die Wind River Ranch nordwestlich von Lander. Von Wind River über die Schotterstraße nach Norden, bis Sie das Tor der Ranch sehen.«

»Sie wollen mich wirklich einstellen?«

»Hab ich Ihnen doch versprochen, Wally. Es reicht, wenn Sie nächste Woche hier eintrudeln. Ich muss sowieso erst nach Cheyenne, den ganzen Behördenkram erledigen und Einiges einkaufen. Kennen Sie einen jungen Mann, der ebenfalls an einem Ranchjob interessiert wäre und sich mit Pferden auskennt?«

»Chris Morgan, einer meiner beiden Enkel. Er ist neunzehn, wenn ich mich recht erinnere, und wollte unbedingt Cowboy werden. Ich muss ihm noch das Reiten beibringen, aber das kriegen wir schnell hin. In der Autowerkstatt, in der er gerade arbeitet, macht er sich gut, aber wenn der Lohn stimmt, ist er sicher dabei. Er wohnt in Laramie, so wie ich früher, und ich könnte ihn gleich mitbringen. Allerdings müssten Sie ihm ein Pferd geben, er hat leider keines.«

»Kein Problem. Sagen Sie ihm, ich zahle ihm so viel wie die Werkstatt.«

»Klingt gut. Sieht so aus, als wäre heute unser Glückstag.«

»Machen Sie sich auf den Weg, Wally!«

Mit der Verpflichtung der beiden waren ihre größten Sorgen behoben. Noch ein fähiger Vorarbeiter, der sicher schwerer zu finden war, und ein paar Saisonarbeiter, bis die Ranch wieder in Schuss war, und es konnte losgehen. Selten war sie so aufgeregt gewesen wie in diesen Tagen, nicht einmal nach dem Tod ihrer Eltern, als sie die Horse Farm in New York State übernommen hatte.

Sie trieb ihre Stute einen Hügel hinauf und sah einen Reiter kommen. Cody … es war tatsächlich Cody! Er hielt genau auf sie zu und zügelte seinen Braunen. Mit einer etwas linkischen Handbewegung griff er sich an die Hutkrempe. »Nicole!«

»Cody!« Sie hielt ebenfalls an. »Ich dachte …«

»Ich hab mir gedacht, dass du hier lang reitest«, sagte er. »Eigentlich wollte ich an deine Tür klopfen und dich zum Frühstück einladen. Du bist früh auf.«

»Warum bist du nicht an dein Handy gegangen?«

»Ich blicke den Menschen gern in die Augen, wenn ich ihnen etwas Wichtiges zu sagen habe«, antwortete er. Er wirkte ein wenig verkrampft und stützte sich mit beiden Händen aufs Sattelhorn. »Ich hab noch nie gern telefoniert.«

»Und was hast du mir Wichtiges zu sagen?«

Entgegen dem, was er gerade gesagt hatte, wich er ihrem Blick aus. »Ich mag dich, Nicole. Ich mag dich sogar sehr. Es tut mir leid, dass ich gestern auf die Ranch zurückgeritten bin. Ich wäre lieber bei dir in der Stadt geblieben.«

»Und warum hast du's nicht getan?«

»Thornton ist mein Boss. Ich muss ihm gehorchen.«

»Am Unabhängigkeitstag?«

»Es ging nicht anders.«

Nicole blickte ihn eine Weile an. »Dein Boss mag mich nicht. Er will nicht, dass sein Vormann was mit einer Tussi aus New York anfängt. Ich wette, so nennt er mich, wenn ich nicht in seiner Nähe bin. Er denkt, er verliert die Kontrolle über dich, wenn wir beide uns verstehen. So ist es doch, Cody, oder?«

»Kann schon sein.«

»Und er hat Angst, dass ich ihm mit meiner Ranch zu nahekomme. Als ob ich was gegen ihn ausrichten könnte. Ihm gehört doch schon halb Wyoming. Anscheinend ist er von seiner Macht besessen. Solche Männer gibt es immer noch, nicht nur hier in Wyoming. Du brauchst nur nach D.C. zu blicken.«

»Du hast recht, eine Mrs. President wird's so schnell nicht geben.«

»Warum arbeitest du für den Stinkstiefel? Du würdest doch auf jeder anderen Ranch einen Job kriegen. Warum ausgerechnet bei diesem Thornton?«

»Ich kann nicht anders, Nicole.«

»Bist du ihm was schuldig?«

Cody zögerte mit der Antwort. »Ich hab mir Geld bei ihm geliehen, und er besteht darauf, dass ich meine Schulden bei ihm abarbeite«, sagte er dann. »Selbst wenn ich ihm die Summe bar auf den Tisch legen würde, könnte ich nicht kündigen. So haben wir's in einem Vertrag vereinbart. Ging damals nicht anders.« Seine Gestalt straffte sich. »Aber ich werde nicht zulassen, dass er noch mal mit dir so spricht wie im Saloon. Du bist eine Lady, mit der geht man anders um. Das hab ich ihm heute Morgen auch gesagt. Ich hab ihm gesagt, dass ich zu dir reiten und mich für ihn entschuldigen werde. Und dass er uns nicht auseinanderbringen kann.«

»Und er hat dich nicht erschossen?«, fragte sie grinsend.

Cody blieb ernst. »Er hat gesagt, aus New York käme nichts Gutes, und er würde den Teufel tun und sich von einer … einer Frau in die Enge treiben lassen. Ich soll dir sagen, du sollst dorthin zurückgehen, wo du hingehörst.«

»Ich hab die Ranch von Emily Thompson gekauft.«

Er stutzte kurz. »Das wird ihm nicht gefallen.«

»Ich bin ja auch nicht hier, um ihm zu gefallen. Ich habe New York und meinen verrückten Bruder verlassen, um mir hier im Westen eine neue Existenz aufzubauen. Bisher dachte ich immer, im Westen hätte man Respekt vor Leuten wie mir. Vor zweihundert Jahren sind die Pioniere zu Tausenden gekommen.«

»Du bist mutig, Nicole. Und ich bin auf deiner Seite.«

»Ehrlich?«

»Du bist die erste Frau, bei der mir schwindlig wird.«

»Ich mag dich auch, Cody.«

Sie trieb ihre Stute neben seinen Braunen, beugte sich zu ihm hinüber und küsste ihn sanft. Im nächsten Augenblick spürte sie seine starken Arme, als er sie zu sich hinüberzog und sie so leidenschaftlich küsste, als hätte er seit mehreren Wochen keine Frau mehr gehabt. Nun, so war es wohl auch, dachte sie.

Halb benommen und außer Atem löste sie sich von ihm und rutschte auf ihr Pferd zurück. Sie lächelten beide, ein bisschen verlegen, aber auch glücklich und in dem Gefühl, endlich den richtigen Weg eingeschlagen zu haben.

Cody liebte sie, das war offensichtlich, und sie liebte ihn. Sie hatte in Wyoming nicht nur eine Ranch, sondern auch ihr persönliches Glück gefunden. So fühlte es sich jedenfalls schon jetzt an.

»Ich fahre heute nach Cheyenne, den Behördenkram erledigen und ein paar große Einkäufe hinter mich bringen«, sagte sie. Sie griff nach den Zügeln ihrer Stute. »Versprichst du mir, an dein Handy zu gehen, wenn ich dich anrufe?«

»Ich denke schon, dass ich das schaffe.«

Sie lächelte. »Wir sehen uns, Cody.«

Sie ritt zum Motel und brachte Amber in den Corral zurück. Im Büro des Motels verlängerte sie ihren Aufenthalt, obwohl sie die nächsten beiden Nächte woanders verbringen würde, und fragte den Besitzer, ob sich jemand um ihre Stute kümmern könnte. »Ich muss nach Cheyenne, hab dort was Wichtiges zu erledigen.«

»Hab schon gehört: Sie haben Emilys Ranch gekauft.«

»Das spricht sich ja schnell rum.«

»Wir haben die Ohren überall, Ma'am. Und um Ihr Pferd kann ich mich kümmern. Ich hab jahrelang als Cowboy gearbeitet, bevor mich das Rheuma plagte, aber auf ein Pferd aufpassen und es füttern, das geht noch.«

»Wunderbar, dann sehen wir uns Donnerstag oder Freitag.«

Nachdem sich Nicole von Amber verabschiedet hatte, packte sie ihre Reisetasche und holte sich einen Kaffee und eine Zimtschnecke im Wild Rose Cafe. Auch Lizzy hatte schon von ihrem Kauf gehört und beglückwünschte sie. »Das freut mich, Nicole. Dann sehen wir uns in der nächsten Zeit wohl öfter, hoffe ich.«

»Immer wenn ich in der Stadt bin«, versprach Nicole.

»Mit Cody alles okay?«

Nicole grinste. »Seien Sie nicht so neugierig!«

»Das klingt gut«, freute sich die Wirtin.

Nicole stieg in ihren Wagen und fuhr los. Sie hatte alle Dokumente, die sie für ihre Erledigungen brauchte, in eine Mappe gepackt und auf dem Beifahrersitz liegen. Ohne den Pferdeanhänger kam sie schneller voran, vor allem auf der Interstate, die sich beinahe schnurgerade nach Osten zog. Der Verkehr war nicht besonders dicht, auch nicht in der Nähe von Städten wie Rock Springs und Laramie.

Die Sonne begleitete sie bis nach Cheyenne. Sie erreichte die Hauptstadt von Wyoming um die Mittagszeit, checkte in einem Motel an der Interstate ein und begann ihre Runde. Mit den meisten Behörden hatte sie bereits telefoniert, aus Erfahrung wusste sie, wie man mit ihnen umgehen musste.

Beim IRS, dem International Revenue Service, der obersten Finanzbehörde, hatte sie sich rechtzeitig gemeldet und eine EIN bekommen, eine *Employer Identification Number*, die man unbedingt haben musste, wenn man jemanden einstellte. Sie eröffnete ein Geschäftskonto für ihre Ranch, beantragte eine Kreditkarte für geschäftliche Ausgaben und machte sich mit dem Bankangestellten bekannt, der ihr Konto betreuen würde. Außerdem galt es, zahlreiche Lizenzen einzuholen und neue Versicherungen abzuschließen. Als sie am Spätnachmittag ihre Runde beendet hatte, steuerte sie eines der bekannten Steaklokale der Stadt an und belohnte sich mit einem reichhaltigen Mahl.

Ihr Motel war von der besseren Sorte und wesentlich gemütlicher als ihre Unterkunft in Wind River. Mit einem Cappuccino aus der erstaunlich modernen Kaffeemaschine setzte sie sich an den kleinen Schreibtisch und tippte eine Liste mit den Einkäufen, die sie am nächsten Morgen erledigen wollte, in ihren Laptop und übertrug sie anschließend auf ihr Handy. Bei der langen Liste musste man mehrmals scrollen, um den vollständigen Überblick zu behalten.

Die wichtigsten Maschinen und Geräte gab es auf ihrer Ranch: einen Traktor und einen Mäher für die Heuernte, Wasserfässer, Weidetränken, Schutzplanen, Sättel, Zaumzeug, Werkzeuge … Emily hatte sich sehr gewissenhaft um ihre Ranch gekümmert. Auch die Geräte im Haus waren in Schuss, die Waschmaschine, der Trockner, der Herd, die beiden Kühlschränke und Tiefkühltruhen. Auf ihrer Liste standen vor allem ein Computer mit den Programmen, die man zum Betreiben einer Ranch brauchte, Futtersäcke mit Kraftfutter und andere Posten, die sie schon für ihre Horse Farm bestellt hatte. Emily hatte ihr eine vor Kurzem erstellte Inventurliste mitgegeben.

Mit dem Manager des Großhandels, der die meisten Posten in seinem Sortiment führte, verabredete sie die Möglichkeit von Online-Bestellungen, die teilweise auch über das Auslieferungslager in Lander ausgeführt werden konnten, und sie suchte einen Zaun aus, den sie ordern würde, sobald sie die Maße dafür hatte. Ihr Silverado war voll bepackt, als sie den Großhändler verließ.

Bei Costco kaufte sie große Packungen mit haltbaren Lebensmitteln, alles andere würde sie im Supermarkt in Lander kaufen. Es war bereits Nachmittag, als sie den riesigen Laden verließ und in ihren Wagen stieg. Sie ging auch diesmal zum Essen, zur Abwechslung in ein preiswertes Lokal, das vor allem Sandwiches und Salate anbot. Sie aß in aller Ruhe und überquerte gerade den Parkplatz, als ihr Handy klingelte. Beim Blick auf das Display verdrehte sie die Augen.

»Roger? Sag mir nicht, du hast wieder gezündelt!«

»Wie kommst du denn darauf?«

»Die Scheune, Roger! Hast du nicht die Scheune angezündet?«

»Das war ein Versehen, Nicole. Nur ein Versehen.«

»Bist du pleite?«

»Das Leben ist teuer, Nicole, und ich hab Angst, dass es irgendwann nicht mehr reicht. Weißt du, was sie mir für die Jacht bezahlt haben? Nicht mal die Hälfte von dem, was ich ausgegeben habe. Ein paar Hunderttausend sind auch nicht mehr das, was sie früher mal waren. Das Geld zerrinnt mir zwischen den Fingern, obwohl ich kaum noch ausgehe. Warum willst du mir denn nicht helfen?«

»Weil ich keine Lust habe, deine seltsamen Hobbys zu unterstützen. Alkohol, Drogen, Frauen … warst du in der Therapie, die ich dir empfohlen habe?«

»Noch nicht.«

»Dann wird's höchste Zeit, Roger, weil ich dir nämlich nicht mehr aus der Patsche helfe. Mach die Therapie, ich hab sie schon bezahlt, wie du weißt, und halte endlich durch. Du wirst sehen, wenn du rauskommst, bist du ein neuer Mensch und hast mehr Geld übrig, als manch einer in zehn Jahren verdient. Und jammere nicht! Mach was aus deinem Leben, und versuch's auch mal mit Arbeit!«

»Wie kannst du nur so hart sein?«

»Ich bin nicht hart, ich bin nur vernünftig. Unsere Eltern und auch ich haben dich viel zu lange gewähren lassen. Du bist ein Fass ohne Boden. Wenn ich dir Geld geben würde, hättest du's morgen ausgegeben und würdest mehr verlangen. Melde dich in der Therapie an, Roger, mehr kann ich dir nicht sagen.«

Nicole legte auf und fuhr ins Motel. Bei einem Cappuccino versuchte sie Ordnung in ihre Gedanken zu bringen. In letzter Zeit stürzte reichlich viel auf sie ein. Ihre Beziehung mit Cody, das machohafte Benehmen von D.D. Thornton, die neue Ranch, das Verschwinden von Lucy und P.J. und jetzt Roger.

Sie durfte sich nicht aus der Ruhe bringen lassen.

Sie verbrachte den restlichen Abend mit ihrem Buch und schlief über dem letzten Kapitel ein, obwohl es gerade unheimlich spannend gewesen war. Am nächsten Morgen halfen ihr eine heiße Dusche und ein reichhaltiges Frühstück im Restaurant nebenan auf den Weg. Sie lenkte ihren voll beladenen Wagen auf die Interstate zurück und fuhr auf die Wind River Mountains in der Ferne zu.

Das Wetter hatte sich verschlechtert, der Himmel war wolkenverhangen, und gelegentlich musste sie sogar die Scheibenwischer einschalten. Sie dachte daran, Cody anzurufen, nahm aber an, dass er gerade bei den Rindern auf der Weide war oder mit anderen Cowboys zusammensaß und schlecht reden konnte. Sie hatte nichts gegen Handys, dachte aber ähnlich wie Cody und sprach lieber persönlich mit den Leuten, besonders, wenn es um intime Dinge ging.

In Laramie fuhr sie zum Tanken raus. Während sie Benzin nachfüllte, sah sie einen Camper in die Stadt fahren, der ihr bekannt vorkam. Lucy und P.J. in Laramie? Was machten sie hier? Hatten die beiden ihren Wagen gesehen?

Sie beschloss, sich Klarheit zu verschaffen, und folgte dem Camper in die Stadt. Sie bogen zu einem der Schnellrestaurants ab, die an der Straße lagen, blieben aber sitzen und unterhielten sich anscheinend. Beim Näherkommen stellte Nicole fest, dass es sich tatsächlich um Lucy und P.J. handelte. Sie parkte neben ihnen, stieg aus und öffnete die Beifahrertür des Campers.

»Guten Morgen, Lucy! Hast du unsere Abmachung vergessen?«

Lucy wirkte wenig schuldbewusst. »Woher soll ich wissen, dass es schon losgeht? Ich dachte, es dauert noch ein paar Wochen. Woher die plötzliche Eile?«

»Ich hab die Ranch, und ich hab versucht, dich anzurufen.«

»Hab nicht auf mein Handy gesehen. Wir waren unterwegs.«

»Warum hast du mir nicht gesagt, dass du mit P.J. wegfährst? Hattest du ein schlechtes Gewissen? Hattest du Angst, ich würde dir eine Predigt halten?«

»Tust du doch gerade.«

»Du hättest mir wenigstens eine Nachricht hinterlassen können!«

»Ich wollte noch etwas chillen. Ist das neuerdings verboten?«

»Chillen?« Eins der Wörter, die Nicole mächtig auf den Geist gingen. Außerdem brauchte man einen Kühlraum, um in Laramie während des Hochsommers chillen zu können. »Und woher der plötzliche Sinneswandel? Vor ein paar Tagen warst du noch Feuer und Flamme für den Job, nicht zu vergessen der Vorschuss, den ich dir gegeben habe. Keine Lust mehr, für mich zu arbeiten?«

»Im Augenblick nicht so. Ich bin mit P.J. zusammen, weißt du?«

Nicole blickte in den Wagen. P.J. saß scheinbar genervt hinter dem Steuer und wartete wohl händeringend darauf, dass sie endlich verschwand. »Hey, P.J. Warum hast du Lucy überredet, ihren Job im Stich zu lassen? Bist du nervös geworden, weil dich einer der Cowboys erkannt hat? Lass sie gehen, P.J.!«

»Ich will aber nicht gehen!«, rief Lucy. »Lass uns in Ruhe!«

»Ihr beide macht doch keinen Blödsinn, oder?«

»Und wenn schon!«

Nicole erkannte, dass sie nicht weiterkam, und gab auf. »Okay«, sagte sie. »Ich kann dich nicht zwingen. Zahl mir den Vorschuss zurück, wenn du wieder bei Kasse bist. Und ruf mich an, falls du es dir doch noch anders überlegst!«

»Fertig?«, fragte Lucy. Es klang eher verzweifelt.

»Ruf mich an!«, sagte Nicole noch einmal.

Sie stieg in ihren Wagen und fuhr zur Interstate zurück. Lucy und P.J. waren ihr eher wie zwei verzweifelte Teenager vorgekommen, die provozierten, um möglichst schnell in Ruhe gelassen zu werden. Was hatten sie vor? Welcher Fantasie jagten sie nach? War es nicht genug für Lucy gewesen, einen sicheren Job, eine Bleibe und täglich ein warmes Essen zu bekommen? Suchte sie nach einem Kick, den es gar nicht gab?

»Pass gut auf dich auf, Lucy!«, sagte Nicole vor sich hin.

17

Nachdem Nicole in einem Supermarkt bei Lander eingekauft und ihre Kühltruhe bis zum Rand gefüllt hatte, bog sie auf die Straße nach Wind River ab. Wie so oft in Wyoming fegte böiger Wind über das Land. Er vertrieb die Wolken, die sich am Himmel gesammelt hatten, und lockte die Sonne zurück.

Wind River war keine Vorzeigesiedlung, aber sie hatte sich bereits so sehr an die Stadt gewöhnt, dass sie das Gefühl hatte, nach einer langen Reise nach Hause zu kommen. Es kam ihr vor, als würde sie schon seit Jahren in Wyoming leben.

Sie parkte vor ihrem Zimmer und stieg aus, wollte zur Koppel gehen und Amber begrüßen, als plötzlich Dana vor ihr stand. Es sah fast so aus, als hätte die Rodeo Queen sie abgepasst. Selbst ohne ihre farbenfrohe Bluse, die Schärpe und die hochgesteckten Haare sah sie immer noch attraktiv aus, wie Nicole widerwillig zugeben musste. »Dana! Haben Sie auf mich gewartet?«

»Lassen Sie Cody in Ruhe!«, fauchte Dana sie unvermittelt an.

»Wie bitte?«

»Tun Sie nicht so! Sie sollen Cody in Ruhe lassen! Glauben Sie, ich merke nicht, wie Sie um ihn herumturteln? Wie eine läufige Hündin … echt peinlich! Glauben Sie, Sie können sich auf diese miese Art bei ihm einschmeicheln?«

»Wenn Sie mich beleidigen wollen, sind Sie auf dem besten Weg.«

Dana ließ sich nicht beirren. »Kommen aus New York hierher und bilden sich ein, was Besseres zu sein. Dass ich nicht lache! Auf so was fallen wir hier nicht rein. Damit können Sie vielleicht bei Miss Lizzy und einigen anderen Leuten punkten, aber für Cowboys wie Cody sind und bleiben Sie eine Null.«

»Sie sind eifersüchtig, Dana, das ist alles.«

»Eifersüchtig?« Dana sprach so laut, dass sich einige Leute auf der Straße nach ihr umdrehten. »Ich hab keinen Grund, eifersüchtig zu sein. Wenn Cody mit Ihnen tanzt oder ausreitet, dann nur aus Mitleid. Oder glauben Sie etwa, er hat sich in Sie verliebt? In eine Tussi von der Ostküste? Nie und nimmer, Lady!«

»Und wenn er's mir selbst gesagt hat?«

Dana stutzte nur kurz. »Er ist ein höflicher Mann. Er will Sie nicht vor den Kopf stoßen, obwohl Sie's verdient hätten. In Wirklichkeit gehen Sie ihm auf den Wecker. Packen Sie Ihre Sachen und fahren Sie nach Hause, aber schnell!«

»Ich bin zu Hause.« Nicole empfand ein gewisses Vergnügen, Dana die Wahrheit zu sagen. Wer sich wie diese Rodeo Queen aufführte, hatte es nicht verdient, respektvoll behandelt zu werden. »Ich hab die Ranch von Emily Thompson gekauft.«

Dana erstarrte. »Was erzählen Sie da?«

»Haben Sie noch nicht davon gehört? Ich dachte, es hätte sich bereits herumgesprochen.« Nicole lächelte ein wenig schadenfroh. »Ich hab gestern die Ranch von Emily Thompson gekauft. Ich werde dort Pferde züchten. Tut mir leid, wenn ich Sie nicht um Erlaubnis gefragt habe, Dana, aber so ist es nun mal.«

»Sie bluffen.«

»Warum sollte ich bluffen? Soll ich Ihnen die Papiere zeigen?«

Danas Gesicht verfärbte sich. »Sie elende … das haben Sie doch nur gemacht, um mir eins auszuwischen. Schmeißen mit dem Geld um sich, das Ihnen irgendjemand in die Wiege gelegt hat, und glauben, mich auf diese Weise ausbooten zu können. Aber so dumm ist Cody nicht. Darauf fällt er nicht rein. Und wenn Sie das halbe Land aufkaufen, kriegen Sie ihn trotzdem nicht vor den Traualtar!«

»Ich habe die Ranch gekauft, um mir eine neue Existenz aufzubauen«, reagierte Nicole ohne jegliche Häme. »Mit Cody hat meine Entscheidung nichts zu tun. Was er will, sollten wir allein ihm überlassen, meinen Sie nicht auch?«

»Cody und ich gehören zusammen. Lassen Sie ihn in Ruhe!«

»Seien Sie doch vernünftig, Dana!«

»Einen Scheiß werde ich!«, schrie sie aufgebracht. Bevor Nicole auch nur den Versuch machen konnte, sie abzuwehren, holte Dana aus und schlug ihr die Faust ins Gesicht. »Verpiss dich, und zwar für immer!«

Nicole stöhnte vor Schmerz und taumelte gegen ihren Wagen. Dana hatte ihre Nase getroffen, sie blutete. Mit einem Taschentuch versuchte sie die Blutung zu stillen, mit der freien Hand kramte sie ihren Zimmerschlüssel hervor und öffnete die Zimmertür. Sie lief ins Bad und ließ das Blut ins Waschbecken tropfen, musste lange warten, bis die Blutung nachließ, und wusch sich anschließend das Gesicht. Ihr blutbeflecktes T-Shirt wechselte sie gegen ein frisches aus.

Sie betrachtete sich im Spiegel. Eine Schramme auf der linken Wange war das einzige Überbleibsel des Schlages. Ihre Nase schmerzte höllisch, war aber offenbar nicht gebrochen. Sie schluckte zwei Aspirin, verließ ihr Zimmer und suchte vergeblich nach Dana, als sie ihren Wagen verschloss und zum Corral ging.

»Hast du das gesehen, Amber?«, sagte sie zu ihrer Stute. Sie legte ihr einen Arm um den Hals und strich ihr mit der anderen Hand über die Stirn. »Wie bescheuert muss man sein, um eine solche Show abzuziehen? Was kann ich denn dafür, wenn Cody mich mag? Wenn er Dana lieben würde, hätte er doch genug Zeit für sie gehabt.«

Amber interessierte das wahrscheinlich wenig, aber sie mochte Nicoles sanfte Stimme und freute sich auf einen abendlichen Ausritt. »Sei mir nicht böse, Amber, aber ich brauche erst mal einen Kaffee, bevor ich in den Sattel steigen kann. Dana hat mich ziemlich hart erwischt. Eine halbe Stunde, okay?«

Sie grüßte mit ausgestrecktem Daumen hinüber zu Coop, der neugierig aus dem Fenster blickte, und ging zum Wild Rose Cafe. Noch war es zu früh fürs Abendessen, es waren nur zwei ältere Damen im Lokal und unterhielten sich.

Lizzy erkannte sofort, dass etwas nicht stimmte. »Nicole! Was hat man denn mit Ihnen gemacht? Sie sehen aus, als hätten Sie sich geprügelt.«

»Dana hat die Nerven verloren.«

»Sie hat Ihnen ins Gesicht geschlagen?«

»Halb so schlimm«, erwiderte Nicole. Es lag ihr fern, Dana anzuschwärzen und die Verletzung dramatischer zu schildern, als sie war. »Nur eine Schramme. Bringen Sie mir doch bitte einen Kaffee und ein Stück Apple Pie, eine bessere Medizin gibt es nicht, sagte meine Mutter immer.« Sie setzte sich an einen freien Tisch.

Lizzy schenkte Kaffee ein und brachte den Apple Pie. »Sie ist eifersüchtig«, sagte sie. »Kein Wunder, ein hübsches Ding wie sie denkt doch, sie könnte jeden Mann um den Finger wickeln. Dass ihr gutes Aussehen und ihr Lächeln manchmal nicht genug sind, kapiert sie nicht. Dana könnte jeden Mann in dieser Stadt haben, nun ja, fast jeden Mann, aber sie will Cody und sonst keinen.«

»Nur um es uns Sterblichen zu zeigen? Aus reiner Bosheit?«

»Keine Ahnung.«

»Sie hatten doch nichts miteinander?«

»Nein«, sagte Lizzy, »aber Cody ist nicht besonders erfahren, was Frauen angeht.« Sie sprach leise genug, damit sie niemand verstand. »Sorry, wenn ich das sage, aber an seiner Stelle wäre ich etwas vorsichtiger und würde mich eher von Dana fernhalten. Sie wartet doch nur darauf, ihn rumzukriegen.«

»Das schafft sie nicht.«

»Männer verlieren manchmal die Kontrolle, wenn eine Frau sie anlächelt. Ist so, musste ich auch erst lernen. Freundschaften zwischen Männern und Frauen gibt es nicht, selbst wenn das manchmal behauptet wird. Männer wollen erobern, das steckt seit Jahrtausenden in ihnen drin, und man muss sie fest an der Hand nehmen, wenn man etwas erreichen will.« Sie schenkte sich ebenfalls Kaffee ein und lachte. »Du lieber Gott, ich hätte Psychologin werden sollen.«

»Dana wird sich beruhigen. Männer gibt es genug hier.«

Lizzy lachte. »Eine Rodeo Queen ohne König … wär auch schade.«

Nicole aß den letzten Bissen ihres Apple Pies und legte ein paar Dollarscheine auf den Tisch. »Bis in Kürze, Lizzy. Jetzt gehöre ich auch zu den Einheimischen. Sie glauben gar nicht, was ich heute alles unterschreiben musste.«

»Das kenn ich von meinem Cafe.«

Nicole ging zum Motel zurück und sagte Coop, dass sie noch eine weitere Nacht bleiben würde. Anschließend rief sie Emily an und sagte ihr das Gleiche. »Spätestens um zehn bin ich bei Ihnen, Emily. In Cheyenne lief alles bestens.«

»Das ist schön. Meine Schwester freut sich schon auf mich.«

Nicole sattelte Amber und ritt in die Hügel westlich der Stadt. Diesmal kam ihr Cody nicht entgegen. Sie würde ihn anrufen, sobald sie auf der Ranch war, hoffte insgeheim sogar darauf, dass er sie dort überraschen würde. Sie sehnte sich nach ihm. Er war ein wunderbarer Mann. Seine Schale war rau, aber darunter schien er verletzlicher und gefühlvoller als die meisten anderen Männer, vor allem grundehrlich, so wie man die Cowboys aus Filmen und Büchern kannte. Aufrichtig, stark und unbeugsam, vielleicht sogar machohaft im Umgang mit anderen Männern und wenn es um seine Arbeit ging, unsicher und schüchtern in Gegenwart von Frauen.

Sie ritt am Waldrand entlang und genoss die Abendsonne, zügelte ihr Pferd, als sie einen Elch beobachtete, der an einem See an den Uferbüschen zupfte. Ein zweiter Elch mit einem mächtigen Geweih erschien und ließ sich auch nicht stören, als das Heulen eines fernen Wolfes die Luft erfüllte. Nicole erschauderte. Der Gedanke, einem Wolf zu begegnen, ließ sie frösteln, auch wenn man ihr gesagt hatte, dass die meisten Wölfe den Menschen aus dem Weg gingen.

Nach einer halben Stunde kehrte sie um. Sie musste an Roger denken, der eine Dummheit nach der anderen beging und ständig die Kontrolle über sein Leben verlor. War sie zu streng mit ihm gewesen? Hätte sie mehr Verständnis für ihn und seine Probleme zeigen müssen? Sie hatte es schon versucht, als ihre Eltern noch gelebt hatten, und war nie zu ihm durchgedrungen. Sogar bei einer Drogenberatung war sie gewesen. Sie wäre ein Co-Abhängige, hatte man ihr gesagt, die Verwandte eines Süchtigen, und müsse lernen, dass es nur ganz wenige Abhängige gebe, die aus ihrer Sucht herausfinden. Sie mussten es selbst wollen, man konnte sie nicht zwingen, in Therapie zu gehen. Wie sollte das bei ihrem Bruder klappen, der Drogen, Alkohol und der Spielsucht verfallen war?

Sie versuchte ihr Gewissen zu beruhigen, als sie in ihrem Zimmer war, und rief Mike an. »Mike«, begrüßte sie ihn, »ich mach mir Sorgen um Roger. Er hat mich schon zwei Mal angerufen und sich beschwert, ich hätte ihn betrogen und solle ihm Geld schicken, weil er nicht über die Runden käme. Er hätte alles versucht, aber ohne mich ginge es einfach nicht … Wie geht es ihm wirklich?«

»Und ich dachte, du würdest meinetwegen anrufen.« Mike klang enttäuscht, fing sich aber wieder. »Wegen Roger brauchst du dir keine Vorwürfe zu machen, der hört auf keinen mehr. Ich habe auch versucht, ihm ins Gewissen zu reden … vergeblich. Er benimmt sich wie die Axt im Walde, wirft das Geld mit beiden Händen zum Fenster raus, als gäbe es kein Morgen. Angeblich soll er es mit zwei Frauen gleichzeitig getrieben und sich so danebenbenommen haben, dass man ihn aus dem Hotel geworfen hat. Mir hat er gesagt, dass ich mir die Therapie an den Hut stecken soll, er würde nie im Leben hingehen.«

»Und man kann gar nichts machen?«

»*Nada*, der gibt erst Ruhe, wenn er hinter Gittern sitzt.«

Auch als sie Mike vom Kauf der Ranch erzählte, wirkte er sehr betrübt, anscheinend hatte er sich immer noch leise Hoffnungen gemacht, aber dazu waren ihre Gefühle für ihn schon früher nicht stark genug gewesen. Sie wünschte ihm alles Gute und begann einen neuen Krimi, bevor sie ins Bett ging und sich die Spätnachrichten im Fernsehen ansah.

Noch bevor die Sonne aufging, erwachte sie. Irgendetwas beunruhigte sie, ein böser Traum, den sie schon wieder vergessen hatte, eine Ahnung, die sie nicht bestimmen konnte. Weil sie ohnehin nicht mehr eingeschlafen wäre, duschte sie und zog sich an. Sie packte ihre Sachen und verstaute sie im Wagen, koppelte den Pferdeanhänger an und führte Amber hinein. »Keine Bange«, tröstete sie die Stute, »heute fahren wir nicht weit, nur die paar Meilen zu unserer neuen Ranch. Da warten deine neuen Freundinnen auf dich. Einen Hengst werden wir auch noch finden. Es kann etwas holprig auf der Straße werden.«

Ihr Zimmer hatte sie bereits bezahlt, und im Wild Rose

Cafe brannte noch kein Licht, also blieb ihr nichts anderes übrig, als ohne Frühstück aufzubrechen und sich mit einem Kaffee aus ihrem Zimmer zu begnügen, schwächer als Lizzys Cowboy-Kaffee, aber ohne Geschmack und selbst mit Zucker und Creamer kaum zu genießen. Sie nippte ein paar Mal daran, verzog dann das Gesicht und goss ihn in die Toilette. Den leeren Becher entsorgte sie im Papierkorb. »Mal sehen, ob Emily uns ihre Kaffeemaschine dalässt«, sagte sie zu sich selbst. »Sonst muss ich wohl eine neue bestellen. Vielleicht so eine teure, mit der ich auch Cappuccino zubereiten kann.«

Mit aufgeblendeten Scheinwerfern fuhr Nicole nach Norden. Nur allmählich wurde es im Osten heller, und erst, als sie die Abzweigung zu ihrer Ranch erreichte, stieg die Sonne über den Ebenen empor. Ihre Strahlen breiteten sich in einem ständig zunehmenden orangefarbenen Flammenmeer am Himmel aus und trieben silberne Blitze über den Bach zwischen den Bäumen. Mit Vorsicht, um Amber nicht zu gefährden, lenkte sie ihr Gefährt in die Senke hinunter.

Im Ranchhaus brannte kein Licht, und die einzigen Lebenszeichen zeigte Diego, der sie bellend empfing und neben ihrem Wagen herrannte, bis sie beim Haus parkte und ausstieg. »Nur keine Panik, Diego!«, begrüßte sie ihn. »Wir gehören jetzt zusammen und vertragen uns.« Er schien sie zu verstehen, zog sich leise winselnd zurück und legte sich vor seine Hütte.

Nicole wunderte sich, dass Emily anscheinend sein Bellen überhört hatte und dass im Haus kein Licht anging. »Emily? Sind Sie zu Hause?«, rief sie, bevor sie die Tür öffnete und das Haus betrat. Als sie das Licht eingeschaltet hatte, sah sie Emily stöhnend vor dem Kamin liegen. »Um Gottes willen, Emily! Was ist denn passiert?«

Sie lief zu ihr und untersuchte sie flüchtig. Emilys Puls ging zu schnell, und sie war mit dem Hinterkopf gegen den Kamin geprallt. An ihren Haaren war Blut und sickerte noch aus einer Wunde, die wahrscheinlich genäht werden musste. Sie war benommen, konnte aber klar denken. Sie schien wütend zu sein.

»Verbandszeug?«, fragte Nicole.

»Im Bad … im Wandschrank.«

Nicole lief ins Bad und holte eine Mullbinde und einen sauberen Lappen aus dem Bad. Mit etwas warmem Wasser säuberte sie die Wunde und legte zur Sicherheit einen festen Kopfverband an. Sie half Emily vom Boden hoch und setzte sie in einen Sessel, wischte das Blut vom Boden und sagte: »Ich bringe Sie in die Stadt zum Arzt. Ich glaube, die Wunde muss genäht werden.« Sie blieb neben Emily in der Hocke. »Sind Sie gestürzt? Was ist passiert, Emily?«

»Buck Hennessy war hier«, antwortete Emily zögernd, »einer von Thorntons Männern. Einer der Burschen, die er fürs Grobe verpflichtet hat. Er … er tauchte heute Morgen hier auf und wollte wissen … Er wollte wissen, ob es stimmen würde, dass ich … dass ich verkauft hätte. Als ich ihm gesagt habe, dass ich an Sie verkauft hätte, packte …« Sie begann zu weinen. »Er packte mich an den Oberarmen und schüttelte mich. Ich bin ausgerutscht und mit dem Hinterkopf gegen den Kamin geprallt. Da hat er sich aus dem Staub gemacht.«

»Buck Hennessy … ich werde mich bei Thornton über ihn beschweren. Auf jeden Fall wird er Ihre Arztrechnung übernehmen: Wenn Sie ihn verklagen, zahlt er Ihnen vielleicht sogar ein Schmerzensgeld.« Sie verstand Hennessy nicht. »Gibt es was Feigeres, als sich an einer älteren Frau zu vergreifen?«

»Es ist nicht so schlimm, Nicole. Es geht schon wieder.«

»Gar nichts geht. Ich bringe Sie in die Stadt.«

»Wenn es unbedingt sein muss …«

Nicole bat sie zu warten, bis sie Amber abgeladen und in einen der leeren Corrals gebracht hatte. Sie wollte ihre Stute vorerst von den anderen getrennt halten, damit es zu keinen ernsten Reibereien kam, wenn die Stuten die Rangordnung unter sich klärten. »Ich bin gleich zurück, Emily. Bleiben Sie ruhig sitzen, okay?«

Sie lud Amber aus dem Horse Trailer und ließ ihr etwas Zeit, sich an die neue Umgebung zu gewöhnen. Amber witterte die anderen Pferde sofort. »Hier ist unsere neue Heimat, Amber«, erklärte Nicole. »Es wird sicher einige Tage dauern, bis du dich an die anderen Tiere der Herde gewöhnt hast, aber du schaffst das, da bin ich ganz sicher. Ich bringe dich erst mal in einen der leeren Corrals. Emily ist verletzt, weißt du, und ich muss sie zum Arzt bringen.«

Amber ließ sich willig führen und drehte aufgeregt einige Runden im Corral, als Nicole den Anhänger abkoppelte und den Wagen vor die Tür fuhr. Zum Abladen war genug Zeit, wenn sie wiederkam. Sie ging ins Haus und sah Emily mit geschlossenen Augen im Sessel sitzen. »Alles klar, Emily? Können wir?«

»Wenn Sie meinen«, antwortete Emily, immer noch leicht benommen. »Dass ich's nicht vergesse, Nicole: In dem Wandschrank im Schlafzimmer hab ich eine Schrotflinte, einen Revolver und reichlich Munition liegen. Die Ranch liegt einsam, und es kann Einiges passieren. Hier draußen haben alle Waffen.«

Nicole erschrak. »Aber ich kann nicht schießen.«

»Mit der Schrotflinte treffen Sie immer.«

Nicole half der Patientin in den Wagen und half ihr, sich anzuschnallen. Dann stieg sie selbst ein und lenkte den Wagen auf die Schotterstraße hinaus. Im zügigen Tempo fuhr sie in die Stadt zurück. Einmal hatte sie das Gefühl, von einem Reiter beobachtet zu werden, aber sie konnte sich auch geirrt haben.

»Haben Sie einen bestimmten Arzt, Emily?«

»Doc Miller … in Wind River gibt es nur einen.«

Sie parkte vor seinem Haus und half Emily in die Praxis. Doc Miller war ein umgänglicher Mann mit Halbglatze und altmodischer Brille und nickte anerkennend, als er den Kopfverband erblickte. »Das haben Sie gut gemacht, Ma'am.«

Er nähte die Wunde und wandte sich dann an Nicole. »Ich würde Emily gern zur Beobachtung hierbehalten. Sie hat nur eine leichte Gehirnerschütterung, nichts Schlimmes, aber ich gehe lieber auf Nummer sicher und hätte sie gern in meiner Nähe. Könnten Sie morgen früh vorbeikommen und sie holen?«

»Sicher«, antwortete Nicole.

»Sie haben Emilys Ranch gekauft, nicht wahr?«

Sie lächelte. »Ich bin eine Pferdenärrin.«

Der Arzt nickte bedächtig. »Dann wünsche ich Ihnen viel Glück, Ma'am.«

18

Auf Cody wartete Nicole an ihrem ersten Abend auf der Ranch vergeblich. Sie blieb allein mit ihren neuen Pferden und Diego, der erst Ruhe gab, als sie ihm sein Futter brachte. Es war ungewöhnlich still. Außer dem gelegentlichen Schnauben eines Pferdes und dem Rauschen des Windes war kaum ein Laut zu hören. Als sie vor dem Schlafengehen vor die Tür trat und zum sternenübersäten Himmel emporblickte, war sie von einem seltsamen Gefühl der Einsamkeit erfüllt, das durch das Heulen eines einsamen Wolfes noch verstärkt wurde.

Wie versprochen, fuhr Nicole frühmorgens nach Wind River und holte Emily ab. Es ging ihr wesentlich besser, bestätigte auch Doc Miller, nur das weiße Pflaster auf ihrem Hinterkopf erinnerte noch an ihren Sturz. Als Nicole das Haus des Arztes betrat, saß Emily am Frühstückstisch der Familie, trank heiße Schokolade und knabberte an einem Croissant. »Emily! Wie geht es Ihnen?«

Emily wirkte schon wieder zuversichtlicher. »Da muss schon ein anderer kommen als dieser Buck Hennessy, um mich kleinzukriegen. Wenn wir noch im Wilden Westen leben würden, hätte ich ihn wahrscheinlich erschossen.«

»Ich werde dafür sorgen, dass er Ihre Arztrechnung bezahlt.«

Doc Miller bot Nicole einen Kaffee an, den sie dankend annahm, und berichtete ihr, dass Emily zwar benommen gewesen sei, aber keine Gehirnerschütterung erlitten habe.

»Aber ich würde es in den nächsten Tagen etwas langsamer angehen lassen«, empfahl er seiner Patientin. »Legen Sie öfter ein paar Pausen ein.«

Nach dem Frühstück brachen Nicole und Emily auf. Die Sonne leuchtete über den Bäumen am Straßenrand und versprach einen angenehmen Sommertag. Unterwegs begegneten sie keinem einzigen Menschen, nur einem Hund, einem Herumtreiber, der wohl von einer Farm davongelaufen war. Nicole war die Strecke jetzt schon so oft gefahren, dass sie keine Wegweiser mehr brauchte. In Zukunft würde sie noch unzählige Male nach Wind River fahren.

»Nehmen Sie sich vor diesem Buck Hennessy in Acht«, warnte Emily. »Er und drei andere Männer sind erst seit ein paar Monaten bei Thornton und sollen die grobe Arbeit für ihn verrichten. Leute einschüchtern, die ihm unbequem werden könnten, unliebsame Gegner verjagen … Ich glaube, um seinen Besitz zu erhalten oder zu vergrößern, würde er alles tun. Zum Glück gibt es noch anständige Männer auf der Double D, die ihn im Zaum halten, so wie Cody.«

»Wie haben Sie es geschafft, ihm standzuhalten?«

Emily blickte einige Zeit aus dem Fenster. »Ich musste mich lange genug ohne Mann durchschlagen, so schnell zwingt man mich nicht in die Knie. Thornton hat es mit Zuckerbrot und Peitsche versucht, mir das Doppelte und Dreifache von dem geboten, was ich von Ihnen verlangt habe, und er hat mir gedroht, er würde mich fertigmachen, wenn ich nicht verschwinden würde.«

»Aber Sie haben durchgehalten.«

»Ihnen wird das auch gelingen. Er ist zwar ein Macho, scheucht seine Haushälterin wie eine Sklavin rum, und ich wette, er besucht leichte Mädchen, wenn er aus angeblich geschäftlichen Gründen nach Cheyenne oder Lander fährt. Aber bei selbstbewussten Frauen wie Ihnen wird er unsicher, vor allem, wenn sie noch jung und hübsch sind. Geben Sie ihm ordentlich Contra, Nicole!«

»Sie hätten die Ranch gern behalten, was?«

»Dazu hätte ich aber einen Kredit gebraucht. Leider war sein Einfluss bei den Banken so groß, dass man ihn mir verweigert hat. Ich bin nicht böse. Man sollte aufhören, wenn einem beim Aufstehen alles wehtut, außerdem war ich lange genug im Geschäft. Mit dem Geld, das ich von Ihnen bekomme, mach ich mir einen schönen Lebensabend mit meiner Schwester. Den hab ich mir verdient.«

»Keine Wehmut?«

»Ein bisschen, aber ich werde der Ranch nicht nachweinen. Ich hatte eine gute Zeit hier und hab die Arbeit getan, die mir Spaß macht. Die Pferde waren mein Leben. Jetzt beginnt ein neuer Lebensabschnitt, auf den ich mich genauso freue. Meiner Schwester und mir wird nicht langweilig, das ist mal sicher.«

»Und wenn Thornton Ihnen denn Kredit gegeben hätte?«

»Wäre ich vielleicht noch zwei, drei Jahre geblieben, aber ehrlich gesagt, bin ich nicht sicher, ob ich auf die Dauer durchgehalten hätte. Ich glaube, ich werde Thornton noch mal dankbar sein, dass er meinen Kredit blockiert hat. Ich hab genug.«

»Kannten Sie Thornton von früher?«

»Wie kommen Sie denn darauf?«

»Sie scheinen relativ sicher gewesen zu sein, dass er nicht zu härteren Mitteln greift, um Sie loszuwerden«, sagte Nicole. »Er hätte Ihre Scheunen abfackeln, seine Anwälte auf Sie hetzen oder irgendeine andere Gemeinheit begehen können. Sie sind die einzige Person, die sich in seiner Nähe gehalten hat.«

»Jetzt muss ich's Ihnen wohl doch sagen … Ich hatte mal ein Verhältnis mit ihm.«

Nicole blickte sie mit großen Augen an. »Wie bitte?«

»Ist schon ein paar Jahre her«, erwiderte Emily. Sie schien erleichtert zu sein, ihr Geheimnis endlich lüften zu können. »Niemand in der Stadt oder auf seiner Ranch weiß davon. Ich wohnte damals in Montana und lief ihm während eines Rodeos über den Weg. Er war bereits ein erfolgreicher Rancher, und ich sah genauso so aus, wie einen die Männer haben wollen.« Sie lächelte. »Ist schon sehr lange her. Wir blieben das ganze Wochenende zusammen und versäumten sogar das Bullenreiten, so sehr waren wir miteinander beschäftigt.«

»Und? Hat er sich daran erinnert?«

»Sofort«, antwortete Emily, »aber ich bin nicht mehr so attraktiv wie damals, und er hatte sich zum Stinkstiel entwickelt. Nun gut, vielleicht hat es ihn davon abgehalten, schärfere Geschütze gegen mich aufzufahren, da haben Sie recht.«

»Was soll's«, sagte Nicole. »Schnee von gestern.«

Sie hatten die Ranch erreicht und wurden von Diego begrüßt. »Ich würde ihn ja mitnehmen«, sagte Emily,

»aber wir haben zu wenig Platz in Billings, das würde ihm nicht gefallen. Vielleicht komme ich Sie mal besuchen, Nicole.«

»Ich würde mich freuen, Emily, das habe ich Ihnen schon gesagt.«

Nachdem Emily gegangen war, stellte Nicole ihrem Hund das Fressen hin und ging zum Corral. Amber schien schon auf sie gewartet zu haben und stupste sie mehrfach an, als sie zu ihr kam. »Na, hast du dich schon ein wenig mit den anderen Pferden angefreundet?«, fragte sie. Amber schnaubte unruhig. »Ah, verstehe. Du willst, dass ich dir endlich den Sattel auflege. Genau das habe ich vor, meine Liebe. Und dann machen wir uns an die Arbeit, okay?«

Im Sattel von Amber fühlte sich Nicole beinahe wohler als auf ihren eigenen Beinen. Sie ritt aus dem Corral, beugte sich aus dem Sattel, öffnete das Tor des benachbarten Corrals und trieb die Pferde hinaus. »Heya! Heya!«, feuerte sie die Tiere an, die bereitwillig die Koppel verließen und mit trommelnden Hufen auf die Weide galoppierten. »Heya! Da draußen gibt es frisches Gras!«

Es machte Spaß, die Pferde zu treiben. Noch fehlte ihr die Lockerheit eines Cowgirls, und ein Lariat hatten sie auf der Horse Farm in New York State nie benutzt, aber sie verstand es, auf der Höhe mit der Herde zu bleiben und die Tiere so zu bedrängen, dass sie dicht zusammenblieben. Nicht unbedingt nötig auf der offenen Weide, aber eine gute Übung. Sie mochte es, wenn ihr der Wind ins Gesicht blies, die Pferde mit ihren Hufen den Dreck aufwirbelten und befreit schnaubten, wenn sie jede Bewegung ihrer Stute mitmachte und den Geschmack von Freiheit und Abenteuer auf den Lippen hatte. Ein Traum ging in Erfüllung.

Während die Pferde an dem saftigen Gras zupften, blieb Nicole im Sattel und ließ auch Amber in Ruhe grasen. Die Stute mochte es anscheinend lieber als das Kraftfutter, das sie während der langen Fahrt bekommen hatte, und wollte gar nicht mehr aufhören. Nicole machte es sich bequem und betrachtete ihre Herde, musterte jedes einzelne Tier und suchte nach ihren Stärken und Schwächen. Nach einiger Zeit hatte sie bereits eine ungefähre Vorstellung davon, welche Stuten für eine Zucht infrage kamen, um guten Profit zu erzielen.

Nach ungefähr einer Stunde ließ sie die Pferde allein und ritt die Grenzen ihres Landes ab. Ein Großrancher wie Thornton hätte ihren Besitz wohl eher eine Farm genannt, weil er so klein war, aber sie war stolz, dieses Stück Land erworben zu haben und darauf eine neue Zukunft aufbauen zu können. Ein Königreich, wie Thornton es besaß, hätte ihr nicht gefallen. Man brauchte unzählige Cowboys und Angestellte, um einen so riesigen Betrieb in Gang zu halten, und ihr war schon die Größe ihrer Horse Farm unheimlich gewesen. Sie behielt gern die Übersicht und wollte direkt an der Arbeit beteiligt sein, selbst mit anpacken, wenn es darum ging, Pferde einzufangen, zu pflegen und Zäune auszubessern.

Unterwegs begegnete ihr niemand. Das Regierungsland, das sich zwischen ihrem und Thorntons Besitz erstreckte, lag verlassen unter der Sonne, und auch an Thorntons Zaun war niemand zu sehen. Ihr war klar, dass sie sich irgendwann bei dem Rancher vorstellen musste, wie es unter neuen Nachbarn üblich war, aber sie wollte die Begegnung noch etwas hinausschieben, um sich nicht die Laune zu verderben. Zuerst einmal ging es darum, ihre Ranch einzurichten.

Sie ritt zum Ranchhaus zurück und machte sich an die Arbeit. Sie räumte die Lebensmittel in die Vorratskammer und den Kühlschrank, schleppte den neuen Computer in ihr kleines Büro und sank nach einer Stunde erschöpft in einen Sessel. Sie ärgerte sich, keine neue Kaffeemaschine mit mehr Wahlmöglichkeiten gekauft zu haben. Das wollte sie so bald wie möglich nachholen und sich bei der Gelegenheit auch eine große Pfanne kaufen, denn die alte war kaum noch zu gebrauchen. Sicher würde sie auch noch ein paar andere Dinge brauchen.

Noch wichtiger war, einen Pick-up-Truck zu kaufen. Ohne einen Kleinlaster, mit dem man Futter, Geräte und alles Mögliche transportieren konnte, kam man auf keiner Ranch aus. Sie schrieb »Pick-up« auf einen Merkzettel in der Küche und beschloss, sich erst mal eine heiße Dusche zu gönnen, als Motorengeräusch erklang und zwei Pickups vor dem Ranchhaus hielten, einer mit einem Pferdeanhänger.

Sie lief nach draußen und begrüßte Wally Denton und seinen Enkel. Der Oldtimer stöhnte, als er sich aus seinem Wagen quälte. Chris Morgan, ein hochaufgeschossener Junge mit sandblonden Haaren, war gelenkiger und sprühte vor guter Laune. Er hatte die krummen Beine eines Cowboys – ein gutes Zeichen.

»Wally! Chris! Schön, dass ihr kommt!«, rief Nicole.

»Und gerade rechtzeitig. Ich hab meine Einkäufe alle eingeräumt, und der Kaffee ist heiß.«

Wie jeder gute Cowboy kümmerte sich Wally zuerst um sein Pferd. Er lud es aus dem Horse Trailer und führte es in den kleineren Corral, in dem auch Amber gewesen war. Es war munterer als sein Besitzer und etwas nervös.

Nicole zeigte dem Oldtimer die Sattelkammer in einer der beiden Horse Barns. »Chris kann sich ein Pferd aussuchen.« Sie blickte den Jungen an. »Wie sieht's mit deinen Reitkünsten aus? Schon mal auf einem Pferd gesessen?«

»Die ganze letzte Woche« erwiderte er und hielt sich seinen Hintern. »Grandpa hat mich ganz schön rumgescheucht. Er sagt, wenn er aus mir noch einen Cowboy machen soll, dann müsste ich mich ranhalten. Er wäre schon geritten, als er noch ein Baby war, und wüsste kaum noch, wie man läuft.«

»Aber handwerklich bist du fit?«

»Ich hab in einer Schreinerei und einer Werkstatt gearbeitet.«

»Das trifft sich gut«, freute sich Nicole. »Es gibt Einiges auszubessern im Haus, im Bunkhouse und an den Scheunen, und irgendwann müssen wir uns an den Weidezaun machen. Du hast in einer Autowerkstatt gearbeitet?«

»Ja, Ma'am. Mit Autos kenne ich mich aus.«

»Dann kommst du morgen früh mit mir nach Lander und hilfst mir dabei, einen neuen Pick-up-Truck zu kaufen.« Sie leerte ihren Becher. »Okay, ein paar Worte über die Ranch, dann zeige ich euch das Bunkhouse. Du kannst dich schon häuslich einrichten, Chris. Ich reite mit deinem Grandpa auf die Weide und zeige ihm unsere Herde. Fünfzig Tiere, Wally, darauf lässt sich aufbauen.«

Chris war bereits damit beschäftigt, sein Gepäck und den Seesack seines Großvaters ins Bunkhouse zu bringen, als Nicole mit dem Oldtimer auf die Veranda vor dem Eingang trat und sich auf das Geländer stützte. Auch das musste dringend gestrichen werden, mit dem Haus konnten sie noch warten.

»Wenn ihr den Pick-up kauft, könntet ihr noch etwas Farbe mitbringen, dann könnte Chris schon mal das Geländer streichen. Was dagegen, wenn ich mit Chris jeden Morgen in den Corral gehe und ihm Reitunterricht gebe? Vor dem Frühstück, versteht sich, damit nichts von seiner Arbeitszeit verloren geht.«

»Eine gute Idee. Je schneller er reiten kann, desto besser.«

»Wenn mir was einfällt, was Sie noch besorgen könnten, schreib ich's auf. Ich war auf so vielen Ranches, da weiß man, was gebraucht wird. Neue Lariats zum Beispiel, die in der Sattelkammer sehen etwas zerfleddert aus. Die kaufe ich, wenn ich mal Zeit habe.«

Nicole gefiel, wie sich der Oldtimer einbrachte. Der neue Job hatte anscheinend seinen Enthusiasmus geweckt. Sie hatte richtig gehandelt, als sie sich für ihn entschieden hatte. Er besaß jahrzehntelange Erfahrung als Cowboy und war sicher unbezahlbar, wenn es um wichtige Entscheidungen ging. Und er kannte sich wahrscheinlich noch besser mit Pferden aus als sie. Eigentlich brauchte jede Ranch einen solchen Oldtimer, der vielleicht nicht mehr so schnell reiten konnte wie ein junger Mann und länger brauchte, um vom Pferd zu steigen, sich aber so viel praktisches Wissen angeeignet hatte, dass er unbezahlbar war.

Der Nachmittag verging wie im Fluge. Die Sonne stand bereits tief über den Bergen, als Wally und sie die Pferde in den Corral zurücktrieben und das Tor schlossen. Wally saß genauso locker im Sattel wie in Dodge City, bewegte sich erstaunlich schnell, wenn es darum ging, ein Pferd zur Herde zurückzutreiben, und ließ kaum erkennen, wie viele Jahre er schon auf dem Buckel hatte. »Sehen Sie sich dieses Goldstück an!«, rief er begeistert, als er eine braune Stute mit seinem Rope zurücktrieb. »Mit der lässt sich Einiges anfangen. Wenn Sie den richtigen Hengst erwischen, könnten Sie mit den Fohlen allerhand verdienen.«

»Die hatte ich mir auch schon ausgesucht«, rief Nicole zurück. »Bei der stimmen die Proportionen, und die Vorderbeine sind lang und kräftig. Das ist Angel.«

»Sie kennen schon alle Namen?«

»Emily hat ihn mir verraten. Sie hat mir die Ranch verkauft.«

»Und Thornton? Meinen Sie, er macht uns Ärger?«

»Kann schon sein«, musste sie zugeben, »aber damit werde ich fertig. Ich kenne Männer wie ihn und weiß, wie man sie anfassen muss. Sich ducken und vor Angst jammern bringt bei so einem nichts. Man muss ihm Contra geben.«

»Sieht so aus, als hätten Sie gleich Gelegenheit dazu.« Wally deutete auf einen Reiter, der vor ihrem Haus im Sattel saß und auf sie zu warten schien.

»Gehen Sie zu Chris ins Bunkhouse«, sagte sie zu Wally, nachdem sie die Pferde in den Corral gebracht hatten. »Ich komme schon allein zurecht.«

Sie ritt dem Fremden entgegen und zügelte ihre Stute. Um auf gleicher Höhe mit ihm reden zu können, blieb sie im Sattel sitzen und ließ einigen Raum zwischen ihnen.

»Buck Hennessy, nehme ich an«, begrüßte sie ihn.

»Sie haben sich über mich erkundigt?«

»Ihr Ruf eilt Ihnen voraus«, sagte sie. »Sie haben Emily Thompson etwas zu hart angefasst und können froh sein, dass es bei einer Platzwunde am Hinterkopf geblieben ist, sonst säßen Sie jetzt schon hinter Gittern. Sie hätten sich wenigstens um sie kümmern und sie zu einem Arzt bringen können, wenn Sie eine ältere Frau in dem Alter so grob anfassen, oder ist das zu viel verlangt?«

»Sie ist gestolpert, das war alles.«

»Mir hat sie was anderes erzählt.«

»Dann hat sie gelogen. Ich hab ihr lediglich gesagt, dass es Mister Thornton gerne sehen würde, wenn sie ihre Ranch nicht an eine Fremde verkaufen würde. Er würde es lieber sehen, wenn sie sich zusammentun würden. Der Betrag, den er ihr geboten hat, war wesentlich höher als der, den Sie ihr bezahlt haben.«

»Thornton wollte das Land für sich haben.«

»Für einen guten Preis.«

»Und was wollen Sie von mir?«

Buck Hennessy war ein grimmiger Bursche, der wohl schon durch seine Art, sich zu geben und zu kleiden, zeigen wollte, dass mit ihm nicht gut Kirschen essen war. Seine Jeans, das Hemd, die Lederjacke und die Stiefel waren schwarz, wie er es sich wohl in einem Westernfilm abgeguckt hatte; seinen breitkrempigen Hut hatte er in den Nacken geschoben. Sein Gesicht war kantig und streng, seine Zähne schlecht, und in seinen Augen glomm ständig ein arrogantes Lächeln. Ein Schurke aus einem längst vergangenen Jahrhundert.

»Mister Thornton bittet Sie, ihn auf seiner Ranch zu besuchen«, sagte er.

»Das hatte ich sowieso vor.«

»Jetzt gleich.«

»Das geht leider nicht«, erwiderte sie. »Ich bin gerade erst eingezogen und habe noch Einiges zu tun. Morgen passt es leider auch schlecht. Sagen Sie ihm, ich würde übermorgen bei ihm vorbeikommen.«

»Mister Thornton ist es nicht gewohnt, dass man ihn warten lässt.«

»Er hat doch sicher noch andere wichtige Termine.« Nicole gab sich betont gleichgültig. »Da macht es doch wenig Unterschied, an welchem Tag ich komme. Richten Sie ihm bitte meine besten Grüße aus, Mister Hennessy.«

»Treiben Sie es nicht zu weit!«, warnte er sie.

»Es war mir ein Vergnügen, Mister Hennessy«, sagte sie, »aber jetzt muss ich leider wieder an die Arbeit. Sie haben doch hoffentlich nichts dagegen?«

Er brummte etwas Unverständliches und ritt davon.

19

Als Nicole von ihrem morgendlichen Ausritt zurückkehrte, saß Cody auf der Bank neben dem Eingang und wartete auf sie. Wally hatte die Pferde auf die Weide getrieben und wollte einige Zeit bei ihnen bleiben, um sie an sich zu gewöhnen. Chris war in der Sattelkammer und reparierte die losen Haken und Regale. Zum Frühstück, Rührei mit Speck und Toast, hatten sie sich im Wohnraum des Ranchhauses getroffen. »Bei uns essen Chefin und Cowboys zusammen«, hatte sie angekündigt. »Ich bin eine lausige Köchin, aber ich bin sicher, wir finden jemanden, der auch was anderes zum Frühstück servieren kann.«

»Howdy«, grüßte Cody. Er wartete, bis sie Amber abgesattelt und den Sattel über eine der Corralstangen gewuchtet hatte. Diego beobachtete ihn knurrend, blieb aber vor seiner Hütte stehen. »Tut mir leid, wenn ich so früh störe.«

»Du störst nicht, das weißt du doch.« Sie umarmte ihn flüchtig und küsste ihn auf die Wange, wobei sie immer noch das Gefühl hatte, dass er ihr etwas vorenthielt. »Komm rein, der Kaffee müsste noch heiß sein. Hast du schon gefrühstückt?«

»Vor zwei Stunden. Wir fangen früh an auf der Double D.«

Im Wohnraum schenkte sie zwei Becher ein, und sie erwartete eigentlich, von ihm umarmt und geküsst zu werden, aber er blieb seltsam reserviert und setzte sich gleich. »Ich hab gehört, Buck Hennessy war gestern Abend noch hier.«

»Ein ungehobelter Bursche. Er hat Emily so hart angepackt, dass sie gegen den Kamin fiel und von Glück sagen kann, dass ich sie gefunden habe. Er hielt es nicht mal für nötig, sie zu einem Arzt zu bringen. Mich hat er auch bedroht.«

Cody beugte sich nach vorn. »Hat er dir was getan?«

»Er hat sich wie ein Revolvermann in einem Westernfilm aufgeführt und wollte, dass ich mit ihm komme und mit Thornton rede. Klar will ich mit Thornton reden, aber nicht sofort. Ich hab ihm gesagt, ich würde übermorgen kommen.«

Cody trank von seinem Kaffee. Er war sicher nicht so stark wie der, den er von der Double D gewohnt war, aber er ließ sich nichts anmerken. »Thornton war sehr wütend«, sagte er. »Um ehrlich zu sein, er ist beinahe ausgerastet.«

»Weil er ein jähzorniger Macho ist.«

»Und ein Egoist, aber wir werden ihn nicht mehr ändern.«

Sie blickte ihn prüfend an. »Bist du gekommen, um mich umzustimmen? Das kannst du vergessen! Ich lasse mir nichts von diesem Mann gefallen. Mir ein Raubein wie diesen Hennessy zu schicken, ist eine bodenlose Frechheit.«

»Ich würde Thornton nicht provozieren, Nicole. Er ist ein mächtiger Mann, der es nicht ertragen kann, wenn man ihn nicht respektiert. Du wärst nicht die erste Frau, die er niedermacht. Die Frau eines Politikers, die ständig gegen ihn stichelte, hat er so lange schlechtgemacht, bis sie sich von ihrem Mann getrennt hat und nach Texas zurückgegangen ist. Sein Einfluss reicht bis in die Regierungskreise in Cheyenne hinein; manche sagen, sogar bis Washington.«

»Auf welcher Seite stehst du, Cody?« Sie war nicht mehr sicher.

»Ich liebe dich, Nicole.«

»Ich liebe dich auch. Aber?«

»Aber ich bin Vormann der Double D Ranch und muss das tun, was mein Boss von mir verlangt. Nein, ich versuche nicht, dich zu überreden, ihm zu gehorchen und einen Hofknicks vor ihm zu machen. Und ich hab ihm auch gesagt, dass ich niemals versuchen würde, dich von deinem Land zu vertreiben. Ich bin Cowboy und soll mich um Pferde und Rinder kümmern. Er hat einen Anfall bekommen und gesagt, wenn ich mich schon mit einer …« Er zögerte kurz. »… mit einer Lady von der Ostküste einlassen würde, sollte ich die Beziehung gefälligst ausnützen, um ihm einen Vorteil zu verschaffen. ›Ich kann nicht zulassen, dass sich solch eine … eine Dame gegen die Double D stellt‹, meinte er.«

»Aber mit mir reden wolltest du schon.«

»Nur um dich zu warnen, Nicole. Thornton kennt keine Verwandten, wenn er wütend ist, und es ist manchmal besser, ihm etwas entgegenzukommen.«

»Ich kann genauso stur sein wie er.«

»Das weiß ich auch. Trotzdem … uns zuliebe.«

Nicole blickte nachdenklich in ihren Kaffee. Nur schemenhaft war ihr Spiegelbild zu erkennen. »Warum lässt du dir das alles gefallen, Cody? Warum kündigst du nicht einfach und fängst auf einer anderen Ranch an? Du würdest doch überall einen Job bekommen. Oder wir bauen uns zusammen was auf.«

»Ich kann nicht, Nicole.«

»Weil du deinen Vertrag nicht kündigen kannst, bevor du deine Schulden zurückgezahlt hast? Wie lange wird das dauern, Cody? Warum besteht er darauf, dass du so lange für ihn arbeitest? Wofür will er dich büßen lassen?«

»Wer für die Double D arbeitet, verschreibt sich ihr mit Haut und Haaren«, erwiderte Cody. »Es ist beinahe so wie in dieser Fernsehserie, in der ein Rancher seinen Cowboys das Brandzeichen in die Haut brennt, damit sie ihm nicht weglaufen und irgendwelche Geheimnisse ausplaudern. Oder bei der Mafia, die man nur als toter Mann verlassen kann. Vielleicht nicht ganz so schlimm, aber schlimm genug. Und eine schwache Stelle, mit der man ihn zur Not erpressen kann, hat jeder. Selbst Politiker hat Thornton auf diese Weise in der Hand.«

»Und bei dir sind es die Schulden.«

»Leider.«

»Nur die Schulden?«

Cody antwortete nicht, aber seine Miene sprach Bände.

»Was verschweigst du mir, Cody? Wenn etwas aus uns beiden werden soll, dürfen wir keine Geheimnisse voreinander haben. Warum hast du Schulden bei Thornton? Was hat er noch alles gegen dich in der Hand? Hab Vertrauen zu mir, Cody! Ich bin doch auf deiner Seite. Sag mir, was dich bedrückt.«

»Nicht jetzt, Nicole.«

Sie wusste, dass sie ihn nicht zwingen konnte. »Okay, dann eben später, in ein paar Tagen oder meinetwegen auch in ein paar Wochen.« Sie stand auf und setzte sich zu ihm, legte einen Arm um seine Schultern und rückte so nahe zu ihm, dass er nervös wurde. »Ich möchte nur, dass wir ehrlich zueinander sind.«

»Das möchte ich auch.«

»Wenn du etwas getan hast, was Thornton gegen dich verwenden kann, dann war es bestimmt nichts Gesetzwidriges. Dazu bist du ein viel zu guter Mensch, Cody.« Sie küsste ihn sanft auf den Mund und vergaß für einen Moment alles, was störend zwischen ihnen stand. »Ich liebe dich, Cody. Ich liebe dich wirklich.«

Er löste sich widerstrebend von ihr. »Ich muss gehen, Nicole. Ich bin schon zu lange hier. Meine Männer spuren nicht, wenn ich nicht in ihrer Nähe bin.«

»Sag deinem Boss, dass ich morgen vorbeikomme.«

»Wir sehen uns, Nicole.«

Sie begleitete ihn nach draußen und wartete, bis er auf sein Pferd gestiegen und davongeritten war. Ein wunderbarer Mann mit Problemen, die ihm wahrscheinlich mehr zu schaffen machten, als er sich eingestehen wollte. Was war dieser Thornton für ein Rancher, der seine Angestellten wie Untertanen behandelte und von ihnen Vasallentreue einforderte? Der seinem Vormann einen Knebelvertrag aufgezwungen hatte, um ihn jederzeit in der Hand zu haben? Solche Methoden wären selbst im Wilden Westen verpönt gewesen.

Sie sah Wally von der Weide zurückkommen und wartete auf ihn.

»Wer war das?«, fragte er. »Wieder einer von der Double D?«

»Cody Fletcher, der Vormann.«

»Wollte er Sie vertreiben? Ist er frech geworden?«

Nicole lächelte. »Cody und ich, wir mögen uns. Als wir uns zum ersten Mal trafen, wusste ich noch nicht, dass er für Thornton arbeitet und wir mal Nachbarn werden würden. Er wollte wissen, was Buck Hennessy von mir gewollt hatte.«

»Das kann er sich doch denken.«

»Er macht sich bei Thornton für uns stark. Er würde niemals zulassen, dass sein Boss mir irgendwelchen Schaden zufügt. Alles klar bei den Pferden?«

Im Sattel wirkte der Oldtimer beweglicher als auf dem Boden. »Eine gute Herde. Außer Angel gibt es noch zwei oder drei Stuten, die für eine Besamung infrage kämen. Immer vorausgesetzt, wir finden den passenden Hengst.«

»Alles zu seiner Zeit, Wally. Was dagegen, wenn Sie sich heute Mittag eine Dose Chili con Carne aufmachen? Ich will mit Chris los und den neuen Pick-up kaufen. Sie könnten inzwischen den Weidezaun abreiten und die Stellen, die repariert werden müssen, mit Ihrem Smartphone fotografieren und notieren.«

»Aye, Chefin. Bringen Sie mir etwas Kautabak mit?«

»Sie kauen?«

»Nur wenn ich nervös bin und nie, wenn Ladys in der Nähe sind«, beruhigte er sie. Er blieb im Sattel sitzen, fühlte sich dort wohler. »Weiße Farbe wäre auch nicht schlecht, dann könnten wir die Bank vor dem Haus neu streichen.«

Wenige Minuten später war sie mit Chris unterwegs. Er gehörte zu den seltenen jungen Leuten, die nicht ständig auf ihr Smartphone starrten und sich stattdessen lieber unterhielten. »Mit den Reparaturen in der Sattelkammer bin ich durch«, sagte er. »Da gab's nur ein paar Schrauben nachzuziehen. Aber ich bin mal die Scheunen durchgegangen, da müssten wir Einiges ausbessern.«

»Daran könntest du dich morgen machen. Auf dem Rückweg nehmen wir einen Stapel Bretter mit, dann kannst du schon mal anfangen. Im Sommer können wir die Pferde draußen lassen, wenn es nicht gerade stürmt oder regnet, aber sobald es kühler wird, gehören sie in die Horse Barn.« Sie wich einem Pick-up aus, dem ersten Wagen, der ihr auf dieser Straße entgegenkam. »Was machen deine Reitkünste? Meinst du, du bist in ein paar Wochen soweit?«

»Wally ist ein guter Lehrer, das schaffe ich bestimmt.«

»Wichtig ist, das Vertrauen deines Pferdes zu gewinnen«, erklärte sie. »Wenn es spürt, dass es sich auf dich verlassen kann, bist du auf dem richtigen Weg. Pferde sind sensibel, auch wenn es manchmal nicht so aussieht. Und ein Cowboy, der etwas auf sich hält, liebt es genauso sehr wie seine Freundin.«

Er grinste. »Nicht wirklich, oder?«

»Natürlich nicht … Obwohl, bei manchen Männern bin ich mir nicht sicher.«

Sie fuhren ohne anzuhalten durch Wind River und auf die Straße nach Lander. Nicole hätte Lizzy im Wild Rose Cafe gerne Hallo gesagt, wollte aber keine Zeit verlieren. Sie hatte im Internet recherchiert und einen Gebrauchtwagenhändler gefunden, der einen zuverlässigen Eindruck machte, zahlreiche Pick-ups auf seinem Hof stehen hatte und annehmbare Preise zu fordern schien. Wie viel Vorsicht angebracht schien, merkten sie aber schon beim ersten Pick-up, den Chris unter die Lupe nahm: Die Abgasanlage funktionierte kaum noch. Chris informierte den Händler, der natürlich gleich zur Stelle war und sich ertappt sah. »Oh, das habe ich doch glatt übersehen. Sorry!«

Die restlichen Pick-ups, die Chris prüfte, waren besser in Schuss. Nicole verließ sich ganz auf sein Urteil und nickte nur, als er einen Wagen fand, der erst wenige Meilen auf dem Tacho hatte und sogar über GPS verfügte.

»Könnten wir mit dem mal Probe fahren?«, fragte Chris.

Der Händler war einverstanden, sie fuhren einmal um den Block und waren beide zufrieden. »Der ist okay«, sagte Chris zu dem Händler, als sie ausstiegen, »aber zu teuer. Wie wär's, wenn Sie runde zweitausend Dollar runtergehen würden?«

»Aber dann verdiene ich nichts mehr daran.«

»Sie verdienen noch genug«, erwiderte Chris grinsend.

»Also gut, anscheinend sind Sie vom Fach.«

Nach dem Kauf gingen sie in einem Schnellrestaurant essen. Chris freute sich über das Lob, das er von Nicole erhielt, und verschlang einen Doppelcheeseburger mit Pommes frites. Eine große Cola nahm er in den neuen Pick-up mit. Nicole gab ihm einen Fünfzig-Dollar-Schein als Bonus und sagte: »Bring den Pick-up auf die Ranch, ich geh noch auf die Bank und komme später nach.«

Der Junge fuhr freudestrahlend davon, und Nicole regelte einige Dinge mit der Filiale der Bank, die sie in Cheyenne aufgesucht hatte. Als sie über den Parkplatz zu ihrem Wagen lief, fuhr ein Camper auf der angrenzenden Straße vorbei. Sie blieb erstaunt stehen. Konnten das Lucy und P.J. sein? In Wyoming gab es sicher über hundert andere

Camper, die so aussahen wie dieser, aber sie hatte das untrügliche Gefühl, die beiden in dem Wagen zu sehen. »Hey!«, rief sie und rannte in Richtung Straße, doch da war der Camper schon vorbeigefahren. Sie hätte sich das Nummernschild merken sollen, aber warum? Lucy und P.J. hatten nichts getan, und es stand ihnen frei, mit ihrem Camper durch Lander zu fahren.

Sie stieg in ihren Wagen und fuhr zum nächsten Supermarkt. Zu ihrer Überraschung stellte sie fest, dass der halbe Parkplatz für ein Chili Cook-off gesperrt war. Die Werbeaktion einer Gewürzfirma, die das beste Chili eines Amateurkochs auszeichnen würde. Ihr kam eine Idee. Obwohl sie bereits ein Sandwich verspeist hatte, parkte sie und ließ sich mehrere Minibecher mit einer Kostprobe reichen. Die Chilis schmeckten alle gut, aber eines gefiel ihr besonders. Es war würziger als die anderen, und die Bohnen kamen nicht aus der Dose.

Der Koch war ein zerstreuter Bursche, spindeldürr und mit einem dunklen Haarschopf, den er nicht in den Griff zu bekommen schien. Er trug einen Overall mit der Aufschrift *Chef Daniel*. Er war wirklich sehr mager für einen Mann, der gutes Essen liebte.

»Daniel?«, sprach sie ihn an. »Ihr Chili schmeckte köstlich!«

»Das Rezept hab ich meiner Oma geklaut«, sagte er.

»Können Sie auch was anderes kochen?«

»Kochen ist meine Leidenschaft, Ma'am.«

»Arbeiten Sie in einem Restaurant?«

»Hier dürfen nur Amateure ran. Ich bin eigentlich Buchhalter.«

»Wären Sie gern Koch *und* Buchhalter?«

Er blickte sie forschend an. »So was gibt's?«

»Auf meiner neuen Ranch, ungefähr eine Dreiviertelstunde von hier bei Wind River. Sie könnten im Bunkhouse bei den Cowboys wohnen. Kommen Sie raus zu uns, sehen Sie sich die Ranch an. Kochen Sie am Wochenende für uns. Wenn es meinen Leuten schmeckt, haben Sie den Job. Einverstanden?«

»Sicher.« Er fühlte sich offenbar geschmeichelt durch ihr Lob und das Angebot. »Sehr gerne, Ma'am.«

Sie besiegelten die Abmachung mit einem Handschlag, und Nicole bekam eine volle Portion mit, obwohl sie längst satt war. »Ich drücke Ihnen die Daumen. Ich hab einige Chilis probiert und bin sicher, dass Sie gewinnen, Daniel.«

Sie kaufte ein paar Dinge, die sie bei ihrem ersten Einkauf vergessen hatte, und den Kautabak für Wally, außerdem einen neuen Krimi, diesmal von William Kent Krueger, von dem sie schon mehrere Romane gelesen hatte. Sie stand bereits an der Kasse und zahlte, als – ja, er war es wirklich! – P.J. über die Absperrung an einer unbesetzten Kasse sprang und nach draußen rannte. Ein Security-Beamter folgte ihm, war aber zu schwerfällig, um ihn einzuholen. Bevor ihn ein Kunde aufhalten konnte, sprang P.J. in seinen Camper, und Lucy brauste mit ihm davon.

Erst jetzt erschien eine ältere Dame und rief: »Hilfe! Man hat mich bestohlen! Haltet den Dieb! Der junge Flegel hat mein Portemonnaie gestohlen!«

»Rufen Sie die Polizei!«, rief der Security-Mann dem Manager zu.

Nicole wusste nicht, wie sie sich verhalten sollte. Als gesetzestreue Bürgerin war es ihre Pflicht, der Polizei zu sagen, was sie wusste. Als Freundin, die sich verantwortlich für Lucy fühlte, würde sie den Diebstahl am liebsten ungeschehen machen. Sie ging zu ihrem Wagen und fuhr in die Richtung, in die Lucy und P.J. geflohen waren. Sie konnte nur hoffen, dass Lucy nicht geahnt hatte, warum P.J. in den Supermarkt gegangen war. Aber war das Mädchen wirklich so naiv?

Lucy und P.J. waren beide volljährig und würden nicht mit einer Jugendstrafe davonkommen, wenn man sie erwischte. Wahrscheinlich würden sie sogar ins Gefängnis müssen, wenn der Manager auf einer Anzeige bestand und sie auf einen strengen Richter trafen.

Natürlich wusste Nicole, dass ihr jeder vernünftige Mensch raten würde, Lucy sich selbst zu überlassen. Sie war selbst für ihre Misere verantwortlich und hatte die einmalige Chance auf einen geregelten Job und ein neues Leben ausgeschlagen. Aber irgendetwas sagte Nicole, dass Lucy noch nicht verloren war, selbst wenn sie für den Diebstahl eine deftige Straße aufgebrummt bekam.

Nicole erwischte die Flüchtigen an einer Tankstelle. Sie parkte vor ihnen, damit sie nicht fliehen konnten, und sah beide an der Zapfsäule stehen. »Hey«, sagte sie, »ich hab gesehen, was in dem Supermarkt in Lander passiert ist.«

Lucy war in Panik. »Ich wusste nicht, was er vorhat! Ich hatte keine Ahnung! Ich klau doch kein Geld! Ich hab P.J. gesagt, er soll es zurückgeben.«

»Du hast nichts gewusst?«

»Ehrlich nicht, Nicole! Ich schwöre es!«

Nicole streckte ihre linke Hand aus. »Gib mir das Portemonnaie, P.J.!«

»Einen Scheißdreck werde ich tun!«

»Das ist eure einzige Chance, etwas glimpflicher davonzukommen. Bringt der alten Frau das Portemonnaie zurück, und stellt euch der Polizei!« Nichts geschah. »Was ist? Wollt ihr unbedingt ins Gefängnis? Ist euch das lieber?«

Lucy gab sich einen Ruck, öffnete die Beifahrertür und nahm die Geldbörse aus dem Handschuhfach. Bevor P.J. sie festhalten konnte, rannte sie ein paar Schritte davon und zog mit der freien Hand ihr Handy aus der Hosentasche.

»Verdammtes Miststück!«, fluchte P.J. Er sah, dass ihm keine andere Möglichkeit mehr blieb, sprang in den Camper und raste davon. »Hey, mein Rucksack!«, rief Lucy ihm nach, aber er hörte sie schon nicht mehr.

»Steck das Portemonnaie ein und komm!«, sagte Nicole. »Ich bringe dich jetzt zum Supermarkt zurück. Die Polizei wird schon dort sein. Du meldest dich bei einem Officer, gibst ihm das Portemonnaie und sagst ihm, dass du keine Ahnung hattest, dass P.J. das Geld stehlen wollte. Ich werde für dich aussagen und den Manager bitten, keine Anzeige gegen dich zu erstatten, obwohl ich wenig Hoffnung habe. Es wird wohl zu einer Verhandlung kommen. Aber ich werde dir einen guten Anwalt besorgen, also keine Angst. Mein Angebot steht immer noch: Sobald du freikommst, hast du einen Job bei mir. Okay?«

»Du jagst mich nicht zum Teufel?«

Nicole schüttelte den Kopf. »Was willst du denn bei dem?«

20

Nicole servierte Blueberry Pancakes zum Frühstück, dazu gab es gebutterten Toast mit Marmelade. »Und heute Abend gibt es Spaghetti mit Hackfleischsoße«, sagte sie, »da kann man nicht viel falsch machen.« Sie lachte. »Aber keine Angst, ich hab vielleicht einen Koch gefunden. Er kommt am Wochenende zum Probekochen, und ich bin sicher, er macht es besser als wir alle.«

»Da bin ich aber gespannt«, erwiderte Wally. »Solange Sie mich nicht an die Töpfe schicken, ist alles klar. Ich schaffe gerade mal Rührei mit Speck.« Er schaufelte einen kräftigen Bissen in sich hinein. »Was liegt heute an, Chefin?«

Nicole klappte ihren Toast zusammen, eine alte Angewohnheit von ihr. »Sie kümmern sich um die Pferde, Wally«, entschied sie. »Und vergessen Sie nicht, Chris das Reiten beizubringen. Je eher er gefahrlos auf einem Pferd sitzen kann, desto besser. Nach dem Unterricht fängst du mit den Reparaturen in den Horse Barns an, Chris. Ich werde heute Vormittag Thornton besuchen.«

»Sie wagen sich in die Höhle des Löwen?«, wunderte sich Wally.

»So gehört es sich doch unter Nachbarn, oder?« Ihr spöttisches Lächeln deutete an, dass der Rancher ihr Kommen wohl kaum als Höflichkeitsbesuch werten würde. »Wer weiß? Vielleicht steckt noch ein Rest Vernunft in ihm.«

»Das glaube ich kaum«, sagte Wally. »Ich kenne die Sorte. Ich hatte mal einen Boss, der wollte gegen den

National Park Service prozessieren, weil ein Nationalpark seine Weiden begrenzte. Nehmen Sie die Schrotflinte mit, Ma'am?«

»Ich setze mich auch ohne Waffe durch.«

Nicole sattelte ihre Stute und ritt in westlicher Richtung davon. Mit dem Wagen wäre sie schneller gewesen, aber Amber brauchte Bewegung, und bis zur Double D Ranch war es nicht weit. Sie ritt querfeldein zum Ranchhaus, das wie eine herrschaftliche Villa aus dem Land ragte, umgeben von gepflegtem Rasen und Kieswegen. Sie stieg ab und schlang die Zügel um einen Verandabalken.

Sie konnte nicht umhin, staunend an dem Ranchhaus emporzublicken, einem zweistöckigen Steinhaus mit einer Veranda im Parterre und einem Türmchen, das sie an viktorianische Häuser an der Ostküste erinnerte. Es war weiß gestrichen und glänzte in der Morgensonne. Von der Verandadecke hingen Kübel mit farbenprächtigen Wildblumen, vor allem rote Indian Paintbrush und violette Lupinen. Ungefähr eine Viertelmeile entfernt lagen das Bunkhouse, einige Ställe und Scheunen, ein Gästehaus und die Corrals mit mehreren Pferden.

An der Tür empfing sie eine Haushälterin mit weißer Schürze und führte sie in den eindrucksvollen Empfangsraum, in dem die Bronzefigur eines reitenden Cowboys als Blickfang diente. Das Original eines bekannten Künstlers, das mindestens eine fünfstellige Summe wert war. An den getäfelten Wänden hingen Fotografien und gemalte Porträts von Thorntons Vorfahren. Auf einem gläsernen Pult, das nicht zu der gediegenen Einrichtung passte, lag eine aufgeschlagene Bibel.

Nicole wartete geduldig, bis die Haushälterin zurückkehrte und sie zu Douglas D. Thornton in sein geräumiges Büro führte. Er saß an einem mächtigen Schreibtisch aus Eichenholz, wirkte ohne seinen breitkrempigen Hut lange nicht so eindrucksvoll wie mit ihm und gab vor, Papiere zu studieren, bevor er aufblickte. »Miss Sheldon«, begrüßte er sie freundlich, »oder darf ich Nicole sagen? Ich werde D. D. genannt.« Er deutete auf eine Sitzgruppe aus feinstem braunem Leder. »Setzen Sie sich! Kaffee, Tee oder ein Glas Champagner?«

»Nein, danke«, blieb auch sie freundlich, »ich möchte Ihre Zeit nicht lange in Anspruch nehmen. Sie haben sicher viel zu tun.« Einen gewissen spöttischen Unterton konnte sie sich nicht verkneifen. »Ich bin eigentlich nur gekommen, weil Sie mich so freundlich gebeten hatten, und um mich offiziell als Ihre Nachbarin vorzustellen. Tut mir leid, aber früher ging es leider nicht, Sir.«

»Gestern oder vorgestern Abend hätte es mir besser gepasst.«

»Auf einer neuen Ranch gibt es viel zu tun, auch wenn sie so klein ist wie meine, das müssten Sie doch wissen. Außerdem reagiere ich nicht gern auf Einladungen, die mir ein ungehobelter Bursche wie Buck Hennessy überbringt.«

Thornton tat überrascht. »Er hat Sie doch nicht beleidigt?«

»Nein«, musste sie zugeben, »aber er hat sich Emily Thompson unmöglich verhalten. Er hat sie übel beschimpft. Er wollte wissen, ob sie schon an mich verkauft hätte. Und als er erfuhr, dass er zu spät gekommen war, wurde er handgreiflich und stieß sie gegen den Kamin. Ich war zum Glück rechtzeitig bei ihr. Sie blutete am Hinterkopf, und ich musste sie zum Arzt bringen. Das war verantwortungslos! Schlimm genug, dass er handgreiflich wurde, aber er hätte wenigstens einen Arzt rufen können. Emily konnte von Glück sagen, dass ich in der Nähe war.«

»Das tut mir leid, Nicole.« Aus seinem Mund klang es scheinheilig. »Buck Hennessy hat gegen meinen Befehl gehandelt. Ich würde doch niemals auf die Idee kommen, ihn loszuschicken, um einer älteren Dame so etwas anzutun.«

Nicole zog die Arztrechnung aus ihrer Jackentasche. »Dann bezahlen Sie wenigstens ihre Arztrechnung. Ziehen Sie Hennessy den Betrag vom Lohn ab.«

Er nahm die Rechnung. »Ich dachte, Sie wollten sich vorstellen.«

»Meinen Namen kennen Sie ja. Ich habe einige Jahre die Horse Farm meiner Eltern in New York State geführt, sie nach ihrem Tod verkauft und bin mit meinem Pferd nach Wyoming gekommen, um mir hier eine neue Existenz aufzubauen. Als ich nach Wind River kam, hatte ich keine Ahnung von Ihrer Ranch und konnte mir nicht vorstellen, dass ein einzelner Mann eine so riesige Ranch besitzt. Deshalb war ich auch verwundert, als ich erfuhr, dass Sie keine anderen Rancher und Farmer in Ihrer Nähe dulden. Haben Sie denn nicht genug, Sir?«

»Darum geht es nicht, Nicole.«

»Worum dann?«

Thornton stand auf und trat an das Panoramafenster, durch das man auf die anderen Gebäude der Ranch und bis auf die weiten Ebenen hinaussah. »Sehen Sie sich das an«, fuhr er fort. »Vor zweihundert Jahren lag dieses Land ungenutzt unter dem Himmel. Als meine Vorfahren über den Oregon Trail nach Westen kamen, zogen noch Büffel über die Prärie, und ein paar tausend Indianer zogen von einer Jagd zur nächsten, als würde ihnen die Welt gehören. Nomaden eben, die nicht verstanden, dass Gott den Menschen dieses Land schenkte, um etwas Sinnvolles damit anzustellen und Rinder darauf weiden zu lassen. Meine Vorfahren kämpften um dieses wertvolle Land, einige unserer Familie gaben sogar ihr Leben, und ich denke nicht daran, es mir streitig machen zu lassen.«

»Von mir?«, fragte sie ungläubig. »Ich besitze eine winzige Pferderanch und denke nicht im Traum daran, es mit Ihnen aufzunehmen. Ich will in Frieden mit meinen Nachbarn leben. Bei allem Respekt vor Ihren Vorfahren: Das Land im Westen gehört nicht nur Ihnen. Niemand kann mir verbieten, ein Grundstück zu kaufen, das nicht Ihnen gehört. Das war schon zur Zeit Ihrer Vorfahren so, nur gab es damals rücksichtslose Rinderbarone, die sich gegenseitig in blutigen Weidekriegen bekämpften. Diese Zeiten sind aber lange vorbei, Sir. Es gibt genug Land hier draußen, um jeden zufriedenzustellen. Sogar die Indianer hätten noch Platz, wenn wir sie nicht besiegt und in Reservate gepfercht hätten.«

»Die Indianer mussten den Weißen weichen, weil wir die Stärkeren waren und etwas mit dem Land anzufangen wussten. Wissen Sie, wie viele Rinder ich auf meinen Weiden grasen lasse? Über fünfzigtausend Herefords! Ohne mich wäre die Fleischindustrie in Wyoming nur die Hälfte wert. Fleisch von außerordentlicher Qualität, wie es sie in keinem anderen Land der Welt gibt.«

»Der Stärkere besiegt den Schwächeren?« Sie fühlte sich an den Rancher am Sand Creek erinnert. »Glauben Sie, mehr Rechte zu haben, nur weil Sie mehr Geld und mehr Land besitzen? Das kann doch nicht Ihr Ernst sein!«

»Mehr Geld, mehr Land, aber auch mehr Verantwortung«, konterte der Rancher. »Glauben Sie mir, ich tue mehr für dieses Land als alle Gutmenschen.«

»Und deshalb wollten Sie Emily die Ranch abnehmen?«

»Abnehmen?« Er trat vom Fenster weg, ging zur Bar und schenkte sich einen Bourbon ein. »Auch einen?« Und als sie den Kopf schüttelte: »Ich brauche Land für meine Rinder. Ich brauche Wasser. Ich brauche freien Zugang zu den Quellen, die außerhalb meines Besitzes liegen. Ihre Ranch ist mir im Weg.«

»Sie wollen sich meine Ranch mit Gewalt nehmen?«

»Im Gegenteil«, erwiderte er. »Ich will sie kaufen. Und ich biete Ihnen einen Preis, bei dem Sie eigentlich nicht Nein sagen können.« Er nannte eine Summe, die weitaus höher als das war, was sie bezahlt hatte. »Seien Sie nicht dumm, Nicole! Verkaufen Sie mir die Ranch, und Sie machen das Geschäft Ihres Lebens. Gehen Sie nach Montana, da gibt es genug Land, das Sie kaufen können.«

»Ich verkaufe nicht, Sir.« Sie beließ es bei der höflichen Anrede.

»Wenn Sie so viel Ahnung von Pferden haben, gebe ich Ihnen einen Job auf der Double D. Ich habe zweihundert Quarter Horses in meiner Herde. Damit lässt sich arbeiten, Nicole. Sie finden hier beste Bedingungen vor. Seien Sie nicht so stur wie Emily Thompson! Ich hab gehört, sie hat ihren wohlverdienten Ruhestand angetreten. Das hätte sie schon vor einigen Jahren haben können.«

»Gibt es Öl auf meinem Grundstück? Gold und Silber?«, fragte sie. »Es muss doch irgendeinen Grund geben, warum Sie so viel Energie darauf verwenden, sich meine winzige Ranch anzueignen. Widerstrebt es Ihrem Ego, dass sich Ihnen nun schon die zweite Frau entgegenstellt? Können Sie nicht ertragen, dass Sie nicht alles bekommen, was Sie wollen, und wenn noch so klein und unbedeutend ist? Macht es Ihnen denn Spaß, den König zu spielen?«

Thornton trank von seinem Whiskey. Im Glas klirrten die Eiswürfel. »Werden Sie nicht albern, Nicole. Ich habe genug in meinem Leben erreicht und brauche keine Bestätigung für mein Handeln. Ich mache mir lediglich Sorgen um Sie. Sie kommen von einer Horse Farm an der Ostküste, wie Sie sagen, und dort herrschen ganz andere Gesetze. Eine Ranch in diesem Land hier zu führen, stellt ganz andere Ansprüche, denen eine Lady sicher nicht gewachsen ist.«

»Ach, jetzt bin ich plötzlich eine Lady.«

»Im amerikanischen Westen gab es ein Sprichwort: ›Dieses Land ist gut für Männer und Hunde, aber die Hölle für Frauen und Pferde.‹ Die Pferde haben sich daran gewöhnt, aber Frauen werden es immer schwer haben, wenn sie nicht mehr wissen, wo ihr Platz ist. Warum ziehen Sie sich Hosen an und benehmen sich wie ein Mann? Warum wollen Sie Pferde züchten und womöglich noch Rinder hüten? Warum reiten Sie wie einst Calamity Jane über das Land?«

»Calamity Jane? War das nicht eine berüchtigte Herumtreiberin?«

»Und wenn schon.«

»Wir leben im einundzwanzigsten Jahrhundert, Sir.

Frauen tragen, was sie wollen, haben das Recht, eine Ranch zu kaufen, und arbeiten nicht nur als Lehrerinnen und Krankenschwestern. Die Welt verändert sich. Gehen Sie mit der Zeit, Sir!«

Thornton stellte sein leeres Glas auf den Tisch und zog eine Zigarre aus seiner Brusttasche. »Sie gestatten?« Er ignorierte ihren strafenden Blick, knipste die Spitze ab und setzte die Zigarre in Brand. In den Qualm hinein sagte er: »Wollen Sie mir Vorschriften machen? Sind Sie auch eine von diesen Liberalen, die unser Leben reglementieren und dieses Land abwirtschaften wollen?«

»Davon war doch gar keine Rede.«

Er hatte wohl genug ertragen an diesem Morgen. »New York State … Ostküste … hätte ich mir ja denken können. Indianer sind auch Menschen … die Rechte der Frauen werden mit Füßen getreten … ersparen Sie mir den Unsinn!«

»Darum ging es nicht, aber Sie haben recht. Wir sollten alle etwas höflicher und fairer miteinander umgehen. Auch wir beide, Sir. Wie gesagt, die Zeiten der Schießereien und Weidekriege sind vorbei. Lassen Sie uns gute Nachbarn sein und Frieden halten. Schicken Sie Männer wie Buck Hennessy in die Wüste! Einverstanden?«

Er drückte seine kaum angerauchte Zigarre in einem Aschenbecher aus. »Wenn Sie Frieden wollen, verkaufen Sie mir Ihr Land, Nicole«, sagte er. »Ich gebe Ihnen eine Woche Zeit, dann reduziert sich mein Angebot um die Hälfte. Seien Sie nicht dumm. Sie würden auch zum Wohl unseres Landes handeln.«

»Zu Ihrem persönlichen Wohl, wollten Sie wohl sagen.«

Sie stand auf und ging zur Tür. »Auf Wiedersehen, Sir. Ich hatte mehr von Ihnen erwartet.«

Sie verließ das Haus und stieg in den Sattel. Vom Corral und den anderen Gebäuden sahen einige Cowboys und Angestellte neugierig zu ihr herüber. Sie kümmerte sich nicht darum und ritt über den gleichen Weg, den sie gekommen war, zu ihrer Ranch zurück. In ihr brodelte es. Thornton war noch schlimmer, als sie befürchtet hatte. Nicht nur machthungrig, sondern auch erzkonservativ. Die Indianer als Verlierer zu beschimpfen, die nichts anderes verdient hatten, als in Reservate gesperrt zu werden, die Rechte von Frauen anzuzweifeln und alles seinem Machthunger zu unterwerfen, aber in der Bibel lesen … bigotter ging es nicht. Und dabei hatte ihr Gespräch doch einigermaßen zivilisiert begonnen!

Auf ihrer Ranch wartete Cody. Er hatte sein Pferd angebunden und saß auf dem obersten Holm des Corralzauns. Diego lag friedlich vor seiner Hütte, hatte wohl seinen Frieden mit Cody gemacht und blickte nur kurz auf, als er Nicole kommen sah. Aus einer Scheune drang dumpfes Hämmern: Chris war bei der Arbeit.

»Cody!«, rief sie. »Ich komme gerade von deinem Boss.«

»Ich weiß … ich hab dein Pferd gesehen.«

Sie stieg aus dem Sattel und schmiegte sich an ihn. Cody erwiderte die Umarmung und hielt sie fest, als hätte er plötzlich Angst um sie. Vielleicht aber auch, um nachzudenken, damit er nichts Falsches sagte. Er küsste sie sanft.

»Ein seltsamer Mann.« Sie berichtete ihm in wenigen Worten, über was sie gesprochen hatten. »Ein Rinderbaron aus dem vorletzten Jahrhundert. Ich dachte, die wären längst ausgestorben. Weißt du, wie er über Frauen denkt?«

»Weiß ich«, antwortete er. »Und glaub mir, von der Sorte gibt es mehrere im Westen. Ist eben alles ein wenig konservativer hier. Woher weißt du, dass ich anders bin?«

»Das sehe ich in deinen Augen, Cody.«

»Habt ihr auch über mich gesprochen?«

»Nein … Ich wollte keine schlafenden Hunde wecken.«

»Er hat dich nicht davor gewarnt, dich mit mir einzulassen?«

Sie blieb in seinen Armen, hatte einen Arm auf seine Schultern gelegt und war ihm so nahe, dass sie seinen Atem spürte. »Was bedrückt dich, Cody? Was hat Thornton gegen dich in der Hand? Sind es wirklich nur die Schulden?«

»Das hast du mich schon mal gefragt, Nicole.«

»Wie hoch sind deine Schulden?«

»Zweitausend Dollar«, sagte er nach einigem Zögern.

»Ich könnte dir das Geld leihen.«

»Das würde nichts nützen. Danach gäbe es immer noch genug, was er gegen mich verwenden kann. Ich sage es dir irgendwann, versprochen, aber im Augenblick würden wir dadurch nur in große Schwierigkeiten geraten … leider.«

»Wir?«

»Thornton ist jedes Mittel recht, um seine Macht zu erhalten oder zu vergrößern, und dazu gehört auch, dass er seinen Vormann und andere wichtige Angestellte zwingt, bei ihm zu bleiben. Er hat gegen jeden etwas in der Hand.«

»Das sind Mafia-Methoden.«

»Lass ein paar Monate vergehen, dann ändert sich vielleicht Einiges. Mit den Schulden bin ich schon fast auf die

Hälfte runter. Irgendwann wird es mir auch gelingen, aus der anderen Sache herauszukommen. Ich weiß, ich klinge geheimnisvoll, aber was soll ich machen? Die gute Seite ist, dass ich einen hervorragenden Job habe und das tun kann, was mir Freude macht. Da verschließt man schon mal die Augen vor gewissen Problemen. Bis du kamst … Jetzt ist alles anders. Ich liebe dich, Nicole.«

Sie konnte es nicht oft genug hören. »Ich liebe dich auch. Kommst du noch mit ins Haus auf einen Kaffee? Ich habe frischen Apple Pie in Lander gekauft.«

»Ich kann nicht. Eigentlich hätte ich gar nicht herkommen dürfen.«

»Dann verschieben wir unseren Kaffeeklatsch.«

Sie küssten sich lange und merkten gar nicht, dass Chris aus der Scheune gekommen war. Als er sie sah, verschwand er rasch wieder. Nicole und Cody lösten sich voneinander, er stieg in den Sattel und ritt davon. Sie blickte ihm einige Zeit nach, sattelte dann Amber ab und brachte sie in den Corral. »Ich bringe dir frisches Heu«, versprach sie. »Tut mir leid, dass du so lange vor dem Ranchhaus von Thornton warten musstest. Du glaubst nicht, was für ein Mann das ist.«

Im Haus kochte sie sich einen Kaffee und setzte sich an den langen Esstisch. Es wurde langsam Zeit, dass sie die Sandwiches für Wally und Chris herrichtete. Die beiden hatten sich ihre Mittagspause verdient. Und sie selbst bekam auch allmählich Hunger.

Ihr Handy klingelte. Der Anwalt, den sie für Lucy verpflichtet hatte.

»Mrs. Sheldon? Anwaltskanzlei Mortimer in Lander.«

»Sie haben Neuigkeiten zu Lucy?«

»Gute Neuigkeiten, Ma'am. Gegen Lucy wurde keine Anklage erhoben. Wir haben einen Zeugen gefunden, der zur Zeit des Überfalls in seinem Wagen saß und bezeugen kann, dass der junge Mann das Portemonnaie allein gestohlen hat und heftig auf Lucy einreden musste, bis sie den Motor des Campers startete. Er ist allerdings ein Wiederholungstäter und muss mit einigen Monaten Gefängnis rechnen. Sie können Lucy abholen, sie wird in ungefähr einer Stunde entlassen.«

»Einfach so?«

»Sie hat Glück gehabt … und einen guten Anwalt.«

Nicole atmete erleichtert auf. »Vielen Dank, ich bin schon unterwegs.«

21

Lucy wartete bereits, als Nicole mit ihrem Silverado vor dem Lander Police Department hielt. Sie war noch einmal vernommen worden, diesmal als Zeugin, hatte der Polizei aber nicht weiterhelfen können. Sie war in dem Glauben gewesen, P.J. hätte zwei Sandwiches in dem Supermarkt kaufen wollen, und wusste auch nichts über seine Vergangenheit zu sagen. Als sie ihren Rucksack auf die Rückbank warf und selbst einstieg, wirkte sie etwas mitgenommen.

»Hey«, sagte Nicole zu ihr, »noch am Leben?«

»Die Nacht war nicht so angenehm.«

»Du hast Glück gehabt.«

»Und einen guten Anwalt«, erwiderte Lucy. »Danke.«

»Schon gegessen?«

»Nicht wirklich.«

Sie gingen in ein Hamburgerlokal an der Hauptstraße und setzten sich mit Cheeseburgern, Pommes frites und Cola an einen Fenstertisch. Lucy war so hungrig, dass sie den Burger regelrecht verschlang und Nicole die halben Pommes frites wegaß. Danach schien ihr Gesicht wieder etwas Farbe zu bekommen.

»Ich wusste wirklich nicht, dass er klauen wollte«, sagte sie. »Ich hätte ihn doch zurückgehalten.« Sie griff sich an den Kopf. »Wie kann man nur so dumm sein und in einem vollen Supermarkt eine Frau beklauen? Wenn schon, dann irgendwo, wo keine Security in der Nähe ist und es keine Videokameras gibt. Das weiß sogar ich, dass es in jedem größeren Laden eine Kamera gibt.«

»Am besten überhaupt nicht klauen, oder willst du in einem Gefängnis enden? Jetzt warst du eine Nacht eingesperrt. Stell dir vor, du sitzt mehrere Jahre. Wenn sie dich erst mal verurteilt haben, kann ich dir nicht mehr helfen und ein Anwalt auch nur bedingt. Also denk nicht mal dran. Verdien dein Geld auf anständige Weise, dann brauchst du keine Angst vor dem Knast zu haben.«

»Jetzt predigst du wieder. Kann ich dir nicht mal übelnehmen.«

Sie nahmen ihre restliche Cola und zwei Cheeseburger für Wally und Chris mit und stiegen in den Wagen. Über einen Highway, der an einer winzigen Siedlung vorbeiführte, die lediglich aus einer Tankstelle, einem kleinen Laden und einem verlassenen Haus bestand, fuhren sie nach Westen. Die Sonne strahlte von einem blauen Himmel, der Wind wehte Gestrüpp über die Straße.

»P.J. war der Falsche«, sagte Nicole.

Lucy war ähnlicher Meinung. »Ein Griff ins Klo, das hätte ich eigentlich schon nach der ersten Nacht wissen müssen. Die Ohrfeige war nicht genug. Die hätte so fest ausfallen müssen, dass er sich nie mehr bei mir blicken lässt.«

»Nachher ist man immer schlauer. Hat er von sich erzählt?«

»Nur dass er mal als Cowboy gearbeitet hat«, sagte Lucy. »Die Arbeit wär ihm aber zu anstrengend gewesen, da hätte er gekündigt. Angeblich hat er sich mit Gelegenheitsjobs durchgeschlagen. Regale bei Walmart einräumen und so.«

»Und Viehdiebstahl.«

»Echt jetzt?«

»Einer der Rodeo-Cowboys will ihn erkannt haben. Tja, wer ältere Damen beklaut, macht auch vor Rindern nicht halt.« Sie klappte die Sonnenblende herunter. »Hast du mitbekommen, was für eine Strafe man ihm aufgebrummt hat?«

»Die Verhandlung soll morgen oder übermorgen sein«, antwortete Lucy. »Mein Anwalt sagt, dass er mit einer Geldstrafe davonkommen könnte, wenn er großes Glück hat. Oder mit ein paar Monaten auf Bewährung. Krass, was?«

»Sehr krass. Hoffen wir, dass er sich hier nicht mehr blicken lässt.«

»Sonst fängt er sich mehr als eine Ohrfeige von mir ein, das ist mal sicher. Aber er hat was von Kalifornien geplappert. Am Strand liegen und den ganzen Tag aufs Meer blicken, das wär doch was. Ohne Geld nicht so einfach.«

Auf der Ranch empfing sie Diego mit lautem Gebell, wurde aber erstaunlich ruhig, als Lucy ausstieg, und drängte sich sogar kuschelnd an sie. »Er mag dich«, staunte Nicole. »So freundlich war er noch zu keinem. Er heißt Diego.«

Lucy beugte sich zu ihm hinab und kraulte ihn zwischen den Ohren. Auch sie schien den Hund zu mögen. »Diego, hm? Dann bist du wohl Mexikaner?«

»Ein waschechter sogar. Aber er versteht auch Englisch.«

»*Como esta?*«, fragte Lucy. »Wie geht's dir denn so?«

»Im Augenblick ganz gut. Wie gefällt dir die Ranch?«

»Nicht übel. Viel Natur und so.«

Nicole lächelte schwach. »Und noch eine Menge Arbeit. Du kannst eines der Zimmer im Gästehaus haben.« Sie deutete auf das Blockhaus am Hang.

»Sieht okay aus.«

»Besser als ein Zimmer bei Pflegeeltern, die einen nicht mögen. Du bist erst mal Mädchen für alles und bekommst etwas weniger als die Cowboys. Sobald du einigermaßen reiten kannst, gibt's denselben Lohn. Kannst du kochen?«

»Nee, die haben mich nicht mal im Heim an den Herd gelassen.«

»Ist nicht schlimm, wir kriegen bald einen Koch.«

Wally und Chris saßen am Esstisch und löffelten das Chili con Carne aus der Dose, das ihnen nicht besonders zu schmecken schien. Umso mehr strahlten ihre Augen, als Nicole die Cheeseburger auspackte. »Hab euch was mitgebracht.« Während sie aßen, stellte sie die anderen einander vor. »Lucy ist unser Mädchen für alles, aber sie kommt gut mit Tieren zurecht, und ich möchte, dass sie so schnell wie möglich reiten lernt. Wie wär's, wenn Sie Chris und Lucy zusammen unterrichten, Wally? Lucy hat schon etwas Erfahrung mit Pferden und lernt bestimmt schnell.« Sie blickte Lucy und Chris an. »Einverstanden, ihr beiden?«

»Sicher«, sagte Chris.

»Klar doch«, sagte Lucy.

Nicole hatte die abschätzenden Blicke der beiden wohl bemerkt. Lucy mochte Chris, hielt sich nach ihrer misslungenen Romanze mit P.J. aber betont zurück. Chris strahlte Lucy an, als hätte er schon lange kein Mädchen mehr gesehen.

»Coole Frisur«, sagte er. »Und der Ohrring … was bedeutet das F?«

»Drei Mal darfst du raten.«

Chris überlegte eine Weile und lief rot an.

»Gilt nur für manche Leute«, fügte sie hinzu.

Wally und Chris verschlangen ihre Cheeseburger und hätten sich am liebsten noch einen zweiten gegönnt, aber Nicole beruhigte sie: »Auch wenn hier niemand kochen kann, die Spaghetti mit Hackfleischsoße für heute Abend kriegen wir hin. Ich nehm den großen Topf, dann werden garantiert alle satt.«

Lucy hatte nichts dagegen, Chris in der Scheune zu helfen, betonte auch ausdrücklich, dass sie besser mit Werkzeugen als mit Nadel und Faden umgehen konnte, brachte aber vorher noch ihren Rucksack ins Gästehaus. Ihr Zimmer war einfach eingerichtet, und es gab ein Bad mit Dusche, mehr brauchte sie nicht.

Nicole beschloss, mit Wally auf die Weide zu reiten und die Herde zu beaufsichtigen. Sie befürchtete, dass die Probleme mit Thornton noch lange nicht beendet waren. Einem machthungrigen Mann wie ihm war alles zuzutrauen. Einer wie er ertrug es nicht, Contra zu bekommen, schon gar nicht von einer Frau, die noch dazu von der Ostküste kam. Von einer Fremden, die ihn lächerlich machte und seinen Ruf untergrub. So etwas konnte er sich nicht gefallen lassen.

Vor allem aber stieg sie wegen Amber in den Sattel. Die Stute war tägliche Ausritte gewöhnt, und Nicole würde sie nicht enttäuschen. »Du weißt doch, dass ich dich nicht vergesse«, sagte Nicole zu ihr. »Mir macht es genauso viel

Spaß wie dir, über die Weide zu reiten.« Amber gehorchte ihr willig und ließ sie allein durch ihre Körpersprache erkennen, wie gern sie sich bewegte. Es gab kein besseres Terrain für ein Pferd als eine freie Weide, die ihm genug Platz bot, sich ungezwungen zu bewegen, kaum Hindernisse vorzufinden und nach getaner Arbeit am Abend zufrieden in den heimatlichen Corral zurückzukehren.

Der Nachmittag verlief ohne Störungen. Nicole ritt die Grenzen ihrer Ranch ab, zügelte Amber neben Wally, als sie genug hatte, und beobachtete mit ihm die Herde. Wally kannte inzwischen jedes einzelne Tier mit Namen und hatte sich die Fotos der Pferde, die über den Boxen in der Horse Barn hingen, genau eingeprägt. Er kannte die Vorzüge der Tiere, hatte bereits drei Stuten ausgewählt, bei denen sich das Decken lohnen würde, und sprach mit Nicole darüber. »Dolly, die mit der weißen Mähne ganz links. Crystal, die braune Stute mit der herzförmigen Blesse. Und Ebony, die Rappstute, die sich nichts gefallen lässt.«

»Haben Sie eine Idee, wo wir einen guten Hengst kaufen können?«

»Auf einer Online-Auktion ist die Auswahl am größten«, erklärte er. »Dort kann man auch den Samen für eine einmalige Befruchtung kaufen.« Wie jeder Cowboy sprach er offen über solche Dinge, die manchem Stadtbewohner die Schamesröte ins Gesicht treiben würden. »Oder wir hören uns auf den Ranches um und sehen uns einige an, aber das kostet Zeit. Ich hab eine bessere Idee.«

»Und die wäre?«

»Sie fragen Cody, der arbeitet lange genug in dieser Gegend, um sich auszukennen. Wenn Thornton normaler wäre, würde er uns einen Hengst verkaufen. Auf einer riesigen Ranch wie der Double D gibt es sicher einen, den sie entbehren können. Aber von D. D. haben wir nichts zu erwarten, denke ich mal.«

»So wie ich ihn heute erlebt habe, bestimmt nicht.«

Schon während der ersten Reitstunden erkannte Nicole, welches Talent in Lucy steckte. Das Mädchen schaffte es, eine kameradschaftliche Beziehung zu Tieren zu entwickeln, und die Tiere mochten sie. Nicht nur Diego, den sie morgens und abends fütterte und mit dem sie jedes Mal ein paar Worte sprach, auch Angel, eine junge Stute, die sie vom ersten Augenblick an ins Herz geschlossen hatte.

Lucy brauchte man nicht mehr zu führen. Nicole ließ sie ein paar Mal an der Longe reiten, beobachtete aber schon einige Tage später, als Wally sich um sie kümmerte, wie sie im Corral galoppierte und dabei ziemlich professionell aussah. Chris musste zugeben, dass sie eine wesentlich bessere Schülerin war als er und sich früher oder später einen Namen als Cowgirl machen würde. »Du gewinnst wahrscheinlich dein erstes Rodeo, wenn ich noch im Kreis reite.«

Das Kompliment ging Lucy runter wie Öl. Auch Wally lobte sie, wusste aber auch, dass es noch einige Monate dauern würde, bevor sie wie ein Cowgirl reiten konnte, vom Rodeo ganz zu schweigen. »Fürs Rodeo braucht man ein ganz besonderes Talent«, sagte er kichernd. »Und Knochen, die Einiges aushalten. Mir reicht es schon, wenn du mit einer Stute wie Angel zurechtkommst.«

Lucy verstand sich prächtig mit Angel, war jeden Morgen noch vor dem Frühstück bei ihr im Corral und verabschiedete sich jeden Abend von ihr. Mit jeder Reitstunde, die Wally ihr gab, verbesserte sie sich. Daran änderte auch der Muskelkater nichts, der sie nach den ersten Stunden heimsuchte. »Harmonie und Vertrauen sind die Zauberwörter«, erklärte Wally. »Jede Reiterin sollte eine Beziehung zu ihrem Pferd aufbauen, mit ihm sprechen und sich in seine Gedanken und Gefühle hineindenken. Nur so entsteht die nötige Harmonie zwischen Reiterin und Pferd.« Er grinste. »Den letzten Satz hab ich aus einem Lehrbuch, in das ich vor der ersten Stunde reingelesen habe. Gefällt mir, der Satz. Ich sag, man muss mit seinem Pferd verwachsen, eins mit ihm werden. Etwas, was alle guten Cowboys und Cowgirls beherrschen.« Er grinste wieder. »Einige Cowboys vertrauen ihren Pferden mehr als ihren Frauen.«

Nicole hatte ebenfalls ein Buch gelesen. Über die therapeutische Wirkung, die der Umgang mit einem Pferd haben konnte. Das Vertrauen, das einem ein Pferd wie Angel zurückgab, und die Energie, die es ausstrahlte, konnten sich auch auf schwierige Charaktere beruhigend auswirken. Lucy hatte ihre schnippische und manchmal derbe Art nicht verloren, wirkte jetzt aber wesentlich ausgeglichener und schien weniger Flausen im Kopf zu haben, seitdem sie Angel ritt. Vielleicht trug auch Chris dazu bei, mit dem sie sich ebenfalls gut verstand.

Zu einem Highlight für alle wurde das Probekochen von Chef Daniel. Der Koch sprühte vor guter Laune, als er vor dem Ranchhaus aus seinem rostigen Pick-up stieg und seine eigenen Töpfe, Pfannen und Messer in die Küche trug. »Das Ende der Welt«, sagte er. »Ich dachte schon, ich komme nach der nächsten Kurve in China raus, wenn ich weiterfahre.« Er schlug sich auf die Brust und den Schriftzug auf seinem Overall, den er wohl auch zivil trug. »Gestatten, Chef Daniel. Wie wär's mit gebratenem Huhn und Curryreis heute Abend? Für morgen hab ich Rib-Eye-Steaks mit Baked Potato und meiner speziellen Barbecuesoße geplant. Abends meine unübertroffenen Tuna Melt Sandwiches. Außerdem hätte ich noch Tiramisu, eine legendäre Nachspeise, wie es sie so lecker sonst nur in Italien gibt, und meinen Spezial-Obstsalat mit Schuss zu bieten.«

»Klingt alles sehr verlockend«, erwiderte Nicole. »Legen Sie los!«

Chef Daniel, der privat lieber Danny genannt werden wollte, hatte nicht zu viel versprochen. Das Essen schmeckte so gut, dass selbst Nicole zwei Portionen von dem gebratenen Huhn verdrückte, keinen Rest von dem Steak für Diego übrigließ und auch bei dem kalorienreichen Tiramisu nicht Nein sagen konnte. Wenn er immer so kochte, konnte sie ein Gourmetlokal aufmachen.

»Sie haben den Job«, sagte sie zu ihm. »Zwei Tage pro Woche frei, an denen wir uns wohl mit Sandwiches oder Spaghetti begnügen müssen. Sie können im Bunkhouse bei Wally und Chris schlafen. Der gleiche Lohn wie ein Cowboy.«

Doch obwohl auf der Ranch alles so lief, wie sie sich das vorgestellt hatte, und Nicole auch mit der Auswahl ihrer Angestellten mehr als zufrieden war, machte sie sich Sorgen. Cody hatte sie seit einigen Tagen nicht mehr besucht, nur einmal angerufen und ihr mitgeteilt, dass er zurzeit sehr viel zu tun hätte, wahrscheinlich ein Verdienst von Thornton, der verhindern wollte, dass sie sich verbündeten. Und Thornton hatte sie in Ruhe gelassen, obwohl sie beinahe sicher war, dass er ihre Widerrede schwer verdaut hatte und sich revanchieren wollte.

»Sie sehen traurig aus«, sagte Wally, als sie allein waren.

»Das sieht nur so aus, Wally.«

»Cody?«

»Er war lange nicht mehr hier«, sagte sie.

Wally hatte ein Stück von seinem Kautabak abgebissen und beruhigte sie: »So sind wir Cowboys eben, Chefin. Immer vorneweg, wenn es um Pferde und Rinder geht, und schüchtern wie kleine Jungs, wenn eine Frau im Spiel ist. Der kommt wieder, sobald er Thornton von der Schippe springen kann. Ist sicher nicht einfach, der Alte passt bestimmt auf wie ein Schießhund. Das soll vielleicht seine Rache sein, dass er Cody und Sie auseinanderbringt. Aber das schafft er nicht. Ich versteh nicht viel von der Liebe, aber ich kenne Cowboys.«

»Ich will's hoffen, Wally.«

»Dafür liebt er Sie viel zu sehr, Ma'am.«

Während Chris sich noch am Galopp versuchte, durfte Lucy schon zum ersten Mal mit Nicole und Wally zur Herde reiten. Sie war mächtig stolz darauf, die beiden begleiten zu dürfen, und schlug sich wacker. Wie eine erfahrene Reiterin saß sie im Sattel. Sie hielt den Jog, wie sie die häufigste Gangart eines Cowboypferdes nannten, und hantierte wenig mit den Zügeln, arbeitete vor allem mit den Oberschenkeln, wie jeder Cowboy, der möglichst beide Hände zum Werfen eines Lariats freihaben wollte.

»Echte Cowboys sagen nicht ›Lasso‹, sondern ›Lariat‹«, erklärte Wally seiner Schülerin. »Wenn jemand ›Lasso‹ sagt, weißt du sofort, dass du es mit einem Amateur zu tun hast.«

»Wie man das Ding wirft, müssen Sie mir auch noch beibringen«, sagte Lucy. Sie war bester Laune. »Hey, ich wusste gar nicht, dass Reiten so cool sein kann«, freute sie sich. »Außer dem Muskelkater, den ich nach der ersten Stunde hatte, der war heftig.«

»Der gehört dazu«, erwiderte Nicole.

Der Schuss fiel so plötzlich, dass selbst Wally und Nicole beinahe den Halt verloren und aus den Sätteln kippten. Lucy hielt mühsam ihr Gleichgewicht, musste sich mit beiden Händen am Sattelhorn festhalten und schrie, als Angel durchging und in ihrer Panik im gestreckten Galopp über die Weide floh.

Nicole und Wally setzten ihr nach, holten alles aus ihren Pferden heraus, waren aber erst nach ungefähr einer Viertelmeile bei ihr. Lucy hatte nicht durchgedreht, saß bereits wieder einigermaßen sicher im Sattel, schaffte es aber nicht, ihre Stute unter Kontrolle zu bringen. Erst als Nicole und Wally auf gleicher Höhe waren und Wally Angel an der Mähne packte, wurde sie langsamer und blieb zitternd stehen. Vor ihrem Maul stand Schaum nach dem Gewaltritt.

»*Oh shit!*«, fluchte Lucy schwer atmend. »Wenn das keine Extra-Punkte für meine Reitausbildung gibt, weiß ich's auch nicht. »Was war das? Ein Schuss?«

»Hörte sich ganz so an«, sagte Wally. »Ich hab den Schützen nicht gesehen, aber ich halte jede Wette, dass einer von Thorntons Leuten dahintersteckt.«

»Buck Hennessy!«, glaubte Nicole.

»Oder einer seiner Kumpane. Ist Angel verletzt?«

»Irgendwas hat sie abbekommen«, sagte Lucy, »sonst wäre sie nicht durchgegangen. Angel ist normalerweise die Ruhe in Person.« Sie stieg aus dem Sattel und fand eine blutige Schramme am rechten Vorderlauf. »Seht euch das an ... sie blutet!«

Jetzt stiegen auch Wally und Nicole aus dem Sattel. Während Nicole nach weiteren Verletzungen suchte und glücklicherweise keine fand, verarztete Wally die Schramme. »Nichts Wildes«, beruhigte er Lucy und Nicole. »Nur ein Streifschuss, den hat sie morgen schon vergessen.« Er säuberte die Wunde mit Kochsalzlösung, die er in einer kleinen Flasche in seinen Satteltaschen mitführte, und desinfizierte sie mit einem Spray. Zu verbinden brauchte er sie nicht, wahrscheinlich wäre sie sogar ohne Behandlung verheilt.

Wally suchte die Hügelkämme im Westen nach dem Schützen ab, konnte aber niemanden entdecken. »Wenn es einer von Thorntons Männern war, sollte man dem Alten noch mal ordentlich die Meinung geigen. Ich glaube nicht, dass er es auf eines der Pferde oder einen von uns abgesehen hatte, dazu sind heute nur noch wenige Leute fähig, aber es reicht schon, wenn er uns nur erschrecken wollte. Im alten Westen hätte es jetzt einen Weidekrieg gegeben.«

»Kannst du reiten?«, fragte Nicole Lucy, als sie aufgestiegen waren. »Angel ist noch ein wenig nervös. Wenn du willst, reite ich Angel auf dem Rückweg.«

»Seh ich aus wie eine Tussi? Ich schaff das schon.«

Lucy brauchte eine Weile, um Angel zu beruhigen, hatte aber keine Schwierigkeiten, sie zum Ranchhaus zu reiten und blieb noch einige Minuten bei ihr im Corral, bis die Stute ihre Angst überwunden hatte. Nicole beobachtete durchs Fenster, wie Lucy mit Angel sprach und liebevoll ihre Stirn berührte.

»Und das mit roten Strähnen«, sagte sie lachend.

22

Nicole war immer noch wütend, als sie gleich nach ihrer Rückkehr zur Double D aufbrach. Diesmal nahm sie den Silverado. Sie musste sich zwingen, das Tempolimit einzuhalten und einigermaßen die Fassung zu bewahren, als sie vor dem Ranchhaus parkte und mit der Faust gegen die Eingangstür schlug.

»Thornton! Machen Sie auf, Thornton!«

»Sie können doch nicht …«, begann die Haushälterin, die nur zögernd geöffnet hatte, »Mister Thornton ist …«

Nicole ignorierte den Einwand und marschierte mit festen Schritten in das Büro des Ranchers. »Mister Thornton …«

Der Rancher saß hinter seinem Schreibtisch und hob lächelnd den Kopf. »Nicole … ich darf doch immer noch Nicole sagen? Was ist passiert? Ein Unglück? Warum stürmen Sie wie eine wild gewordene Amazone in mein Büro?«

»Das wissen Sie doch ganz genau!«, fuhr sie ihn an.

»Klären Sie mich auf, Nicole! Wenn ich kann, helfe ich gern.«

»Sie haben auf uns schießen lassen!«

Er behielt sein Lächeln. »Warum sollte ich auf Sie schießen lassen? Wir leben doch nicht mehr im Wilden Westen, wo man Meinungsverschiedenheiten mit dem Colt oder dem Gewehr klärte.« Dass er ähnliche Worte wie Sie bei ihrem ersten Besuch benutzte, schien ihn zu amüsieren. »Ich bin ein gesetzestreuer Bürger und würde nicht einmal daran denken.« Er entspannte sich ein wenig. »Aber setzen Sie sich doch! Kaffee? Tee? Heiße Schokolade?«

Sie überhörte seine Frage. »Jemand hat auf uns geschossen. Vielleicht nicht, um uns zu töten, der Schuss war wohl als Warnung gedacht und sollte unsere Pferde in Panik versetzen. Eine Stute hat er mit einem Streifschuss erwischt.«

»Das tut mir leid, aber ich kann Ihnen versichern …«

»… dass Sie nichts mit der Sache zu tun haben?«, führte Nicole den Satz zu Ende. »Wer soll es denn sonst gewesen sein? Der Schuss kam von Ihrer Seite, und ich nehme nicht an, dass einer Ihrer Männer eine Privatfehde mit uns beginnen will. Sie müssen ihm den Befehl gegeben haben. Buck Hennessy?«

Sein Lächeln verebbte, und seine Augen wurden kalt und schmal. »Seien Sie vorsichtig mit dem, was Sie sagen, Nicole! Ihre Vorwürfe könnte man leicht als Verleumdung auslegen. Ich nehme mal an, Ihre Überreaktion ist der Panik geschuldet, die Sie nach dem Schuss erlebt haben. Ich habe jedenfalls nicht den Befehl dazu gegeben. Wenn es einer meiner Männer war, hat er auf eigene Faust gehandelt. Es tut mir leid, wenn eines Ihrer Pferde dabei verletzt wurde.«

»Dann befehlen Sie Hennessy, oder wem auch immer Sie die Drecksarbeit übertragen haben, dass er sich von meiner Ranch fernhalten soll! Ich verkaufe nicht, auch nicht für viel Geld. Ich habe das gleiche Recht wie Sie, mich hier niederzulassen. Und mit Gewalt vertreiben lasse ich mich schon lange nicht.«

Thornton spielte den Verständnisvollen. »Sie sind wütend, Nicole, deshalb nehme ich Ihnen Ihren Ausbruch nicht übel. Aber noch einmal lasse ich mir so was nicht gefallen. Sie wissen, dass Verleumdung eine Straftat ist?« Er lächelte wieder. »Lassen Sie es gut sein! Den Schuss kann auch ein Jäger abgegeben und die arme Stute aus Versehen erwischt haben. Oder ein Betrunkener, der in der Gegend herumballern wollte. Bei mir sind Sie an der falschen Adresse, Nicole!« Er beugte sich über ein Schriftstück und beachtete sie nicht mehr.

Nicole verließ sein Büro und kehrte zu ihrem Wagen zurück. Thornton hatte recht, sie hatte keinen einzigen Beweis für ihre Behauptung, und man konnte ihre Worte tatsächlich leicht als Verleumdung auslegen. Dennoch stand es für sie fest, dass einer seiner Männer für die Schüsse verantwortlich war. Buck Hennessy und seine Kumpane hatten den Auftrag, sie so lange zu nerven, bis sie Thorntons Angebot annahm und er sein Reich vergrößern konnte. Da gehörten ein solcher Warnschuss und andere gemeine Schikanen zu den probaten Mitteln.

Sie wollte schon in den Wagen steigen, als sie die erleuchteten Fenster des Bunkhouse sah. Ohne weiter zu überlegen, ging sie darauf zu, überquerte den gepflegten Rasen jenseits der Kiesauffahrt und den sandigen Weg bei den Corrals. Es war rasch dunkel geworden, und sie war froh, nicht mit dem Pferd gekommen zu sein. Sonst hätte sie auf dem Rückweg durch den düsteren Wald reiten müssen.

Aus dem Bunkhouse drangen laute Stimmen und Gelächter. Sie öffnete die Tür, ohne anzuklopfen, und trat in den Lichtschein der Lampe, die über dem Tisch von der Decke hing. Im Halbdunkel waren die Kojen der Männer zu erkennen. Die meisten Cowboys saßen oder standen um den Tisch herum, Bierdosen in den Händen, und beteiligten sich lautstark an einem Würfelspiel.

Als sie den Raum betrat, verstummten die Unterhaltungen, und die Männer starrten sie wie einen Geist an. Keine Frau betrat ein Bunkhouse, es sei denn, sie gehörte zur Mannschaft, und schon gar nicht, ohne vorher anzuklopfen.

»Ich bin Nicole Sheldon«, sagte sie. »Mir gehört die Wind River Ranch. Gestern wurde auf uns geschossen, und ich vermute, dass es einer von euch gewesen ist. Er hat eine meiner Stuten mit einem Streifschuss am rechten Vorderlauf erwischt.«

»So was tun wir nicht, Ma'am«, sagte einer. »Wir schießen weder auf Frauen noch auf Pferde. So was würden wir uns niemals erlauben. Sie müssen sich irren. Hab ich recht, Leute?« Er blickte die anderen an und erntete Zustimmung.

»Wo ist Buck Hennessy?«

»Keine Ahnung«, erwiderte der Cowboy, »Er und seine beiden Freunde sind Einzelgänger, die sind nachts oft unterwegs und kommen spät nach Hause.«

»Hennessy hat Emily Thompson, die ehemalige Besitzerin meiner Ranch, so heftig angegriffen, dass ich sie zum Arzt bringen musste. Eine ältere Dame! Er war vor einigen Tagen bei mir und hat versucht, mich in die Enge zu treiben. Sagen Sie ihm und seinen Freunden, sie sollen sich zum Teufel scheren!«

»Das kann nur unser Boss.«

»Mit dem hab ich gerade gesprochen«, sagte sie. »Wie

könnt ihr für einen solchen Mann arbeiten? Einen machthungrigen Macho, der noch im vorletzten Jahrhundert lebt und sich wie ein Alleinherrscher aufführt? Ich an eurer Stelle hätte längst gekündigt. Warum lasst ihr euch alles von Thornton gefallen?«

»Er ist unser Boss«, erwiderte der Cowboy, als wäre das schon Erklärung genug. »Er kann machen, was er will. Und er zahlt gut.«

»Und deshalb macht ihr alle Schweinereien mit?«

»Wir tun unsere Arbeit, Ma'am, weiter nichts.«

»Wo ist euer Vormann?«

»Cody? Noch bei den Rindern.«

»Warum macht er das alles mit?«

Die Tür ging auf, und Thornton kam herein. Er gehörte zu den Männern, die jeden Raum ausfüllten, den sie betraten. Die Wut stand ihm ins Gesicht geschrieben. »Was tun Sie hier, Ma'am?«, fuhr er sie an. »Im Bunkhouse meiner Männer haben Sie nichts zu suchen! Verlassen Sie meine Ranch … sofort!«

Nicole erkannte, dass sie zu weit gegangen war, und gehorchte. Auch sie beherrschte sich nur mühsam, als sie zu ihrem Wagen ging und davonfuhr. Sie hätte das Bunkhouse nicht betreten sollen, die Cowboys traf keine Schuld. Wenn einer geschossen hatte, dann Buck Hennessy im Auftrag des Ranchers.

Aber das würde sie niemals beweisen können.

Tiefe Dunkelheit lastete auf dem Land, als sie ihre Ranch erreichte und aus dem Wagen stieg. Diego sprang ihr entgegen und ließ sich streicheln, im Corral schnaubten

Pferde. Der Mond war zu einer schmalen Sichel geschmolzen und verbreitete kaum Licht; hell war es nur hinter den Fenstern des Wohnraums.

»Nicole!«, hörte sie eine vertraute Stimme.

Erst jetzt sah sie, dass Cody neben seinem Pferd am Corral lehnte. Sein Anblick ließ ihr Herz wie immer schneller schlagen, auch wenn er in der Dunkelheit kaum zu erkennen war. Sie ging zu ihm und umarmte ihn. »Cody! Warum wartest du denn nicht im Haus? Ich habe einen neuen Koch, der hätte dir was zu essen gegeben und einen Cowboy-Kaffee gebraut.«

»Ich wollte nicht stören. Wo kommst du her?«

»Von der Double D«, gestand sie. »Ehrlich gesagt, hab ich mich wohl ziemlich albern benommen.« Sie berichtete ihm von dem Schuss und der leichten Verletzung von Angel, ihrem Wutausbruch bei Thornton und im Bunkhouse. »Er hat mich von der Ranch gejagt, Cody. Ich hätte gar nicht hinreiten sollen.«

»Meine Männer waren das nicht, die würden so was nie tun.«

»Buck Hennessy und seine Freunde?«

Cody wurde nachdenklich. »Die schon eher. Die drei sind mir auch ein Dorn im Auge, aber ich kann nichts gegen sie ausrichten. Die müssen nur tun, was Thornton ihnen befiehlt. Mit Rindern haben die sowieso wenig im Sinn.«

»Warum lässt du dir das alles gefallen, Cody?«

»Du weißt nicht, wie mächtig Thornton ist. Der kann dafür sorgen, dass dich kein anderer Rancher in Wyoming einstellt, wenn du ihm Contra gibst oder sonst was gegen ihn unternimmst. Der schiebt dir irgendein eine Straftat in die Schuhe, die du nicht begangen hast, und du verschwindest jahrelang im Knast!«

»Das würde er nicht wagen«, erwiderte sie ungläubig. »Auch in Wyoming gibt es Gesetze. Und dein Geheimnis … so schlimm kann es doch nicht sein. Mir ist es egal, wenn du irgendwann eine Dummheit begangen hast, Cody.«

»So einfach ist das nicht.«

»Ich liebe dich, Cody! Da verzeiht man vieles.«

Er küsste sie, und sie erwiderte den Kuss, versuchte damit alle Bedenken zu vertreiben. Wenn man einen Menschen liebte, durfte nichts diese Liebe schmälern. Sie presste ihn fest an sich, blickte ihn an, als sie sich voneinander lösten, und las die Gefühle, die sie bewegten, auch in seinen Augen. Er liebte sie wirklich, daran gab es nicht den geringsten Zweifel.

»Wir dürfen uns nicht auseinanderbringen lassen, Cody.«

»Uns kann niemand mehr trennen, Nicole.«

»Bist du sicher?«

Statt ihr zu antworten, küsste er sie erneut. Auch sie war froh, nicht mehr über sein Geheimnis reden zu müssen. Er hatte seine Gründe, das musste genügen. Sie lösten sich voneinander und sahen eine Weile den Pferden zu.

»Ich möchte einen Hengst kaufen«, sagte sie. »Hast du eine Idee?«

Cody überlegte einige Zeit. »Bei den meisten Auktionen hat Thornton seine Finger im Spiel. Wenn er so schlecht auf dich zu sprechen ist, wie du sagst, lässt er bestimmt nicht zu, dass du einen wertvollen Hengst ersteigerst, und wenn doch, müsstest du ein Vermögen dafür bezahlen. Gute Hengste sind extrem teuer.«

»Du lebst doch lange genug hier. Hast du keinen Geheimtipp?«

»Starlight«, überlegte er laut.

»Starlight?«

»Ein Hengst der Running W Ranch, ungefähr fünf Meilen südlich von Rock Springs. Henry Wagoner, der Besitzer, war mit meinem Vater befreundet und kannte mich schon als kleinen Jungen. Ich weiß, dass er ihn erst vor zwei Wochen gekauft hat, aber inzwischen einen leichten Schlaganfall erlitten hat und ihn wieder loswerden will. Onkel Henry, wie ich ihn nenne, hat keine Erben.«

»Würdest du ihn anrufen und ein gutes Wort für mich einlegen?«

»Ich hab eine bessere Idee«, sagte Cody. »Wir fahren zur Running W und sprechen persönlich mit ihm. Was hältst du davon: Ich rufe ihn an und frage ihn, wann wir kommen können. Am besten am Freitag, da habe ich frei.«

»Das würdest du tun?«, wunderte sie sich. »Rufst du mich vorher an? Oder schickst mir eine Mail?«

»Sicher.« Er band seinen Braunen von der Corralstange los und küsste sie noch einmal. »Ich muss leider los, Nicole. Wenn ich zu lange wegbleibe, gibt es Ärger.«

Sie verabschiedeten sich voneinander, und Nicole ging zurück ins Haus. Wally und Danny saßen am Tisch und aßen Apple Pie mit Schlagsahne. Lucy und Chris waren nicht zu sehen. »Wo sind denn unsere Jüngsten?«, wollte sie wissen.

»Spazieren«, antwortete Wally kauend.

»Spazieren? Mitten in der Nacht?«

»Es ist noch keine zehn«, erwiderte Wally. »Lassen Sie die beiden nur machen, Chefin, die sind auf dem rechten Weg. Lucy kann nach ein paar Tagen besser reiten als ein Cowgirl und geht in ihrem Job regelrecht auf, und für meinen Neffen lege ich sowieso die Hand ins Feuer. Wie war's auf der Double D?«

»Nicht so berauschend, aber ich weiß jetzt, wo wir einen guten Hengst bekommen.«

»Auf der Double D?«

»Auf der Running W von Henry Wagoner.«

»Die kenne ich. Südlich von Rock Springs.«

Sie wiederholte, was Cody ihr berichtet hatte. »Wahrscheinlich fahre ich am Freitag mit Cody hin.« Sie sah, wie sich seine Augen trübten. »Ich hoffe, Sie haben nichts dagegen, Wally? Ich will Sie nicht übergehen. Mit Ihnen gehe ich nächste Woche eine Stute kaufen.«

Sein Gesicht hellte sich auf. »Nächste Woche ist Auktion in Lander.«

»Trifft sich gut. Sehen Sie sich die Pferde schon mal online an.«

»Mach ich, Chefin. Die Stute soll ein Geschenk für Starlight sein?«

»Kann man so sagen«, erwiderte Nicole lachend.

»Und übermorgen fahren Sie mit dem Vormann der Double D?«

»Cody und ich …« Sie zögerte. »Er ist auf unserer Seite.«

Er strahlte. »Ich höre Hochzeitsglocken läuten.«

»Immer langsam, Wally. Eins nach dem anderen.«

Während sie redeten, brachte Danny ihr einen Teller mit Chili con Carne und eine Scheibe Weißbrot, dazu einen Becher mit heißer Schokolade, zu dem sie nicht Nein sagen konnte. Obwohl sie nach der Aufregung auf der Double D kaum noch hungrig war, ließ sie keinen Krümel übrig. »Sie sind Ihr Geld wert, Danny«, sagte sie. »Was haben Sie denn morgen für uns auf dem Speisezettel?«

»Gemüseauflauf, aber so gewürzt, dass man nicht an Fleisch denkt.

»Ich bin gespannt.«

Mit der restlichen heißen Schokolade zog sich Nicole in ihr Schlafzimmer zurück. Die Hausarbeit hatte Danny übernommen. Er konnte kochen wie kein Zweiter und schien auch Freude an der Hausarbeit zu haben. Bei ihm blitzte und blinkte alles. Er konnte sogar die Waschmaschine und den Trockner bedienen, immer noch selten bei einem Mann, und er liebte sein Dampfbügeleisen.

Als sie im Bett lag, klingelte ihr Handy. Schon wieder Mike. Entweder trauerte er ihr immer noch nach, oder es gab neue Schreckensmeldungen von Roger. Sie befürchtete, es ginge um ihren Bruder. »Mike … geht es um Roger?«

»Du weißt?«, fragte er vorsichtig.

»Ich weiß gar nichts, aber du wirst es mir gleich sagen.«

»Roger ist im Gefängnis auf Riker's Island. Er soll mit Kokain gedealt haben. Weil er schon mehrmals aufgefallen ist, hat die Anklage keine Kaution gewährt und auf Haft plädiert. Die Verhandlung soll in ein paar Tagen sein.«

»Ich hab befürchtet, dass mal so was passiert. Wie hast du's erfahren?«

»Es kam in den Abendnachrichten«, berichtete Mike. »›Das schwarze Schaf des Sheldon-Clans‹ haben sie ihn genannt. Und jeder fragt sich, warum er mit Kokain dealt, wenn er noch über hunderttausend Dollar auf dem Konto hat.«

»Hat er?«

»Angeblich, obwohl ich mir gut vorstellen kann, dass er die auch schon auf den Kopf gehauen hat. Beim Pokern in den Kreisen, in denen er so gern verkehrt, ist es nichts Besonderes, fünf- und sechsstellige Summen zu verlieren.«

»Was für eine Strafe wird er bekommen?«

»Ein paar Jahre bestimmt. Die Staatsanwaltschaft ist angeblich fest entschlossen, ihn aus dem Verkehr zu ziehen. Keine Absprachen, keine Deals.«

»Das hört sich nicht gut an. Hat er einen Anwalt?«

»Die er wollte, haben abgesagt. Zu eindeutig der Fall, es gibt Zeugen ohne Ende. Wer verliert schon gern? Ich nehme an, er muss sich mit einem Pflichtanwalt begnügen. Roger kann keiner mehr helfen, der ist endgültig erledigt!«

»Soll ich nach New York kommen?«

»Das würde nicht viel nützen, Nicole«, sagte Mike. »Die Presse würde sich auf dich stürzen und ein paar rührselige Storys veröffentlichen, die dir unendlich schaden könnten. Bleib in Wyoming und kümmere dich nicht um ihn.«

»Das kann ich nicht. Ich mache mir sowieso schon Vorwürfe.«

»Du hast schon mehr für Roger getan, als jemals eine Schwester für ihren Bruder getan hat. Er hat dich jedes Mal enttäuscht, und so ist es auch jetzt wieder. Oder meinst du, er hat sich in der Therapie gemeldet? Nicht mal angerufen hat er dort. Er ist ein verzogener Junge, der sich für unbesiegbar hielt und diesmal endgültig auf die Schnauze gefallen ist.«

»Dann besorge ich ihm einen Anwalt, vielleicht kann der was ausrichten.«

»Du findest keinen, jedenfalls keinen, der ihn vor einer langen Gefängnisstrafe bewahren kann. Er müsste schon Wunder vollbringen können, und Wunder sind selten. Lass es, Nicole! Ich hab's dir nur gesagt, damit du's nicht aus den Nachrichten oder von Dritten erfährst. Besser, du vergisst ihn. Wolltest du nicht ein neues Leben beginnen?«

»Vielleicht ändert er sich im Gefängnis?«

»Niemand ändert sich im Gefängnis.«

»Mit wie viel Koks hat man ihn denn erwischt?«

»Mit vier Kilo, sagen sie. Die sind über zweihunderttausend wert.«

»Ich rufe einen Anwalt an.«

»Der kostet ein Vermögen und wird nicht viel bringen. Aber es ist deine Party, Nicole. Ich drücke dir die Daumen, dass du bei der Sache keinen Schaden nimmst. Für Roger kann ich leider kein Mitleid empfinden.« Er räusperte sich, das Thema schien ihm unangenehm zu sein. »Sonst alles okay?«

Nicole schüttelte den Kopf, auch wenn ihr klar war, dass er das nicht sehen konnte. »Gute Nacht, Mike.«

23

Cody war pünktlich. Er hatte versprochen, sie um sieben Uhr früh abzuholen, und war um kurz vor sieben bei ihr. »Howdy«, grüßte er, als er den Wohnraum betrat. Er lehnte dankend ab, als Danny ihm einen Becher Kaffee anbot, hatte selbst eine Thermoskanne dabei und wollte so schnell wie möglich weiter. Sein Pferd hatte er abgesattelt und in den Corral gebracht. »Howdy, Nicole.«

»Howdy.« Sie wollte ihn nicht vor den anderen küssen, holte den Kuss aber vor dem Haus nach und sagte: »Mit dem Vormann der Double D zum Hengstkauf, dafür würden manche Leute sonst was geben.« Sie lachte gut gelaunt.

»Du auch?«

»Sagen wir mal so: Du hast was bei mir gut.«

Nicole hatte den Horse Trailer bereits angekoppelt. Nach Rock Springs, einer Stadt an der Interstate, waren es ungefähr zwei Stunden mit dem leeren Anhänger. Der Himmel hatte sich zugezogen, und es war morgens sehr frisch. Von den Bergen wehte kühler Wind herab. Die Straße führte über hügeliges Grasland, das Gras hatte sich nach einigen trockenen Monaten braun verfärbt.

Für ihren Bruder hatte sie getan, was in ihrer Macht stand. Sie hatte den Anwalt kontaktiert, für den sie einmal gearbeitet hatte, und ihn so lange bekniet, ihren Bruder zu verteidigen, bis er zugesagt hatte. Er hatte ihr sogar einen Sonderpreis versprochen, aber schon wenige Stunden nach seiner Verpflichtung angerufen und ihr mitgeteilt, dass man in so einem Fall wenig tun könne. »Ich war auf Riker's Island und habe mit ihm gesprochen«, hatte er gesagt. »Entschuldigen Sie, wenn ich so offen bin, aber er scheint den Verstand verloren zu haben. Er hält sich für unschuldig. Er wäre von Ihnen um einen Teil seines Erbes betrogen worden und auf fremdes Geld angewiesen. Mit dem Kokain hätte er nicht gedealt, das hätte er nur für einen Bekannten aufgehoben, dessen Namen er nicht nennen könne. Ich glaube, es gibt diesen Bekannten gar nicht. Außerdem hat die Staatsanwaltschaft zwei zuverlässige Zeugen, die bezeugen können, dass er gedealt hat. Dagegen kann ich nicht viel tun, Nicole.«

»Dann muss er ins Gefängnis?«

»Das sowieso, die Beweise sind erdrückend. Es geht nur noch darum, ob er in einer Zelle oder einer geschlossenen Einrichtung landet. Ich versuche, ihn für unzurechnungsfähig erklären zu lassen, und habe bereits einen Gutachter bestellt, der seine Suchtprobleme bestätigen soll. Aber ich kann Ihnen nicht zu viel versprechen, Nicole, die Richter sind gerade sehr streng.«

»Ich habe mir schon so was gedacht«, erwiderte Nicole, »aber ich wollte nichts unversucht lassen. Und was seinen Vorwurf betrifft … Ich habe ihn nicht betrogen. Im Gegenteil, ich habe ihm mehrmals mit Geld aus der Patsche geholfen. Mike Grayson, dem die Ranch jetzt gehört, kann das bestätigen.«

»Ich weiß«, sagte er, »ich habe Unterlagen, die das alles beweisen.«

Sie bewegten sich im Schatten eines Trucks, der so

schnell fuhr, dass sie ihn nicht zu überholen brauchte. Ansonsten war wenig Verkehr. Urlauber nahmen meist andere Highways, die zu den Spuren des Oregon Trails oder in die Berge zu den Wildpferden führten, die dort weideten. Alle paar Monate versteigerte die Regierung einige Mustangs; Nicole hatte auch schon daran gedacht, sich ein solches Pferd zuzulegen. Mustangs waren die direkten Nachfahren der Pferde, die mit den Spaniern im 16. Jahrhundert nach Amerika gekommen waren.

»So nachdenklich heute?«, fragte Cody. »Mach dir um Thornton keine Sorgen. Ich würde niemals zulassen, dass er dich unfair behandelt. Aber du darfst ihn nicht reizen. Er kann unangenehm werden, wenn man sich mit ihm anlegt.«

»Ich auch«, sagte sie. »Oder soll ich mir alles gefallen lassen?«

»Er hat zu viel Macht, gegen ihn kommt man nicht an. Wie es aussieht, hat er sogar den Gouverneur in der Hand. Man munkelt von illegalen Privatkrediten und anderen zweifelhaften Geschäften. Angeblich soll sich der Gouverneur bei Thornton bedanken, indem er Gesetzeseingaben unterstützt, die ihm und seiner Ranch nützen. Beide sind überzeugte Republikaner.«

»Politik ist ein schmutziges Geschäft«, erwiderte Nicole, »das ist an der Ostküste nicht anders. Mein Vater musste sich auch mit einigen Politikern gutstellen, um unsere Horse Farm am Laufen zu halten. Aber nicht im großen Stil wie dein Boss. Thornton ist ein machthungriger Egoist, der nur sein eigenes Wohl im Auge hat und dafür über Leichen geht. Warum würde er sonst Männer wie Buck

Hennessy anheuern? Und warum unternimmst du nichts gegen die beiden?«

»Vielleicht verschließe ich vor manchem die Augen, das stimmt.«

»Hat Thornton noch was gesagt, nachdem ich weg war?«

»Er hat die Männer zusammengestaucht, hab ich mir sagen lassen. Und er würde jeden zum Teufel jagen und vorher auspeitschen lassen, der sich mit unliebsamen Nachbarn einlässt und seine Autorität untergräbt. Als ich kam, hat er mich angefaucht. Ich sollte die Hände von der arroganten … von dir lassen.«

»Ich bin also eine unliebsame Nachbarin?«

»Nicht nur du, sogar die Regierung, obwohl er da Fortschritte macht. Angeblich hat er den Gouverneur bereits überredet, ihm den Landstreifen zwischen der Double D und deiner Ranch zu verkaufen. Dann wärt ihr direkte Nachbarn.«

»Tolle Aussichten! Es muss doch einen Weg geben, ihm einen Denkzettel zu verpassen! Irgendeine Verfehlung ans Licht zu zerren, wie es mit manchen Politikern geschieht. Hatte er noch nie was mit einer Prostituierten? Hat er keine Exfrau, die schmutzige Wäsche waschen könnte? Irgendwas, Cody!«

»Thornton war nie verheiratet«, sagte Cody. »Einmal soll er nahe dran gewesen sein, seine Verlobte aber vorher zum Teufel gejagt haben, doch das ist eine Ewigkeit her. Inzwischen duldet er niemanden neben sich, auch keine Ehefrau. Er will allein bestimmen. Ob er Prostituierte besucht, weiß ich nicht.«

»Wahrscheinlich würde es auch niemanden aufregen«, erkannte sie.

Cody war der gleichen Meinung. »Thornton kann sich alles erlauben. Ich glaube, er würde sogar mit einem Mord davonkommen. Er beschäftigt ein Heer von Anwälten. Irgendwie auch bewundernswert. Er musste hart arbeiten, um diesen Ruf zu erlangen. Und mal ehrlich, so ähnlich sind doch alle Männer, die was zu sagen haben. Oder kennst du Großrancher, Firmenchefs und Politiker, die es ehrlich mit uns meinen?« Er überlegte. »Henry Wagoner vielleicht.«

Sie überquerten die Interstate bei Rock Springs und fuhren weiter nach Südosten. Das Land wurde hügeliger und felsiger. Nach ungefähr zwölf Meilen kamen sie an die Abzweigung zur Running W Ranch und blieben ungefähr zwanzig Minuten auf der Schotterstraße, bis sie ein fruchtbares Tal erreichten. Die Häuser der Running W, ein lang gestrecktes Giebelhaus mit überdachter Veranda, einige Schuppen, zwei Blockhütten, die Scheune und das Bunkhouse, lagen am Ufer eines schmalen Flusses im Schutz mehrerer Laubbäume.

Louise Wagoner, eine weißhaarige Frau mit einem freundlichen Lächeln, empfing sie vor der Haustür und führte sie ins Wohnzimmer zu ihrem Mann. Er saß in seinem Lieblingssessel vor dem Fernseher. Auch seine Haare waren weiß, seine Haut von Wind und Wetter gegerbt, der linke Arm nach dem Schlaganfall gelähmt. Doch seine Augen sprühten noch vor Lebensfreude.

Als er Nicole und Cody kommen sah, griff er nach seinem Stock und erhob sich mühsam. »Cody!«, begrüßte er den Vormann. »Dass du dich auch mal blicken lässt.«

»Onkel Henry!« Cody umarmte den alten Mann.

»Und wer ist die hübsche Lady an deiner Seite? Sag bloß, du …«

»Nicole Sheldon«, unterbrach Cody den Rancher. »Ihr gehört jetzt die Wind River Ranch südlich der Double D. Sie versteht eine Menge von Pferden.«

»Die Frauen sind auf dem Vormarsch, sag ich doch.«

Louise brachte Kaffee und Schokoladenkekse und stellte das Tablett auf den kleinen Tisch. Nicole und Cody bedankten sich und setzten sich auf die Couch.

»Wie geht es dir, Onkel Henry?«, fragte Cody.

»Du meinst den Schlag, den mir der Herrgott geschickt hat? Das war nur ein Warnschuss. Mein linker Arm will nicht mehr, und beim Sprechen brauche ich manchmal etwas länger, aber das war früher auch schon so. Es ist in der Stadt beim Einkaufen passiert. Der Arzt war sofort da, sonst wäre es schlimmer ausgegangen. Jetzt muss ich die ganze Arbeit meine Männer machen lassen. Mit dem Reiten ist leider auch Schluss. Louise meint, wir sollten verkaufen. Ich war lange dagegen, weil wir keine Kinder haben und ich die Ranch keinem Fremden geben wollte, aber es geht wohl nicht anders. Irgendwann muss Schluss sein.«

»Du tust das Richtige«, sagte Cody.

»Da hörst du's«, mischte sich seine Frau ein. »Der Arzt hat dich doch gewarnt. Auf der Ranch hättest du zu viel Stress, und die Gefahr wäre viel zu groß, dass du einen zweiten Schlaganfall bekommst. Und dann ginge es vielleicht nicht so gut aus. Besser, wir verkaufen die Ranch und ziehen in dieses Seniorenheim in Rock Springs.«

»Wo wir den ganzen Tag bemuttert werden?«, erwiderte er.

»Schrecklich. Aber vielleicht hast du recht. Wenn ich nicht mehr reiten kann, hab ich hier sowieso nichts mehr verloren. Deshalb verkaufe ich auch den Hengst, den ich mir gerade erst gesichert hatte. Wollen wir uns Starlight mal ansehen? Ihr seid doch sicher neugierig.«

Mit dem Stock war Wagoner noch einigermaßen gut zu Fuß, und auch sonst wirkte er gesünder, als er wahrscheinlich war. Als er mit Nicole und Cody zum Corral ging und den Hengst sah, leuchteten seine Augen. Pete Fisher, sein Vormann, wartete schon auf sie. Es war staubig und roch nach Pferdeschweiß.

»Hey, Pete«, rief Wagoner. »Das sind Nicole und Cody. Sie wollen Starlight kaufen. Ich weiß, du gibst ihn nur ungern her, aber ich werde die Ranch aufgeben. Hab ich gerade beschlossen. Ich kann nicht mehr so wie früher, wirst du auch irgendwann erleben. Sag mir Bescheid, wenn du die Ranch haben willst, du kennst dich hier aus.«

Pete lachte. »Dafür ist mein Sparschwein nicht dick genug.«

»Ich mach dir einen Sonderpreis. Lass uns später darüber reden.«

Nicole und Cody stiegen auf die unterste Sprosse des Corralzauns und sahen sich den Hengst an. Ein König der Weide, der es anscheinend nicht erwarten konnte, über seinen eigenen Harem zu herrschen und ebenso prächtige Nachkommen zu zeugen. Ein Hengst mit rotbraunem Fell, das selbst unter bewölktem Himmel leuchtete, voller Energie und Willenskraft, mit Proportionen, wie man sie sich von einem Klassepferd wünschte, ungeduldig darauf wartend, im vollen Galopp über eine Weide zu preschen und Stuten zu beeindrucken. In seinen Augen blitzte ein Feuer, wie man es nur bei wenigen Hengsten der Extraklasse sah.

»Ist er nicht ein Prachtkerl?«, sagte Wagoner, der sich sein Leben lang für Pferde begeistert hatte. Vom Tierarzt hab ich ihn gestern untersuchen lassen. Alles okay. Ich hab die Papiere schon bereitgelegt. Wie gefällt er euch?«

»Ein wundervolles Pferd«, begeisterte sich Nicole. »Und so elegant! Sehen Sie sich diese Muskeln an … und die Gelenke … wie alt ist er? Fünf, sechs Jahre?«

»Fünfeinhalb«, sagte Pete. »Sie kennen sich aus, Ma'am.«

»Ich bin mit Pferden aufgewachsen.«

»Leider hab ich erst wenige Stunden mit ihm arbeiten können«, sagte er, »und es gibt noch Einiges zu tun. Henry sagt, Sie würden ihn selbst einreiten?«

»Das machen wir zusammen«, erwiderte sie und blickte Cody an.

Nicole lieh sich ein Lariat und betrat sehr zum Erstaunen der Männer als Erste den Corral. »Ich will ihn nur etwas beruhigen«, sagte sie zu Cody, »dann bist du dran.« Sie ging langsam auf den Hengst zu und brachte ihn allein durch ihre Anwesenheit dazu, im Kreis zu laufen, zuerst nur widerstrebend, dann immer williger. »So ist es gut, Starlight! Lass ruhig ein bisschen Dampf ab, bevor wir ans Eingemachte gehen! Du bewegst dich großartig, mein Lieber, wirklich toll!«

Nach einigen Runden blieb Starlight stehen und blickte in ihre Richtung. Sie näherte sich ihm von der Seite, sehr langsam und vorsichtig und ohne ihm in die Augen zu blicken, und blieb einige Schritte vor ihm stehen. Sie berührte ihn mit dem Lariat, rieb damit über sein seidiges Fell und sprach ständig auf ihn ein: »Du bist ein toller Bursche, Starlight! Du wirst dich wohlfühlen bei uns!« Sie berührte seine Stirn, spürte seine Wärme. »So ist es gut, mein Lieber! Das klappt doch schon hervorragend. Wir werden gute Freunde, nicht wahr?«

Sie drehte sich zu Cody um, der mit einer Hackamore den Corral betrat. Mit einem solchen gebisslosen Zaum hatte auch Nicole auf ihrer Horse Farm viel gearbeitet. Gebissloses Zaumzeug wurde nicht nur von Tierschützern favorisiert, es eignete sich besonders für das Einreiten von nervösen Pferden. »Siehst du, wer da kommt?«, sagte sie zu dem Hengst. »Das ist mein Freund Cody. Der bewundert dich genauso sehr wie ich. Sei nett zu ihm, hörst du?« Sie machte Platz für Cody und zog sich zurück. »Du bist dran, Cody. Starlight ist ein Kluger.«

»Das hast du toll gemacht«, lobte Cody sie. »Warum machst du nicht weiter? Ihm die Hackamore anzulegen und ihn zu satteln, das schaffst du auch allein.«

Sie lächelte. »Gleichberechtigung.«

Cody ging genauso behutsam vor wie sie, brauchte aber lange, bis er den Hengst so weit hatte, dass er ihm die Hackamore überstreifen konnte. Er führte ihn am Strick durch den Corral, gab immer wieder nach, wenn der Hengst bockte und sich gegen den Strick wehrte, bis er sein Vertrauen gewann und Starlight klarmachen konnte, dass er keine bösen Absichten hegte. Ein Pferd, das nicht mehr so wild wie ein Mustang war, brauchte man nicht wie ein Rodeoreiter einzureiten. Meist genügten Pferdeverstand, eine ruhige Stimme und viel Geduld, um einen Hengst an das Leben auf einer Ranch zu gewöhnen.

Bis sie den Hengst satteln konnten, vergingen zwei Stunden. Cody hatte diesen Part übernommen, flüsterte ständig mit dem Tier, während er den Sattel auf seinen Rücken wuchtete und einen Riemen nach dem anderen festzog. »Machen Sie das Tor auf!«, sagte er zu Pete, der die ganze Zeit zugesehen hatte. »Ich will mal sehen, was Starlight draufhat und wie schnell er aus der Puste kommt.«

Nicole und der Vormann öffneten das Tor, und Cody galoppierte auf die Weide hinaus. Die ersten paar Schritte bockte der Hengst noch, dann begann er, Freude an dem Ausritt zu haben, und zeigte Cody, wozu er fähig war.

Eine Stunde später kehrte er zurück. Er stieg aus dem Sattel und schlang die Zügel um einen Holm des Corrals. »Einer der besten Hengste, die ich je geritten habe«, sagte er und klopfte sich den Staub von der Hose. »Mit dem wirst du viel Freude haben.« Er grinste Nicole an. »Und die Stuten auch, da bin ich ganz sicher.«

Bevor sie den Hengst in den Trailer verluden, lud Louise sie zu Sandwiches im Wohnraum ein. Dazu gab es selbst gemachte Limonade. »Die schmecken besser als die Chicken Salad Sandwiches meiner Mutter«, sagte sie. »Mit Rosinen … das muss ich mir merken. Und die Limonade … Apfel-Melone?«

»Mit etwas Ingwer«, verriet Louise.

»Bist du immer noch bei diesem Irren?«, fragte Wagoner nach dem ersten Bissen. »Wie heißt er noch? Der beleidigt ist, weil es noch andere Rancher gibt, und der immer mehr haben will, obwohl ihm schon halb Wyoming gehört?«

»D.D. Thornton«, antwortete Cody.

»D.D. Thornton … genau, den meine ich. Noch vor ein

paar Jahren ging ich an die Decke, wenn ich bloß seinen Namen hörte. Der ist machthungriger als unser Präsident in Washington. Ich hab ihn nur einmal getroffen, aber das hat mir vollkommen gereicht. Auf einer Tagung der Cattlemen's Association. Er war damals schon über fünfzig und hielt sich immer noch für unwiderstehlich.«

»Bei den Frauen?«, wollte Nicole wissen.

»Bei denen auch.«

»Hat er … na, Sie wissen schon.«

Wagoner musste grinsen. »Sie meinen, ob er eine der jungen Hostessen aufs Zimmer geschleppt hat? Wenn er's getan hat, war er sehr geschickt. Aber ich glaube nicht, dass eine schwach wurde. Nicht mal für ein paar Hunderter.«

»Ich hoffe, wenigstens du warst brav«, sagte Louise.

»Für mich gab es immer nur dich«, sagte Wagoner. Allein an seinem liebevollen Blick erkannte Nicole, dass er es ernst meinte. »Ich war immer froh, wenn ich nach so einer Tagung wieder zu Hause war. Nein, so hatte ich's auch gar nicht gemeint. Er hielt sich auch bei den anderen Ranchern für unwiderstehlich, verteilte etliche Geldgeschenke, bis sie ihn endlich zum Vorsitzenden der Vereinigung wählten. Er war schon sauer, wenn er nur achtzig Prozent der Stimmen bekam, und zeigte sich erst zufrieden, als es hundert Prozent waren.«

»Er hat mir viel Geld für meine Ranch geboten«, sagte Nicole, »und wurde sehr wütend, als ich abgelehnt habe. Er hat mir sogar einen Typen auf die Ranch geschickt, der mir Angst einjagen sollte. Und das alles nur, weil er keinen Nachbarn dulden will. Er fühlte sich durch mich in die Enge getrieben.«

»Ja, so ist er. Meine Ranch wollte er auch haben. Weißt du noch, Louise?«

»Ist lange her. Wir waren ihm zu groß geworden.«

Wagoner ließ das halbe Sandwich liegen und lächelte schwach. »Wir hatten genug Geld gespart und brauchten sein Geld nicht. Sogar den trockenen Sommer und die Pandemie haben wir gut überstanden. Ich mochte ihn nie.«

»Auch jetzt würden Sie nicht an ihn verkaufen?«

»Nein, ich verkaufe an Pete. Habe ich gerade beschlossen. Den Kredit wird er schon kriegen, wenn ich mich bei der Bank für ihn einsetze. Er versteht was von seinem Job, und ich bin ganz sicher, dass er die schwarzen Zahlen hält.«

»Apropos Zahlen«, sagte Nicole. »Wie viel soll der Hengst kosten?«

Wagoner nannte einen Preis.

»Klingt fair«, sagte sie. »Was meinst du, Cody?«

Er nickte. »Klingt mehr als fair.«

Nach dem Essen luden sie den Hengst in den Horse Trailer – ein anstrengendes Unterfangen, das eine geschlagene Stunde dauerte – und bedankten sich bei den Wagoners. »Es war mir ein Vergnügen«, sagte Nicole, »und vielen Dank für das Sandwich, Louise. Kommen Sie mich doch mal besuchen auf meiner Ranch. Ich kann längst nicht so gut kochen wie Sie, aber ich hab einen der besten Köche, der ist sogar Zweiter beim letzten Chili-Cookoff geworden.«

24

Sie hatten Rock Springs bereits hinter sich gelassen, als Starlight zu lärmen begann. Nicole hörte, wie er mit den Hufen gegen die Trailerbox schlug und wütend gegen die ungewohnte Umgebung protestierte. Sein Wiehern drang bis zu ihnen in den Silverado und klang so aufgebracht, dass sie anhalten musste.

Sie schafften es gerade noch bis Farson, einer winzigen Siedlung an der Abzweigung zum South Pass und der Straße nach Lander und Wind River. Ein Dreihundert-Seelen-Dorf mit einem doppelstöckigen Holzhaus am Highway, das den Farson Mercantile im Erdgeschoss beherbergte, einen großen Gemischtwarenladen mit Café. »Berühmt für seine großen Eistüten«, stand über dem Eingang.

Sie parkten vor dem Haus und holten den Hengst mit vereinten Kräften aus dem Trailer. Starlight war so aufgebracht, dass er bockte, mit den Hufen ausschlug und sich schnaubend gegen die Hackamore wehrte. Sie brauchten einige Zeit, um ihn zu beruhigen, sehr zum Vergnügen einiger Jugendlicher, die mit ihren Eistüten im Schatten standen und ihnen zusahen. Während Cody den Hengst mit beiden Händen am Führungsseil festhielt, redete Nicole sanft auf das Tier ein.

»Ruhig, mein Lieber, ganz ruhig«, sagte sie. Ihre Stimme klang immer freundlich, wenn sie mit Pferden sprach. »Keine Panik, niemand will dir was Böses! Ich weiß, du bist die freie Weide gewöhnt, und im Trailer ist es dir viel zu eng, aber es ist doch nur für zwei, drei Stunden, dann sind wir zu Hause und du kannst dich nach Herzenslust austoben. Die Hälfte haben wir schon.«

Starlight wurde etwas ruhiger, als er ihre Stimme hörte und den frischen Wind spürte, doch Nicole erkannte auch, dass er ohne eine längere Pause nicht wieder in den Trailer gehen würde, wenn überhaupt. Sie redete weiter auf ihn ein, bis er sich einigermaßen entspannt hatte und sich sogar zu freuen schien, als sie ihm den Sattel auflegte. »Ich sehe schon, du brauchst ein bisschen Auslauf, bevor wir weiterfahren. Wie wär's mit einem Ausflug zum Oregon Trail?«

»Du willst ihn reiten?«, fragte Cody erstaunt.

»Ist die einfachste Methode, um ihn bei Laune zu halten«, erwiderte sie. »Ich komme gut mit ihm zurecht, und das Land hier ist flach und leer, wie geschaffen für einen Ausritt.« Sie tätschelte den Hals des Pferdes. »Hab ich nicht recht, Starlight? Ohne einen Ausflug kriegen wir dich nicht mehr in den Trailer, hm?«

Der Hengst schnaubte; er schien jedes ihrer Worte zu verstehen.

»Natürlich nur, wenn du nichts dagegen hast«, sagte sie zu Cody. »In ungefähr einer halben Stunde bin ich wieder zurück. Am besten gehst du so lange ins Café und gönnst dir eine Eistüte und einen Kaffee. Ich beeile mich, okay?«

Er war einverstanden. »Gute Idee, aber bleib in der Nähe.«

»Aye, Sir«, erwiderte sie scherzhaft und stieg in den Sattel. Der Hengst wehrte sich nur ein wenig, als er die ungewohnte Last spürte. »Keine Angst, Starlight! Ich bin's nur … Nicole. Wir werden in Zukunft öfter das Vergnügen haben. Was meinst du? Wollen wir uns mal die Wagenspuren ansehen?«

Sie beugte sich aus dem Sattel und küsste Cody, dann trieb sie den Hengst über den verlassenen Highway und über das Grasland nach Osten. Vor ihr lagen die weiten Ebenen der Great Plains, von den Pionieren im 19. Jahrhundert noch als »Große Amerikanische Wüste« bezeichnet. Salbei und Greasewood bedeckten den Boden, nur am Ufer von Flüssen und in der Nähe von Quellen wuchsen Bäume und saftiges Gras. Der Himmel reichte von einem Horizont zum anderen, die *wide open skies*, auf die Wyoming so stolz war. Sie konnte sich gut vorstellen, wie frustriert die Siedler in ihren Planwagen gewesen sein mussten, wenn sie wochenlang nach Westen gefahren und den Bergen nur langsam näher gekommen waren.

Starlight genoss die plötzliche Freiheit und galoppierte in weiten Sätzen über die Prärie. Er war ein typischer Hengst, stolz und eigenwillig und stets darauf bedacht, die Kontrolle zu behalten. Nur widerwillig beugte er sich Nicoles Schenkeldruck, schien aber anzuerkennen, dass sie die Zügel selten spannte und ihn laufen ließ. Einem Hengst musste man Freiheiten lassen, hatte Nicole schon früh gelernt, man durfte ihn nicht zu sehr an die Kandare nehmen und musste ihm das Gefühl geben, dass man nicht einmal daran dachte, ihm irgendetwas vorzuschreiben. »So wie es kluge Frauen mit ihren Männern machen«, hätte ihre Mutter scherzhaft behauptet. Ihre Mutter war eine äußerst kluge Frau gewesen.

Nach ungefähr zwanzig Minuten erreichte sie den Oregon Trail. Schon in New York hatte sie von dem historischen Trail gehört und auf der Ranch von Wally erfahren, dass er ganz in der Nähe vorbeigeführt hatte. Die Spuren der schweren Planwagen waren immer noch zu erkennen. Sie legte eine kurze Pause ein und bestaunte die Furchen, die viele tausend Räder in die Erde gegraben hatten. Bereits in den 1840er Jahren waren Siedler über diese Wagenstraße nach Westen gezogen, auf der Suche nach einem besseren Leben im Oregon-Territorium und in Kalifornien, wo angeblich Milch und Honig fließen sollten.

Viele Menschen waren auf dem Trail gestorben, vor allem an der Cholera, aber auch an anderen Krankheiten, Schlangenbissen und den Pfeilen feindlicher Cheyenne und Sioux. Wie einfach war es im Vergleich doch für sie gewesen, nach Westen zu fahren, um dort wie die Siedler ein neues Leben zu beginnen.

»Ich glaube, wir machen uns besser auf den Rückweg«, sagte sie nach einer Weile zu Starlight. »Wir können den armen Cody ja nicht ewig warten lassen.«

Der Hengst hatte sich beruhigt und schien wieder zufrieden. Nicole freute sich schon auf die Fohlen, die er zeugen würde. Damit würde sie sich einen guten Ruf im Westen verdienen und die Wind River Ranch zur Heimat erstklassiger Pferde entwickeln. Die Konkurrenz in Wyoming war groß, nicht nur durch Thornton, der erstklassige Quarter Horses züchtete, und man musste etwas Besonderes bieten, um konkurrenzfähig zu bleiben. Eine erfolgreiche Pferdezucht war ihr erstes Ziel, erst dann konnte sie daran denken, ihre Ranch auch für Gäste zu öffnen.

Sie erreichte Farson nach einem gemütlichen Ritt und band Starlight an den Trailer. »Ich bleibe nicht lange«, sagte sie. Sie tätschelte seinen Hals. »Ich kauf mir nur ein Eis und hole Cody ab. Dem Armen ist sicher schon langweilig.«

Doch im Café war Cody nicht zu sehen. Sie suchte im angrenzenden Laden, fand ihn auch dort nicht und wandte sich an die Angestellte hinter dem Tresen. »Verzeihen Sie, war nicht gerade ein Cowboy hier und hat ein Eis gegessen?«

»Der ist mit einer jungen Dame weg.«

»Einer jungen Dame? Wie sah sie aus?«

»So, wie die meisten Männer eine Frau haben wollen. Blonde Locken, blaue Augen, enge Jeans und unverschämt schlank. Da kann ich nicht mithalten.«

»Dana …«

»Ja, so hat er sie genannt.«

»Sind sie weggefahren?«

»Nein, sie müssen noch in der Nähe sein«, erwiderte die Angestellte, die eher pummelig war. Kein Wunder, wenn sie in einem Ice Cream Shop arbeitete. »Vielleicht hinter dem Haus bei den Bäumen, da gibt es ein paar Bänke.«

Nicole verließ das Café und blieb benommen stehen. Dana McKenna hier? Zusammen mit Cody auf einer Bank? Woher wusste sie, dass sie Cody hier treffen würde? Oder war sie zufällig hier? Und was hatten die beiden zu bereden?

Nicole wäre am liebsten losgestürmt, um die beiden zur Rede zu stellen, schaffte es aber, sich wieder einigermaßen zu beruhigen. Warum sollten sich Cody und diese Rodeo

Queen ausgerechnet hier verabreden? Nicht einmal Cody und sie hatten bis vor einer halben Stunde gewusst, dass sie hier halten würden. Es musste eine zufällige Begegnung sein. Eine andere Möglichkeit gab es nicht.

Doch ein Rest von Misstrauen blieb und verleitete sie dazu, um das Haus herumzuschleichen und die beiden aus sicherer Deckung zu beobachten. Sie saßen nicht auf einer Bank, sie standen davor, und Cody machte nicht den Eindruck, als wäre er besonders erfreut, Dana zu treffen. Sie standen allein unter den Bäumen, und ihre Stimmen waren deutlich zu verstehen. Auch wenn sich Nicole schäbig dabei vorkam, konnte sie nicht vermeiden, sie zu belauschen.

»Warum ausgerechnet diese Großstadt-Tussi?« jammerte Dana gerade.

»Sie kommt nicht aus Manhattan. New York State ist ländlich.«

»Du plapperst doch nur nach, was sie dir erzählt hat. Sie kommt von der Ostküste, da sind die Menschen anders. Sie tragen alle die Nase hoch und glauben, sie wären was Besseres. Sie passt nicht zu dir, Cody, das geht schief.«

»Das musst du schon mir überlassen«, sagte Cody.

»Du bist auf sie reingefallen, das verstehe ich ja. Sie macht was her in ihren neuen Klamotten, auch wenn sie krampfhaft versucht, auf Cowgirl zu machen. Sie hat diesen vornehmen Ostküsten-Slang drauf und gaukelt dir die Lady vor.«

»Wenn das heißen soll, sie wäre eine dieser arroganten Zicken, die manchmal beim Rodeo auftauchen oder mit ihren High Heels ins Wild Rose Cafe stöckeln, bevor sie zu den Nationalparks weiterfahren, bist du schief gewickelt.

Sie weiß mehr über Pferde und kann besser reiten als manches Cowgirl. Und sie ist alles andere als arrogant. Sie passt zu uns, und du solltest dich nicht wie ein beleidigter Teenager benehmen und ständig gegen sie sticheln. Okay?«

Seine Stimme war etwas lauter geworden, und sie reagierte trotzig. »Wir wären auch zusammen glücklich geworden. Wir waren ein schönes Paar.«

»Es wäre nicht gutgegangen, Dana.«

»War ich dir nicht gut genug?« Sie wurde langsam wütend. »Andere Männer hätten sich alle zehn Finger nach mir abgeschleckt! Die hätten sonst was dafür gegeben, um einmal mit der Rodeo Queen ausgehen zu dürfen. Und du ziehst das große Los, wir waren in meinem Schlafzimmer und kurz davor, miteinander ins Bett zu gehen, da machst du einen Rückzieher und lässt mich stehen.«

»Wir waren beide beschwipst. Das wär nur peinlich geworden.«

»Peinlich? Im Bett mit mir?«

»So hab ich das nicht gemeint, Dana. Du siehst gut aus, und es stimmt, die meisten Männer sind tatsächlich hinter dir her. Warum versuchst du es nicht mit einem von ihnen? Wir beide sind nicht füreinander bestimmt, aber du hast die freie Auswahl. Die meisten Männer wagen sich doch nur nicht an dich ran, weil sie glauben, dass wir was miteinander haben.«

»Ich bin sicher, du träumst von mir.«

»Sei nicht eingebildet!«

»Du würdest mich doch am liebsten ins Gras werfen und es mit mir treiben.« Sie begann, ihre Bluse zu öffnen. »Wie sieht's aus? Wollen wir gleich hier …«

»Hör auf mit dem Unsinn!«, schnitt Cody ihr das Wort ab und zog ihre Hände von der Bluse. »Und lass mich endlich in Ruhe! Auch wenn du Thorntons Nichte bist, ich kann nichts mit einer Frau anfangen, für die ich keine Gefühle habe.«

»Ach ja?« Danas Laune änderte sich radikal. Statt ihn weiterhin mit ihren Blicken zu verführen, versprühte sie plötzlich Blitze und Feuer. »Spielst du plötzlich den Saubermann? Glaubst du, ich weiß nicht, warum du damals aus meinem Schlafzimmer gerannt bist? Du wolltest zu einer anderen, das war's!«

Nicole hatte sich schon über seine klaren Antworten gefreut und empfand die plötzliche Wendung wie eine kalte Dusche. Sie sah, wie Cody errötete.

»Einer anderen? Was für einer anderen denn?«

»Rebecca, so hieß sie doch? Oder hast du sie Becky genannt?«

»Ich hatte damals gar keine Zeit für eine Freundin.«

Dana lachte triumphierend und auch ein wenig schadenfroh. Sie wusste anscheinend, dass sie ihn in die Enge getrieben hatte. »Tatsächlich? Warst du deshalb einen Monat lang verschwunden? Angeblich, um dich um deinen kranken Vater zu kümmern? In Wahrheit hast du dich doch mit dieser Becky rumgetrieben. Gib's zu, Cody! Du hast es wie ein Stier mit dieser Becky getrieben.«

»So wie du spricht keine Lady.«

»Wer sagt, dass ich eine Lady bin?«, konterte sie. »Ich bin eine Frau, wie sie die Männer im Westen mögen. Ich kann reiten und den Two-Step tanzen, und wenn es sein muss, fluche ich wie ein Maultiertreiber. Das ist sexy,

Cody! Und wenn du ehrlich wärst, würdest du zugeben, dass dich das ebenso anmacht.«

»Du bist eingebildet, Dana!«

»Und du bist ein Lügner! Du warst mit dieser Becky zusammen, und wer weiß, was ihr alles zusammen angestellt habt. Wenn ich's mir recht überlege, bin ich sogar sicher, dass du immer noch was mit ihr hast. Warum hast du sie nicht geheiratet, wenn dir so viel an ihr liegt? Weil du immer noch scharf auf mich warst? Warum lässt du dich stattdessen mit der Tussi aus New York ein?«

»Was soll dieser Unsinn, Dana? Hast du mich deshalb hier abgepasst?«

»Ich hab rausgekriegt, dass diese Becky damals auf einer Ranch in der Nähe von Cheyenne gearbeitet hat, Cody, und irgendwann werde ich herausfinden, ob du noch was mit ihr hast. Und wenn es stimmt, erfährt es Nicole als Erste!«

»Lass Nicole in Ruhe!«

Nicole verließ ihre Deckung und tat so, als hätte sie Cody und Dana gerade erst entdeckt. Sie tat überrascht. »Ach, hier seid ihr. Die Bedienung im Café hat mir gesagt, ihr wärt irgendwo in der Nähe. Was tust du denn hier, Dana?«

»Reiner Zufall«, antwortete Cody für sie. »Und sie wollte gerade gehen.«

Dana gehorchte widerwillig, blieb aber noch mal bei ihr stehen. Ihr spöttisches Grinsen ließ sie nicht mehr ganz so hübsch erscheinen. »An deiner Stelle wäre ich vorsichtig, City Girl! Dein Cody ist nicht so harmlos, wie du denkst.«

»Das musst du schon mir überlassen.«

»Schon gut. Aber sag später nicht, ich hätte dich nicht gewarnt.«

Nicole wartete, bis sie gefahren war. »Cody …«

»Tut mir leid, Nicole«, sagte er. »Sie war Verwandte in Rock Springs besuchen und macht hier anscheinend öfter Pause. Bist du schon länger hier?«

»Ich bin gerade gekommen«, log sie.

Er legte einen Arm um sie und küsste ihre Haare. »Sie hat mich beschimpft, weil ich nicht mit ihr ausgehe. Anscheinend kann sie nicht vertragen, dass ich mich in dich verliebt habe. Sie ist es gewohnt, dass alle Männer in Ehrfurcht vor ihr erstarren, und kann nicht verstehen, dass ich mehr für dich übrig habe.«

»Du liebst mich wirklich?«

»Mit Haut und Haaren … so sagt man doch?«

»Und du hast keine heimliche Geliebte?«, fragte sie.

»Wie kommst du denn darauf? Ist das normal in New York?«

»Nur in gewissen Kreisen.«

»Nein, ich liebe nur dich. Gut möglich, dass Dana etwas anderes behauptet, wenn du ihr über den Weg läufst. Sie ist schwer beleidigt und erfindet wahrscheinlich irgendeine Story, um sich an mir zu rächen. Glaub ihr bitte nichts!«

Nicole wusste, was er meinte: Er hatte Angst, dass Dana ihr von Rebecca erzählen würde. Was war an dieser Geschichte dran? Gab es dies Becky wirklich, oder war sie nur eine böswillige Erfindung der Rodeo Queen? Ein Name, der nur dazu gedacht war, Cody zu verleumden? Danas kindische Rache für seine Missachtung. War sie wirklich so niederträchtig, oder war Cody tatsächlich einen Monat mit dieser anderen Frau zusammen gewesen? Und wenn ja, was wäre so schlimm daran? Was könnte Dana damit anfangen? Jeder Mann hatte zahlreiche Freundinnen, bis er die Richtige fand. Das war nichts, worüber man sich aufregen musste.

Sie luden den Hengst in den Trailer, wieder keine einfache Aufgabe, weil er sich einige Zeit beharrlich weigerte, in den Anhänger zu gehen. Er würde sich wohl nie in einem Trailer wohlfühlen. Erst als Nicole mit Engelszungen auf ihn einredete, lenkte er schließlich ein und stieg widerwillig in seine Box.

»Was meinte Dana damit … du wärst nicht so harmlos, wie man denkt?«, fragte Nicole, als sie auf den einsamen Highway 28 nach Nordosten abbogen.

»Keine Ahnung«, antwortete Cody.

Mehr sagte er nicht auf der Rückfahrt. Eine Weile gab er vor zu schlafen, dann blickte er nachdenklich aus dem Fenster, und wenn sie versuchte, sich mit ihm zu unterhalten, brummte er nur. Natürlich dachte er über Danas wilde Anschuldigungen nach, die ihn schwer getroffen haben mussten. Das tat Nicole auch. Sie wurde immer begieriger darauf, Codys Geheimnis zu erfahren. War es so schlimm, dass es ihre Beziehung gefährdete?

In Wind River brannten schon zahlreiche Lichter, als sie durch die Stadt fuhren. Als sie Miss Lizzy vor ihrem Café stehen sah, bremste sie und ließ das Seitenfenster herunter. »Hey, Lizzy! Raten Sie mal, was ich in meinem Trailer hab?«

»Einen wilden Bullen?«

»Starlight … den besten Hengst, den diese Gegend jemals gesehen hat!«

Lizzy trat an den Wagen heran. »Dann kann es ja losgehen mit der Zucht.« Sie sah Cody auf dem Beifahrersitz sitzen. »Howdy! Alles okay mit dir, Cody?«

»War ein anstrengender Tag.«

»Finde ich toll, dass du Nicole hilfst. Ihr passt gut zusammen.«

Nicole räusperte sich. »Treffen wir uns morgen auf einen Kaffee?«

»Gern … morgen früh so gegen zehn?«

»Eine gute Zeit«, stimmte Nicole ihr zu. »Dann hab ich meinen Morgenritt hinter mir, und meine Leute wissen, was sie tun sollen. Bis dann, Lizzy.«

»Bis dann.« Sie blickte Cody an. »Hey, Cody, du könntest auch mal lächeln.«

Er versuchte es, mit mäßigem Erfolg.

»Irgendwann lernst du's auch noch, Cody.«

Sie fuhren die letzten Meilen zur Ranch, wo sie von Diego empfangen. Sie ließen ihn frei herumlaufen, und er bedankte sich, indem er wie ein Wilder neben ihnen herrannte und an ihr hochsprang, als sie aus dem Wagen stieg.

»Immer mit der Ruhe, Diego! Wo sind die anderen?«

»Howdy, Chefin … Cody.« Wally war vor die Tür getreten und blieb kauend stehen. »Wir sind noch beim Abendessen. Irgendwas mit Gemüse. Hätte nicht gedacht, dass Grünzeug so gut schmecken kann. Ist aber noch genug für Sie übrig.«

»Zuerst müssen wir unseren neuen Hengst abladen.«

»Habt ihr das gehört?«, rief er in den Wohnraum. »Wir

haben einen Hengst!« Und zu Nicole: »Bin schon unterwegs, Chefin. Wie heißt der Bursche denn?«

»Starlight.«

»Von dem hab ich gehört. Soll was Besonderes sein.«

»Das ist er, Wally. Was ist mit dir, Cody? Bleibst du noch?«

Cody schüttelte den Kopf. »Ich muss leider weiter, sonst reißt mir Thornton den Kopf ab.« Er küsste Nicole nur flüchtig und holte seinen Braunen aus dem Corral. Während er davonritt, tippte er mit zwei Fingern an die Hutkrempe.

»Was hat er denn?«, wunderte sich Wally, als er weg war.

»Keine Ahnung«, log Nicole.

25

Wally war begeistert von dem neuen Hengst und freute sich, ihn am nächsten Morgen auf die Weide bringen zu dürfen. Als erfahrener Cowboy, der mehr als sein halbes Leben im Sattel eines Pferdes verbracht hatte, erkannte er seine Qualitäten auf den ersten Blick. »Ein guter Kauf, Chefin.« Als Gentleman der alten Schule blieb er bei der antiquierten Anrede. »Auch wenn Sie wahrscheinlich ein Vermögen dafür zahlen mussten … der Hengst ist jeden Penny wert.«

Nicole bewunderte vor allem die Eleganz von Starlight, die ohne Sattel und Zaumzeug besonders zum Tragen kam. Es war ein Genuss, ihn mit wehender Mähne über die Weide preschen zu sehen und seine rhythmischen Bewegungen und sein eindrucksvolles Muskelspiel zu beobachten. Er war jung genug, um sich auch mit den wenigen Wallachen in der Herde zu vertragen, reagierte nur bissig, wenn ihm eines der kastrierten Pferde zu nahe kam. Schon auf ihrer Horse Farm in New York State war sie dafür gewesen, einen Hengst nicht zu isolieren und nur zur Zucht einzusetzen, sondern ihm auch das natürliche Verhalten eines Herdentieres zu gestatten. Auch Hengste besaßen das Recht, wie ihre wilden Vorfahren zu leben und sich auf natürliche Weise fortzupflanzen.

Sie erreichten den Teil der Weide, auf dem ihre Pferde den Tag verbringen würden, und beobachteten sie eine Weile. Starlight hatte den Stuten bereits klargemacht, dass sie ihm zu folgen hatten, und sie gehorchten ihm. Die Wallache hielten sich etwas abseits.

»Ich hätte keinen besseren Hengst finden können«, war auch Nicole zufrieden. »Ich bin sicher, er wird uns einige vielversprechende Fohlen schenken.«

»Darauf sollten wir heute Abend trinken«, erwiderte Wally.

»Champagner?«

»Ich dachte eher an Kaffee ... mit einem Schuss Whiskey.«

Sie lachten beide und ritten langsam am Zaun entlang. Jenseits der Grenze lag Regierungsland, das Thornton wohl schon auf seinem Einkaufszettel stehen hatte. Wenn er es schaffte, seinen Besitz auf diese Weise zu vergrößern, wäre ihre Ranch auf drei Seiten von Double D-Land umgeben, und er konnte sie noch stärker in die Zange nehmen. Irgendwann musste es ihr gelingen, Frieden mit dem Rancher zu schließen. Ein schwieriges, wenn nicht unmögliches Unterfangen, wie sie inzwischen wusste, aber man sollte die Hoffnung nicht aufgeben, auch hier nicht.

Sie ritten über einen mit Salbei bewachsenen Hügel und zügelten überrascht ihre Pferde, als sie sahen, dass in der kleinen Senke, die sich vor ihnen ausbreitete, jemand gegraben hatte. Aufgeworfene Erde bedeckte eine Stelle auf der Weide, die mit einem in den Boden gerammten Stock markiert war. An dem Stock hing ein rotes Band, das Nicole an die Bänder am Sand Creek erinnerte, die die Cheyenne zu Ehren ihrer gefallenen Vorfahren an Bäume gebunden hatten.

»Seltsam«, wunderte sie sich. »Sieht aus wie eine Grabstätte.«

»Ich glaube eher, da hat jemand nach was gesucht«, sagte Wally.

Sie ritten näher an die Stelle heran und stiegen von ihren Pferden. Schlauer wurden sie dadurch nicht. Aufgeworfene Erde, keinen Tag alt, die ein Unbekannter mit einem Spaten angehäuft hatte, und ein gewöhnlicher Spazierstock, an dem ein rotes Band hing, mehr gab es auch aus der Nähe nicht zu sehen.

»Vielleicht hat jemand nach Gold gegraben.«

»Der hätte die Stelle bestimmt nicht markiert.«

Nicole zog sich wieder in den Sattel. »Sie bleiben am besten den ganzen Tag draußen und behalten die Herde und diese Stelle im Auge. Ich sage Danny, er soll Ihnen was zu essen rausbringen. Und heute Abend gibt es Kaffee mit Schuss.«

»Geht klar, Chefin.«

Nicole ritt zur Ranch zurück und trug Danny auf, Wally ein Lunchpaket zu bringen, dann ging sie in eine der Pferdescheunen, in der Lucy und Chris dabei waren, die Boxen zu säubern. »Heute fällt der Reitunterricht leider aus«, sagte sie. »Wally muss bei der Herde bleiben, und ich hab einen Termin in der Stadt.«

Lucy stützte sich auf ihren Besen. »Trifft sich gut, ich muss heute Nachmittag sowieso weg. Ich wollte es dir gestern schon sagen … Ich hab ′ne Vorladung. Muss in der Verhandlung von P.J. aussagen. Ziemlicher Mist, was?«

»Ist doch kein Problem, du musst nur die Wahrheit sagen.«

»Und P.J. dabei in die Augen sehen? Der denkt doch, er kommt nur in den Knast, weil ich gegen ihn aussage. Er wird ewig Hass gegen mich schieben.«

Nicole winkte ab. »Der kann dir nichts mehr anhaben. So schnell kommt er nicht mehr aus dem Gefängnis. Und schuld an seiner Misere hat allein er.«

»Ich weiß nicht … Ich hab so ein dummes Gefühl.«

»Ich bring dich hin. Heute Nachmittag?«

Lucy nickte. »Am besten nimmst du deine Schrotflinte mit.«

»Damit ich auch im Knast lande?« Nicole lachte. »Das lassen wir lieber.«

Nicole nahm den Silverado. Nach den Feierlichkeiten und dem Rodeo am *4th of July Weekend* war in Wind River wieder der Alltag eingekehrt, und die Stadt sah ohne die Girlanden und Fähnchen wieder wie jede andere Kleinstadt in Wyoming aus. Gähnende Langeweile schrieben ihr die meisten Fremden zu, über die wohlverdiente Ruhe freuten sich die Bewohner.

Lizzy empfing sie mit frisch gekochtem Kaffee und einer Zimtschnecke. »Für so was ist immer Platz«, sagte sie, während sie sich an einen Tisch vor dem Tresen setzten. Außer ihnen war nur noch ein älterer Mann im Lokal, ein ehemaliger Cowboy, der unter starker Arthrose litt, kaum Geld vom Staat bekam und von Lizzy jeden Morgen zum Frühstück eingeladen wurde. Lizzy war bekannt für ihr großes Herz und hatte auch für Nicoles Probleme offene Ohren.

»Ist was mit *Cody*?«, kam sie gleich zur Sache. »Er war so nachdenklich gestern.«

»Daran war Dana schuld«, erwiderte Nicole. »Wir sind ihr in Farson über den Weg gelaufen.« Sie berichtete von dem Wortwechsel zwischen Cody und Dana, den sie belauscht hatte. »Cody und sie hatten mal was miteinander. Nicht wirklich, meine ich, eher eine Art One-Night-Stand, bei dem eigentlich nichts passiert ist.«

»Schnee von vorgestern«, sagte Lizzy. »Hier machen sie sich über Dana lustig, weil sie jeden Mann in Wyoming haben könnte und trotzdem nicht von Cody lässt. Sie läuft ihm nach, Nicole. Wie ein Highschool Girl. Am besten macht ihr so schnell wie möglich alles offiziell, sonst kehrt nie Ruhe ein.«

»Darum geht's nicht, Lizzy. Cody hat mir gegenüber selbst zugegeben, dass ihn ein Geheimnis quält. Irgendetwas, das ihn daran hindert, die Double D zu verlassen, weil Thornton davon weiß und ihn sonst bloßstellen würde. Bis jetzt hat er mir nicht verraten, um was es geht, dabei hab ich ihm versprochen, selbst dann zu ihm zu halten, wenn er was Schlimmes getan hat. Haben Sie eine Ahnung, worum es geht?«

»Nicht wirklich, aber ich hab gemerkt, dass er was mit sich rumträgt.«

»Es muss um diese Rebecca gehen, die Dana erwähnt hat. Dana glaubt, dass Cody noch immer an ihr hängt und mit ihr zusammengelebt hat, als er für vier Wochen verschwunden war. Sie hätte auf einer Ranch in der Nähe von Cheyenne gearbeitet. Mehr wusste Dana auch nicht. Schon mal von ihr gehört?«

»Rebecca ... nein.« Lizzy trank einen Schluck und überlegte. »Ist vielleicht ein bisschen weit hergeholt, aber

Rebecca ist ein biblischer Name. Kommt im Alten Testament vor, soweit ich weiß. Nordwestlich von Cheyenne gibt es eine christliche Ranch, die Horse Creek Ranch, auf der wohnt ein gottesfürchtiger Mann, der sich Old Faithful nennt und angeblich mit zwei Frauen und zwölf Kindern zusammenleben soll. Das Fernsehen wollte mal eine Doku Soap mit der Familie drehen, aber er war strikt dagegen. Eine seiner Töchter soll er wegen sündhafter Verfehlungen verbannt haben. Keine Ahnung, wer mir davon erzählt hat, wahrscheinlich irgendein redseliger Gast, der bei mir seinen Kaffee getrunken hat. Könnte sein, dass die verbannte Tochter tatsächlich Rebecca hieß.«

»Sündhafte Verfehlungen? Und damit soll Cody was zu tun haben?«

»War nur so eine Idee. Warum vergessen Sie die Sache nicht einfach?«

Nicole seufzte. »Sie haben ja recht, ich komme mir selbst wie ein hysterischer Teenager vor, aber wenn es um eine harmlose Sache ginge, hätte Cody mir doch längst davon erzählt! Es muss irgendetwas sein, was keiner wissen soll.«

»Cody ist okay, Nicole. Ich hab ein Gespür für Menschen.«

»Ich kann ja mal bei diesem Gottesmann anrufen … nur mal so.«

»Das wird nicht gehen«, erwiderte Lizzy. »Die leben wie die Amish, ohne Fernsehen und Telefon, ganz zu schweigen von E-Mails und derlei Teufelszeug. Angeblich haben sie ein Wegwerfhandy für Notfälle. Seltsame Leute.«

»Vielleicht sehe ich mal vorbei, wenn ich in Cheyenne zu tun habe.«

Sie schwiegen eine Weile. Die Zimtschnecke schmeckte hervorragend.

»Wie geht's Ihrem Vater?«, fragte Nicole.

»Schlecht, er hatte wieder einen Schub und konnte kaum sprechen.«

»Keine Besserung in Sicht?«

»Leider nicht, aber na ja, wir kommen zurecht.«

»Er kann froh sein, dass er Sie hat.«

Sie sprachen sich gegenseitig Mut zu und redeten noch ein wenig über leichtere Themen, dann verabschiedete sich Nicole, kaufte noch eine Tüte mit kleinen Schokoriegeln und fuhr auf die Ranch zurück. Zum Lunch hatte Danny schmackhafte Wraps mit Putenbrust, Käse und Tomaten vorbereitet. »Nachtisch!«, rief Nicole, schüttete die Schokoriegel in eine Schale und stellte sie auf den Tisch. Vor allem Chris strahlte. »Da sind meine Lieblingsriegel mit Kokos dabei.«

»Wally bekommt einen Cheeseburger«, sagte Danny. »Der hat sicher großen Hunger, wenn er den ganzen Tag auf der Weide ist.« Er deutete auf zwei Schüsselchen mit rotbrauner Soße. »Ich hab einen Dip gemixt, falls euch die Wraps zu gesund und kalorienarm sind. Und für heute Abend ist noch Chili übrig.«

»Es gibt Schlimmeres«, sagte Chris.

Nach dem Essen brachen Nicole und Lucy auf. Lucy hatte sich so normal wie möglich gekleidet, trug Jeans ohne Löcher und ein T-Shirt, und selbst ihre Haare hatte sie so geschickt gekämmt, dass sie einen Richter nicht allzu sehr provozieren würden. Es gab immer noch Unterschiede zwischen Großstädten und dem ländlichen Wyoming. In

Wyoming war man konservativer. Es sollte Richter geben, die sogar darauf bestanden, dass Frauen im Gerichtssaal keine Hosen trugen.

Das Gerichtsgebäude in Lander war ein schmuckloser Bau, der ein villenähnliches Gebäude aus dem 19. Jahrhundert ersetzt hatte. Sie begegneten P.J. schon auf dem Flur und ernteten böse Blicke, doch sein Anwalt und der Staatsanwalt achteten darauf, dass es zu keiner Auseinandersetzung kam. Lucy wurde gebeten, auf einer Bank zu warten, Nicole durfte mit anderen Neugierigen den Gerichtssaal betreten und auf den Zuschauerbänken Platz nehmen.

Nicole musste an ihren Bruder denken, als die Richterin, eine erstaunlich junge Frau, erschien und sich alle Anwesenden erhoben. Bei ihm stand ein wesentlich größeres Verbrechen im Raum, und er musste mit einigen Jahren Strafe rechnen. P.J. hatte nach dem Gesetz ein nur geringfügiges Verbrechen begangen und kam wahrscheinlich mit einigen Monaten davon. Das hoffte Nicole jedenfalls. Sie befürchtete, dass er sich wieder an Lucy heranmachen würde, falls er mit einer Bewährungsstrafe davonkam. Er gehörte zu der unbelehrbaren Sorte Männer, die nicht eher ruhten, bis sie zu einer deftigen Strafe verurteilt wurden.

Nicole kannte Gerichtsverhandlungen nur aus dem Fernsehen. Im wirklichen Leben erschien sie ihr wenig spektakulärer und nüchterner, und man merkte der Richterin und den Anwälten an, dass es sich um ein minderes Vergehen handelte. Der Sachverhalt war schnell geklärt. P.J. hatte eine ältere Dame im Supermarkt überfallen und ihr das Portemonnaie gestohlen. Lucy hatte geglaubt, er hole nur zwei Sandwiches, und im Wagen auf ihn gewartet.

»Und Sie wollen mir tatsächlich weismachen, dass Sie keine Ahnung von dem geplanten Diebstahl hatten?«, fragte der Verteidiger von P.J., als Lucy an der Reihe war. »Nach der Festnahme Ihres Freundes haben Sie das Portemonnaie zurückgebracht und sich für den Angeklagten entschuldigt. Korrekt?«

»Korrekt. Dafür gibt es einen Zeugen.«

»Ich wollte es noch mal von Ihnen hören … unter Eid.«

Ein Versuch des Anwalts, sie in die Enge zu treiben und mitverantwortlich zu machen, der aber scheiterte, weil ein vertrauenswürdiger Mann bezeugen konnte, dass sie keine gemeinsame Sache mit ihm gemacht haben konnte, so wie sie reagiert hatte. Purer Zufall, dass er das Geschehen beobachtet hatte.

Der Staatsanwalt tat alles, um P.J. in ein möglichst schlechtes Licht zu rücken, doch Lucy blieb fair und weigerte sich, irgendwelche Gerüchte weiterzugeben. Nein, er hatte sich während ihrer gemeinsamen Zeit nichts zuschulden kommen lassen. Nein, sie wusste nichts von Vergehen, die er früher begangen hatte. Und ja, er hatte sie anständig behandelt. Dass er ein Dieb war, hatte sie überrascht.

Das Urteil fiel milde aus. Einen Monat auf Bewährung, fünfhundert Dollar Geldstrafe, die er abstottern konnte, und einige Wochen Sozialdienst in einem Seniorenheim. Mit anderen Worten, er war wieder frei und konnte weiterhin sein Unwesen treiben. Lange würde es mit ihm nicht gutgehen, glaubte Nicole.

Lucy verließ das Gericht mit gemischten Gefühlen, konnte allerdings nicht schnell genug wegkommen. Anscheinend hatte sie Angst vor sich selbst, dass sie schwach wurde und es noch mal mit ihm versuchte. »Ich will nichts mehr von ihm«, machte sie sich selbst Mut. »Das würde nur Zoff für mich bedeuten.«

Erleichtert traten sie den Heimweg an. Als sie unweit des Gerichts an einem Western Store vorbeikamen, fuhr Nicole auf den Parkplatz und sagte: »Da kommt mir eine Idee. Wenn wir als Cowgirls durchgehen sollen, brauchen wir dringend Stetsons. Du weißt schon, diese Hüte mit den breiten Krempen.«

»Pudelmützen stehen mir besser.«

»Die kannst du im Winter aufziehen, wenn wir in die Berge reiten. Angeblich soll es in den Wind River Mountains so stark schneien, dass man wie ein Eisbär gebaut sein muss, um dort durchzuhalten. Aber was machen wir im Sommer, wenn es so heiß ist wie jetzt? Ohne Cowboyhut geht hier nichts.«

Der Kauf dauerte länger, als sie angenommen hatte. Die Verkäuferin, die selbst auf einer Ranch aufgewachsen war, zeigte ihnen ein Modell nach dem anderen, bis sie endlich zufrieden in den Spiegel blickten. Lucy mit einem beigefarbenen Stetson mit türkisfarbenem Hutband; Nicole bevorzugte einen braunen Hut mit einem geflochtenen Hutband aus echtem Leder. Wo sie schon dabei waren, packte Nicole noch für jede ein Paar Jeans und T-Shirts dazu.

Zuerst mussten sie lachen, als sie mit aufgesetzten Hüten in den Rückspiegel blickten, aber nach kurzer Zeit gewöhnten sie sich daran und fragten sich, warum sie nicht schon früher darauf gekommen waren. Diego erschrak, als er die Hüte sah, bellte dann aber umso lauter und schien sich mit ihnen zu freuen. »Du bekommst auch noch einen«, sagte Nicole zu Chris, als er aus der Horse Barn kam. »Am besten fährst du am Samstag mit Wally in die Stadt.«

Es dämmerte bereits, als Nicole ihre Stute sattelte. »Nicht erschrecken, Amber!«, sagte sie. »So werde ich wohl jetzt immer rumlaufen.« Sie trieb ihr Pferd aus dem Corral und ritt zu Wally, der sie ebenso überrascht ansah wie ihre Stute. »Ich bin's, Wally. Ich dachte, so passe ich besser zur Umgebung hier.«

»Edel«, lobte er. »Wenn Sie jetzt noch Ihren Ostküsten-Akzent ablegen ...«

»Der bleibt mein Markenzeichen«, sagte sie. »Was macht Starlight?«

»Ein großartiger Hengst«, schwärmte er. »Ich könnte ihm den ganzen Tag zusehen. Allein, wie er sich bewegt, ist eine Augenweide. Ich hab ja schon viele Pferde in meinem Leben gesehen, aber Starlight gehört zu den Top Ten.«

»Kein Krach mit den Wallachen?«

»Die sind schlau und halten sich im Hintergrund.«

»Sonst alles okay?«

»Nicht ganz«, erwiderte der Oldtimer. »Heute Mittag tauchte dieser Buck Hennessy mit seinen beiden Kumpanen am Zaun auf und beobachtete die Herde und mich eine Weile durch sein Fernglas. Wahrscheinlich wollte er mich nervös machen, aber ich traue den Burschen nicht. Die haben irgendwas vor.«

»Sie meinen, die wollen uns einschüchtern?«

»Gut möglich, und sie sind nicht die Einzigen. Vor ungefähr einer Stunde tauchten zwei Indianer an der Südgrenze auf. Sie waren wie Indianer im vorletzten Jahrhundert gekleidet, trugen Leggins, Jagdhemden, und der Ältere hatte zwei Adlerfedern in seinen langen Haaren stecken. Sie ritten Schecken.«

Nicole blickte ihn zweifelnd an. »Sind Sie sicher?«

»Wenn ich's Ihnen doch sage. Ich dachte auch erst, ich träume, aber sie waren wirklich da, da drüben bei den Bäumen.« Er deutete auf das Wäldchen am Südende. »Nur für ein paar Sekunden, dann waren sie weg.«

»Vielleicht waren Sie auf einer Zeitreise, Wally«, sagte Nicole.

26

Nicole stand am Corralzaun und betrachtete ihren neuen Hengst, als Cody über die nahen Hügel geritten kam und seinen Braunen vor ihr zügelte. Er stieg lächelnd ab und umarmte sie liebevoll. »Der Hut steht dir gut«, sagte er lächelnd. »Jetzt kann man dich nicht mehr von einer Einheimischen unterscheiden.«

»Bis auf meinen New Yorker Akzent«, erwiderte sie.

»An den hab ich mich längst gewöhnt.« Beim Küssen stießen sie mit ihren breitkrempigen Hüten gegeneinander, und sie nahmen sie beide ab. Diego beobachtete sie neugierig und fragte sich wohl, was die Zweibeiner mit ihrer Liebkosung bezweckten. »Wollen wir ein paar Schritte zusammen gehen?«

»Gern«, erwiderte sie.

Sie hatten ihre Hüte wieder aufgesetzt, als sie am Zaun entlangliefen. Ein Cowboy oder Cowgirl nahm den Hut nur zum Küssen ab, hieß es, selbst im Bett behielten ihn manche an, und die es nicht taten, setzten ihn morgens wieder auf, noch bevor sie ins Bad gingen. Ein Cowboyhut war unverwüstlich, überstand sogar Gewitter und Schneestürme und die morgendliche Dusche.

Nicole wehrte sich nicht, als er nach ihrer Hand griff. Sie hatte das unbestimmte Gefühl, dass er vorhatte, ihr endlich sein Geheimnis zu verraten, aber er war wohl doch noch nicht dazu bereit und sagte nur: »Starlight war ein guter Kauf.«

»Das ist wahr. Wally ist auch von ihm begeistert.«

Sie spürte, dass er grübelte und vielleicht Mut schöpfte, um endlich die Geheimniskrämerei zu beenden. Ging es wirklich um diese Rebecca? War er mit ihr verlobt? Verband die beiden etwas, was ernst genug war, um Thornton ein Druckmittel in die Hand zu geben? Oder ging es um etwas vollkommen anderes? Hatte er ein Verbrechen begangen? Sonst etwas getan, das Aufsehen erregt hatte? Sie konnte es sich nicht vorstellen, aber wie gut kannte sie ihn, um sicher zu sein?

Sie würde es an diesem Abend nicht erfahren, denn als er stehen blieb und ihr in die Augen blickte, sagte er: »Gib mir noch etwas Zeit, Nicole! Ich liebe dich über alles und könnte mir nichts Schöneres vorstellen, als den Rest meines Lebens mit dir zu verbringen, aber ich kann …« Er zögerte. »Bitte, Nicole!«

»Warum vertraust du mir nicht, Cody? Was kann so schlimm sein, dass Thornton dich damit erpressen kann? Hast du Angst, ich würde mich zurückziehen, wenn du mir sagst, dass du irgendwann einen Fehler begangen hast?«

»Es gibt Dinge, die kann man nicht entschuldigen.«

»Und warum ist Thornton so versessen darauf, dich zu halten? Hat er Angst, dass du sonst deine Schulden nicht bezahlst? Findet er keinen anderen Vormann? Oder will er mir eins auswischen, weil er mich nicht leiden kann?«

»Thornton ist ein schwieriger Mann«, versuchte Cody zu erklären. »Einer von der ganz alten Schule. Ein Macho, wie es sie selbst in Wyoming kaum noch gibt. Er kann Frauen nicht leiden, wahrscheinlich, weil ihm die wenigen Geliebten, die er hatte, wieder davongelaufen sind, und er fürchtet selbstbewusste Frauen wie dich, vor allem, wenn sie die Kühnheit besitzen, ihm zu widersprechen und sich seinem Machthunger in den Weg zu stellen. Er sieht sich plötzlich von allen Seiten bedrängt und hat große Angst davor, dass sich die Welt zu sehr verändert. Deshalb will er uns auseinanderbringen, und deshalb hat er Buck Hennessy und seine Kumpane eingestellt. Nimm dich vor ihnen in Acht, Nicole. Das sind rücksichtslose Burschen, die kein Pardon kennen. Ich halte sie in Schach, so gut es geht, aber gehorchen müssen sie nur dem Boss.«

Sie kuschelte sich an ihn. »Schlimm, dass wir über so etwas reden müssen. Warum können wir nicht so leben, wie wir es wollen?« Sie blieben wieder stehen, und sie lehnte ihren Kopf an seine Schultern. »Halt mich fest, Cody!«

»Es wird alles gut«, sagte er. Aber ob er wirklich daran glaubte?

Nicole war so aufgewühlt, dass sie noch im Bett über seine Worte nachdachte und lange nicht einschlafen konnte. Die Angst, sein Geheimnis könnte etwas offenlegen, dem ihre Liebe nicht standhalten würde, wurde mit jedem Gedanken größer. Würde sie ihm wirklich alles verzeihen? Gab es nicht doch irgendwo Grenzen?

Sie schlief erschöpft ein und versank in einem seltsamen Traum, der sie in die Zeit des Wilden Westens versetzte und sie gegen Banditen kämpfen ließ. Die Kugeln aus ihren Gewehren und Revolvern zischten um Haaresbreite an ihr vorbei und schlugen sie in die Flucht, bis sie stolperte und mehrere Männer über sich stehen sah, die alle wie Buck Hennessy aussahen und mit ihren Waffen auf sie zielten. Doch bevor sie abdrücken konnten, erwachte sie aus dem Traum.

Sie setzte sich schweißgebadet auf und starrte ins Leere. Es dauerte Minuten, bis sie sich beruhigt hatte und wieder klar denken konnte. Sie stand auf und trat ans Fenster, blickte über die Corrals auf die Weide hinaus und bildete sich ein, schwachen Feuerschein in der Ferne zu sehen. Ohne lange nachzudenken, zog sie sich an und trat vor die Tür. Die Nacht war klar und ruhig, nur das Summen von Insekten und das gelegentliche Schnauben eines Pferdes waren zu hören. Der Wind trug den Duft der Fichten und der Salbeibüsche heran.

Sie hatte ihren kleinen Feldstecher dabei und blickte hindurch. In der Ferne war tatsächlich ein schwaches Schimmern zu bemerken, doch auch bei angestrengtem Hinsehen konnte sie nicht erkennen, ob es sich um eine Verfärbung des Himmels oder um Feuerschein handelte. Buck Hennessy und seine Kumpane? Sie zögerte nicht, ging zum Corral und sattelte Amber. Die Stute schien sich zu wundern. »Etwas spät für einen Ausritt«, sagte Nicole, »aber ich muss wissen, wo das Licht herkommt, bevor Thornton oder Hennessy irgendwas Böses planen.«

Amber war es egal. Sie freute sich, über die Weide preschen zu dürfen, schlief wie alle Pferde sowieso nur sporadisch und war immer für etwas Bewegung zu haben. Mit gemischten Gefühlen trieb Nicole sie nach Süden. Der kühle Nachtwind, der von den Wind River Mountains herabwehte, weckte ihre Lebensgeister. »Ich hab keine Angst vor den Männern«, redete sie sich ein.

Je näher sie dem Lichtfleck kam, desto deutlicher wurde, dass es sich um den Schein eines Lagerfeuers handelte. Als sie kurz anhielt, um es durch ihr Fernglas genauer zu betrachten, sah sie zwei Gestalten: schattenhafte Wesen, die sich zu einem leisen Singsang bewegten. Doch nur ein Traum? Lag sie immer noch in ihrem Bett und träumte? Fiel sie einem Trugbild zum Opfer?

Sie ritt weiter, wechselte von einem lockeren Cowboytrab in den Schritt und näherte sich vorsichtig dem Feuer: Dort saßen zwei Gestalten, die tatsächlich einem Traum entstammen konnten. Zwei Männer, die Wildlederkleidung wie Indianer aus dem 19. Jahrhundert und besondere Federhauben trugen. Ihre Adlerfedern standen senkrecht nach oben. Ihre Gesichter waren mit Farbe beschmiert.

Als Nicole in ihrem Lichtschein auftauchte, hörten sie auf zu singen und zu tanzen, und einer der Männer trat auf Nicole zu. Erst jetzt erkannte sie ihn: John Running Deer, der Cheyenne, den sie am Sand Creek getroffen hatte. Er schien genauso überrascht wie sie. »Sie sind die Frau, die mir am Sand Creek zugehört hat«, sagte er. »Was tun Sie hier, Ma'am? Gehört die Ranch Ihnen?«

»Nicole Sheldon«, stellte sie sich vor. »Sie befinden sich auf meinem Land.«

»Wir tun, was wir tun müssen, Ma'am. Der Mann, der mit mir gekommen ist, heißt Ben Clifford, ist ein Arapaho und hat Archäologie studiert. Er arbeitet an der University of Wyoming, hat aber nicht den Auftrag, hier zu graben.«

»Und warum tut er es dann?«

»Setzen Sie sich, Ma'am.« Er deutete auf eine der Decken, die am Feuer lagen. »Ich verstehe, dass Sie wütend sind, und will Ihnen alles erklären.«

Nicole stieg ab und setzte sich im Schneidersitz auf die Decke, wie sie es bei Indianern in Westernfilmen gesehen hatte. Die Männer setzten sich ihr gegenüber. Clifford musste um die Fünfzig sein und wirkte ernst und etwas misstrauisch. Sein Wildlederhemd schien aus dem 19. Jahrhundert zu stammen.

John Running Deer zog einen Beutel hervor und streute etwas Tabak ins Feuer. Ein Opfer für die Geister, hatte Nicole irgendwo aufgeschnappt. Fehlte nur noch, dass einer von ihnen eine Friedenspfeife anzündete und sie kreisen ließ, aber nichts dergleichen geschah. Sie blickten einige Zeit in die Flammen.

Sie kam sich albern vor, mitten in der Nacht mit zwei indianischen Kriegern an einem Feuer zu sitzen, blieb aber ernst. »Was hat das alles zu bedeuten?«

»Wir entschuldigen uns, wenn wir Sie erschreckt haben, Ma'am«, antwortete John Running Deer, »das war nicht unsere Absicht. Wir wussten, dass wir uns auf Privatland befinden, wollten aber nichts sagen, solange wir nicht sicher waren. Es gibt bestimmt Rancher, die auf uns geschossen hätten, wenn sie uns entdeckt hätten, so wie die Siedler vor hundertfünfzig Jahren auf uns feuerten.«

»Haben nicht auch Cheyenne auf Weiße geschossen?«, fragte sie.

»Ihnen gehörte das Land. Sie wehrten sich gegen weiße Siedler, die ihre Büffelherden töteten und ihnen alles nahmen, was sie zum Leben brauchten. Sie zerstörten ihre Kultur und ihr Leben. Und als sich Black Kettle mit über hundert Frauen und Kindern ergeben wollte, wurden sie am Sand Creek niedergemetzelt. Obwohl eine amerikanische Flagge über ihrem Tipidorf wehte.«

»Ich weiß, und es tut mir leid. Der Stärkere vertreibt den

Schwächeren, das höre ich heute noch von Männern, die nicht mit der Zeit gegangen sind.« Sie schwieg eine Weile und rief sich die grausamen Bilder vom San Creek ins Gedächtnis, die furchtbaren Verbrechen der Freiwilligen, die das Lager überfallen hatten. »Warum sind Sie hier?«, fragte sie wieder. »Was hat das Massaker am Sand Creek mit der Ranch zu tun, die ich vor einigen Tagen gekauft habe?«

»Sie erinnern sich an die Worte, die ich am Sand Creek zu Ihnen gesagt habe?«

Nicole schätzte die ruhige Art, in der John Running Deer mit ihr sprach. Sie nickte.

»Dann wissen Sie, dass sich damals fast ausschließlich Frauen, Kinder und ältere Männer in unserem Dorf aufhielten. Die Hundekrieger, unsere tapfersten Krieger, waren auf der Jagd und vertrauten der Armee, die zugesichert hatte, die lagernden Cheyenne nicht zu überfallen. Zwei dieser Hundekrieger fanden ihre Frauen nicht unter den Toten und suchten verzweifelt nach ihnen. Sie fanden sie und drei andere Frauen ungefähr zwanzig Meilen nordwestlich vom Sand Creek in einer Höhle. Aus Angst um sie zogen sie mit ihnen weiter nach Nordwesten. Es war bitterkalt und schneite viel, und eine der Frauen erfror unterwegs. Die Überlebenden flohen in die Wind River Range.«

Nicole hatte wie gebannt zugehört. »Und landeten hier?«

Clifford meldete sich zu Wort. Er hatte eine angenehme und sehr ruhige Stimme. »Ich beschäftige mich seit vielen Jahren mit diesen zwei Kriegern und den vier Frauen und kann inzwischen mit Bestimmtheit sagen, dass sie auf diesem Land lagerten und von wütenden Weißen getötet wurden. Wie lange sie hier lagen, weiß ich nicht, aber sie starben einen unwürdigen Tod und brauchten lange, um über die Milchstraße in die Ewigkeit zu reiten.« Er blickte ins Feuer, bevor er fortfuhr: »Ein Hundekrieger und seine Frau waren meine Vorfahren. Ich habe sein Amulett unter dem Gras gefunden.«

»Und zwei der Frauen gehörten zu meinen Vorfahren«, sagte John Running Deer. »Wir mussten graben und einige Artefakte finden, um unsere Theorie zu beweisen. Das haben wir getan. Wir haben Pfeilspitzen und Patronenhülsen gefunden, die eindeutig auf den Mord Massaker an unseren Vorfahren hinweisen.«

»Sie hätten mich um Erlaubnis fragen können«, sagte Nicole.

»Und wenn wir auf einen Rancher gestoßen wären, der immer noch schlecht auf die Cheyenne zu sprechen ist? Wir wollten erst die Beweise finden.«

»Sie sind wie Ihre Vorfahren gekleidet.«

»Wir sind selbst Hundekrieger, die gibt es auch heute noch, und wollten unsere Vorfahren damit ehren. Wir haben die alten Lieder gesungen und getanzt wie sie. Wir sind Christen, glauben aber auch an die Macht der Geister.«

»Ein Wissenschaftler?«, wunderte sie sich. Sie blickte Clifford an.

Der lächelte schwach. »Jenseits der Wissenschaft gibt es noch viele Dinge, die wir verstehen müssen. Wer sagt uns, welcher Glaube der wahre ist? Der Geisterglaube der Cheyenne? Das Christentum? Der Islam? Wer kann das mit Bestimmtheit sagen? Es schadet nichts, mit allen Göttern auszukommen.«

»Und was haben Sie jetzt vor?«, fragte sie neugierig.

»Wenn Sie nicht zu uns gekommen wären«, erwiderte John Running Deer, »wären wir zu Ihnen gekommen und hätten Sie gebeten, eine Gedenkstätte auf Ihrem Land zuzulassen. Ein Mahnmal, mit dem wir an den Tod unserer Vorfahren erinnern könnten und das Mitglieder unserer beiden Stämme, denn auch Arapaho waren am Sand Creek, jederzeit besuchen dürften. Ein kühner Wunsch, das gebe ich zu, aber Sie haben gehört, was damals passiert ist.«

»Ich werde darüber nachdenken«, erwiderte sie, »und Ihnen morgen früh sagen, wie ich entschieden habe. Kommen Sie doch zum Frühstück zu mir.«

»Sie laden uns ein?«, wunderte sich John Running Deer.

»Rührei, Speck, Pfannkuchen mit Sirup?

John Running Deer strahlte. »Klingt verlockend.«

»Morgen früh um sieben«, sagte sie.

Auf dem Rückweg sprach sie mit ihrer Stute. »Hast du so was schon mal erlebt, Amber? Zwei Krieger in voller Montur, als hätte man uns ins 19. Jahrhundert versetzt! Ich hoffe, du hast dich nicht erschreckt. Ich musste erst mal tief durchatmen, bevor ich gewagt habe, mich zu ihnen ans Feuer zu setzen.«

Amber schnaubte, als würde sie jedes Wort verstehen.

»Aber sie sind nicht so furchterregend, wie es den Anschein hatte. Im Gegenteil, sie sind sehr höflich und überhaupt nicht aggressiv, obwohl es mir lieber gewesen wäre, Sie hätten mich erst um Erlaubnis gefragt. Aber sie haben recht. Auf unserem Land sind sechs Menschen eines gewaltsamen Todes gestorben. Sie sind niemals bestattet worden und wurden von ihren Mördern wahrscheinlich den Wölfen überlassen. Warum sollen wir ihnen nicht die Ehre erweisen, die sie verdienen?«

Am nächsten Morgen berichtete sie Wally, Lucy, Chris und Danny, was sie erfahren hatte und dass die beiden Indianer zum Frühstück kommen würden. Keiner hatte etwas dagegen, auch Wally nicht, der noch aus einer Zeit kam, in der man Menschen mit anderer Hautfarbe nicht überall akzeptierte. »Bei uns Cowboys hat die Hautfarbe nie eine Rolle gespielt«, sagte er. »Wusstet ihr, dass die meisten früher Mexikaner und Schwarze waren? Die Vaqueros aus Mexiko trieben schon Rinder, als es uns noch gar nicht gab.«

John Running Deer und Ben Clifford kamen in ihrem Pick-up, den sie in einer Einbuchtung des Highways abgestellt hatten. Zum Frühstück hatten sie ihre historische Kleidung abgelegt und wieder gegen Jeans, Hemden und Stiefel eingetauscht. Beide trugen Baseballkappen und schienen nervös zu sein.

Ihre Nervosität legte sich, als Nicole sie begrüßte und mit den Worten empfing: »Ich habe nichts dagegen, dass Sie einen Gedenkstein auf meinem Land errichten. Das ist das Mindeste, was ich tun kann, um Ihre auf grausame Weise getöteten Vorfahren zu ehren. Ich werde mich auch an den Kosten beteiligen.«

»Sie sind sehr großzügig, Ma'am«, antwortete Ben Clifford. »Wir wissen das zu schätzen.«

Beim Frühstück musterten sich alle Beteiligten neugierig, tauten aber mit zunehmender Dauer auf und zeigten echtes Interesse aneinander, auch wenn sie dabei so manchen Fauxpas begingen. John Running Deer und Clifford beteten laut, während von den anderen nur Wally stumm die Hände faltete. Chris wollte wissen, ob die Cheyenne noch immer mit Pfeil und Bogen jagten, und Lucy fragte, ob man als Indianer immer noch mehrere Frauen haben durfte.

»Viele unserer Krieger heirateten früher mehrere Frauen, weil Krieg herrschte und so viele Männer starben. Sie taten es, damit auch diese Frauen versorgt waren«, erklärte Ben Clifford.

Als Hufschlag vor dem Haus erklang, ahnte Nicole, dass es Ärger geben würde, vor allem, als sie D.D. Thornton durch das Fenster erkannte. »Ich regele das allein«, sagte sie. »Bleiben Sie hier, sonst wird es am Ende noch gefährlich.«

Sie wischte sich den Mund ab und trat aus dem Haus. Thornton saß wie ein Baron im Sattel seines Pferdes. Ein Alleinherrscher, der gekommen war, um einige seiner Untertanen zur Ordnung zu rufen. Er wirkte äußerst gereizt.

»Guten Morgen, Sir«, begrüßte Nicole ihn. »Was führt Sie zu mir?«

»Das können Sie sich doch denken. Mir ist zu Ohren gekommen, dass sich zwei Indianer … oder wie sagt man heute? Indigene? Egal … dass sich zwei Landstreicher auf Ihrem Land herumtreiben und in der Erde wühlen.« Anscheinend hatten Hennessy und seine Kumpane die Indianer beobachtet. »Ich weiß nicht, warum Sie das zulassen, aber wer sagt mir, dass diese Herumtreiber nicht auch zu mir kommen? Sie wissen, dass ich jeden erschießen kann, der unerlaubt mein Land betritt.«

»Keine Angst, die Angelegenheit betrifft nur mich.«

»Sie machen gemeinsame Sache mit Landstreichern?«

»Einer der beiden Männer ist Wissenschaftler, der andere arbeitet für den National Park Service. Sie haben recherchiert, dass einige ihrer Vorfahren von Weißen auf diesem Land ermordet wurden, und werden einen Gedenkstein errichten.«

»Und Sie lassen sich auf so was ein?«

»Ich möchte den toten Cheyenne meinen Respekt erweisen. Ich war am Sand Creek und habe erfahren, welches Unrecht dort vor allem Frauen und Kindern angetan wurde. Sechs Flüchtlinge wurden hier auf grausame Weise getötet.«

»Die Cheyenne hatten es wahrscheinlich verdient.«

»Haben Sie denn kein Herz, Mister Thornton?«

Er reagierte unnachgiebig. »Ich habe eine Ranch zu führen, meine Liebe, und keine Zeit für Sentimentalitäten. Dazu gehört auch Ihre Beziehung mit meinem Vormann. Halten Sie sich gefälligst von ihm fern!«

»Wollen Sie mir vorschreiben, wen ich lieben darf?«

»Wenn Sie wüssten, was er auf dem Kerbholz hat, würden Sie ihn nicht lieben, Nicole. Ganz bestimmt nicht. Wer sich mit der Tochter eines gottesfürchtigen Mannes einlässt und sie zwingt … Aber was rede ich? Wenn Sie seine dunklen Geheimnisse kennenlernen wollen, fragen Sie ihn am besten selbst. Cody Fletcher ist mein Vormann. Für Ablenkungen wie Sie hat er keine Zeit. Vielleicht schaffe ich es so, Sie von hier zu vertreiben.«

»Sie machen mir keine Angst, Sir. Leben Sie wohl!«

27

Lucy und Angel waren ein perfektes Paar. Sie verstand sich prächtig mit der Stute und freute sich jeden Morgen auf die Reitstunde mit Wally. Der Oldtimer war von beiden begeistert: von der Stute, weil sie sich trotz ihrer starken Fesseln so elegant bewegte, und von Lucy, die schnell lernte und schon jetzt so locker im Sattel saß, dass man sie bedenkenlos allein über die Weide reiten lassen konnte.

Während Lucy bereits im gestreckten Galopp ritt, war Chris schon einigermaßen froh, überhaupt im Sattel zu bleiben. Aus ihm würde nie ein guter Reiter werden, dafür war er ein umso besserer Handwerker, der ebenso wichtig für die Arbeit auf einer Ranch war. Er war am glücklichsten, wenn er hämmern und schrauben durfte, und stellte sich auch mit Pinsel und Farbe geschickt an. Schon bald erstrahlten die Verandabalken und die Bank vorm Haus in strahlendem Weiß.

Chris war sehr angetan von Lucy, das merkte man nicht nur an den bewundernden Blicken, die er ihr zuwarf, wenn er sich unbeobachtet glaubte. Seine Laune besserte sich jedes Mal, wenn Lucy und er gemeinsam einen Job erledigen durften. Lucy schien ihn ebenfalls sympathisch zu finden, ermutigte ihn aber zu nichts und verbrachte die meisten Abende allein. Sie schien immer noch an der bitteren Erfahrung mit P.J. zu knabbern. Wenn sie über ihn sprach, schimpfte sie meist, aber man sah ihr an, dass sie ihm immer noch nachtrauerte und nicht verstehen konnte, warum er auf die schiefe Bahn geraten war.

Als Lucy und Chris eines Mittags nicht zum Lunch erschienen, schöpfte Nicole noch keinen Verdacht. Sie kamen öfter zu spät, wenn sie mit Angel beschäftigt war und er in ihrer Nähe blieb. Doch als wenig später Chris erschien, erkannte Nicole schon an seiner Miene, dass etwas nicht in Ordnung war.

»Ist Lucy noch bei Angel?«, fragte sie.

»Sie ist weggefahren«, antwortete er. »Ungefähr vor einer halben Stunde. Sie wollte irgendwas in der Stadt erledigen. Ich dachte, Sie wüssten Bescheid.«

»Mir hat sie nichts gesagt. Weißt du, was sie in Wind River will?«

»Keine Ahnung. Sie war ziemlich nervös.«

»P.J.!«, sagte Nicole.

»Der Typ, der das Ding im Supermarkt gedreht hat? Ich dachte, der wäre verurteilt worden und längst weg. Warum sollte sie den treffen?« Chris' Stimme zitterte vor Nervosität und aufkommender Panik. »Mit dem ist sie doch gar nicht mehr zusammen. Oder doch?« Er blickte Nicole hilfesuchend an.

»Das wäre das Dümmste, was sie tun könnte.«

»Ich fahre ihr nach!«

»Das wirst du hübsch bleiben lassen«, ermahnte sie ihn. »Wenn du auf P.J. losgehst, handelst du dir nur Ärger ein. Ich werde nach Wind River fahren.«

Ohne den Cappuccino, den sie gerne nach dem Essen trank, seit Danny ihn braute, fuhr sie los. Sie sagte sich immer wieder, dass P.J. tatsächlich über alle Berge war und Lucy aus einem ganz anderen Grund in die Stadt gefahren war, ahnte aber längst, dass es nicht so war. Dann hätte das

Mädchen doch etwas gesagt. Sie war heimlich losgefahren, weil sie Angst hatte, dass jemand sie zurückhielt.

Hatte P.J. sie angerufen? Liebte sie diesen Burschen tatsächlich, und war sie wirklich so dumm, sich noch mal mit ihm einzulassen? Sah sie denn nicht, dass er sie ausnützte? Er gehörte zu den Typen, die sich niemals änderten.

In Wind River fuhr Nicole alle Straßen ab, konnte den Camper von P.J. aber nirgendwo entdecken. Entmutigt kehrte sie im Wild Rose Cafe ein und bestellte eine Cola. Außer einem Mann, der am Tresen saß und ein Kreuzworträtsel löste, war niemand im Lokal. »Lizzy nicht hier?«, fragte sie die Bedienung.

»Die kommt gleich«, bekam sie zur Antwort.

Fünf Minuten später erschien die Besitzerin und setzte sich mit einem Becher Kaffee zu ihr. »Sorry, ich war gerade bei meinem Vater. Es steht leider nicht gut um ihn. Wenn das so weitergeht, muss ich ihn in ein Heim bringen.«

»Das tut mir leid, Lizzy.«

»Ist nicht zu ändern. Eine Weile halte ich noch durch. Und Sie?«

»Lucy ist verschwunden«, sagte Nicole. »Angeblich wollte sie nach Wind River, aber hab sie nirgendwo gesehen, obwohl ich die ganze Stadt nach ihr abgesucht habe.«

»Sie war hier.«

»Bei Ihnen im Lokal?«

»In der Stadt«, antwortete Lizzy. »Ich hab durchs Fenster gesehen, wie sie zu diesem P.J. in den Camper gestiegen ist. Muss ungefähr eine Stunde her sein. Ich dachte, der Bursche hätte geklaut und säße längst im Gefängnis!«

»Er hat Bewährung gekriegt.«

»Dann wandert er sofort in den Knast, wenn er wieder klaut.«
»Haben Sie gesehen, wohin die beiden gefahren sind?«
»Nach Süden, glaube ich.«
»Danke, Lizzy.«

Nicole zahlte die Cola und stieg in ihren Wagen. Während sie über den Highway nach Süden fuhr, malte sie sich aus, was Lucy alles passieren konnte, wenn sie bei P.J. blieb und er rückfällig wurde. Noch einmal würde man ihr nicht glauben, dass sie nichts von einem Diebstahl oder einer anderen Straftat gewusst hatte. Doch der Gedanke, aus P.J. wäre ein anständiger und gesetzestreuer Mensch geworden, und sie würden nach Kalifornien oder sonst wohin verschwinden, war ebenso ernüchternd. Lucy hatte etwas Besseres verdient als diesen windigen Burschen.

Vielleicht handelte sie egoistisch, vielleicht hatte sie Lucy zu sehr in ihr Herz geschlossen und mütterliche Gefühle entwickelt, die verhindern wollten, dass das Mädchen die Ranch verließ und aus ihrem Leben verschwand. Oder sie fürchtete, Lucys verkorkste Kindheit könnte sie antreiben, nur noch ihren eigenen Vorteil zu sehen. Aber wie sollte eine Beziehung mit einem rastlosen Mann wie P.J. von Vorteil sein und ihr ein besseres Leben bescheren? Hatte Lucy in ihrer Jugend so viele zweifelhafte Charaktere kennengelernt, dass sie sich in der Gesellschaft solcher Typen eher zu Hause fühlte? War sie eine geborene Verliererin?

Nicole war noch keine halbe Stunde gefahren, als sie eine Gestalt in einer Einbuchtung am Straßenrand liegen sah. »Lucy!«, rief sie entsetzt. Sie trat erschrocken auf die Bremse, stieg aus und lief zu ihr. »Lucy! Ich bin's, Nicole!«

Lucy lag am Rand der Einbuchtung im Kies und stöhnte leise. Sie war mit dem Hinterkopf auf dem Boden aufgeschlagen, hatte aber Glück gehabt. Sie war mit dem Oberkörper im Gras gelandet und klagte lediglich über einen Brummschädel. »Ich hab nichts«, sagte sie, als Nicole sie vorsichtig untersuchte.

Nicole half ihr, sich zu setzen. »Was ist passiert, Lucy?«

Lucy griff sich an den Kopf und verzog das Gesicht. »P.J.«, sagte sie.

»Er hat dich geschlagen?«

»Gestoßen.« Lucy schloss die Augen, öffnete sie wieder und schien klarer zu sehen. »Der Dreckskerl wollte nach Kalifornien mit mir, ein paar Jobs machen und am Strand rumliegen. Als ich ihm gesagt hab, dass ich bei dir auf der Ranch bleiben will, wurde er wütend und hielt an. Ich wollte weglaufen, aber er war schnell und holte mich ein. Er wollte mich schlagen. Zum Glück kam gerade ein Truck, da hat er mich weggestoßen und ist abgehauen, der Feigling.«

»Wir müssen ihn anzeigen«, sagte Nicole.

»Das bringt doch nichts.« Lucy stemmte sich vom Boden hoch und hielt sich an Nicole fest, bis sie das Gleichgewicht wiedergefunden hatte. »Vielleicht muss er den Monat im Knast absitzen, aber mehr passiert nicht. Ich bin selbst schuld. Ich hab Mist gebaut. Ich hätte dem Kerl nicht vertrauen dürfen.«

»Hatte er dich angerufen?«

»Heute früh, als ich Diego gefüttert hab. Er wollte sich bei mir entschuldigen und einen Kaffee mit mir trinken, sagte er, und ich dachte, ich tu ihm den Gefallen. Ich bin nicht mal misstrauisch geworden, als er mich bei sich einsteigen ließ.«

»Du hast gedacht, du könntest es noch mal mit ihm versuchen?«

»Ich weiß nicht, was ich gedacht habe.«

»Wo hast du den Pick-up stehen?«

»In einer Nebenstraße in Wind River.«

»Okay, dann fahren wir jetzt nach Wind River und lassen uns von Lizzy einen kräftigen Kaffee brauen, bevor wir nach Hause fahren. Wir haben uns alle große Sorgen gemacht, vor allem Chris. Der hat geahnt, wo du hinwillst.«

»Chris? Echt jetzt?«

»Wenn ich's doch sage.«

»Und du bist nicht sauer?«

Lizzy freute sich, sie zu sehen, und spendierte ihnen frischen Apple Pie mit Vanilleeis. »Eigentlich sollte man dir ja den Hintern versohlen«, sagte Nicole scherzhaft, »aber ich denke, du hast deine Lektion gelernt. Und tröste dich, ich bin mal einem jungen Mann bis nach Boston nachgefahren, nur um mir sagen zu lassen, dass er nichts von mir wissen will.«

»Krass«, erwiderte Lucy.

»Echt krass.« Lizzy grinste.

Auch auf der Ranch waren alle erleichtert, Lucy wiederzusehen, und hüteten sich, sie auf P.J. anzusprechen oder sich über sie lustig zu machen. Chris freute sich, wieder mit ihr arbeiten zu können, und lehnte sehnsuchtsvoll am Corralzaun, als sie Angel sattelte und über die Weide davonpreschte. »Lass sie erst mal etwas Dampf ablassen«, sagte Nicole. »Die Arme hat Einiges mitgemacht.«

Nach dem Abendessen ging jeder seiner Wege. Danny räumte in der Küche auf, Lucy spielte mit Diego, Chris warf Hufeisen, ein beliebtes Cowboyspiel, und Wally und Nicole saßen auf der Bank vor dem Haus und ruhten sich aus.

»Aus der Ranch wird was«, sagte Wally. »Sie verstehen was von Pferden und haben alles gut im Griff. Ich habe schon einige Rancher erlebt und war ein wenig misstrauisch … weil Sie eine Frau sind, nehme ich an … aber Sie sind besser als die meisten Männer, die ich kenne. Und in einem Jahr, wenn der erste Nachwuchs kommt, bei den Stuten, meine ich, wird es noch viel besser.«

Nicole nahm ihm den Scherz nicht übel. »Zuerst müssen wir mal über den Winter kommen. Die Natur soll in dieser Gegend nicht gerade zimperlich sein. Wir werden uns wohl einen Schneeräumer zulegen müssen, wenn wir keinen Stress haben wollen. Sie haben doch schon einige Winter hier erlebt, Wally?«

»Und ich hab jedes Mal gedacht, schlimmer kann es nicht werden. Aber dann hat mich wieder mal so ein mörderischer Blizzard überrascht, und ich konnte froh sein, wenn ich es heil nach Hause geschafft hab. Einmal lag der Schnee so hoch, dass unser ganzes Haus darunter verschwand und ich tagelang suchen musste.«

Nicole lachte. »Zum Glück weiß ich, dass Cowboys gern übertreiben.«

Sie wollte noch etwas sagen und ihm von den Wintern in New York erzählen, als Wally sie mit einer raschen Handbewegung zum Schweigen brachte und prüfend zum Waldrand hinüberblickte. »Da war jemand!«, sagte er.

»Eine dunkle Gestalt. Vielleicht Hennessy, der uns einen Denkzettel verpassen will.«

»Sind Sie sicher? Es wird schon dunkel, da täuscht man sich leicht.«

»Schon klar, aber ich hab sowieso so ein komisches Gefühl. Wie die Cowboys im Wilden Westen, wenn Indianer in der Nähe waren. Die sah man immer erst dann, wenn es schon zu spät war. Oder hat uns dieser John Running Deer angeschwindelt und will ein Zeichen setzen? Der hat doch alles, was er wollte.«

»Nie im Leben lügt John Running Deer uns an. Was sollen wir tun?«

»Holen Sie Ihre Schrotflinte! Nur für alle Fälle.«

Nicole war nicht sicher, ob er es ernst meinte, und zögerte ein wenig, als eine Stichflamme aus der Pferdescheune schoss und die Dunkelheit der hereinbrechenden Nacht vertrieb. Die Flammen fraßen sich rasend schnell in das Holz und breiteten sich nach allen Seiten aus. Es roch nach Benzin. Über der Scheune bildeten sich dunkle Rauchwolken wie nach einer heftigen Explosion.

Wally und Nicole sprangen entsetzt auf. Nicole griff nach ihrem Handy und rief die Feuerwehr. Sie hatte keine Ahnung, ob sie aus Wind River oder Lander kommen würde. Auf jeden Fall zu spät. Die Scheune brannte lichterloh und war jetzt schon nicht mehr zu retten.

»Feuer! Feuer! Wir brauchen Wasser!«, rief Wally.

Nicole lief zum Wassertank und zerrte den angeschlossenen Schlauch heran, den sie sonst zum Waschen der Stuten und zum Bewässern ihrer Salatpflanzen benutzte. Sie reichte ihn Chris, der ihn mit beiden Händen ergriff und auf die Horse Barn richtete. »Lass die Scheune brennen!«, rief sie. »Spritz das Wasser links und rechts davon, damit das Feuer nicht übergreift.« Sie drehte das Wasser bis zum Anschlag auf. »So ist es gut, Chris! Nicht zu nahe dran, Chris! Sei vorsichtig!«

»Angel!«, rief Lucy so laut, dass ihre Stimme sogar das Prasseln des Feuers übertönte. Sie ließ von Diego ab und rannte auf die Scheune zu. In ihrer Panik schien sie nicht zu bemerken, dass sie direkt ins Feuer lief. »Angel! Angel ist in der Scheune! Ich hab sie in die Box gebracht!« Sie stolperte und fiel der Länge nach zu Boden. »Ich muss sie retten! Warum hilft mir denn keiner?«

»Angel ist hier!«, rief Wally ihr zu. Er war bereits im Corral und trieb die Pferde auf die Weide hinaus. »Angel ist in Sicherheit! Weg vom Feuer, Lucy!«

Nicole war bereits bei ihr und half ihr vom Boden hoch. Es war unerträglich heiß in der Nähe des Feuers. Funken hingen in der Luft. Das Prasseln der Flammen klang bedrohlich. Ihr Glück war, dass kaum Wind ging und sie nicht wanderten. »Komm schon!«, sagte Nicole. »Oder willst du verbrennen?«

Sie stolperten von der Scheune weg.

»Angel!«, rief Lucy plötzlich. Ihre Stute war im Corral geblieben und schien auf sie zu warten. Sie legte ihr hastig den Sattel auf und rief: »Ich helfe Wally, die Pferde zu bewachen und nach dem Feuer zurückzutreiben!« Bevor Nicole antworten konnte, trieb sie Angel aus dem Corral und folgte Wally auf die Weide.

Nicole und Chris blieb nichts anderes übrig, als der Scheune beim Abbrennen zuzusehen. Inzwischen war

Danny aus der Küche herbeigeeilt und wechselte sich mit Chris am Schlauch ab. Nicole fluchte wie ein Maultiertreiber.

Als ein Wagen der Feuerwehr aus Lander mit heulender Sirene über die Zufahrtstraße kam und einige Feuerwehrleute vom Wagen sprangen, war die Horse Barn bereits niedergebrannt. Wenig später parkte ein Streifenwagen des Sheriffs vor dem Haus, und zwei Deputies stiegen aus, ein Sergeant und ein weiblicher Officer. Sie warteten geduldig, bis die Feuerwehr die Brandstelle gesichert hatte, und näherten sich Nicole. »Sie sind die Besitzerin, Ma'am?«

»Nicole Sheldon«, stellte sie sich vor.

»Wie konnte das passieren? Brandstiftung?«

»Sergeant!«, rief einer der Feuerwehrleute. »Hier liegt jemand!«

Nicole folgte den Deputies hinter die Scheune und starrte auf die dunkle Gestalt, die hilflos im verkohlten Gras lag und sich den verstauchten Knöchel hielt. »P.J.! Verdammt, haben wir dir diese Schweinerei zu verdanken?«

»Ich wollte … ich wollte Sie doch nur erschrecken.«

»Wen? Mich?«

»Lucy! Sie hat mich abserviert … einfach so!«

»Und deshalb zündest du meine Scheune an? Sei froh, dass eines unserer Pferde aus seiner Box fliehen konnte, sonst würdest du noch länger im Gefängnis schmoren. Wie kann man nur so dumm sein, P.J.? Glaubst du wirklich, Lucy wäre bei dir geblieben, wenn du weiter gestohlen hättest?«

»P.J.?«, fragte der Deputy.

»Seinen Nachnamen kenne ich nicht, Sergeant.«

»Peter Jessup«, klärte P.J. den Polizisten auf.

Während der Sergeant mit ihm sprach, untersuchte der Sanitäter, der mit der Feuerwehr gekommen war, den Verletzten. »Er hat sich den Knöchel verstaucht, weiter nichts«, sagte er. »Er hat großes Glück gehabt. Wenn er früher gefallen wäre, hätte ihn das brennende Scheunendach unter sich begraben.«

»Sie sind doch der P.J., der neulich wegen des Diebstahls im Supermarkt verurteilt wurde«, sagte der Sergeant. »Soweit ich weiß, wurden Sie auf Bewährung entlassen. Ziemlich dumm, hier ein Feuerwerk zu veranstalten.«

Seine Kollegin legte P.J. Handschellen an. »Ich verhafte Sie wegen des Verdachts auf Brandstiftung. Sie haben das Recht zu schweigen. Alles, was Sie sagen, kann und wird vor Gericht gegen Sie verwendet werden ...« Die Routineansage bei jeder Verhaftung, ohne die sie nicht rechtsgültig gewesen wäre.

»Sie geben zu, die Scheune in Brand gesteckt zu haben?«, hakte der Sergeant nach.

»Ja, doch. Aber ich wollte Lucy nur erschrecken.«

»Lucy?«

»Eine meiner Angestellten«, erklärte Nicole. »Sie hat ihm einen Korb gegeben, und das nicht nur einmal. Aber dass er eine Horse Barn anzünden könnte, hätte ich nicht gedacht. Wie kann man bloß seine Bewährung riskieren?«

»Da ist er nicht der Einzige«, erwiderte der Deputy.

Nicole schüttelte den Kopf, als sie P.J. zum Streifenwagen führten. Sie war froh, dass Lucy nicht in der Nähe war, das hätte nur böses Blut gegeben. Jetzt würde P.J. nicht nur einen Monat, sondern mehrere Jahre ins Gefängnis wandern. »Selbst schuld, P.J.«, flüsterte sie, als der Streifenwagen davonfuhr.

Ungefähr zwei Stunden später, als auch die Feuerwehr verschwunden war, und Nicole, Danny und Chris vor den schwelenden Trümmern standen, kehrten Wally und Lucy mit den Pferden zurück. Sie stiegen aus den Sätteln und nickten dankbar, als ihnen Danny dampfenden Kaffee aus dem Haus brachte.

»Wir haben die Sirenen gehört«, sagte Wally.

»Feuerwehr, Deputies … das volle Programm«, erwiderte Nicole.

»Buck Hennessy?«, fragte Wally.

»P.J.«, antwortete Nicole. »Er lag mit verstauchtem Knöchel hinter der Scheune und hat die Brandstiftung zugegeben. Sie haben ihn verhaftet und mitgenommen.« Sie blickte Lucy an. »Sei froh, dass du ihn los bist.«

»Krass«, sagte Lucy nur.

28

Cody erschien noch am selben Abend und umarmte sie so liebevoll, dass sie für einen Augenblick allen Ärger vergaß. Es tat gut, seine ungebrochene Zuneigung zu spüren, obwohl er sein Geheimnis auch diesmal nicht lüftete. »Ich hab gehört, was passiert ist«, sagte er. Er blickte auf die verkohlten Überreste der Horse Barn. »Ich dachte, Hennessy steckt dahinter, aber er und seine beiden Freunde waren auf der Double D, und es gab mehrere Zeugen. Tut mir leid, dass so was passiert ist. Ich hoffe, deine Versicherung übernimmt die Kosten.«

»Das hoffe ich auch«, sagte sie, »aber noch wichtiger ist, dass keiner meiner Leute und auch keins der Pferde zu Schaden gekommen ist. Wollen wir ein paar Schritte gehen? Der Anblick der abgebrannten Scheune macht mich nervös, und wir haben einen so wunderschönen Abend. Du hast doch ein wenig Zeit?«

»Und wenn nicht, würde ich sie mir nehmen.« Er legte einen Arm um ihre Schultern, und sie folgten dem Weg, den sie schon einmal gegangen waren.

Nicole war froh, als sie den beißenden Rauch, der immer noch über den Trümmern hing, nicht mehr in ihrer Nase spürte. Auf der Weide roch es nach Salbei, und der laue Abendwind brachte den Duft der Fichten in den nahen Wäldern mit. Der Mond hatte zugenommen, und auch die Sterne waren zu sehen; sie leuchteten wesentlich heller als in Nicoles alten Heimat in New York. Hier gab es nur wenige Städte, abseits der Siedlungen regierte noch die Natur. In der endlosen Weite und beim Anblick des leuchtenden Himmels, der ebenfalls kein Ende zu nehmen schien, wurde einem bewusst, wie unbedeutend der Mensch eigentlich war, nur eines von unzähligen Wesen im gigantischen Universum.

»Wunderschön«, sagte sie. Ihr Gesicht glänzte im Sternenlicht.

»Wyoming«, erwiderte er nur.

Auf einem Hügel blieben sie stehen und küssten sich lange. Nicole verspürte eine seltsame Euphorie, die ihr im Tagesgeschäft auf der Horse Farm in New York State schon verlorengegangen zu sein schien, als wäre sie wieder auf dem College, und der Himmel hinge voller Geigen. Nur zögernd kehrten die quälenden Gedanken an das zurück, was Dana und Thornton ihr gesagt hatten.

Cody schien ihre Gedanken zu lesen. »Thornton war hier?«

»Höchstpersönlich«, sagte sie. »Er will mich mit aller Macht von hier vertreiben. Und er glaubt, dass ihm das gelingt, wenn er uns auseinanderbringt. Ich bin sicher, er würde meine Ranch abfackeln und mich mit Gewalt von meinem Besitz vertreiben, wenn wir noch im 19. Jahrhundert leben würden.«

»Dazu wird es nicht kommen«, versprach Cody ihr.

»Thornton versucht es mit allen Tricks. Er sagt, du hättest irgendwas Schlimmes mit einer Rebecca angestellt, und Dana ist noch weniger zimperlich. Sie sagt, du wärst nur aus ihrem Bett gesprungen, weil du dieser Rebecca verfallen wärst. Und sie behauptet, du würdest immer noch was mit ihr haben.«

Er wurde so blass, dass sie schon glaubte, zu weit gegangen zu sein. Nur mühsam bewahrte er seine Fassung. »Das ist ein paar Jahre her«, sagte er, »und spielt alles keine Rolle mehr, seitdem ich dich kenne. Mit Rebecca war ich einige Wochen zusammen, aber ihr Vater war dagegen, und ich fand auch heraus, dass ich mich geirrt hatte. Ich hab nichts mehr mit ihr und mit Dana erst recht nicht. Mit Dana ist nie was passiert. Wir sind uns nur einmal nähergekommen. Wir waren beide betrunken, und ich bin gegangen, bevor etwas sein konnte.«

»Du brauchst dich für etwas, was vor unserer Zeit passiert ist, nicht zu entschuldigen«, sagte Nicole. »Wir sind erwachsene Menschen, und es würde was mit uns nicht stimmen, wenn wir keine anderen Partner gehabt hätten.« Sie blickte ihn an. »War Rebecca das Geheimnis, von dem du gesprochen hast?«

»Ja … nein … Ich liebe dich, Nicole!«

Sie spürte, dass er sein Geheimnis noch nicht vollständig offenbart hatte, und lehnte ihren Kopf an seine Brust. »Ich liebe dich auch, Cody. Und ich lasse nicht zu, dass irgendjemand unsere Beziehung in den Schmutz zieht. Du bist ein guter Mann. Du hast bestimmt nichts getan, was uns beide trennen könnte.«

»Das hoffe ich auch, Nicole.«

Die Chance, sein Geheimnis auf eigene Faust zu klären, ergab sich zwei Tage später, als die Versicherung sie bat, nach Cheyenne zu kommen und mit einem ihrer Vertreter über den Brand zu sprechen, den sie online gemeldet hatte. Anstatt mit dem Auto einen halben Tag zu vergeuden, buchte sie einen Flug von Lander und kam schon gegen neun Uhr in Cheyenne an. In einem Mietwagen fuhr sie zum Büro der Versicherung nahe dem alten Bahnhof.

Der Angestellte bot ihr Kaffee und Kekse an und zeigte sich von seiner freundlichsten Seite, als er ihr weismachen wollte, die Versicherung würde bei Brandstiftung nicht zahlen.

»Das mag bei einigen Verträgen so sein, aber in meinem Vertrag gibt es einen Passus, der mir das Gegenteil zusichert. Sie dürften die Zahlung nur verweigern, wenn der Brandstifter mit mir verwandt wäre, und das ist definitiv nicht der Fall«, erklärte sie ihm.

Der Angestellte musste zugeben, dass sie im Recht war, und bat sie, ihm die Rechnung zu schicken.

»Und deshalb rufen Sie mich nach Cheyenne?«

Natürlich versuchte er auch, ihr weitere Versicherungen schmackhaft zu machen, aber Nicole blieb standhaft und verließ erleichtert sein Büro. Die Aufräumarbeiten und der Bau einer neuen Horse Barn würden dennoch viel Geld kosten.

Als sie das Büro endlich verlassen hatte, gab sie die Adresse der Horse Creek Ranch in das Navi ein und folgte dem Highway nach Nordwesten, raus aus der Stadt und in die felsigen Berge, die sich aus dem hügeligen Land erhoben. Sie hatte einen schwülen Sommertag erwischt und ließ die Klimaanlage auf vollen Touren laufen. Ihre Sonnenbrille schützte sie gegen das grelle Licht, das durchs Seitenfenster fiel.

Beinahe hätte sie die Abzweigung zur Ranch verpasst. Es gab keinen Wegweiser; erst nach ungefähr einer halben Meile warnte ein Schild am Wegesrand, das Land sei Privatbesitz und die Durchfahrt verboten. Sie ließ es drauf ankommen und fuhr dennoch weiter. Ihr Wagen zog eine Staubfahne hinter sich her. Auf dem Grasland zu beiden Seiten der Zufahrtstraße weideten Rinder.

Sie bremste erst, als sie das Ranchhaus erreichte, ein Giebelhaus mit zahlreichen Anbauten, wahrscheinlich wegen der wachsenden Kinderschar. In der Nähe lagen ein Stall und zwei Schuppen. Ein Hund bellte laut und zog an seiner Kette. Einige Hühner stoben erschrocken zur Seite, als sie auf den Hof fuhr.

Aus dem Haus trat ein älterer Mann. Er hatte seine weißen Haare zu einem Pferdeschwanz gebunden und trug einen Overall. Sein verwittertes Gesicht wurde beinahe zur Hälfte von einem Bart verdeckt. Sein Blick war streng.

Vor allem aber hielt er eine Schrotflinte in beiden Händen. »Können Sie nicht lesen?«, rief er, als sie ausgestiegen war und die Sonnenbrille abgenommen hatte. »Sie befinden sich auf Privatbesitz, und weder Gott noch das Gesetz hätten etwas dagegen, wenn ich Sie erschießen würde.« Neben ihm unter dem Vorbaudach und an den Fenstern stand eine seiner beiden Frauen und einige seiner Kinder.

»Ist das die christliche Art, jemanden zu begrüßen?«, konnte sie sich nicht verkneifen zu sagen. »Wie soll ich Ihnen denn mitteilen, dass ich komme, wenn Sie kein Telefon haben?« Sie hielt sich außer Reichweite des Hundes und ging ein paar Schritte auf ihn zu. »Sind Sie der Mann, den sie Old Faithful nennen?«

»Wer will das wissen?«

»Nicole Sheldon«, antwortete sie. »Ich besitze eine Ranch in der Wind River Range und würde gern mit Ihrer Tochter Rebecca sprechen. Ist sie zu Hause?«

»Was wollen Sie von ihr?« Er hatte den Flintenlauf gesenkt.

»Das würde ich gern privat mit ihr besprechen, Sir.« Der Alte war ihr unheimlich, aber sie ließ sich nichts anmerken. »Ich hab nur ein paar Fragen.«

»Rebecca wohnt nicht mehr hier.«

»Sie ist weggezogen?«

»Ich hab sie rausgeworfen. Sie hat sich gegen Gott und unsere Familie versündigt und nicht mehr das Recht, in unserem Haus zu wohnen. Sie soll allein sehen, wie sie in dieser sündigen Welt zurechtkommt. Was sie getan hat, wird sie in der Hölle schmoren lassen. Sie ist mit dem Teufel im Bunde!«

Nicole hätte nicht gedacht, dass ein Mann so über seine Tochter reden könnte, ahnte aber, dass er sich nicht auf eine Diskussion einlassen würde. »Was hat sie denn verbrochen?«, versuchte sie es dennoch. »Was kann so schlimm sein, dass man seine eigene Tochter verbannt? Hat ihr Gott nicht verziehen?«

»So etwas kann Gott nicht verzeihen.«

»Verraten Sie mir wenigstens, wo sie jetzt wohnt?«

»Kommen Sie von der Zeitung?«, fragte er. »Sind Sie eine dieser Schmierfinken, die unseren Glauben und unsere Art zu leben in den Dreck ziehen?«

»Nein, Sir. Geben Sie mir die Adresse Ihrer Tochter?«

Er hob den Lauf seiner Schrotflinte. »Verschwinden Sie!«

Nicole kehrte zu ihrem Wagen zurück und übersah beinahe, dass eine der älteren Töchter des Ranchers näherkam und ihr eine Adresse in Cheyenne zuflüsterte. »Sie hat einen neuen Nachnamen angenommen, sie heißt jetzt Green.«

Deshalb hatte die Auskunft also ihre Adresse nicht gekannt. Nicole hatte keine Ahnung, warum die Tochter ihr gegen den Willen ihres Vaters zugeflüstert hatte, wo und unter welchem Namen ihre Schwester wohnte, und nahm an, dass sie noch in Verbindung mit ihr stand und sie vielleicht sogar heimlich besuchte.

Nicole setzte die Sonnenbrille auf und stieg in den Wagen. Mit Old Faithful und seiner Familie im Rückspiegel fuhr sie zum Highway zurück. Dort angekommen, gab sie die Adresse ins Navi ein. Sie lag im Süden von Cheyenne, keine Viertelmeile von der Interstate entfernt, in einem lang gestreckten Apartmenthaus. Fast alle Wohnungen im ersten Stock waren über eine lange Veranda zu erreichen.

Nicole fragte sich, wie sie Rebecca begegnen sollte. Noch hatte sie nur eine vage Ahnung, was ihre Familie der Tochter vorwarf, und wäre wohl kaum willkommen, wenn sie mit der Tür ins Haus fallen und sie direkt danach fragen würde. Sie musste behutsam vorgehen – falls Rebecca überhaupt zu Hause war.

Sie öffnete nach dem dritten Klopfen, als Nicole schon beinahe die Hoffnung aufgeben wollte. Eine verschlafene Frau in Slip und T-Shirt, einen Morgenmantel locker um die Schultern gehängt, stand vor ihr. Ihre Haare hingen in einem langen Zopf über ihren Rücken. Sie war nicht erfreut über den überraschenden Besuch.

»Entschuldigen Sie bitte die Störung«, begann Nicole höflich. »Ich bin Nicole Sheldon und würde Ihnen gern einige Fragen stellen. Geht schnell.«

»Ist das wieder so ein Umfrage-Trick? Wollen Sie mir was verkaufen?«

Nicole lächelte. »Nein, Ma'am. Darf ich kurz reinkommen?«

»Oder sind Sie von der Polizei?«

»Dann hätte ich Ihnen doch längst meine Marke gezeigt. Nein, Ma'am, wir haben einen gemeinsamen Bekannten. Cody Fletcher. Es dauert nicht lange.«

»Cody? Was will er von mir?«

»Nichts, aber ich glaube, wir sprechen besser in Ihrer Wohnung darüber.« Sie schob sich an der überraschten Frau vorbei und ging ins Wohnzimmer. Es war einfach eingerichtet. Ein Tisch mit vier Stühlen, Couch und Sessel, beide schon ziemlich abgenutzt, ein Wandschrank und ein Fernseher, an den Wänden hingen Fotos mit Westernlandschaften. Keine Familienfotos, kaum etwas Persönliches. Durch eine offene Tür blickte man auf ein ungemachtes Bett.

Sie setzten sich. Rebecca griff nach einer Zigarette und steckte sie an. Sie sog den Rauch tief in die Lungen und stieß ihn wieder aus. »Was wollen Sie?«

»Müssen Sie heute nicht arbeiten?«

»Ich hab die Abendschicht, bei Walmart drüben.«

»Waren Sie mal mit Cody Fletcher zusammen?«

»Und wenn?«

»Ich bin nicht eifersüchtig, Rebecca«, sagte Nicole. »Ich darf doch Rebecca sagen? Ihre Beziehung liegt doch sicher schon einige Zeit zurück, da wäre es doch albern, eifersüchtig zu sein. Oder sind Sie immer noch zusammen?«

»Nein, natürlich nicht. Was sollen diese Fragen?«

»Ich will offen sein, Rebecca. Ich war heute Mittag bei Ihrer Familie auf der Ranch und habe nach Ihnen gefragt.

Ihr Vater war ziemlich ungehalten, um nicht zu sagen unhöflich, und hat mich mit einer Schrotflinte bedroht. Er hätte sie rausgeworfen, sagte er. Sie hätten sich gegen Gott und Ihre Familie versündigt.«

Rebecca zog nervös an ihrer Zigarette.

»Ich glaube, diese Sünde, wie er es nennt, hat etwas mit Cody zu tun«, fuhr Nicole fort. »Ich will Ihnen nichts Böses, aber sein Boss diffamiert und erpresst ihn mit dieser Sünde, und ich will nur die Wahrheit wissen. Hat Cody etwas damit zu tun?«

Rebecca sagte nichts, blickte sie nur an.

»Eine Sünde … was könnte das sein? Haben Sie ein Kind von ihm?«

Rebeccas Augen wurden feucht. Sie begann zu zittern, drückte hastig ihre Zigarette in den Aschenbecher und ballte ihre Hände zu Fäusten. »Ich hatte keine andere Wahl, Ma'am«, sagte sie. »Mein Vater hat mich gezwungen, das Kind …« Tränen rannen über ihr Gesicht. »Er hat mich gezwungen, denn das wäre ein kleineres Vergehen, als das Kind eines Sünders auszutragen.«

»O Gott! Sie haben abgetrieben!«

»Ja … ja, Ma'am. Sonst hätte mein Vater mich und das Kind umgebracht.«

»Codys Kind?«, fragte Nicole. Sie konnte es nicht glauben.

Rebeccas Schluchzen wurde heftiger.

»Codys Kind?«, schrie Nicole sie an. Auch sie weinte jetzt.

»Ja, das heißt … nein. Nein, Ma'am, es war nicht von ihm.«

»Sie haben gelogen?«

»Ja, verdammt, ich habe gelogen. Cody war nicht der Vater. Er kann es gar nicht gewesen sein. Wir waren nur ein paar Mal zusammen und haben aufgepasst. Es war von einem anderen Mann, dessen Namen ich schon vergessen habe. Aber Cody war so nett! Er wollte das Kind sogar behalten und mir monatlich Geld überweisen. Ich hab es wegmachen lassen, ohne ihm etwas zu sagen. Er war mir furchtbar böse, wollte mir aber dennoch Geld schicken. Ich hab ihm nie gesagt, dass das Kind nicht von ihm war. Ich hab das Geld gebraucht.«

»Und Thornton hat es irgendwie rausbekommen«, sagte Nicole.

»Thornton?«, fragte sie.

»Vergessen Sie's, Rebecca. Ziehen Sie sich an!«

»Jetzt?«

»Wir gehen zu einem Notar, der beglaubigen wird, was Sie mir eben erzählt haben.« Nicole wischte sich die Tränen aus den Augen. »Während Sie sich waschen und anziehen, suche ich einen im Internet. Nun machen Sie schon!«

»Ich muss in ein paar Stunden zur Arbeit.«

»Das kriegen wir hin. Ich geb Ihnen hundert Dollar für die Mühe.«

Nicole versuchte es bei zwei Notaren, bis endlich einer zusagte und ihr versprach, noch am selben Nachmittag für sie da zu sein. Sie verstand jetzt, warum Cody so lange gezögert hatte. Gerade im konservativen Wyoming galt Abtreibung als schwere Sünde, auch wenn Rebecca gegen seinen Willen gehandelt hatte. Er hatte geglaubt, dass Nicole ihm diese Sünde niemals verziehen hätte.

Sie war nicht sicher, wie sie reagiert hätte, und war froh, dass sie sich nicht entscheiden musste. Obwohl sie der Meinung war, dass über eine Abtreibung nur die Frau entscheiden sollte, war ihr bei dem Gedanken, sie müsste ein Kind abtreiben, unwohl zumute. In Rebeccas Fall war aber der Vater, der ihr seine seltsame Vorstellung von einem christlichen Leben eingeimpft hatte, der eigentlich Schuldige. Ausgerechnet ein angeblicher Christ wie er behauptete, es wäre ein größeres Vergehen, das Kind eines Sünders auszutragen! Was für ein Irrsinn!

Angezogen und geschminkt sah Rebecca schon wesentlich besser aus. Nicole hatte sie von einer schweren Last befreit. Mehr aus Zufall hatte sie den richtigen Zeitpunkt erwischt, Rebecca zu einem Geständnis zu bringen. Insgeheim machte sie sich Vorwürfe, überhaupt für möglich gehalten zu haben, dass Cody der Schuldige war. Er würde einen Menschen, der seine Hilfe brauchte, niemals im Stich lassen, schon gar nicht eine Frau, die von ihm schwanger war.

Beim Notar ging alles sehr schnell. Rebecca diktierte ihm in wenigen Sätzen, was sie Nicole berichtet hatte, und ließ es beglaubigen. Im Wagen gab Nicole ihr den Hunderter. »Wollen wir was essen gehen, bevor ich zurückfahre?«, fragte sie. »Es war reichlich unhöflich von mir, Sie zu wecken.«

»Steakhaus?«

»Gute Idee.«

Nicole aß nur einen Hamburger, freute sich aber über den Appetit ihrer Begleiterin, die sichtlich erleichtert war, endlich die Wahrheit gesagt zu haben. Die hundert Dollar taten ein Weiteres, um ihre Laune zu heben. Außerdem schien sie schon lange keine anständige Mahlzeit mehr bekommen zu haben. Nach einem großen Ribeye-Steak mit Baked Potato ging es ihr wesentlich besser.

Auf dem Rückflug nach Lander fühlte sich Nicole ebenso beschwingt wie Rebecca. Mit Rebeccas beglaubigtem Geständnis würde sie Cody von jeglicher Schuld befreien und Thornton endlich Paroli bieten können. Sie beglückwünschte sich dazu, den richtigen Riecher gehabt und niemals aufgegeben zu haben. Das Geheimnis, das ihrer Liebe im Weg gestanden hatte, war gelöst.

In Lander stieg sie in ihren eigenen Wagen und fuhr direkt zur Wind River Ranch zurück. Ein guter Name für ihre neue Heimat. Sie stieg aus und begrüßte Diego, ging zum Corral und umarmte Amber, die schon auf sie gewartet zu haben schien. »Hey Amber«, sagte sie, »du glaubst nicht, was heute alles passiert ist. So viel Glück hatte ich schon lange nicht mehr. Alles okay?«

Amber schnaubte und freute sich über das Leckerli, das sie ihr gab. Immer noch beschwingt, ging Nicole ins Haus, wo ihre Angestellten beim Abendessen saßen. Es gab Tuna Casserole, einen leckeren Eintopf mit Thunfisch und Nudeln.

»Howdy, Ma'am! Sie sind aber guter Laune««, begrüßte Wally sie.

»Ich hab auch allen Grund dazu«, erwiderte sie vieldeutig.

29

Cody hatte sein Handy abgeschaltet, anscheinend eine Angewohnheit von ihm, wenn ihm die Worte fehlten, aber sie schlief dennoch gut und freute sich darauf, ihm die gute Nachricht persönlich zu überbringen. Gleich nach dem Frühstück sattelte sie Amber und brach auf. Im Osten stieg die Sonne empor, und die Luft war vom Summen der Insekten erfüllt, als sie über die Hügel ritt.

Rebeccas Schreiben mit der notariellen Bestätigung steckte in ihrer Jackentasche und würde auch Thornton überzeugen. Sie hatte Glück gehabt und die Tochter von Old Faithful im richtigen Augenblick erwischt. Wahrscheinlich hatte Rebecca schon länger vorgehabt, die Wahrheit zu sagen, und war erleichtert gewesen, endlich ihr Gewissen entlasten zu können. Nur wegen des Geldes hatte sie gelogen, und Cody und Thornton hatten ihr sicher so viel bezahlt, dass sie es nicht fertiggebracht hatte, darauf zu verzichten. Cody, weil er glaubte, für ihre Misere verantwortlich zu sein, und Thornton, weil er durch diesen Schachzug seinen Vormann für alle Zeiten an sich gebunden hätte. Aus Angst, seine angebliche Verfehlung könnte herauskommen, hätte er Thornton immer verteidigen und alles mitmachen müssen, was dem Rancher in den Sinn gekommen wäre. Er hatte nicht aus Feigheit gehandelt, sondern eher, um Rebecca zu schützen. Seine ehemalige Freundin war von ihrem fanatischen Vater gezwungen worden, ihr Kind abzutreiben, und sollte wenigstens finanziell dafür entschädigt werden.

Auf der Double D war die Arbeit bereits im vollen Gange. Im Corral waren einige Cowboys dabei, sich um ein störrisches Pferd zu kümmern, zwei Männer reparierten ein Gatter, ein älterer Mann saß vor dem Bunkhouse auf einer Bank und flickte Zaumzeug. Die anderen Männer waren wohl bei den Rindern auf der Weide. Cody war nirgendwo zu sehen. Sie versuchte noch einmal, ihn über sein Handy zu erreichen, hatte aber wieder kein Glück und stieg vom Pferd.

Auf ihr Klopfen öffnete die Haushälterin und führte sie zu Thornton ins Büro. Er stand am Fenster und hatte eine qualmende Zigarre zwischen den Zähnen. Als er Nicole hereinkommen sah, nahm er die Zigarre aus dem Mund und sagte: »Sie schon wieder! Ich habe nichts mit dem verdammten Feuer zu tun!«

»Das weiß ich, Sir, und deswegen bin ich auch nicht hier.«

»Warum dann? Wollen Sie sich wieder beschweren?«

»Ganz im Gegenteil.« Er bot ihr nicht an, sich zu setzen. »Ich wollte Ihnen nur mitteilen, dass Rebecca mir die Wahrheit gestanden hat. Sie erinnern sich an Rebecca? Die junge Frau, die auch von Ihnen bezahlt wurde, um ihre Lüge über Cody aufrechtzuerhalten? Das Kind war von einem anderen. Einem Fremden, mit dem sie ebenfalls intim war, allerdings ohne den nötigen Schutz.«

Thorntons Lächeln war zynisch. »Das weiß ich doch längst. Ich hab gute Beziehungen, meine Liebe, vergessen Sie das nicht. Aber das Gerücht, sie wäre von Cody schwanger geworden, passte mir gut in den Kram. Ich hab ihr die Abtreibung bezahlt und noch ein paar Tausender draufgelegt, das war genug.«

»Und das fanden Sie okay?«

»Zur Abtreibung hat sie ihr verrückter Vater gezwungen, dafür kann ich nichts. Und ansonsten hatten doch alle nur gewonnen. Rebecca bekam eine Finanzspritze von mir und ein paar Hunderter von Cody, und ich hatte ein Druckmittel gegen meinen Vormann, falls er jemals daran denken sollte, sich gegen mich zu stellen. Cody war dankbar, dass seine angebliche Verfehlung unter dem Teppich blieb. Eine Win-Win-Situation, würde man in der Wirtschaft sagen.«

»Bis heute.«

Sein Lächeln schien eingefroren. »Dazu müssten Sie erst mal beweisen, dass sie nicht von Cody schwanger war. Rebecca braucht jeden Cent, und auf ein paar Tausender kommt es mir nicht an. Damit, vielleicht sogar mit weniger, kann ich ihr jederzeit das Maul stopfen. Und jetzt gehen Sie, ich habe zu tun.«

»Sie irren sich, Sir.«

»Ach ja?«

Sie zog das Schreiben aus der Tasche und hielt es so, dass er es lesen konnte. »Von ihr unterschrieben und notariell beglaubigt, Sir. Wie Sie sehen, taucht Ihr Name nicht auf. Ein Entgegenkommen, das Sie würdigen sollten.« Sie steckte das Schreiben wieder ein.

»Sie verdammte …«, begann er.

Nicole fiel ihm rechtzeitig ins Wort. »Keine Beleidigungen bitte, Sir. Das Schreiben beweist, dass Cody nicht der Vater des Kindes war, und von Ihnen ist an keiner Stelle die Rede. Eine Win-Win-Situation, würden Sie sagen.«

»Okay, Cody ist ein anständiger Junge, das wussten wir doch alle.«

»Aber Sie wollten ihn fest an die Double D ketten. Sie brauchten einen Vormann, der gezwungen war, bei vielen Ihrer Aktionen die Augen zu verschließen. Deshalb waren Sie auch gegen unsere Beziehung. Sie sind ein Egoist, Thornton! Sie wollen über ein riesiges Königreich herrschen und nur Ja-Sager um sich haben. Das funktionierte im Wilden Westen, aber heute läuft es so nicht mehr. Warum das alles? Ist Ihre Ranch nicht groß genug? Wollen Sie noch mehr Macht?«

Auf der Stirn des Ranchers bildeten sich Zornesfalten. »Ich bin Ihnen keine Rechenschaft schuldig, Ma'am, aber eines lassen Sie sich gesagt sein: Zahlreiche meiner Vorfahren haben ihr Blut für dieses Land gegeben. Wir haben es den Eingeborenen, die nicht fähig waren, es urbar zu machen, in blutigen Kämpfen abgerungen, und ich denke nicht daran, den Fortbestand der Double D in irgendeiner Weise zu gefährden. Ich bin Unternehmer, und jeder Unternehmer strebt danach, seine Macht zu wahren und seinen Einflussbereich zu vergrößern. So funktioniert der amerikanische Traum, zum eigenen Wohl und zum Wohl unserer Nation. Wissen Sie, wie viele hungrige Münder ich mit dem Fleisch meiner Rinder füttere? Ohne mich wäre Wyoming längst am Ende.«

»Das glaube ich nicht, Sir. Gehört es nicht auch zum amerikanischen Traum, die Macht auf viele Menschen zu verteilen und den Besitz und die Grenzen anderer Landbesitzer zu respektieren? Ich will keinen Krieg mit Ihnen, Sir. Ich will ein friedliches Miteinander. Auch kleine Ranches wie meine tragen zum Wohl des Landes bei. Also lassen Sie uns das Kriegsbeil begraben. Ich werde Ihnen niemals

Konkurrenz machen können und habe es auch gar nicht vor.«

Thornton paffte an seiner Zigarre und brummte etwas Unverständliches.

»Wissen Sie, wo Cody ist?«, wechselte sie das Thema.

»Wo soll er schon sein … auf der Weide bei den Rindern.«

»Na dann, auf gute Zusammenarbeit, Sir!«, verabschiedete sie sich in der Gewissheit, zumindest einen Teilerfolg errungen zu haben. Wer konnte schon von sich behaupten, Thornton zur Ordnung gerufen und sprachlos zurückgelassen zu haben? Sie verließ sein Büro, kehrte zu Amber zurück und ritt zu den Cowboys beim Bunkhouse und beim Corral. Das nervöse Pferd hatte gerade wieder einen Reiter abgeworfen, und alle lachten, außer dem alten Mann, der das Zaumzeug reparierte und nur den Kopf schüttelte. »Ich hab ganz andere Broncos geritten, als ich so jung war wie ihr«, sagte er gerade so laut, dass Nicole hören konnte.

»Howdy«, grüßte Nicole. »Schlechte Laune?«

»Solange ich diesen Anfängern zusehen muss, bestimmt.« Er legte zwei Finger an seine Hutkrempe. »Sind Sie nicht die Lady von der Wind River Ranch?«

»Nicole«, antwortete sie. »Wissen Sie, wo Cody ist?«

»Auf der Weide … immer geradeaus.«

Sie ritt in die Richtung, in die er gedeutet hatte, und bekam einen ungefähren Eindruck davon, wie riesig die Double D Ranch war. Bis zum Horizont schien sich das Grasland zu erstrecken, nur unterbrochen von ein paar Bäumen am Flussufer und in der Nähe von Quellen. Überall grasende Rinder, der größte Teil der Herde weidete jedoch in einem weiten Tal mit besonders viel Gras.

Sie brauchte fast eine Stunde, um sie zu erreichen. Etliche Cowboys beaufsichtigten die Rinder und fingen Tiere ein, die nicht trächtig waren und verkauft werden sollten. Die Männer hielten erstaunt in der Arbeit inne, als sie Nicole kommen sahen. »Howdy, Ma'am«, sagte einer. »Sind Sie nicht …«

»Nicole Sheldon von der Wind River. Haben Sie Cody gesehen?«

»Unseren Vormann? Der ist weggeritten. Heute früh schon.«

»Wissen Sie, wohin?«

»Keine Ahnung«, sagte er. »Wir haben uns auch schon gewundert. Dass er sich manchmal etwas sonderbar benimmt, wissen wir ja, aber heute Morgen war es besonders schlimm. Er war völlig down, als hätte er einen Kater, dabei hat er gestern höchstens ein Dose Bier getrunken. Wir dachten erst, er würde den paar Dollar nachtrauern, die er beim Pokern verloren hatte, aber es war irgendwie ernster. Wir wollten nichts sagen, das hätte nur Stunk gegeben.«

»Im Haus und bei den Corrals ist er nicht«, sagte sie.

»Sorry, aber sind Sie nicht mit ihm zusammen? Sie müssten doch wissen, was mit ihm los ist.« Er grinste plötzlich. »Sie glauben ja nicht, wie oft er Ihren Namen im Schlaf gesagt hat. Er hat sonst nie im Schlaf gesprochen, Ma'am.«

»Weiß denn niemand, wo er hin ist?«

Der Cowboy rief einen anderen Mann herbei. »Hey Freddy, das ist Nicole Sheldon von der Wind River. Sie sucht Cody. Hast du eine Ahnung, wo er ist?«

»Ich hab ihn nach Westen reiten sehen.«

»In die Berge?«, wunderte sich Nicole.

»Keine Ahnung … er ist der Vormann.«

Nicole bedankte sich und ritt zurück. Sie sah Thornton auf der Veranda stehen, als sie am Haus vorbeiritt, kümmerte sich nicht um ihn und ritt zu ihrer Ranch zurück. Sie war gerade abgestiegen, als ihr Handy klingelte. »Nicole? Hier ist Lizzy«, meldete sich die Cafébesitzerin. »Ich hab einen Brief für Sie.«

»Von Cody?«

»Er hat ihn bei mir eingeworfen. Wahrscheinlich gestern Abend.«

»Lesen Sie ihn mir vor!«

»Aber ich kann doch nicht …«

»Cody ist verschwunden, Lizzy! Machen Sie schon!«

Nicole hörte Papier rascheln, dann las Lizzy: »Liebe Nicole, ich habe nicht gewagt, es dir persönlich zu sagen, deshalb dieser Brief. Ich weiß, dass du darauf wartest, mein Geheimnis zu erfahren, aber ich kann es dir nicht sagen. Ich habe es versucht, aber es geht nicht. Ich muss hier weg. Ich darf dich nicht mehr sehen, sonst wird der Schmerz übermächtig. Ich werde für einige Zeit in die Berge reiten. Bitte suche nicht nach mir! Es tut mir leid, Nicole, denn ich liebe dich über alles, aber du könntest mit der Wahrheit nicht leben.«

Nicole hatte Tränen in den Augen. »Natürlich werde ich nach ihm suchen, Lizzy! Ich war bei Rebecca. Sie hat mir versichert, dass Cody sich nichts zuschulden hat kommen lassen. Ein Notar hat ihre Aussage bestätigt. Es ist alles gut.«

»Gott sei Dank! Ich bete zu Gott, dass Sie ihn finden«

Nicole informierte Lucy, Chris und Danny über die Situation, drückte sich aber sehr vage aus und sagte nur, dass Cody glaubte, etwas Verbotenes getan zu haben, und deshalb in die Berge ritt. Sie würde ihn zurückholen. »Sagt Wally Bescheid, er soll inzwischen die Leitung der Ranch übernehmen.« Sie wandte sich an ihren Koch. »Gib mir Proviant für vier Tage mit, das müsste reichen.«

Eine halbe Stunde später war sie unterwegs. Außer dem Proviant und einer Feldflasche mit Wasser hatte sie ihren Regenmantel, einen Spaten und einen Erste-Hilfe-Kasten dabei. Sie solle darauf vorbereitet sein, im Freien übernachten zu müssen, da es kaum Siedlungen in den Bergen gab, sagte Danny, der sich einigermaßen in den Wind River Mountains auskannte. Nur nach langem Zögern hatte sie ihr Gewehr mitgenommen, man wusste in den Bergen nie.

Jenseits des Highways, der nach Wind River führte, gab es keine Straßen, nur verzweigte Trails, die meist von Wanderern benutzt wurden. Danny hatte ihr eine Karte mitgegeben und darauf eingezeichnet, welche Richtung sie einschlagen musste. Ein abenteuerlicher Ritt, den selbst eine erfahrene Reiterin wie sie eigentlich nur mit einem ortskundigen Führer unternehmen sollte. Aber sie wollte keine Zeit verlieren, und ihre Leute kannten sie gut genug und wussten, dass nichts und niemand sie von ihrer Suche abbringen konnte. Ihre Chancen, Cody in der zerklüfteten Wildnis zu finden, waren gleich Null, aber sie musste es wenigstens versuchen. Sie hätte sonst nie mehr in den Spiegel sehen können.

Die Natur, durch die sie an diesem wunderschönen Sommertag ritt, war grandios und übertraf alle ihre Erwartungen. Mal führte der Trail an glasklaren Seen vorbei, in denen sich Berggipfel und herumliegende Granitbrocken spiegelten, mal über sattgrüne Wiesen, die mit bunten Wildblumen übersät waren, und am Ufer eines schmalen Flusses entlang, der zwischen den Bergen verschwand, und manchmal über Geröllhänge im Schatten mächtiger Granitfelsen. In der Ferne ragten die Gipfel des Black and Bald Mountain empor.

Die Luft war so klar, dass man die Frische in allen Fasern des Körpers spürte. Der Duft der Fichten und der Wildblumen umgab sie wie betörendes Parfüm. Sie sah einen Hirsch, der auch dann stehen blieb, als er ihre Witterung aufnahm, und einen Bären, der allerdings so weit entfernt war, dass er ihr nicht gefährlich werden konnte. Auf den Felshängen waren einige Bergschafe zu sehen. Ein Weißkopfseeadler zog seine einsamen Kreise am blauen Himmel.

Jeder Laut, den ihre Stute verursachte, war weithin zu hören. Der Ruf des Adlers hallte wie eine Warnung vom Himmel herab. Die Sonne war bereits auf ihrem Weg nach Westen und ermahnte sie, sich rechtzeitig vor Einbruch der Dunkelheit nach einem Nachtlager umzusehen. Eine Siedlung suchte sie vergeblich auf ihrer Karte. Dazu hätte sie weit nach Süden reiten und dem einstigen Oregon Trail folgen müssen, aber eine innere Stimme sagte ihr, dass Cody sich ganz bewusst von Siedlungen fernhielt und allein in der Wildnis bleiben wollte. Er hatte sicher ein Gewehr mitgenommen und würde von der Jagd leben, so wie die Westmänner vor beinahe zweihundert Jahren. »Cody!«, rief sie einmal in ihrer Verzweiflung. »Cody! Komm zurück! Es ist alles gut.« Doch nur ihr Echo antwortete ihr, und das gleich mehrfach, als wollte es sie verspotten. Resignierend ritt sie weiter, immer weiter nach Westen.

Am Ufer eines kleinen Sees rastete sie, ließ Amber von dem klaren Wasser trinken und von dem saftigen Gras fressen. Bienen summten über den Blüten der Wildblumen und ließen sich erst verscheuchen, als die Stute wütend zu schnauben begann. Nicole trank einen Schluck aus ihrer Feldflasche.

Was hatte Cody vor? Wollte er sich in die Einsamkeit zurückziehen und darauf warten, dass sich seine Gefühle für sie abschwächten? Suchte er die Gefahr, ging er in seiner Verzweiflung auf Bären und Berglöwen los? Sie hatte Geschichten von Männern gelesen, die auf diese Weise versucht hatten, ihre Probleme zu vergessen. War nicht Hemingway, der berühmte Schriftsteller, einer von ihnen gewesen? Ihr grauste bei dem Gedanken, dass Hemingway sich erschossen hatte. Cody war stärker als er, hoffte sie, er würde nicht aufgeben.

Am Spätnachmittag erreichte sie eine verlassene Blockhütte, die wohl Ranger in der Wildnis erreicht hatten. Sie wusste, dass es mehrere solcher Hütten in den Bergen gab, als Zuflucht für Wanderer, die Ruhe brauchten oder einen Platz für die Nacht suchten. Sie blickte zum Himmel und sah, dass ein paar dunkle Wolken im Begriff waren, sich vor die sinkende Sonne zu schieben, und beeilte sich, zu der Hütte zu kommen. »Hallo, ist da jemand?«, rief sie sicherheitshalber, bevor sie sich näherte und aus dem Sattel stieg. Sie fütterte Amber und führte sie hinter die Hütte, wo sie gegen Wind und Wetter geschützt war.

Die Hütte war spärlich eingerichtet. Außer einem Stockbett mit durchgelegenen Matratzen und ein paar Wolldecken, einem Tisch mit zwei Stühlen, einer Kiste, die den Schrank ersetzte und einige Konservendosen und etwas Blechgeschirr und Besteck enthielt, gab es nur noch einen alten Ofen; davor lag Brennholz.

Auf ihren Ausflügen in die Catskills und Adirondacks hatte sie öfter ein Lagerfeuer angezündet und wusste, worauf es ankam, dennoch brauchte sie ein paar Minuten, um ein Feuer in Gang zu bringen, damit es auch nachts einigermaßen warm blieb. Als es dunkel wurde, entzündete sie die Petroleumlampe auf dem Tisch und aß eines der Sandwiches, die Danny ihr eingepackt hatte.

Allein in einer einsamen Hütte in den Bergen zu sitzen, um sich herum meilenweit nur Wildnis, war eine neue Erfahrung für Nicole. So einsam und allein war sie selbst in den Adirondacks nie gewesen. Sie trat ans Fenster und sah, wie die Sonne hinter den Bergen verschwand und einen roten Himmel hinterließ, der sich rasch dunkel färbte und mit den Wäldern verschmolz. Nur die höchsten Gipfel der Berge zeichneten sich noch gegen den Himmel ab.

Wo war Cody? Hatte auch er einen Unterschlupf gefunden, eine Höhle oder eine Hütte wie ihre? Er kannte die Winds, wie er die Wind River Mountains nannte, wie seine Westentasche und wusste wahrscheinlich genau, welcher Weg der beste war. Kannte er Fallensteller, die in den Bergen wohnten und ihm Gesellschaft leisten würden, ohne lästige Fragen zu stellen? Oder ritt er in seiner Verzweiflung immer weiter nach Westen, weg von der Double D, weg von ihr und der Wind River Ranch, weil er glaubte, nur so seinen Problemen entrinnen zu können? Wusste er denn nicht, dass man das nirgendwo schaffte?

Bevor sie sich schlafen legte, warf sie zwei Holzscheite in den brennenden Ofen. Die Satteltaschen mit dem schussbereiten Revolver hängte sie in Griffweite an einen Bettpfosten. In der Hütte war sie sicher, aber die ungewohnte Einsamkeit hatte sie nervös gemacht, und sie wollte gegen Überraschungen gewappnet sein. »Ich finde dich, Cody!«, rief sie in die Dunkelheit. »Ich finde dich, und wenn ich mein halbes Leben in diesen Bergen herumirren muss!«

30

Nach dem Frühstück, das aus einem halben Sandwich, einem Chocolat Chip Cookie und Kaffee bestand, den sie auf dem Ofen aufwärmte, brach Nicole auf. Die dunklen Wolken, die über den Bergen aufgezogen waren, kündigten baldigen Regen an, doch sie konnte sich eine längere Pause nicht leisten, wenn sie Cody einholen wollte. Daran, dass er einen anderen Trail genommen haben konnte, wollte sie lieber nicht denken. Er musste die Wahrheit über Rebecca erfahren.

In ihrem gelben Regenmantel, einem »slicker«, wie ihn die meisten Cowgirls und Cowboys trugen, ritt sie auf den Trail zurück. Unter dem düsteren Himmel wirkte das zerklüftete Land vor ihr unheimlich, hatten selbst die prächtigen Wildblumen ihre Farbe verloren, und vereinzelte Granitfelsen ragten bedrohlich empor. Der Trail führte in zahlreichen Windungen in die Berge, die schnellste Route in eine Wildnis, in der es keine Zivilisation mehr gab. Die nächsten Highways waren eine halbe Ewigkeit entfernt. Hier regierte noch die Natur, hier bekam man eine Ahnung davon, wie übermächtig sie sein konnte.

Als sie sich einem Fichtenwäldchen näherte, begann es zu regnen, zuerst nur schwach, dann immer heftiger, bis sie den Trail nur noch schemenhaft erkennen konnte. Der Regen stürzte aus den tiefhängenden Wolken herab, prasselte auf ihren Mantel und floss von der breiten Krempe ihres Stetsons. Amber mochte das Wetter genauso wenig wie sie, schnaubte unwillig, lief aber weiter, weil sie sie unvermindert mit Worten anfeuerte. »Weiter, Amber, weiter! In das Wäldchen! Unter den Fichten sind wir sicher, da kommt der Regen nicht hin!«

Ein zuckender Blitz, der wie ein leuchtendes Diagramm über den Himmel fuhr, und ein kräftiger Donnerschlag, ließen sie erzittern. »Schneller, Amber! Wir müssen hier weg!« Es war ein Fehler gewesen, die Hütte zu verlassen, erkannte sie. Ein Gewitter in den Bergen war bedrohlicher als die Unwetter, die sie in New York State erlebt hatte, ebenso gefährlich wie die Stürme, die an der Küste tobten und ganze Landstriche verwüsteten. »In Deckung, Amber! Das Dunkle am Waldrand, das müssen Felsen sein. Da sind wir sicher.«

Ein weiterer Blitz machte ihre Hoffnung zunichte. Er fuhr wie ein riesiges brennendes Schwert vom Himmel herab und schlug zwischen den Bäumen ein. Für den Bruchteil von Sekunden schien der ganze Wald in einem Flammenmeer aufzugehen, dann zitterte die Erde unter einem gewaltigen Schlag, der einen der Bäume spaltete und zu Boden riss. Der Lärm, den der Einschlag verursachte, war ohrenbetäubend und hallte weithin durch den Regen.

Das war endgültig zu viel für Amber, die auf der Hinterhand hochstieg und in ihrer Panik mit den Vorderhufen ausschlug. Nicole flog im hohen Bogen aus dem Sattel und landete unsanft im Schlamm. Sie blieb benommen liegen und beobachtete entsetzt, wie Amber zu den nahen Felsen lief. »Amber! Komm zurück! Lass mich nicht im Stich!«

Sie war benommen und konnte kaum noch klar denken. Keuchend versuchte sie, den Kopf zu heben, nur um gleich wieder zurückzusinken. Sie hatte ihren Hut verloren, und der Regen prasselte in ihr Gesicht. Wieder erhellte ein Blitz den Himmel, dicht gefolgt von grollendem Donner, der die Erde unter ihr zu erschüttern schien. Sie blieb ruhig liegen und sammelte ihre Kräfte, wollte sich mit den Händen vom Boden hochstemmen und fiel schreiend zurück, als stechender Schmerz durch ihren linken Arm fuhr. Weinend erkannte sie, dass sie sich beim Aufprall den Arm verstaucht oder vielleicht sogar gebrochen hatte. Sie wartete, bis der Schmerz nachließ, und versuchte es nur mit einem Arm, kam hoch, bis sie ihr linkes Bein anzog, und erneuter Schmerz ihre Sinne betäubte. Sie hatte sich das Knie verdreht, konnte weder aufstehen noch laufen.

Benommen blieb sie liegen. Weinend ertrug sie den Regen und den Lärm, den das Gewitter veranstaltete, und verfluchte sich insgeheim, allein in die Berge aufgebrochen zu sein. Wally hätte sie bestimmt zurückgehalten. Sie kannte die Berge nicht und war die Gefahren nicht gewöhnt, die dort auf sie warteten. Die Hoffnung, Cody zu finden und ihm zu sagen, dass ihrem Glück nichts mehr im Weg stand, hatte ihren Verstand getrübt. Kein vernünftiger Mensch konnte erwarten, in dieser riesigen Wildnis einen anderen zu finden.

Sie hob den Kopf und widerstand der Versuchung, ihn wieder sinken zu lassen. Sie brauchte einen Ast, den sie als Krücke benutzen konnte, aber der nächste Baum war weit entfernt. Wenige Schritte von ihr lag ein Felsbrocken, vielleicht konnte sie sich daran hochziehen, den Schmerz in ihrem Knie ignorieren und darauf hoffen, dass Amber zu ihr zurückkehrte. Doch wie sollte sie sie in diesem Unwetter erkennen? Würde ihr Instinkt sie zurücktreiben? »Amber!«, rief sie, ohne zu merken, dass ihre Stimme nur ein Flüstern war. »Amber! Komm zurück! Du musst mir helfen, Amber! Komm zurück!«

Sie krallte ihre rechte Hand in den Schlamm und schrie wieder auf, als sich ihr Knie meldete. Es ging nicht, sie würde nicht mal ein paar Schritte schaffen. Die Schmerzen in ihrem Knie waren kaum auszuhalten, selbst wenn sie sich nicht bewegte. Sogar wenn Amber neben ihr auftauchte, käme sie nicht in den Sattel. Wenn wenigstens ihr Handy funktionieren würde! Doch schon in der Hütte hatte sie kein Netz gehabt. Nicht in dieser Abgeschiedenheit. Ihre einzige Hoffnung war ein Ranger des National Forest oder ein Wanderer oder Reiter, der zufällig des Weges kam.

Sie ließ den Kopf sinken und ergab sich dem Unwetter. Unablässig peitschte der Regen vom Himmel, begleitet von grellen Blitzen und tosendem Donner, als ginge die Welt unter. Wie lange dauerte ein solches Unwetter? Eine halbe Stunde? Eine Stunde? Zwei Stunden? Länger? Was passierte, wenn sich ein wildes Tier zu ihr verirrte, ein Bär oder ein Wolf? Wie viel Zeit würde vergehen, bis sie jemand fand? Und vor allem, würde sie so lange durchhalten?

Der Regen hörte so plötzlich auf, wie er gekommen war. Das Prasseln verstummte, und nur noch vereinzelt tropfte es vom Himmel. Sie lag mit dem Gesicht in einer Wasserlache, bewegte sich vorsichtig und weinte vor Schmerz. Die Wolken waren weitergezogen. Sogar die Sonne ließ sich plötzlich blicken, und ihr stieg der Duft von Wildblumen in die Nase: ein Duft, der ihr Hoffnung gab. Sie würde sich nicht unterkriegen lassen. Sie würde darum kämpfen, in den Sattel zu kommen und nach Hause zu reiten, und sobald sie wieder einigermaßen gesund war, würde sie sich erneut aufmachen und nach ihm suchen. Sie würde Wally mitnehmen, einen erfahrenen Oldtimer, der sich in den Bergen auskannte und wusste, wie man mit den vielfältigen Gefahren fertig wurde.

Sie wusste nicht, wie viel Zeit vergangen war, als sie Hufschlag zu hören glaubte. Zuerst nahm sie an, dass Amber zurückgekommen war, aber ihre Stute stand immer noch bei den Felsen und schien nicht zu wissen, was sie tun sollte. Der Hufschlag kam aus der anderen Richtung. Ein Mann stieg ab und kam näher.

»Chefin! Um Gottes willen!«, rief Wally. »Sind Sie schwer verletzt?«

»Wally! Sie schickt der Himmel!«

»Eher die Sorge um meine Chefin. Sie können doch nicht allein in die Berge reiten, das ist viel zu gefährlich, wenn man sich nicht auskennt! Ich bin sofort losgeritten, als ich erfahren habe, wo Sie sind. Also: Sind Sie schwer verletzt?«

Nicole berichtete ihm, was passiert war, und bat ihn, Amber zu rufen und ihr in den Sattel zu helfen. »Reiten kann ich wohl«, sagte sie, »wenn auch mühsam.«

Wally holte die Stute und hob Nicole in den Sattel. »Ein paar Meilen von hier ist eine Hütte, da kann ich Sie verarzten und Ihre Kleider trocknen. Ich hab dort das Gewitter abgewartet. Ich konnte ja nicht ahnen, dass Sie gestürzt sind.«

»In der Hütte war ich auch.«

Nicole spürte ihr verletztes Knie, während sie ritt, und kämpfte mit zusammengepressten Lippen gegen den Schmerz an. Ihre Kleider trieften vor Nässe, und sie hätte sich wahrscheinlich eine Erkältung geholt, wenn sie länger im Schlamm gelegen hätte. Vor der Hütte half Wally ihr aus dem Sattel und trug sie in die Hütte. Das Feuer, das er im Ofen angefacht hatte, brannte noch.

Er legte sie auf das untere Bett und warf zwei Holzscheite ins Feuer. Ihre Regenmäntel hängte er über die Stuhllehnen. Er zögerte verlegen. »Ich muss Ihnen die nassen Kleider ausziehen, Chefin«, sagte er. »Anders geht es nicht.«

»Worauf warten Sie dann noch?«

»Ich ... ich weiß nicht ...«, stammelte er. »Haben Sie was Frisches dabei?«

»Unterwäsche ... in den Satteltaschen.«

Er ging nach draußen und kam mit ihrer frischen Wäsche und ihrem Erste-Hilfe-Kasten wieder. Immer noch peinlich berührt, zog er sie bis auf die Unterwäsche aus. Er trocknete er sie mit seinem Handtuch ab und untersuchte ihre Verletzungen. »Wahrscheinlich nur Prellungen«, beruhigte er sie. »Ich lege Ihnen Verbände an und bringe Sie zum Doc, sobald wir die Ranch erreicht haben.«

Wally verrenkte sich fast, als er Nicole die Unterwäsche unter der Wolldecke auszog und ihr den frischen Slip über die herausragenden Beine zog. Den Rest schaffte sie allein, wenn auch unter Schmerzen. Er gab ihr zwei Aspirin und Wasser zum Nachspülen, lächelte verlegen und wickelte feste Verbände um ihren verstauchten Arm und das verletzte Knie. Ihre nasse Kleidung hängte er auf die Leine, die ein früherer Besucher über den Ofen gespannt hatte. Damit sie noch schneller trocknete, warf er zwei weitere Holzscheite ins Feuer.

»Ich würde mir keine Sorgen machen, Chefin«, munterte er sie auf. »Cody kommt von allein wieder. Der hält es doch nicht ohne Sie aus. Ich hab wenig Ahnung von Liebesdingen, aber ich sehe einem Cowboy an, wenn er rettungslos verliebt ist. Geben Sie ihm ein paar Tage, dann taucht er bei Ihnen auf.«

»Meinen Sie wirklich?«

»Und wenn nicht, suche ich ihn und treibe ihn mit Gewalt zurück.«

»Danke, dass Sie mich gerettet haben, Wally.«

Er grinste. »Ich konnte Sie ja schlecht allein lassen. In diesen Bergen sind selbst erfahrene Fallensteller schon gescheitert. Seien Sie froh, dass wir Sommer haben, im Winter wird es hier so richtig ungemütlich. Dann hätte ich Sie wahrscheinlich aus einem Berg Schnee herausgraben müssen.«

»Kann ich mir vorstellen. Die Berge gehören zu den Rockies, was?«

»So ist es, Chefin. Hier war Endstation für die Wagenzüge.«

»Die Planwagenzüge während der Pionierzeit?«

»Ganz recht«, bestätigte er. »Der einzige Weg führte über den South Pass und weiter südlich nach Westen. Wer vom Weg abkam oder zu spät dran war und in die Winterstürme geriet, konnte sein Testament machen. Haben Sie die Gipfel im Westen gesehen? Den Cathedral Peak? Den Lizard Head Peak?«

»Und da gibt's keinen Durchlass?«

»Haben Sie einen Highway auf der Karte gesehen? Da kommen Sie auch heute nur zu Fuß, mit dem Pferd oder im Winter mit dem Hundeschlitten voran. Selbst mit einem Four-Wheeler oder Mountain Bike schaffen Sie es nicht.«

»Schon klar, Wally. Ich weiß, dass ich einen Fehler gemacht habe.«

»Geht's Ihnen denn jetzt besser?«

»Immerhin bin ich trocken, und die Tabletten wirken auch allmählich.«

»Gleich gibt's noch Kaffee«, versprach er. Er hatte ihn bereits aufgesetzt, füllte ihn wenig später in seine Thermoskanne und reichte ihr einen Becher.

»Danke. Ich glaube, ich zahle Ihnen diesen Monat einen Bonus.«

»Ich mach's nicht fürs Geld, Chefin.«

Als ihre Kleider einigermaßen trocken waren, half Wally ihr beim Anziehen und trug sie zu ihrem Pferd. Es war bereits früher Nachmittag, und der Wind hatte die Gewitterwolken endgültig vertrieben. Die Sonne strahlte von einem jetzt wieder blauen Himmel. Trotz ihrer schmerzhaften Verletzungen konnte Nicole schon wieder lachen und sich ihres Lebens freuen. Sie war dem Tod von der Schippe gesprungen und hatte es nur Wally und seiner Fürsorge zu verdanken, dass sie nicht in einer schmutzigen Pfütze gestorben war. Allein wäre sie niemals in den Sattel ihrer Stute und aus den Bergen gekommen.

Sie erreichten die heimatliche Ranch am frühen Abend. Noch bevor sie Lucy, Chris und Danny begrüßte, die sich ebenfalls große Sorgen gemacht hatten, versuchte sie, Cody über ihr Handy zu erreichen, leider wieder ohne Erfolg. Sein Handy blieb stumm, als hätte er mit seiner Vergangenheit abgeschlossen. Dann rief sie den Arzt und verabredete einen Termin für den nächsten Morgen. Die Schmerzen hatten nachgelassen, und es ging ihr schon besser, aber er sollte sie trotzdem gründlich durchchecken.

Danny servierte ihr einen besonders schmackhaften Cheeseburger, die beste Medizin, wie er ihr versicherte, und Lucy blieb an ihrem Bett sitzen, bis sie eingeschlafen war. Sie träumte wirres Zeug, nahm zwei weitere Tabletten, als sie spätnachts aufwachte und wieder Schmerzen verspürte. Beim Frühstück ging es ihr besser, vor allem nach den Blueberry Pancakes, die Danny ihr zum Frühstück brachte, doch als sie ein weiteres Mal bei Cody anrief und wieder keine Antwort erhielt, kehrte ihre Traurigkeit zurück.

Wally kümmerte sich um die Pferde, Chris räumte die verkohlten Reste der abgebrannten Scheune zur Seite, und Lucy bestand darauf, sie zum Arzt zu fahren. Doc Miller konnte sie beruhigen. Die Röntgenbilder zeigten keine schweren Verletzungen. Ihr Arm war geprellt, das Knie verstaucht, beide würden bei entsprechender Schonung aber bald heilen. Er legte neue Verbände an und gab ihr eine Krücke und stärkere Tabletten mit. »Für alle Fälle, Ma'am.«

Bevor sie nach Hause fuhren, kehrten sie im Wild Rose Cafe ein. Lucy bestellte einen doppelten Cheeseburger,

Nicole gab sich mit einem Salat zufrieden. Sie wirkte immer noch bedrückt, was auch Lizzy auffiel, war mit ihren Gedanken bei Cody und befürchtete, er könnte niemals mehr zurückkehren.

Lizzy erriet ihre Gedanken. »Cody schon zurück?«

»Bis jetzt noch nicht.«

»Lange kann es nicht mehr dauern.«

»Und woher wollen Sie das wissen?«, fragte Nicole.

»Ich kann in die Zukunft blicken.«

»Ach ja? Warum erfahre ich das erst jetzt?«

»Ich weiß es erst seit heute.«

Sie lachten beide und umarmten sich zum Abschied. Sie waren gute Freundinnen geworden, und Nicole freute sich jedes Mal, wenn sie in die Stadt fahren und bei Lizzy einkehren konnte. »Kommt vorbei, wenn er zurück ist!«, sagte Lizzy. »Ich geb eine Runde Champagner aus, wenn ihr euch endlich verlobt.«

»Krass!«, sagte Lucy grinsend. »Ich nehm noch einen Cherry Pie mit.«

»War der Cheeseburger nicht groß genug?«, fragte Nicole erstaunt.

»Für Chris … der mag so was gern.«

Sie fuhren auf die Ranch zurück, und Lucy half ihr auf die Bank vor dem Haus, bevor sie sich wieder an die Arbeit machte. »Tut mir leid, Amber!«, rief Nicole ihrer Stute zu. »Ich muss ein paar Tage pausieren. Bald wieder, okay?«

Sie hielt es keinen Tag auf der Bank aus. Gegen Abend, als Wally mit den Pferden von der Weide zurückkehrte, bat sie ihn, Amber zu satteln und sie auf ihren Rücken zu heben. »Ich weiß, ich soll mich schonen«, sagte sie, »aber ich halte es nicht mehr aus. Nur eine kleine Runde. Ich bleibe in der Nähe, okay?«

»Soll ich mitkommen, Chefin? Ist vielleicht besser.«

»Ich will allein sein, Wally.«

Sie trieb Amber mit einem leisen Schnalzen an und ritt in die nahen Hügel, wo Cody und sie sich so lange und leidenschaftlich geküsst hatten. Die Sonne stand bereits tief im Westen und ließ das Grasland in versöhnlichen Rot- und Goldtönen schimmern. Ihr Schmerz war wie weggeblasen beim Anblick der leuchtenden Berggipfel, und ihr Herz begann vor Aufregung heftig zu schlagen, als sie einen Reiter auf sich zukommen sah. Er schien einen weiten Weg hinter sich zu haben und hing müde im Sattel. Die Sonne spiegelte sich in seinen Augen.

»Cody!«, begrüßte sie ihn nervös.

»Ich konnte nicht anders, Nicole«, sagte er. »Ich musste zurückkommen. Auch wenn ich weiß, dass du mich nicht mehr lieben kannst, wenn ich dir sage, was ich getan habe. Du hast recht, es ging um Rebecca. Ich habe ihr etwas …«

Nicole ritt neben ihn und legte einen Finger auf seine Lippen. Ihr Gesicht war tränenüberströmt, aber diesmal waren es Tränen der Freude. Sie reichte ihm Rebeccas beglaubigtes Schreiben, das sie die ganze Zeit bei sich trug. »Das Kind war nicht von dir, Cody. Und du bist auch nicht schuld, dass sie abgetrieben hat. Ihr Vater hat sie dazu gezwungen. Unserer Liebe steht nichts im Wege, das habe ich dir doch immer gesagt. Ich war schon bei Thornton und hab ihm alles gesagt.«

Er musste das Schreiben zwei Mal lesen. Dann blickte er Nicole an, und in seinen Augen stand wieder dieses magische Leuchten, das sie von Anfang an verzaubert hatte. »Nicole … du glaubst gar nicht, wie sehr ich dich liebe!«

Nicole lächelte. »Lass uns nach Hause gehen, Cody! Die Ranch wird unser Zuhause sein.«